絢爛たる詩魂　沙良峰夫

柴橋 伴夫

絢爛《けんらん》たる詩魂　沙良峰夫　目次

Ⅳ. 沙良峰夫 詩集「華やかなる憂鬱」 233

V. 沙良峰夫・評論・エッセイなど　307

まえがき

沙良峰夫(一九〇一〜一九二八)、本名は梅澤孝一という。二八歳で早世した詩人だ。私の故郷、北海道岩内町の出身者でもある。海から吹く潮風の香り、岩内山の雄然さ、さらに日本海が作りだす形象美が縁となり、本書を編むことになった。

二〇二一年は、沙良峰夫生誕一二〇年となる。この機を逸すると、この詩人の詩業を追跡することがより難しくなると感じた。

これまで私家版の『華やかなる憂鬱　沙良峰夫』が刊行された。が、それはわずか二〇〇部限定だった。その後、『岩内ペン』が二度にわたって特集を組んだ。この私家版の『華やかなる憂鬱　沙良峰夫』と『岩内ペン』で労とったのは、沙良の縁戚に当たる平善雄(沙良峰夫研究家)だった。

さらに一九八六(昭和六一)年に、平善雄が中心になって新しく発見された作品も入れて沙良峰夫作品集『華やかなる悒鬱』の発刊の動きがあった。呼びかけ人に筆者も名を連ねていた。頒布価格五千円で販売する手はずであった。限定五〇〇部、非買品。ただそれは実現できなかった。この時の「発刊についてのお願い」には、注目すべきことが書かれていた。そこにこうある。「現在中国北京で文化革命のため、一九二六(昭和六)年夏に、親友山崎省三画伯の手で蒐集した割付生原稿は、行方不明になっております。いずれ中日国交の交流により新資料は発見されるのを念っております」とある。つまり昭和六年頃に、親友たちの手で作品集を編む計画があったことになる。どうもその「割付生原稿」は、中国のどこかに置かれたまま、「幻の作品原本」となってしまった。「幻の作品原本」の存在を確かめたいが、残念ながらその術《すべ》はない。

この「発刊についてのお願い」からは、さらにいくつかのことが判明してくる。「大正のパフォーマンス沙良峰夫」として「世に顕彰」いたすためともある。また生前に発表した全作品の約七〇パーセントが蒐集できたとのべている。

さらに、装丁について言及があった。全体の装丁について、遺言により「ブリジャンの地色に、金とホワイトを使用」とある。もう一つ、序文を石川淳（作家）予定とあり、推薦人に、島田謹二、村野四郎、山崎泰雄、横山青蛾、吉行あぐり、桑原翠邦の名が挙げられていた。実際に石川淳から原稿を頂戴できたかは定かではない。今回発刊する本書の内容は、昭和六一年に予定していた作品集には、優るとも劣らないと考えている。ただ装丁については、遺言通りにはいっていない。その点は、申し訳なく思っている。

この様に、計画はあったが数度にわたって沙良峰夫の作品集は世にでることはなかった。だからこそ、筆者が為すべきことの重さを感じていた。ただ、かなり足踏みをしてしまった。気づいてみると、自分に残された余白時間も十分ではなかった。惰眠を貪っていてはいけないとも考えた。どんな風に編むか、かなり思案した。これまで平善雄が一生を賭して、沙良の復権に努めていたが、突然の事故により天へ召された。

筆者は、その遺志を継いで、この書を刊行することを決意した次第だ。だから、この書は、沙良峰夫の詩魂と平善雄の霊に捧げたい。

編集にあたって、可能な限り、沙良峰夫の詩作だけでなく文章世界の全容を開示するように工夫した。

沙良峰夫は、大正デモクラシーや大正ロマンティシズムの飛沫を浴びつつ、西條八十や川路柳虹などの優れた詩人を師として仰ぎ、彼らが主宰する詩誌を舞台にして作品を発表した。初期の詩は、高踏派や象徴派の作風をみせた。後半生では、当時勢いをもちはじめたアナキストやダダイスト、さらには、新感覚派の文学者とも交友していくなかで、内視の眼を養い、文学的な成熟をみせ、掌篇や文学夜話などにも手を広げていった。交友した文学者や美術家には、萩原恭次郎、辻潤、吉田謙吉、吉行エイスケ、稲垣足穂などがいた。

まさに沙良峰夫という文学者は、短かった大正期の時空を文字通り、自らの生を躍動させながら駆けていった。

沙良は、多彩な人であった。絵を太平洋画会研究所で学び、演劇やオペラにも関心を抱いた。一時、浅草オペラにも足しげく運んだ。楽譜を読めて、オペラの楽曲を謳うこともあったという。大変なダンディな人であった。黒や緑のマントに身を包み、ステッキを手にして銀座を遊歩し、カフェー・ライオンなどの常連となった。煙草のヘビーな愛好者でもあった。前衛新興演劇の拠点となった築地小劇場にも出入りし、土方与志・梅子夫妻とも交友した。編集者の相貌もある。雑誌『住宅』では安藤更生の跡をうけて亡くなるまで編集者として腕を振るった。関東大震災後の東京のルポも書いている。

東京の「八重垣館」や「本郷菊富士ホテル」などの高級下宿を定宿として高等遊民の生活をしていたが、一九二三（大正一二）年の関東大震災前後から、病による心身の変化や生活上の苦などもあり、次第に作品に重苦しい翳が潜みはじめる。自己省察を深め、さらに苦渋性に孕んだエッセイを『文藝春秋』『新小説』『文藝時代』などに書くことになる。最後には、内心に廃苑を抱え、かなり苦い水を飲んだ。

たしかに二八歳の短い人生であったが、才能を十全に発揮した方だ。

これまで沙良峰夫は、「幻の詩人」といわれてきた。ある人たちは沙良を称して「青衿の人」「ダンディな唯美詩人」という。稲垣足穂は、その生のはかなさと詩魂をみつめて「北極光」と形象化した。

私は、この「幻」を消して、その実像を提示したい。いやしなければならない、という一念で、この書を世に送りだしたい。

ちなみに沙良峰夫の遺作は、詩「アフロヂットは海のあわ　泡よりいでて泡にかへる」という。これが白鳥の歌となった。アフロジットとは、美の女神アフロディティのこと。ひとえに海霊により詩性を授与された沙良の魂を母なる北の海、その純白の泡の中へ帰してあげたい。

本書の構成・編集について

Ⅰ．先に「沙良峰夫アルバム」と「沙良峰夫追悼文」を置いた。この写真アルバムを編むにあたって、故・平善雄、二回にわたる『岩内ぺん』の特集記事、岩内町郷土館、市立小樽文学館の協力を得た。筆者が撮影した写真（岩内関係）も添えてある。沙良峰夫の本名は、梅沢孝一。旧字体梅澤で統一した。

Ⅱ．沙良峰夫への追悼文・思い出

主として『岩内ペン』の特集記事を軸にして採録した。沙良峰夫の死後に書かれたもの、沙良の愛する妹などの貴重な証言・思い出も再録した。なお稲垣足穂は、沙良をモデルにして「北極光」「お化けに近づく人」の二作を書いているが、ここには掲載していない。直接足穂の作品集にあたってほしい。

Ⅲ．沙良峰夫の著作文について

『岩内ペン』の特集記事、平善雄が調査収集した作品を中心に採録した。「詩作品」「エッセイ」「訳詩・翻訳」などに区分してある。なお一部の作品については、筆者が補注をつけてある。

Ⅳ．書き下ろしで筆者の評論「沙良峰夫とその時代」を収めてある。この詩人の歩みを大正期の文化・文学事象と照応することで、沙良峰夫の優れた詩性と時代を闊歩したその姿を描くように努めた。ただ一部に未調査の部分もある。これは今後の課題としたい。

Ⅴ．沙良峰夫年譜について

これまでの平善雄の調査で判明した部分をベースにしながら、新しく筆者が調べて確認できたものをいれて編集した。

Ⅵ．沙良峰夫の詩作・評論・訳文の字体

ほとんど旧字体で書かれている。やや読むには難解なところもあるが「原文の味」を生かしてそのままにしてある。掌篇ものや評論で解説が必要なところには、筆者が少し補注をつけてある。

写真キャプションの☆は著者撮影。

I. 沙良峰夫

SARA MINEO

―アルバム―

沙良峰夫・1921年頃・グリーンのマントをまとえる姿

沙良峰夫(梅澤孝一) の妹達
右より冨士・女中・春・カツ・伯母(梅澤八重) ／
「後志大鑑」より／1912年頃

沙良峰夫(梅澤孝一) と父石川進(医師)

家族と共に／中央に沙良峰夫(梅澤孝一)

左・祖母梅澤イツ(二代梅澤市太郎の妻)
／中央・沙良の母梅澤イシ／右・叔母梅澤
シン(イシの妹　梅澤龍之介の妻)

沙良峰夫　1922年東京にて

沙良峰夫(梅澤孝一) の絵(小学校6年生の頃)

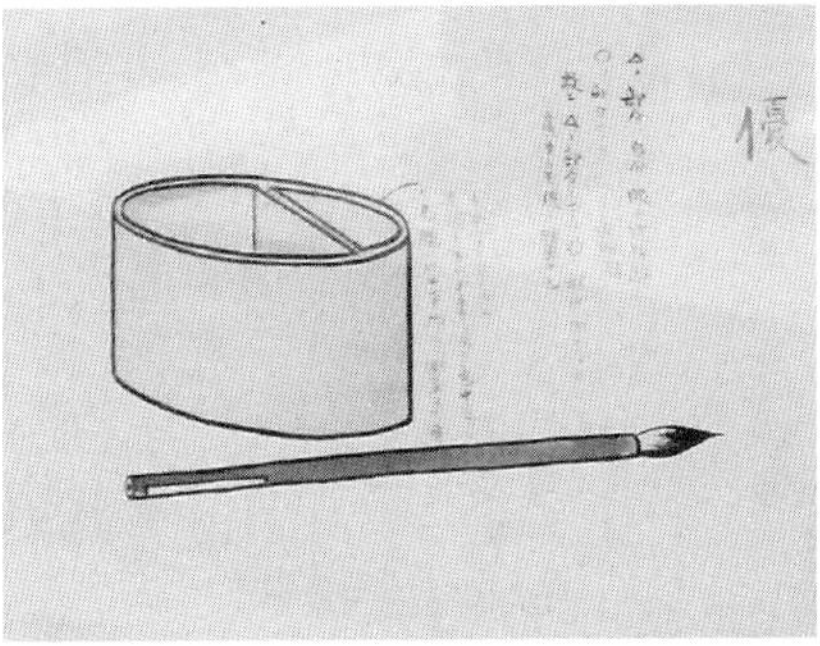

沙良峰夫(梅澤孝一) の絵の部分(小学校6年生の頃)

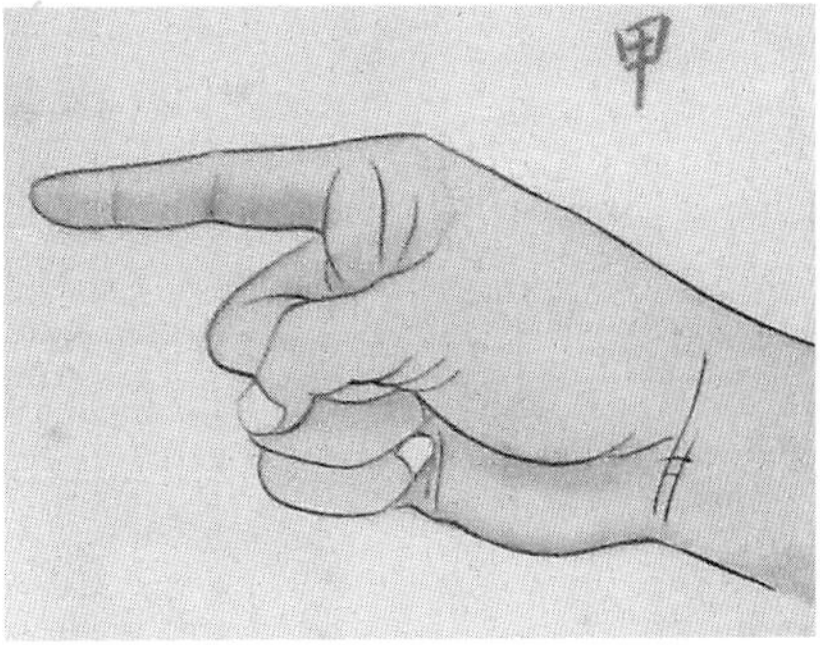

沙良峰夫(梅澤孝一) の絵の部分(小学校6年生の頃)

詩誌『棕櫚の葉』同人・文壇・詩壇有志による西條八十渡欧送別会(東京・上野精養軒1924年)
前列左より佐伯孝夫、村野三郎、加藤憲治、1人おいて西條八十、安藤更生、木村康彦、関根綱矩、後列左より2人おいて飯尾謙蔵、寺田杢太、宮本正清、寺崎浩、1人おいて伊藤專一、横山青蛾、沙良峰夫。

海《うみ》のまぼろし

沙良峰夫

山名文夫繪

冬《ふゆ》の海《うみ》こえて
女《をんな》が去《さ》つた、
枯《か》れた花《はな》の匂《にほひ》をのこして。
白《しろ》い霧《きり》の中《なか》へ
船《ふね》はかくれて行《い》つた、
さびしい小鳥《ことり》のやうに。

仄暗《ほのぐら》い沖《おき》のかなた、
さほい北《きた》の冷《つめ》たい夢《ゆめ》の
なんて目《め》に泌《し》みることだ、
涙《なみだ》もなくて一人《ひとり》ゆく
小さいうしろ姿《すがた》よ、
はかない雪《ゆき》の上《うへ》の足跡《あしあと》よ、

それもやがて消《き》えうせるて
死《し》んだより哀《かな》しい女《をんな》、
思《おも》へば海《うみ》の上《うへ》に己《おのれ》の心《こゝろ》に
あゝ雪《ゆき》が降《ふ》る、雪《ゆき》がふる。

『クラク』昭和二年八月号　復刻

「海のまぼろし」(『クラク』(1927年8月号・復刻)

詩誌『白孔雀』講演会記念写真(1922年10月14日・東京・明治会館)
(前列中央・西條八十、後列左より二人目沙良峰夫)

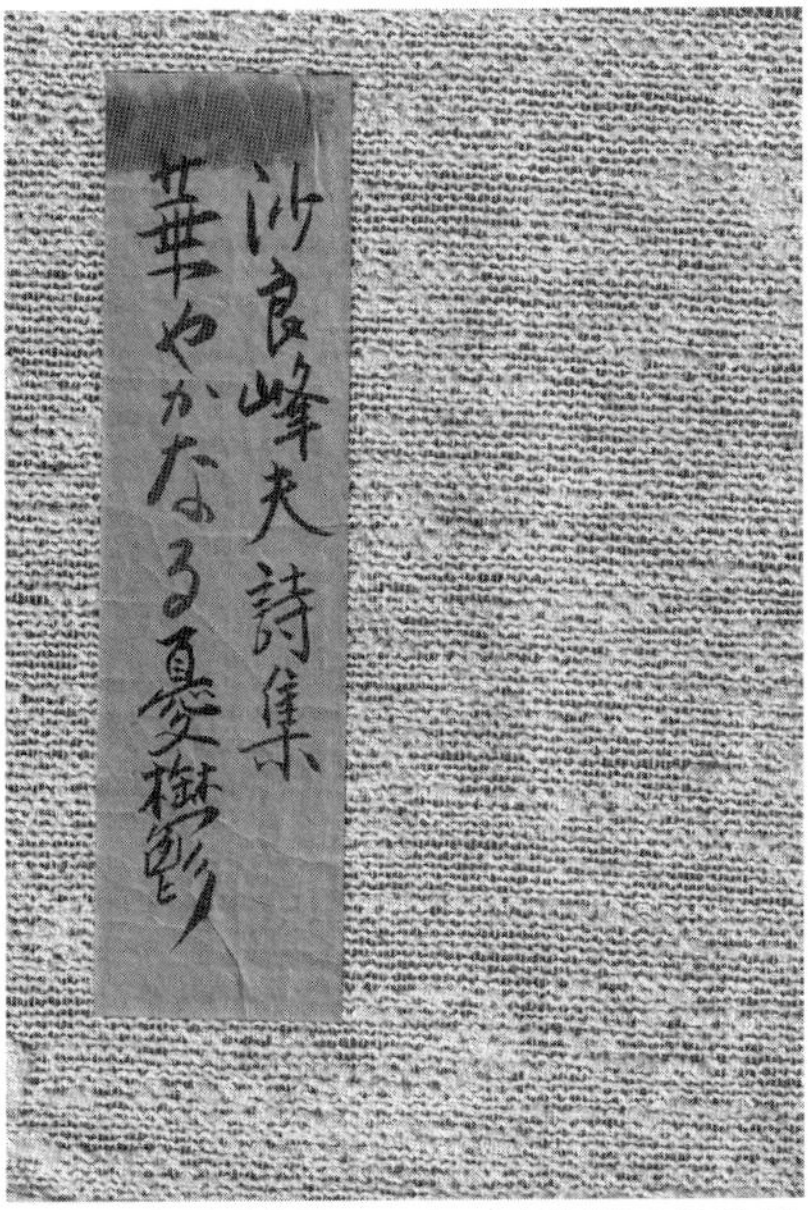

沙良峰夫詩集『華やかなる憂鬱』(平善雄編・北海道岩内町沙良峰夫をしのぶ会・限定200部・1967年)

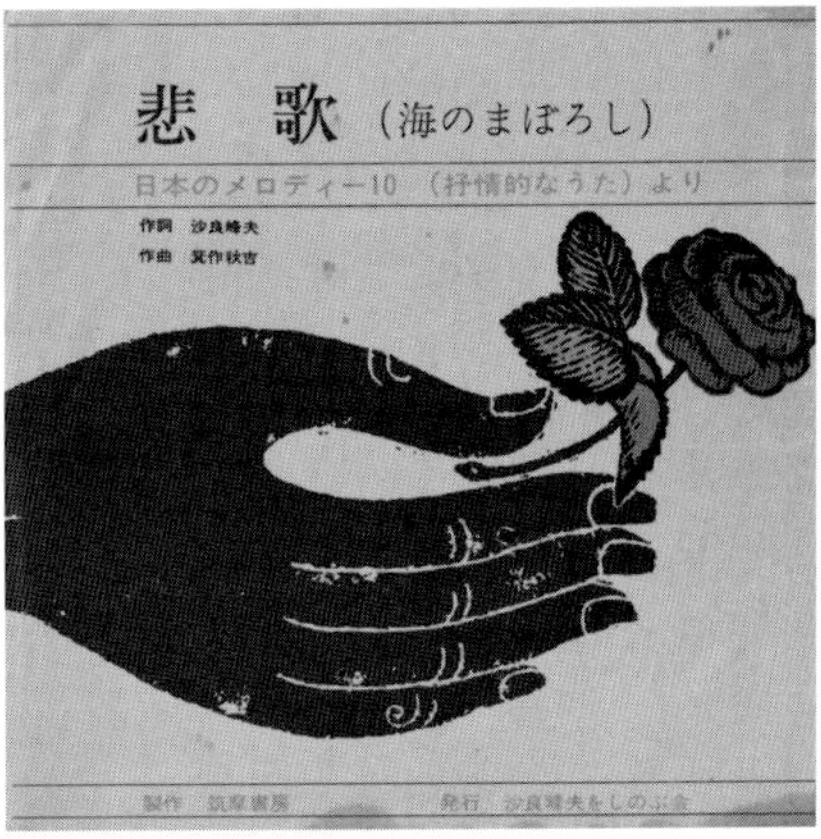

日本のメロディー10(抒情的なうた)より『悲歌(うみのまぼろし)』(作詞・沙良峰夫　作曲・箕作秋吉　制作:筑摩書房・発行:沙良峰夫をしのぶ会　ソノシート・楽譜付)

安達牧場にて／右より八重樫孝三(梅澤市太郎のおい）／高畑伝(友人）／梅澤・保雄(梅澤市太郎次男）／沙良峰夫(眼鏡をかけている)・1927年最後の岩内帰省の際・岩内町安達牧場にて・八重樫孝三撮影

岩内東山墓地にある沙良峰夫が眠る墓
(2020年・梅澤純子撮影)

「詩人沙良峰夫の生涯」展(札幌三菱ショールーム・右より平善雄、平春(沙良の末娘)、勝山釣狂亭、平昌代(善雄の妹) ／1975年5月

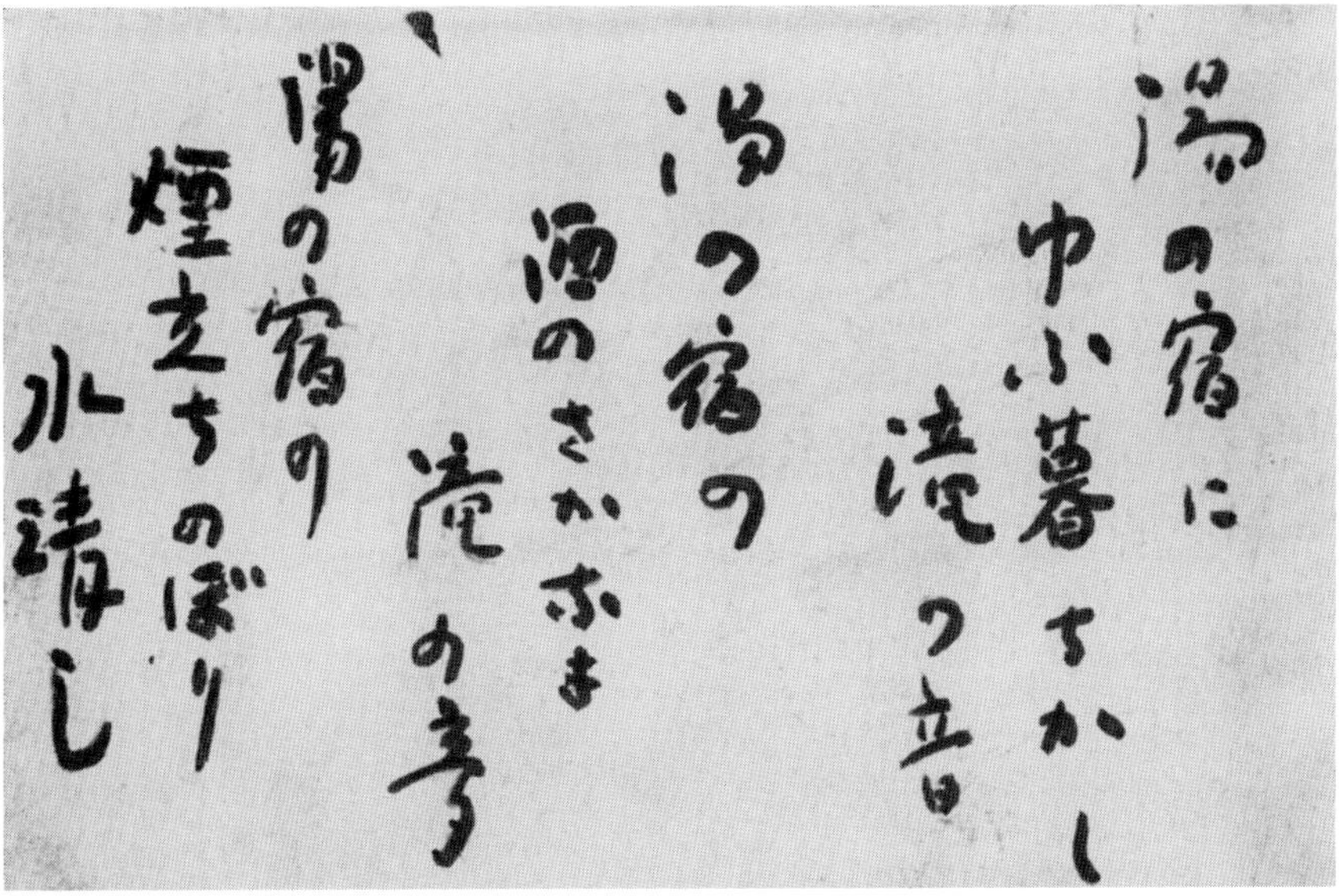

沙良峰夫自筆の句(昭和初年)

沙良峰夫詩碑除幕式／岩内高校音楽部生徒による斉唱(1966年6月22日)

詩碑「海のまぼろし」より除幕式祝賀会(1966年6月22日)／左2列目黒羽織の女性は平春(妹)

沙良峰夫詩碑「海のまぼろし」よりホテル雷電前庭に建立

詩碑「海のまぼろし」よりが建つ雷電の風景☆

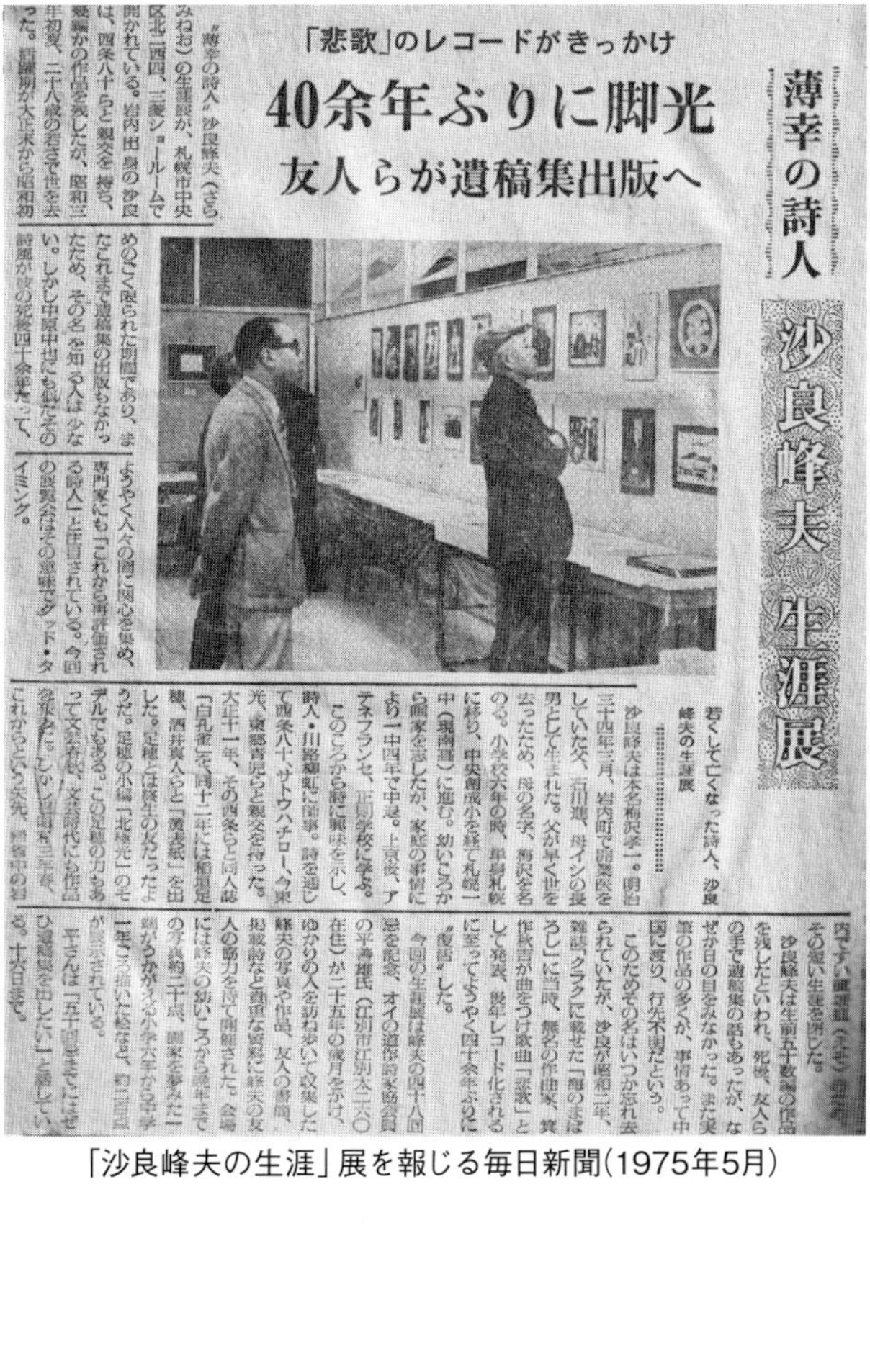

薄幸の詩人

沙良峰夫 生涯展

「悲歌」のレコードがきっかけ

40余年ぶりに脚光

友人らが遺稿集出版へ

〝薄幸の詩人〟沙良峰夫（さらみねお）の生涯展が、札幌市中央区北二西四、三菱ショールームで開かれている。岩内出身の沙良は、西条八十らと親交を持ち、幾編かの作品を残したが、昭和三年初め、二十八歳の若さで世を去った。活躍期が大正末から昭和初めのごく限られた期間であり、またこれまで遺稿集の出版もなかったため、その名を知る人は少ない。しかし中原中也にも似たその詩風が彼の死後四十余年たって、ようやく人々の間に関心を集め、専門家にも「これから再評価される詩人」と注目されている。今回の展覧会はその意味でグッド・タイミング。

若くして亡くなった詩人、沙良峰夫の生涯展

沙良峰夫は本名梅沢孝一。明治三十四年三月、岩内町で開業医をしていた父、石川進、母イシの長男として生まれた。父が早く世を去ったため、母の名字、梅沢を名のる。小学校六年の時、単身札幌に移り、中央創成小を経て札幌一中（現南高）に進む。幼いころから画家を志したが、家庭の事情により一中四年で中退。上京後、アテネフランセ、正則学校に学ぶ。

このころから詩に興味を示し、詩人・川路柳虹に師事。詩を通して西条八十、サトウハチロー、今東光、東郷青児らと親交を持った。大正十一年、その西条らと同人誌「白孔雀」を、同十二年には稲垣足穂、酒井真人らと「黄表紙」を出した。足穂とは終生の友だったようだ。足穂の小編「北極光」のモデルでもある。この足穂の力もあって文芸春秋、文芸時代にも作品を発表した。しかし昭和三年春、これからという矢先、帰省中の岩内ですい臓壊疽（えそ）[illegible]その短い生涯を閉じた。

沙良峰夫は生前五十数編の作品を残したといわれ、死後、友人らの手で遺稿集の話もあったが、なぜか日の目をみなかった。また実筆の作品の多くが、事情あって中国に渡り、行先不明だという。

このためその名はいつか忘れ去られていたが、沙良が昭和二年、雑誌「クラク」に載せた「海のまぼろし」に当時、無名の作曲家、箕作秋吉が曲をつけ歌曲「悲歌」として発表、後年レコード化されるに至ってようやく四十余年ぶりに〝復活〟した。

今回の生涯展は峰夫の四十八回忌を記念、オイの道作詩家協会員の平斉雄氏（江別市江別太二六〇在住）が二十五年の歳月をかけ、ゆかりの人を訪ね歩いて収集した峰夫の写真や作品、友人の書簡、掲載誌など貴重な資料に峰夫の友人の協力を得て開催された。会場には峰夫の幼いころから晩年までの写真約二十点、画家を夢みた一端がうかがえる小学六年から中学一年ごろ描いた絵など、約二百点が展示されている。

平さんは「五十回忌までにはぜひ遺稿集を出したい」と話している。十六日まで。

「沙良峰夫の生涯」展を報じる毎日新聞（1975年5月）

Ⅱ．沙良峰夫追悼文・思い出

玄黄秘雅　我友梅澤孝一に贈る

安藤更生（美牧燦之介・文藝評論家・美学者）

薄暮《くれがた》のいろに似たれど
かなしみは王者のごとく
現身《うつみそ》は月光《つきかげ》にして
くろかみの音《ね》にかもみつる

たまゆらの愉樂つきなば
聖殿のとびらを閉ざせ
わがうたは黄衣の女
清唱に堪ふべくもなし

逝きかよふ空《そら》の柩《ひつぎ》に
ひとときの憂ひあらめや
忘却に秘めし我名ぞ
永遠の空虚《うつろ》にひびけ。

（『白孔雀』創刊号・大正一一年三月）

沙良峰夫の詩碑　故郷岩内に建つときゝて

安藤更生（文藝評論家・美学者）

そのかみの友だち
あるは亡び　あるは疲れ
老ひ朽ちしなかに

先立ちて逝きはしたれど
君のみはとこしへに
若きかな
うたのいしぶみありて
北の浜辺に

初出・『岩内ペン　沙良峰夫特集（1）』（岩内ペンクラブ　昭和五二年）

あゝ「海のまぼろし」よ　石森延男（作家）

白い霧だ、黒い霧ではない。
白い霧だ、ガスというやつだ。
北国独特の濃いガスだ。

あなた、沙良峰夫の霧だ。
そこへ漁船がかくれていくのをあなたは見ている。じつと見ている。
漁船はいいじょう、それはただの漁船ではある。
わたしには、生命、そのものに見える。
小鳥のようだと、あなたはいう。
はかない生命だ。
けれども温い、ちつちゃな生命だ。
やつぱり、
あなた、沙良峰夫の灯だよ。

仄暗い沖、
生きとし生けるものの必然的運命だ。

いかんともなしがたい神秘のカーテンだ。
短かいくせに、ほっほっ燃えていた
あなたの生涯は、
暗さには、鋭い感覚で彩られていた。
だから目に沁みたのであろう。
涙もにじみでるはずだ、
息づかいも不規則になるはずだ。
それでこそ詩人の生命だ。

いつか、この詩碑を訪ねて、
そこの詩の文字をまともに読むであろう。
あなた、沙良峰夫を偲ぶというより、
わたしのなかにある人間寂寥を見出すことだろう。

（昭和四十一年五月六日）

初出『岩内ペン　沙良峰夫特集（1）』（岩内ペンクラブ　昭和五二年）

信濃路より　中村善策（画家）

きみの詩碑が建つ。それもきみの故里の誇る絶景雷電の岬へ、である。きみはきつと喜んでいるに違いない。しかもその詩は、きみが何時も心の中で温かく掻き抱いていたであろう、愛する故里への思慕だ。美しく優しくそれでいて何と切ない突きつめたようなトレモロが胸を打つのだ。きみと幾度か過した酒のある夜も、その貴公子の風貌の中から滲み出るもの、それは冬の幻のような、北方人が何時も他人には見せたがらない、それでいて隠し掩うせないでいる寂寥感であつた。

今日はきみを偲ぶ会から、詩碑の除幕式のことを知らせてくれた。嬉しい便りであつた。然し、私は今、山深い信濃の海抜千米の湯治場で、毎日穂高岳の連峰を眺めながら、病後を養つている。多分、除幕式には出れないかもしれない。でもきつと近いうちに、きみの詩碑を訪ねて雷電岬へゆくつもりでいる。その時は、きみのありし日を偲びながら、その景勝をスケッチしたいと希つている。

（一九六六年五月八日　信州崖ノ湯にて）

初出・『岩内ペン　沙良峰夫特集（1）』（岩内ペンクラブ　昭和五二年）

遺稿を懐に　　西條八十（詩人）

沙良峰夫の遺稿を懐に
わたしは青葉の伊賀路を越えた
昼の月を仰ぎ、
九十九《つづら》折《おり》に渓流の音をききつつ
初夏、わたしの胸は
たまたま、死を抱いてさむかつた。

山上の石にいて
わたしは静かに念《おも》つた。
いまこの若者が残した十余篇の詩を
夏草のたに間に投じ去るならば
青嵐とともに
かれの短かき制作の生涯が
一切空に帰するであらうことを。

わたしは慈母のやうにやさしく

薄い遺稿集をかき抱いた
生前背馳《はいち》した二人の性格が
互ひの肉身を擁き得なかつたその強さで、
繋《かた》く、繋く、繋く。――

山頂の雲は徂《ゆ》き、雲は返る
ああ　なんするものぞ
わたしは亡き沙良峰夫と
今日　楽しい一日の旅をしたのだ。

夕ぐれ、阿漕《あこぎ》の町に辿りついたとき、
わたしは死のように疲れていた、
熱い沙《すな》のうへを
千鳥が亡霊のやうに飛んでゐた。
漁村の少女たちが
刻んだ紙人形のやうに、あさましく、
路傍の籬《かき》に並んで旅人のわたしを迎へた。

（『現代詩人全集（7）　西條八十集』・新潮社版〈美しき喪失〉より）

讃歌と子守唄と悲歌について　箕作秋吉（作曲家）

悲歌は昭和二年七月二七日夕方から急病に罹つた長女が翌朝病院の窓に牛乳色の朝の光線が差し込んで来た頃亡くなつてしまつた時のつらい思い出です。一日おいて葬式を済ませ友人や親類が帰つてしまひ急に淋しくなつた夜、美津子の事を思ひ出してどうにも眠れないので雑誌を読んでまぎらして居ると偶然に沙良峰夫氏の「海のまぼろし」と云う詩を見つけました。それは多分八月号の『クラク』と云う雑誌でした。そして此の詩が其の時の私の心持そつくりだつたので詩をもつて、床を抜け出してピアノに向ひました。あまりの急死で涙も出ずポカンとしてしまつて居たのが急に思ひ出した様に涙が流れて来てポタポタ鍵盤にたれる仕末です。譜を書く鉛筆を持つた手で涙を拭い拭い明方まで書き続けました。こんな話しは今日の小説には流行らないかも知れません。けれども其れが小説でなくて実際であつた事は此の曲に流れて居る悲しみでわかつて下さるでせう。

『岩内ペン　沙良峰夫特集（一）』（岩内ペンクラブ　昭和五二年）初出は不明

昔がたり沙良峰夫　池田雄次郎（画家）

〝語れよ、そも若き日に何をかなせし〞（荷風訳）

孝一さんは亡舎弟（黒沢雄三）とは、岩内橋小学校時代の同級であったが、五年生の頃、札幌の小学校に転校したので、あまり記憶はない。唯、さすが、素封家の息子さんだけあっていつも小さっぱりした服装で勿論優等生であったと生前話した事がある。

私が札幌一中（現、南高の前身）の三年生の頃、四月早々、校庭で孝一さんを見うけ、一ト言、二タ言、話し掛けたが孝一さんは、はづかし相にはにかんでコソコソと新入生の仲間に、かくれる様に入ってしまった。その時、私のうけた印象は少し味噌っ歯の色白の可愛いらしい少年であった。その後、孝一さんは見えなくなったので、どうしたのかと思っていた。

大正六年私は中学卒業後、上京したが、ある日、上野公園の美術学校と音楽学校の間の道路でぱったりと逢った。その時の孝一さんは中学時代とはうって変わり、鳥打帽をかぶり仲々しゃれた和服姿で、今度は私の方が気おくれし、どぎまぎしてしまった。中学なんぞ馬鹿らしく文学に志して上京したとの話。下宿は私が毎日通学する途中に在り、訪問を約して別れた。

日ならずして訪ねたが、その下宿は「八重垣館」と云ひ「高等下宿」と肩書きしてあった。その二階の居室は、机の前の窓をあけると上野の社が豊越《いらか》しに眺められ、又、右手の窓をあけると浅野侯爵邸のはるかかなたには帝大、一高の建物も見え、大変晴れ〳〵とした眺めである。私は「全く看板にいつわりなしの高等下宿ですね」と云ふと孝一さんは、「ナーニ、下から読んで下さい「宿、下等にして、高し」ですよ。」と笑はした。

ある日、講師の都合で休講になったので、訪れると、「今、保雄（孝一さんの叔父で、当時函館商業学校在学中、梅澤保雄氏（梅澤市太郎翁二男）が、突然来て、銭湯に行きました」と云ふので、「修学旅行で来られたのですか」ときくと、「地理の試験があるので勉強したが、どうしても頭に入らぬ、むしゃくしゃしてやって来たのです」との話で、「教科書よりも実地見学と云ふわけですか」といかにも保雄さんらしい行動にあきれ、感服した。やがて手拭をぶらさげて朝湯から帰って来たので三人で勝手気ままな放談をし、つい昼食まで御馳走になり、とうとう午前の講義はサボってしまった。

孝一さんはこの下宿から神田のアテネ・フランセに通ひ仏語を勉強しておった。永井荷風の訳詩集「珊瑚集」とか、上田敏の訳詩「海潮音」等を愛誦した。

そして上田敏の令嬢瑠璃子さんに恋心を抱きその才色兼備をほめたたえた。

但し、これは写真を見ての話で、るり子嬢は程なく、一高、帝大出の俊才、嘉治隆一夫人（朝日新聞論説委員）となったのでそれは片想ひにとどまった。

ある日の夕方訪れると丁度、外出しやうとしており、西條八十の処にゆくから一緒にどうかと云ふ。「あんなエライ仁の処はおそろしいから」と断ると「ナーニ、なんでもないよ。なんでも平気で話して呉れる」としきりにすすめられたが同行しなかった。その時、足袋の爪先の破れた処を上から墨汁を塗ってカムフラージュしておったが、孝一さんにもこんな一面があるのかとおかしかった。

私が何か面白い創作本を求めた処、本函から一冊の書物を出して貸して呉れた。それは真紅の表紙に『田園の憂欝』佐藤春夫とあり、読んだがどうも興味わかず読了せず返したが、「このひとを知らないで今後の文学を語る事は出来ない。これは散文の形式で詩情を謳ったもので、作者の代表作となりますよ」と独断的な口調で賞讃される。

当時、私は有嶋《ママ》武郎の戯曲『聖餐』を激賞すると「あれは本当の意味での戯曲ではない。何故ならあのままでは上演出来ないから」と反論されたので「でもレーゼドラマと云ふ分野もあるでしょう。倉田百三の「出家とその弟子」だって有楽座で上演されたのでありませんか」と逆襲すると「あれは上演可能の様に書き直されたものです」と説明されこっちの負けとなった。

又、芥川の『葱』が「中央公論」かに発表され好個の小品として同感されたが、「あのモデルは「宇野千代と今東光」だと云ふので、「でも青年は絵描きになっている」と尋ねると「東光」は油絵も描くのですとの話で、当時、今東光は喧嘩早い野郎として「文藝春秋」のゴシップ欄をにぎわした文士の卵であったので意外な余技をもっているものと感心した。その頃、私自身も油絵を描き初め、中川一政さんに師事しておったので当然、草士社ファンであり、たまたま赤坂溜池の三会堂での展覧会で岸田劉生の「麗子座像」に感動し、思わず脱帽して、そしてこれを観て感心しない者は共に芸術を語るに足らずと興奮し是非行く様に孝一さんにすすめた。後日「どうでした」と尋ねた処「私はドーモあの様な精神主義的な画面は好きになれません。画面からうける感じはキューークツでたえられないのです。やはり私はやわらかな官能的なのが私の性《しょう》に合っている様です」と肩すかしをくってしまった。そして帝展に出た中村彝《つね》の「盲詩人エロシエンコの像」を激賞された。

ある日、私達が不忍池畔をブラブラ歩いていると妙な青年がやって来、孝一さんと何か語を交しておった。うす汚い浴衣がけで、細帯をだらりとさげ、草履ばきの姿。「あれは佐藤紅緑の一人息子でサトーハチローと云ふ詩人ですよ」との話で、私は意外に思ひ「あれで詩人もねーもんだ。僕は相撲の褌かつぎかと思った」と笑った。

当時、浅草には所謂浅草オペラが誕生した頃で、その前年帝劇の歌劇部が、散々の大失敗で解散しその全員がそっくりそのまま浅草に進出した。

私共二人はいきなり此の渦中にとびこんですっかりそのとりこになってしまった。私は午后の講義が終ると、孝一さんをさそひ、時には実修時間を放棄して二人揃って出掛ける仕末。その第一声が六区街から少し離れた処に在る観音劇場で謡曲を歌劇にした「熊野《ゆや》」が上演された。これを帝劇で上演した時は観客の罵声、怒声、嘲声の攻撃にあったものを出演者もそのまま、宗盛は清水金太郎、熊野は原信子（三浦環は帝劇解散の後、伊太利に行った）其の他、小島洋々、南部たかね、石井漠、沢モリノ等、錚々たるメンバー。

開幕前、舞台監督の伊庭孝が、黒のセビロに蝶ネクタイをし、フットライトをあびながら腕を組み左右に歩をうつしながら観客に語った。「私共は帝劇時代に失敗した此の作品を何故、今回、再上演しようとしたか。それは私共はどうしても上演せざるを得ないのです。私共の情熱が敢て此の大冒険をさせたのです」。と云ふ意味の事を熱っぽく語った。観客は伊庭の此の演説に圧倒されたわけでもあるまいが、帝劇時代とは反対に大成功を納めた。その帰途孝一さんに伊庭の挨拶を賞讃すると「あれは以前、小山内薫が、自由劇場を、左団次、松蔦の対で創立し第一回公演の「ジョン・ガブリエル・ボルクマン」（イプセン・森鷗外訳）上演の時の挨拶をそっくりそのまままねしたのですよ」と云ふので、「それは何時の事ですか」ときくと「明治四十二年の事で何かの本で読んだ事がありますよ」と教へて呉れ今更ながら孝一さんの博覧強記に敬服した。

秋日和の休日に兵隊さん十人位が入場したが、舞台では女優さん達のラインダンスの最中にうしろにおった上官殿が突然大声で「コラ前の者、よく見えるか」とどなると兵隊さん達揃って立ちあがり「ハイよく見えるであります」とやったからたまらない。観客席からドットばかりに笑ひ声がわきおこり、女優さん達は何か粗相でもしたかと大あわてで、幕が引かれて目茶目茶、もう一度初めからやり直しと云ふこっけいな事もあった。

当時佐藤紅緑が浅草の新派劇団に関係しておったのでハチローさんは浅草野球チームのコーチをする事になり、次第に地廻り所謂「ペラゴロ」になり木戸御免、楽屋にも自由に出入りする様になりオペラ俳優さん達の特種をあれこれと知らして呉れた。

清水金太郎の生家は、神楽坂の三河屋と云ふそば屋だとか、田谷力三は神田明神下の旗本の孫だとか、男女優間の恋愛関係等々。

又、河合澄子と云ふ歌はあまり上手ではないが、小柄な美人で仲々肉感的な女優で、学生に人気あったが、客の呼び出しに平気で応ずると云ふので舞台監督の石井漠が怒って「ここは吉原の張店ぢゃないんだぞ、出て行け――」とどなるとパット窓から飛び出して行ったが、二、三時間もたつとケロリとして戻って来て平気で舞台に立つので、石井漠もさじをなげてしまったと云ふ楽屋話も、皆孝一さんを介して私が知った。

孝一さんは不思議に楽譜が一応よめて、「カヴレリア・ルスチカーナ」のトウリドーの唱ふ「おー、ローラーよ」とか「椿姫」のヂエルモンの唱ふ「なつかしのプロパンチエア」等を妹尾出版社発行のセノオ楽譜によってベルカント唱法で唱っておった。

大正七年頃、戸山英二郎なる新人が現れた、美しいテナーで人気揚りたちまちスターの座を占める様になった。「カルメン」では、主役を演じ相手のカルメン役の岡村文子に、舞台の上で本物のラヴレターを手渡す位の糞度胸もついた。ハチロー氏が孝一さんに報じて呉れた「戸山英二郎は混血児《あいのこ》で父親は伊太利人、暁星中学出で新国劇に入ったが、田谷力三の歌声に魅せられて入団し、近く声楽を本格的に勉強するため渡欧する」によって道理でバタ臭い顔付きであると判った。その送別会が浅草の西洋料亭で開かれたが、会費が三円とか五円とかで孝一さんならともかく、私如き学生の身分では大変な高額なので残念だが出席出来なかった。(戸山英二郎は後の藤原義江)

浅草からの帰途はきまってブラブラ歩きながら上野駅前の須田町食堂の支店に入り、どれでも一皿十銭の西洋料理を二、三品づつ平らげ、孝一さんは池の端を通って右に、私は左を廻って、途中、今、見たばかりの舞台を反芻《はんすう》しながら下宿に帰るのである。須田町食堂ではほとんど孝一さんにおごってもらった。

浅草オペラは関東大震災によって消えてしまったが、私共が満喫した大正六年から九年頃はその最盛期であった様だ。茫々として半世紀余が経った。今は唯、昔をなつかしみ人を想ふ。(元道展会員、秦野市)

初出『岩内ペン　沙良峰夫特集(1)』(岩内ペンクラブ昭和五二年)

『岩内ペン』沙良峰夫特集(1)(創刊10周年記念特別号・岩内ペンクラブ・1977年)

◇編者補注

池田雄次郎は上田瑠璃子が結婚した相手を円地興四松としたが、正しくは嘉治隆一であるので直してある。円地が結婚したのは上田萬年の娘文子（円地文子）である。また藤原義江の父親は伊太利人と書いたが、スコットランド人（英）である。さらに「カルメン」役の岡村文子は安藤文子と考えられる。他にも表記（人名・曲目など）に疑問のところがあるがそのままにしてある。

「築地襍記」より　青吉學人（詩人）

友人知己概ね文章の徒である。或者は聲名既に騒壇につらなって一世の讃をうけ、或者は殊更にこれを避け自ら高しとする。自ら高しとするものに二つある。市井の間に酔歌高吟して徒らに宰相を罵り痴態を街上に曝すものはその一、山野に腸を延して古人と遊ぶものはその二である。更に他の者は虎視眈々雄飛の機を覗ふと共に、青年客氣に馳られては暮夜茗亭裡に酔を購って、革命の歌を叫ぶ所謂文學青年の輩である。

彼等は大概書齋を持っている。中には所謂市内旅行と稱して一個の小トランクに、安全剃刀、オー・ド・コロン、封筒、原稿用紙の類をつめ込んで、到る處のホテル、旅館、友人の下宿、カフエ、待合、留置場を随時書齋としている者も尠くはないが、多くは書齋を持ち、乃至は持ってゐた人々である。（中略）

友人、沙良峰夫、本名を梅澤孝一といふ。海北豪家の出にして、所謂青衿の詩人である。學洋の東西に渉り趣味廣く殊に英吉利文學のゴシップに就いては當代文壇大家と雖彼の右に出づるものはあるまい。余と彼と相識るは西條八十が紹介によるものである。當時家を出でて本郷森川町のさる旅館に下宿していた西條八十の室で落ち合ったのが彼である。その夜偶然のことから西條八十と、余と一人の女とは彼の下宿に行くことになった。

下宿は同じ町にある本郷館といふ巨然青楼に似た建物で、そこの三階に彼は居るのだった。室は六畳ばかり中央に二基の卓を据えその周圍に書架凡そ五つ六つ並べてある。架上の書概ね文學の書にして、ペエタアが、グリイク・スタディズ・イエエツそのほか愛蘭土派の人々の著作シモンズがシムボリストムウヴメント、など殊に眼を惹く。卓上には破吉利支丹、高青邨《ママ》が詩集など、主人の志すところ狭からぬを感ぜしめた。而して卓上と云はず、架上と云はず、餘地あらば必ず小さく美しき置物があって、瀬戸物の婦人靴、青玻璃の時計などが恥かしさうに並んでいたが、これらの器物今何處へ行きしや、其後各處の旅舍に相まみえた時の彼の市内旅行靴中には既に逸してまた見ることは出来なかった。――中略――

（『住宅』大正14年10月号所収）

『岩内ペン　沙良峰夫特集（1）』（岩内ペンクラブ　昭和五二年）に採録

◇編者補注

この「築地褸記」は一九二五（大正十四）年より青吉學人により数回にわたって『住宅』に連載された。青吉はこの「褸記」において文人の書斎訪問を書いた。その中には秋艸道人（会津八一）の「秋艸堂」、日夏耿之介の「黄眠草堂」、永井荷風の「來青閣」、坪内逍遙の「双柿舍」などは〈住む人の心を移した美しい名前〉とある。青吉は一時『住宅』の編集にもかかわり「編集後記」も記している。

遠い日の彼　　村野三郎（詩人）

もう五十年も以前の事になる。私が梅澤君に始めて会ったのは。その頃はみんな若かった。そして世界中が光りに満ち、どこにも楽しい仲間がいた。私は東京の郊外に住み、まだ病後の文学青年だった。『文章世界』という文芸雑誌があり、その時の選者が露風氏から西條氏に替ったのを機に試みに投稿したら幸い一等になり、ある日西條氏から一度遊びに来ませんかというハガキを貰ったのである。そこで確か池袋だったと想う。あの小さな二階家へ訪ねてゆき雑談した。その折氏から「近く白孔雀という同人雑誌を出すが仲間にはいらないか」と勧誘されたのである。一度はびっくりしたが直く承諾し、それからは『白孔雀』『棕櫚の葉』『蠟人形』『愛誦』と、ずうっと西條主宰の雑誌の同人として詩を書き続けて来たのであった。

梅澤君との交際は、この『白孔雀』と『棕櫚の葉』の初期に当る頃だけだったと思う。

そして彼も私と同様に、数多い文学青年の中からスカウトされたものと思う。

今その当時の彼の作品や記録を見たいと、家ぢゅう調べてみたが、その後に関東大震災、第二次世界大戦などを経過し、今ではその大半が散逸して、殆んどもう手許に無い。従って彼の詩人としての全貌を見、それを正しく評価することは到底困難である。然し唯ごく短い期間の交友ではあったが、彼の印象は、今でも強烈に私には残っている。

たしか『白孔雀』創刊号のころ、或る日詩社から神田で（会場の名は忘れた）詩と音楽の会を開くから出てこいとの通知があった。勿論私は、羽織袴姿で片田舎の不便な電車を幾つも乗り替えて出て行った。その頃は、まだ詩人とは云っても、殆どが詰襟の学生服か、和服であった。ところが集ったその仲間の中に、新顔のしかもお揃いの黒ビロード服を着た二人がいた。紹介されると、その一人が『梅澤です。よろしく』と私の方へ手を出し握手を求めて来た。私は度肝を抜かれた。服装といゝ、その洗練された態度といゝ、新しい詩人とはこれか。凄い奴がはいったなと思った。これが私には初対面の梅澤君と安藤更生君とであった。彼らは、この日の為にその頃日本では、まだ一寸は見られない高価な服を造らせたもので、この時の写真は現在もなお私の手許に在り、そこには二人が胸を張って西條氏のうしろに写っている。講演は西條氏の現代フランス詩壇の話、独唱は長坂よし子と渡辺はま子の二人だったが、どちらもまだ可愛いゝ少女であった。

それから後、二年間位交友のあと、なぜか突然梅澤君だけが私たちの前から去って行ったのである。私は極くまれにしか上京しなかったし、彼に会ったのも実際には何回もない。

けれど彼はいつも熱っぽく詩を話した。彼の作品は(晩年のものは知らない)あの派手な黒ビロード服とは対照的に、妙に沈んだ極めて思索的なものであった。ただまだ少し概念的に過ぎるきらいはあったが。

彼には梅澤孝一と沙良峰夫との二つの名前があったばかりでなく、何故か妙に違った二人の不思議な梅澤君が私の胸の中にいる。

このたび彼の遺作集が出されるとの事であるが、その時には、晩年の諸作品も勿論はいるであろうから、彼がその後を、どんなに成長したか知ることが出来ると、今から期待しているのである。つまり本当の彼の相《すがた》が見られるからだ。

思へば、あれから長い歳月が流れ、西條氏も梅澤君も安藤君も、みんな死んで了った。茫々として五十年。過ぎし日は美しい。その輝きの中に梅澤は太陽のように、私たちの前から去って行ったのである。

初出『岩内ペン　沙良峰夫特集(1)』(岩内ペンクラブ　昭和五二年)

平善雄への書簡：梅澤孝一氏について　山崎泰雄（詩人）

ご依頼の梅澤孝一氏遺作について柳虹先生ご遺族に代り、私からご返事致します。

柳虹門における機関誌『伴奏』『現代詩歌』『炬火』について調べましたが、梅澤氏作品のあるのは『現代詩歌』（四年間に亘る）だけでした。（『日本詩人』は今私の手許にありません）コッピーについては、機械的な方法は不可能なので、私が全部筆写いたしました。私は数年前から右手掌にずっとシビレと痛みを持っており、ペンを持つのに不自由なもので、文字も乱れておりますがこの段ご了承願います。しかし内容は少しも変えたり落したりはしていないつもりです。判り切った誤植や誤字と思われるものも敢えてテキスト通りに写し、たゞ私が疑ひをもった個所にはママと小字で記しておきました。

何卒編輯の方のご判断で適当処理してください。

同門の人間として梅澤氏の名は仄かに私の記憶にありましたが、いま調べてみると氏の作品は案外少く、かなり飛び飛びで、同封お送りする分が全部です。また沙良峰夫他の名によるものは全く見当りませんでした。

お手紙によると梅澤氏は『現代詩歌』のころはごく年若い時分で、詩は習作時代だったと思われます。堀口さんのお便りにある「川路さんは公平な方であったので沙良作品の評価を正しくしていてくれたと思う云々」の言葉はよく当っていると思います。と言うのは、当時『現代詩歌』社友の作品は印刷の形態上、上中下の三グループに排列《ママ》されていましたが、最初梅澤氏は中級として扱われていました。「小唄」よりは上級に抜擢され、その後も段々いゝ順位を占めていましたのに、発表が休み休みであったのは、今写していても残念でした。きっとこの頃は詩作の途の模索中でゞもあったのでしょう。一作ごとにスタイルやテーマの変化と進展が目立つよう思われます。作風はいわゆる芸術至上主義的な方に傾いており、その自在な連想や、流麗な表現にいゝ素質の萌芽を見せて、前途を楽しませるものがあったのに、私がその後の同氏作品に接していなかったのは残念でもあり、若くして逝った詩人を惜しいとつくづく感じました。

しかしどうゆうものか同氏は社内の集りなどに顔を見せなかったようで、私も同氏と出会ったことはありませんでした。それも遺憾ですが、こうした機会に若かりし氏の足跡を辿ることができたのは嬉しいことでした。

では、コッピー原稿に添えて

昭和五十一年五月廿八日　平　善雄　様

初出『岩内ペン　沙良峰夫特集（1）』（岩内ペンクラブ　昭和五二年）

平善雄への書簡　堀口大學（詩人）

冠省、今日（十一月十二日）は、亡中に小閑を得て、ご寄贈たまわった、君の愛情の結晶というべき沙良峰夫詩集『華やかなる憂鬱』を拾い読みました。

「年譜」で故人が裕福な医家の生まれだったが、不幸年若くして父君に逝かれ、次いで母君を失った不幸な身上だったこと、西條君や佐藤春夫君や僕などより九歳も年若だったことなども知り、深い感慨を禁じえませんでした。

追憶の諸家の文や詩の中では、やはり西條君の「遺稿を懐に」に、心に残る想いを感じました。作中〈生前背馳した二人の性格が〉とか、または、〈ああなんするものぞ〉など気になる語句があるにもかかわらず。

一七歳で川路柳虹君の門を敲えておられますが、柳虹君の想い出語りの如きものが見当たらないには、僕には惜しまれてなりません。同君は常に公平な視野に立って、事物なり人物なりを観察し、批判する力を備えていた尊敬すべき人物だったと信じているからです。

そちらはもう毎日雪の様ですね。祈安。


昭和49年11月12日（逗子局消印）　大学老詩生

初出『岩内ペン　沙良峰夫特集（1）』（岩内ペンクラブ　昭和五二年）

平善雄への書簡　佐伯孝夫（作詞家・詩人）

私も年齢のせいでせうか、往時をいろいろと懐しむやうになりましたが、懐しい人たちの多くが故人になられているのが淋しくてなりません。梅澤さんは私にとっては西條家に出入りするやうになって存じ上げた方で、西條先生にとっては安藤さんと共にご友人のやうな仲だったやうです。よく東中野駅前近くの踏切近くの喫茶店？に現れておいでのやうでした。その店の踏切際の隣家が吉行エイスケ夫人あぐりさんの経営の美容院（現在、市ヶ谷一口坂）でした。『白孔雀』は、物持ちのわるい上に何度も戦災をうけた。私は持っておりませんが案外大事に所蔵している方が多く、勝承夫氏の自慢の一つでもあるやうです。――中略――　沙良峰夫のペンネームは、安藤さんの美牧燦之介と共に『白孔雀』発刊のときに撰ばれたやうな気がします。『棕櫚の葉』は、若い人たちばかりの集りで安藤さんも梅澤さんもおいでではなかった筈です。或はすでに、ダンディな唯美詩人、若くして金殿玉楼中の人になられていたやうにも存ぜられます。その頃の事情は『棕櫚の葉』の発行名儀人だった横山青娥さんがご存じと思ひますが、――中略――　また門田ゆたかさんがお知りでせう――中略――　美青年梅澤さんのおもかげはそれとなく浮ぶのですがお心に添へるやうなご返事を差上げられないことをお詫び申しあげます。心がけて梅澤さんを知っている人たちに逢ひましたら、また何くれとなくきゝ出しておきます。（不一）

昭和四七年九月三〇日　消印葛飾局

初出『岩内ペン　沙良峰夫特集（1）』（岩内ペンクラブ　昭和五二年）

詩人・沙良峰夫寸描―春秋二十六有余―

平善雄（沙良峰夫研究家）

アフロヂットは海のあわ
泡よりいでて泡にかへる

この二行詩を辞世として故里の岩内湾を脳裡に刻み二八才の青春を燃昇しつくした詩人沙良峰夫、そのあえかなる名が詩壇から埋没されてから、今年で四九年の長い断絶の春秋。

『岩内ペン』十周年記念として、沙良峰夫の詩魂を受けついだ本誌が、その詩集の企画を決定した十一月上旬、私は中田勝晴君と共に深更に至らんとした野東海岸へ車を走らせた。沙良が生れ、その最後の別れをした清住、大和の町並は妙に静寂そのものであった。

沖は仄暗く野束橋の側にある㊥梅澤本宅（現工藤木材）附近より見える漁《いさり》火は、点の波の不連続線であった。まさしく〝海のまぼろし〟そのまゝに見える冬の万灯会。北風にゆられて空中に散華して行く波の泡、雷電に続く国道に、拡散しつゝ巖上に消えていく波の泡を見つめながら中田君と一時間あまりの即席文芸散歩にふけった。

「できる、ここまで十年やって来たんだもの」と二人の手はいつしか互いに握りしめていた。帰宅してから私は若き日の一刻の様に暫らくは寝つかれなかった。

往昔、佐藤眠羊（元小樽新聞記者・童謡詩人）をして、抱巒荘の道筋で岩内連峰に続く雷電のつるべ落しの夕陽を眺めながら、「山紫水明のこの岩宇から画家が出るのは、故あること、しかし詩人が若し出たら世に傑出した一代の詩人が生まれる筈だ。岩内山系は霊気に満ちた魂の地であるから、」と大正初期の文学青年に語ったという伝説がある。

そして詩人は生れ出たのだ、沙良峰夫、石岡小太郎、藤沢知、尾崎寿一郎、三角たけじ、藤島清光、柴橋伴夫、山本丞、角田博、楠美純子、今、これらの人々をふりかえって見ると、皆それぞれに岩宇の地に住み、魂の呼吸をし続けて来たのである。

稲垣足穂をして、その著『北極光』『お化けに近付く人』の二小篇に語らしめた沙良峰夫、「そうだ、あの男には影がなかったからな」その一節に記されている様に、沙良峰夫には没役四十数余年の間に遺稿集の上梓を二度計画されながら、その実現を見るに至らず自筆の遺稿は現在、中国のある文学者の許に保管されているという、生涯つきまとった薄幸、孤独という文字を没後までも運命に支配されてきた詩人である。わずかその断片は足穂の作品に紹介され、また西條八十の『遺稿を懐に』の詩に見るだけであった。

沙良峰夫は本名梅澤孝一、明治三四年三月、北海道岩内町で医師をしていた父石川進、母イシの長男として生をうけたが、満五才にして父が亡くなり、母の生家梅澤家（初代、七代岩内町長梅澤市太郎の長女）を名のった。

小学五年の五月母イシが病没し、三人の妹カツ、冨士、春と共に四人兄妹は祖父母の許で養育された。小学六年の一月、単身、札幌中央創成小を経て札幌一中（現札幌南高等学校）に進み、父の跡を継ぎ医師を志したが、父の影響からか画家を志し、（父進は明治三三年、東京から油絵具一式を取寄せ、その作品のうち日露戦役の海軍、陸軍の戦争画Ｆ二五号を画き、昭和二〇年敗戦時まで岩内町立東小学校に保存されていた。岩内に始めて洋画を導入した人、作品は現在行方不明、水墨画は現在某家秘蔵）一中四年で中退、上京しアテネ・フランセ、正則英語学校、太平洋画会研究所に学んだ、家人の意向は医師にさせようとしていたが、事志と違い夭折を助けた詩人の道を選んだ、この頃の友人に今東光、東郷青児がいた。勉学のかたわら雑誌『雄辨』の懸賞論文に入選したことが、一つの転機となった。色盲という負い目が、又、養家の複雑な旧家の血が、敬仰するポオそのまゝの道を実践したのである。画業を中断した沙良は詩人川路柳虹に師事『現代詩歌』同人となった。詩を通じて美学者安藤更生、西條八十、石川淳、島田謹二、山内義雄、サトウハチロー、土方与志、吉田謙吉らと親交を得、大正十一年三月、その西條八十、安藤更生、島田謹二らと詩誌『白孔雀』(西條八十編輯)同人となり発行、やがて同年秋、癈刊の後『棕櫚の葉』にも関係をもった。同一二年には同人誌『黄表紙』(稲垣足穂・酒井真人・芳賀檀らの同人)に小説を発表している。足穂とは終生の友として交り、新発見した『新小説』の随筆にも足穂の名が見受けられる。

『文藝春秋』大正一三年四月、六月、七月号に、随筆「おるらぼどりだ」。『文藝時代』(川端康成を頂点とする新感覚派の雑誌)大正一五年七月号随筆「びゆるすく」(芸術家トカ道化者トカニ就イテノ妄語)の発表は足穂のすゝめによるものと推察されている。この頃は雑誌『住宅』の編集長と震災後のモダンな文化住宅の設計、室内装飾、海外演劇、美術、文学などの紹介、批評のほか、随筆、探訪、詩などを誌上に発表し、そのほかに『新小説』(春陽堂発行、編集長、岡康雄が親友のため編集を手伝う)『婦人公論』『新潮』などにも作品を発表している。又、築地小劇場の常連メンバーの一人であり、吉田謙吉、村山知義らを通して、たまたま欠員の研究生がいる時は舞台に上ったという。交際範囲も広く、辻潤を始めとするダダイスト、アナキースト、探偵作家、画家らの現在大成した人々が数多くいた。

面白いことは吉行淳之介の父、吉行エイスケ(作家)あぐり夫妻の経営する東中野の「カカド」の店で彼は荒川畔村《はんそん》などとバアテンダアをやったということである。今で云う友達同志が手伝う友情アルバイトというところか、ここにはエイスケの先生辻潤、宮島資夫、エリゼ二郎、川口慶助、山内恒身、人見幸子などと集まったと安藤更生が述べている。

沙良が『銀座』創刊号に発表した「銀座青年の歌」はそれらの銀座懐古の所産であり、『銀座細見』(安藤更生著)に北原白秋作るところの『東京景物詩』中の一篇『銀座の雨』とともに対比されて掲載され、現在でも銀座関係の書物にしばしば引用されている。

沙良峰夫というペンネームは『白孔雀』創刊の時に決定し、その語源は敬仰するフランス十八世紀の名女優サラ・ベルナールから直接本人がとったという。

大正十四年五月雑誌『銀座』の同人となり発刊（同人は山本拙郎、岡康雄、沙良峰夫、板橋敏行、板橋倫行、村松正俊、長岡義雄、村井英夫、安藤更生その他である）、これにも詩、随筆を発表している。この頃より西條八十の影響もあって童謡、童話も書いていたというが『金の星』『金の船』『かなりや』等の関係のあった雑誌はまだ未見である。

沙良の名が最近知れ渡るやうになったのは、生前、恋人倉持絹枝（美校生）の死を悼んだレクイエム「北への抒情詩」『住宅』大正十五年五月号発表が改題され、一部分が熟化されて、翌昭和二年八月号『クラク』に『海のまぼろし』が発表、この詩を読んだ箕作秋吉は七月二九日一人娘美津子を急病のため失った葬式の深更、眠れないため恋人を失った若者と幼な子を失った自身の気持ちとそっくりであったので、ピアノに向って流れ出る涙を鍵盤に向って作曲し、同年発表会を行い後に組曲「亡き子に」（三部作）おさめるため『悲歌』（海のまぼろし）と改題し、その許可を沙良に受けるため昭和四一年まで探していたという、しかし沙良は翌三年五月すでにこの世の人ではなかった。で、詩人尾崎喜八に一応代理許諾を受けた。この歌曲が秋吉をして作曲家とならしめたという。この曲がなければ、今、あのメーデーの大群衆の下に歌われる名歌『世界をつなげ花の輪に』の歌はなかったのである。秋吉は敗戦後あの曲の公募に際して一生の仕事として作曲した。『悲歌』は一九六四年『日本のメロディ一〇』筑摩書房、翌年『日本の歌曲』日本ビクター六九曲の中に収録された。

沙良峰夫をして人々は中原中也に比すべき詩人とも云う。ストイック、理想主義者、デカダン、サンボリズム、その評価は今後をまたなければならない。野田宇太郎は峰夫を称して「北海の抒情の系譜に忘れてはならぬ詩人」と激賞している。

没後三十有余年、知友の手により昭和四一年夏、故郷岩内の雷電岬の一端に詩碑が桑原翠邦師の染筆により—海のまぼろし—の一節を刻み、建立された、翌年六月『華やかなる憂欝』限定二百部をもって発行された。これは『白孔雀』『住宅』所収の一部分のみの作品である。

怒濤逆まく雷電の海に向かって、訪れるものに峰夫をしのぶというよりも人間寂寥《せきりょう》を見出すことだろう。

ともあれ峰夫の語部として、時代を生きぬいて来た人々と共に、私は生涯を通じて、その紙碑を埋れた紙魚の中から陽光にあてて行きたいと思うのである。手許に私と一緒に沙良峰夫の作品発掘に生涯をかけ宇宙に拡散していった弟博允の沙良峰夫へ捧ぐ詩がある。

叔父沙良峰夫に捧ぐ

平　博允

こよみの上ではまだ二月だと言うのに
幼子の歌声は天との対話であろうか？

外は木枯し吹きすさび
われは何事もなさずして
福寿草を眺めり

春近き朝《アシタ》
凍《シバ》れし孤円《コエン》を蹴って
この力強き足音を君に捧げん

弟は資料発掘のため京都に就職し、面会がきらいな稲垣足穂と逢った。その事は吉田一穂と足穂の対談の中に残されているのを、先日偶然にある本で読んだ。二十六有余の春秋は想へば短かく、また長いものである。

初出『岩内ペン　沙良峰夫特集（1）』（岩内ペンクラブ・昭和五十二年）

兄の想ひ出　竹ノ内冨士（妹）

若くして亡くなった兄の面影は、心の底に美しい存在として、生きておりますのも、私丈のおぼろげな昔がたりでございます。

明治三十四年当時、梅澤家の全盛時代に、市太郎曽祖父、祖父母の孫として愛情一ぱいに、育て哺くまれた事と思います。

父は、東北大学で医学を修め、岩内で開業致し、ドイツ留学の希望を抱き乍ら、三十三才で早逝致しました。残った子女四人と母の静かな生活は、私の物心のつく頃よりの、思出になりますが、母は兄の将来は、父同様の医学への期待を夢に抱いていた様でございます。その一例として、幼い兄を家長としての権式ある扱いなのでしょうか、毎夜兄の枕辺の錦袋の大刀をする置かれ、子供心に何かの「おまじない」と気強く思ったものです。

亦、本家の「おひげ」の曽祖父（初代梅澤）は毎朝、小さな袋入りの飴等を持っては、「お早うさん」と申し乍ら、兄の前に正座しては、イタヅラ書の絵等を、必ず一枚懐にして帰るのが、日課になって居りましたが、小学校へ入ってからの兄のお習字や、図書等上達振りを、どんなに喜んで楽しんだ事でしょう。

小学校より帰宅してもカバン等は、開いた事がなく、「学校とは勉強するところだから」と、生意気な事を云ひ乍ら、「ヒコーキ」の模型等に、夢中になり母が心配致した様で御ざいます。六年卒業后、札幌第一中学校に入学致し、クッキリと白線の学帽をかぶり、得々として出発したものでした。そのうち、家人の期待に添えず、文学の読書に陶酔する日常に、栄太郎叔父の理解ある助言に、東京への遊学になった様で御ざいます。

私等は、札幌に在学中とて、その間の兄の生活は分かりません。在京中は川路先生に師事し、西條八十、安藤更生、山内義雄先生方の有識な方々の御指導と、心の交流も深くなり、詩作等に意欲的になった事と思います。

夏休みの帰省には、当時、若人の間に歌われました「カルメン」「リゴレット」等のレコードや、オルガンで得々と口づさみ、私等も同調して、楽しく遊んだ少女時代が、一そう懐かしく想い出されます。私も学校を出ますとすぐ上京致し、当時麻布に居りました、志ん叔母に、兄同様一方ならぬ御世話になり、まだ右も左も分らぬ田舎者が、心用意もないまゝに下町の旧家に嫁つぎまして、余りにも違いすぎます生活環境に、只とまどう日常でございましたが、時折、兄に逢いますと、「女は、その家の家族に同化する事、亦、物事は臨機応変に処理する事だよ」等と、「ハイカラ」な兄の口から、よく云はれましたが、永い年月の中に、しみじみと痛感致し、時代の大きく変わりました今日でも、子供等にいつも口ぐせの様に申して居ります。「オシャレ」で、美しいものゝ好きな兄は、いつも母の写真丈は、懐に抱えてました事を、安藤先生より伺ひまして、母の面影を青年期の心の寄りどころとしていた事を思います。したがって当時の作品には、両親を早く逝くしました淋しい一面が、滲み出て居る事で御ざいましょう。

帰省中の昭和二年十二月、長男洋一郎の出産に際し、兄より「無事出産の由、それに丈夫な男の子で、竹ノ内家大悦びでしょう。正月一奮発の為、上京す。五円些少乍ら、子供のオシメ代」との便りが遺書の様になって仕まいました。

翌年二月上京、まもなく急病に倒れ、五月若葉さわやかなる日に逝去致しますまで、一年中で、一番美しい季節に病床にあり、良く「早くお堀端や、銀座の柳並木を散歩したい」。と口ぐせの様に申し、窓遠くみつめておりました。諸先生に御見舞頂きましたなかで、特に西條先生が、真白な百合等沢山に、お見舞にお持頂き「白は、本当にきれいだネ」と、幾度となくもらして居りましたが、まもなく、永遠の別れに、先生の御心の程を酌み仏前に御供へ致したので御ざいます。

三十七年振りに、少ない作品が世の光に触れました事も、偶然ではなく、祖父母の厚い信仰の仏縁に依る事と、感謝致して居ります。平和な時代に短い生涯を閉じ、私共と致しましては、何一つなし得ない本意無さに、只、詫びたい念願で居りましたが、四十数年後の現在、皆々様の御厚志により、冥福を念じられます事は、誠に幸せな兄と、心より御礼申し上げ度く存じます。御有志の方々の御苦労の程を只感謝一っぱいで御礼の言葉もなく皆様の御健やかに御精進の程を念ずるのみで御座います。

初出『岩内ペン　沙良峰夫特集（1）』（岩内ペンクラブ・昭和五十二年）

沙良峰夫とその周辺　　田中カツ（妹）

私達の父石川進は東大医学部を出て、道内旅行の途中、岩内に寄り栗山英哉先生のすすめにより（有馬英二先生の実父）岩内公立病院の第四代院長となり、のちに病院が廃止となり、梅澤市太郎の長女イシと結婚、杏生堂病院、楽生病院を開業しました。病院は現在の清住二ノ宮矢田商店の一角全部にあって二葉座寄りに入院室があり、現存している方で琴曲（山田流）の木部先生が、出生の時、両眼が失明状態であったので、御両親様から何とか片方の眼でも見える様にして下さいとの、たってのお頼みであったので、父が東京の新技術をもって手術し、やうやく希望をかなえてあげたと、何時も御両親が私達に感謝の言葉を述べておられた事を記憶しています。佐賀呉服店のお母さんとは私とお友達で、佐賀さんと木部さんは姉妹ですから、そんな話をされたと思います。父が亡くなってから、豊子さんという女中と八畳一間の家で親子が暮らし、その後㊥梅澤本店に移り、梅澤新宅に移転しました。母イシは私の十一才の時亡くなり、兄妹はどちらを見ても人の気持ちもわからず精神的に苦労しました。母イシは娘の頃小樽の技芸女学校に学び、卒業生は十人たらずよりいなかったそうで、お嬢さん達が振り袖姿で通っていたそうです。明治二十七年五月來道中の川上音二郎に月琴を習い、その写真も、父の写真と一緒にありました。父母は早く逝ったせいか随分写真を撮ってあり、行李二ツにあった事を記憶してます。今はどこに行ってしまったか全然わかりませんのが残念です。

博文館の雑誌に関係していた文士が発禁記事を書いた為、梅澤本店にかくまわれていて、叔父の栄太郎さんが色々世話をしていたことがあります。兄との関係かどうか判りませんが、冨士が御膳を運び、女中達には口止めをしていた様です。後で冨士が東京に出てから雑誌の写真を見たら、あの客が大杉栄であった事を知って話してました。大杉栄は田中の前の嫁ぎ先、角野家にいつも来て、舅が東京府会議員であったせいか、舅から頼まれて一ヶ月に三回程お小遣いを手渡しておりました。店の帳場のご飯時に留守をしていると「十円やっておく様に」と言われよく差しあげました。青い顔をした人でした。塚本はま子女史もよく来ていました。角野家を震災後去り、梅澤に帰りましたが、藤井貢（俳優）大町桂月（作家）江見水蔭、山崎省三、三浦鮮治、中村善策さんらも見えてました。その後、田中と結婚しましたが、田中淳（みはる）はスタール博士と共に納札の蒐集や、浮世絵の筋のよいものを持ってました。愛臧品では小泉八雲の書簡が沢山あって、明治二〇年代のスタンプが押印され紫のインクで書いてあり日本人より字が上手でした。八雲と田中の母の姉の主人（田村）と親交があっていつも手紙の往復があったそうです。田村さんは八雲は普通の人ではないとよく話してました。

兄孝一と喧嘩した思い出は、角野家から帰って梅澤の帳場から十五円のお小遣と、祖母から五円、その二十円で哲学の本を買っていたら或る時、兄が東京から帰省し、押入れの中の行李一杯に入れておった哲学、宗教の新本を破ってしまったのです。外国の翻訳もあったのです、ショーペンハウル、エマーソン、ゴーエケンを読んでいたら、兄は詩人でしょう、「女が哲学やってどうする、自己流で何になる」私は「自分の小遣いから出して買っているので誰にも迷惑を掛けていない」と大喧嘩になり、兄は「お前は女としては厳しすぎる、春子を見れ、おばあちゃんに優しく尽くして歌を歌って色々手伝っているのではないか」と言われました。兄の思い出で一番印象に残っているのは童謡の雑誌で「かなりや」「金の船」「金の星」であったか上品な良質の紙で、表紙が素敵な雑誌に帰省中、岩内で原稿を書き発表していました。兄の友人は社会主義者やアナーキストがいて、いつも寄《ママ(?)》ったばかり来るので、麻布の志ん叔母が大変怒って兄を叱っておりました。「孝ちゃんにいつも寄《ママ(?)》ったばかり人が来ると私達も迷惑するし一軒借りるなり下宿したら」と言われて風呂敷一つで移りました。人が困っているとだまっておれないのでせうね。北京にあるという生原稿もそれらの人が自分の名前で売ったかどうかと私は思います。何しろ祖母に頼んで大島の着物や、白かすりを仕立てゝ送っても秋には質屋に行ったか何もないのです。麻布の志ん叔母の所にいた時「梅澤君いますか」と言って玄関に入って来た人は、今のジーンズと言うか青い菜っ葉服上下を着て、二階に呼びに行くと、私を蔭に呼んで「友達が困っているからと私から五円、十円と借り、又は帯や、着物を用立てました。春子も大分その方たちに用立てましたが、兄も友人の事で困っていると思いました、女中らはその事を知っていて、「孝一さんは留守です」とよく気をきかせた事があります。女中が「孝一さんは煙草が切れているようですよ」と言って、五ケ、十ケと買物の帰りにバットを買って来てくれました。私だけでも全部で兄の友達に五百円前後のものを用立ててます。今では時効となってしまったが、それらの人々もそれぞれ出世してしらん顔でしょう。せめて兄に対して供養の一端として遺稿集の発行の道すじ位つけてほしいと思います。『婦人公論』に昭和初期と思いますが『船上にて』という詩は、岩内より上京の途中青函連絡船の船上で書いた詩で素晴らしかったので兄をほめたら喜んでいました。ほかの作品の分と併せての原稿料であったのか、東京の出版社から五十円の小為替が送られて来て、私が使いに岩内郵便局に受取に行きました。築地小劇場の舞台装置の方の相談もうけてました。よく村山知義さんや、イナガキ・タルホ、西條八十さんからも手紙が来てました。兄の字は丸い字でした。角野栄之助の友達に水野さんという元出版をやっていた方の息子さんがいて、大正十三年に一緒に出版社をやって雑誌、書籍の発行の計画もありましたが、実現できませんでした。兄が亡くなってその遺品を持ってきたら行李には、よい着物はなくたゞ粗末な着物と私達が見ないような本が少しあるだけでした。あれを見ると可愛想な人だったと思います。最後の時は、せんべい蒲団にくるまり、質屋に持って行って何もないので朽木さんもびっくりして、私が針仕事をして送りました。竹ノ内のおばあちゃんがこれでは駄目だと言って三越に注文して紫のメリンスの蒲団を作らしてすぐ入院、その間激痛の連続、私は一応岩内に帰り、すぐ春ちゃんが上京して看護をしておりました。赤十字病院の外科医長水町先生が手術したと聞きました。私は思うですが、友達の犠牲になってその人々に裸にされてしまったのです。親がいないから甘える事も出来ず、人に気兼して只友情のみを信じていたのですが、一人淋しく裸で死んでいったのが本当に可愛想だと思います。『文藝春秋』には梅公とアダ名で書かれていたのを読みました。この様に集められて世に出される事は何よりの供養と感謝しています。

兄は詩人の道を選んでいったのは、母方の実家が商家で、母を亡くしてから医師の方に行こうとしたらしいのですが自己の道を筋道だてて進んでいきました。回りが幾ら金と名誉があろうとその道をつかむ為に随分苦しみ悩んだのです。あのまゝ長生きしていたらいゝ物を発表したと思います。その作品は一般が喜ぶようなものでなく、よく読んで見るといゝ気持ちになります。ある時お酒を飲んで酔って寝たので、蒲団をはがして「この顔は何だ」とお説教をすると、「カツお前は女として強すぎる」と言われました。最も晩年でしたが腫れぼったい顔でした。平常は静かなおとなしい人で、角野家に来る時は、ステッキをついて優しい物腰なので、「よいお兄さんですこと」といわれ少々鼻が高かったものです。人をけ落としてもという事がない人でした。角野の家の隣に芥川龍之介の奥さんの実家（塚本家）があり、お母さんが「文子が大学を出た何か書く人のところに嫁しました。日暮里の方のご親族に夫婦養子に行った」という事でした。実家に遊びに来られますと近況などを聞かされました。文子さんのおばあちゃんは伏見宮家に仕えていたとの事で、お父さんは海軍軍人で、戦争（日露戦争）で沈没した艦と運命を共にしたそうです。文子さんの弟さんが生まれた時、その軍艦の名をとり八洲と名付けたそうで、芥川さんがまだ若い書生でしたから、時々日暮里に行くと、芥川さんとお逢いしました。品のいゝ人でした、文子さんは鼻が高く外人みたいで色が白く髪が少し赤くて背が高いきれいなハイカラな人で何時も二人の子供さんを連れてました。オペラパックとショールを持っていた姿が目に浮かびます。兄にも芥川さんの事をよく話しました。兄の霊魂は生きている間救われなかったのですね。

初出『岩内ペン　沙良峰夫特集（2）』（岩内ペンクラブ・平成二年）

兄の懐い出　　平春（妹）

今年もめぐって来た五月十二日、兄梅澤孝一が、無情の風とともに、つれ去られていってから早や三十九年の月日を重ねました。思へば夢のまた夢でもありましょう。めぐる走馬燈の一駒にもにた、懐い出が心の印画紙に焼きつけられて、ふっと幻のように淡く甦って参ります。両親を早く亡い、祖母さまの手で育った私達兄妹は親鳥・小鳥の睦ましい有様を見ては、又、お友達の家庭に遊びに行ったりしては、親子の愛情、夕べの団欒をどんなに想像し、憧れた事でせう。

兄と過ごした歳月の昔がたりと申しませうか断片的なことがらを申してみましょう。

小学校の頃、私達の家は今の中田アパート（清住）の處にあって、兄妹は橘小学校へ通っておりました。兄のお友達は、家が近かったので、西沢憲さん、石田貞雄さん小木さん、若林さんが、毎日の様に遊びに見えられて時々は、幻燈会をやって、この四人の方々のほかに、善時田さん（西小学校時田先生の父君）、大門政治さん、大島さん（代書の弟さん）もメンバーでした。説明役は兄や梅澤保雄さんが真面目な顔で、していたのを記憶しております。

長じて東京に出てからでしたか？

たまたま帰省中のとき、私が部屋掃除して居りましたら机の上に一冊のノートが、書きかけらしく置いてありました。見開きのまゝでしたので見るともなく目に入ってしまった文字は「僕は父の遺志を継ぎ、医学で身を樹てようと決心していたが、或る事情のため文学に入ることにした、言々」と書き記されておったのを記憶して居ります。

何がこの様に兄の気持ちを変えたのか、わかりませんが、毎年の様に帰省しては、文学の話や、師事されておりました、川路柳虹先生、西條八十先生、山内義雄先生、安藤更生先生、その他の詩人の方々との交友などを話されておりました。大正十一年頃、私が病に伏していた時に「病気の時は美しい物を見て、気持ちを明るくして早く快復する様に、僕は今、フランス文学を研究している。原稿料が入ったから、少ないが好きなものを買ってくれ」と、五円同封して参りました。ほどなく雑誌「白孔雀」を毎月送っていただきました。

ある年の夏、㊥の別荘で祖父さまが庭の手入れをしたいと申しまして、私が同行しました。丁度兄も帰省中で、お手傳をする事になり、別荘に行きましたところ、木田金次郎さんが、お見えになりスケッチをされて居りましたが、兄が来ているのを木田さんが見られて、スケッチはソッチノケで、早速座敷に上がられ、二人で、岩内の風景や、東京の話、美の世界や、文学、繪画、音楽と、幅広いお話をなされ、ビールをお飲みになり乍ら、心から楽しそうでした。

或る時の帰省にはグレーとグリーン系のビロードの肩かけマントを着てきましたので、私は洋画の俳優の様ねと、ひやかしてやりました。祖母さまは早速自分の羽織をタンスより出して、「これをといて孝一の羽織に仕立てる様に」と言はれると、私は自分が着物でもいたゞいた様に喜んで、早速午後より、ほどいて縫い始め、夜明しをして翌朝縫い上げまして、兄に「羽織が出来ましたよ」と部屋に届けると、兄は大変喜び早速祖母の部屋にとんでいったのでした。

保ちゃん（梅澤保雄）は孝ちゃんが帰ったのだから手作りの支那料理を御馳走しようと、兄をともなってゆきました。

大正十二年九月一日のあの関東大震災の折には雑誌記事の取材のため旅行中で、東京に帰って来たら外国人と間違えられて憲兵にきつい取調べを受け、「アイウエオ」を何回もくり返し言わされたなどと語っておりました。髪がちぢれて、ダンティーな格好をして居りましたから？その時などは当時大流行の西條先生作詞の「かなりや」を口ずさんでおり私達も教わりました。

しかし大正の末頃には、私と次の理由でいさかいをした事があります。

「春子、僕は三十前に死ぬよ」言々と言われ「何を孝ちゃん言うの、兄さんが只一人たよりで私達生きているのよ」と私はきつく反抗しました、兄は頭をかきながら、「やあ、スマン　スマンとちょっとかっらかって見ただけだよ」とその話はそのままになりましたが、恐らく自分で予感があったものでせう。帰省中などは東京から友人の方々が、手紙をよこされ「梅公早く帰って来い、田舎暮らしはどうだい」などと上京を、うながす便りが毎日のようにありました。

昭和三年上京間もなく、発病いたしまして、私が看護に上京することとなり、その前日、梅澤家で信仰して居る円山の観音様の滝水を汲みに、私と、廣瀬のおシゲばあさんの二人が凍てつく雪路をこぎながら一足一足山へ登りました。お不動さんの滝水を一升壜につめ祈願をして帰り、上京し、早速麻布の古川橋病院へかけつけましたら、兄は大変その労苦をねぎらい、感慨深くその壜を見つめて清水を「おいしい、おいしいなー」といひながら飲んだものでした。二回目の手術後「岩内に帰り、別荘で花作りでもして、又快復したら本屋でもしたいな—お前、身の廻りの世話をして呉れぬか」と話しておりましたが、三回目の手術では寿命をさとったのでせう「僕はもう駄目だ、祖父君《おじいさん》と祖母君《おばあさん》の孝行は僕の分もしてくれよ」と言って、おりましたが私はその答えには言葉もありません。使ひをおえて帰って参りましたら「西條先生が見舞いに来られて御帰へりになったとこだよ」と話しをしていた時はまだ言葉も言へる様でした。が其の後二・三日してから「春子、今、父が診察姿のままでこの部屋に来たよ。」「兄さん、違ふでせう」

「いや、ほれそこに白い白衣を着て、お前見えないかなあ」と言はれた時は、私はハッとしました。臨終後すぐ駆けつけてくれた板橋倫行氏か又は敏行氏か（拓殖大学助教授と記憶）の方が男泣きに「本当に惜しい方を失った、残念だ、残念だ」と言われ、いたたまれなさそうに涙をふいておられた。肉親同様、いやそれ以上の悲痛さ、本当の友を失った時の男の友情とはあの様な心境でありせう。愛と美の世界に没頭し、その極地を見きわめようとして倒れたのかも知れません。表面は華麗な中にあたって、静かな思索の場を求め、そして最大な孤獨な人であったのでせう。

遺言めいた事となりましたが、自分の詩集は金、縁《ママ》、白の三色を使って題名は「華やかなる悒欝」と決めておりました。

只一つの兄の形見として私のところにあった、バラの油絵は八重樫孝三さんからいただいたものですが、姉、竹ノ内冨士が来岩した際、記念にあげましたところ東京の大空襲で焼失したとの事です。遺品の日記の中に「布団はどうして、こうしめっぽい物だろうか、言々」と書き記してありましたが、十五、六才頃よりの下宿生活、誰一人として身の廻りをしてあげられなかった事などが、思いだされております。よき時代に、その短い生涯を閉じ、私共と致しましても、何一つなし得ないままに過して参りましたが、箕作秋吉先生の手によって遺作が世に出まして、四十年後の現在更に皆々様の御厚志を感謝いたします。

（昭和四三年五月一〇日）

初出『岩内ペン　沙良峰夫特集（2）』（岩内ペンクラブ・平成二年）

おもいで　三上縫

私の家は、明治二十八年頃、父が岩内警察署長として赴任して以来、梅澤様とはお附合いがあったらしく、一度岩内を去り、再度岩内に来り、住み着きまして以来は何かとお出入りしては、お家の方々とお親しくしていただいて居りました。その頃、父はよく孝一様は大いした者だ、お父上そっくりでよくお出来になる、といっては褒めて居りました。当時中学校には尋常六年より受験するのが普通でしたが、特に優れた方のみ五年から受験することも、許されて居りました。孝一様は慥か後者でいらしたように、記憶して居ります。その入学式の時、折り悪しく祖母君が、御病気、御入院。お身内の方が御出席なさり兼ねた為、私の母が代ってお供しました。たまゝ母が、いつもの丸髷でなく、いちょう返し、という髪を結って居りましたので、それがお気に召さず、随分、駄々をこねられたと、後々まで母の語り草で御ざいました。

学用品等は最高の品を用いられたやうで、後で丁だいしたノート等、冨貴堂より求められたもの、表紙は、水車のある油絵風の風景が刷られてあり、紙質等は上等の物でその上に、博物、理科、等、見事な筆蹟で記されてありました。

その後、私共も岩内を去り休暇や何かにお伺ひする位いで、孝一様の御消息は知る由も御ざいませんでしたが、中学は中退し御上京なされた事は、父が残念さうに語って居ったやうでした。私が大正九年から十二年春まで、東都で学生生活を送って居りましたが、その折り、下宿住居の味気無さに、日曜には御迷惑も顧ず根岸の叔母君のお宅に、お邪魔に上がって居りました。たまには孝一様と、お逢い致す機会もあり、いろゝお話を伺うことが出来ました。今思いますと、グレーのシールのマントでした。それにステッキ、高下駄、これが詩人の粋なスタイルだと、自慢げにして、いらっしゃいました。初恋?の本郷の方の事を伺ったのも、その頃で御ざいました。

何か悶々としていらした事もあり、案外、明るい日も御ざいました。多感な方の御心中の推移は、知る由も御ざいませんが、ある時、何か書いてみたい―　今昔物語がないか、とのお手紙をいただき、早速お届け致しましたが、それが、どのやうなお役に立ったかと、時折り考えることが、あります。古往今来、兎角く、才能豊かに恵まれた方の世を早く去られる例を見ます。孝一様も、そのお一人で、いらっしゃいました。

此の度、若くして逝れた、沙良峰夫氏を偲び、その才を惜しむ方々のお手により、なつかしの故郷に、文学碑建立の運びになりました事、泉下にあられる孝一様はもちろん、御両親様もどんなに御満足のことでございませう。私も亦、長らへてこのよろこびに加へていたゞきました。ありがたいことと存じて居ります。

初出（初出『岩内ペン　沙良峰夫特集（２）』（岩内ペンクラブ・平成二年）

『岩内ペン』沙良峰夫特集(2)(岩内ペンクラブ・1990年)

Ⅲ・沙良峰夫とその時代　柴橋伴夫

第一章　聖杯と海霊

1．香り高き空間

岩内という港町を大きな器たる〈聖杯〉としてみたい。この〈聖杯〉には、自然の力、感性・詩性の力、海霊のパワーが満ち満ちていた。

その〈聖杯〉とは、どんなものであろうか。そこには、芸術家の魂に大きなエナジーを享受させる時空間があるようだ。

クロノスとトポスという概念がある。クロノスとは時間のこと。トポスとは、磁場空間のこと。人は、その双方の力を得て魂を形成するものだ。

いま岩内は、港町とのべたが、そんな単相な相貌ではない。まず北海道にしては、古い歴史をもち商業の町でもあった。一時は鰊漁で栄えたが、それが不漁となると、水産加工業に転換した。加工品や農産物を輸出し、茅沼炭鉱の石炭を港や鉄道で運んだ。一九三六（昭和一一）年には、地元新聞が七紙発行されていた。

岩内人は、そのクロノスとトポスが合体した時空間で育ったことを誇りにしている。沙良峰夫もまた、その時空間の恩恵を一身にうけている。

梅澤孝一こと、沙良峰夫は、一九〇一年（明治三四）年三月十一日に、岩内町大字橘町字清住五番地ノ壱（現・清住八一番地）に生まれた。父・石川進と母イシとの間に一男三女が生まれた。その長男だった。ただし、父進と母イシには入籍の事実はない。沙良峰夫は出生後、母イシと同じく祖父母の梅澤市太郎とイツの戸籍に入った。一九〇八（明治四一）年になりイシの分家により、妹三人と共にイシの戸籍に入ることになった。

この年には、柳家金語楼、円谷英二、木村伊兵衛、文学者には、梶井基次郎、小熊秀雄、小栗虫太郎などが生まれている。海外ではアンドレ・マルローがいる。

〈故郷は遠くにありて思うもの〉と謳ったのは、詩人室生犀星だ。犀星は、〈そして悲しくうたうもの〉とつづけた。犀星は一八八九年（明治二二）年に、金沢に生まれている。沙良とは三歳ちがいだ。この犀星の詩は、『抒情小曲集』（大正六年）に収められている。詩の題名は、「小景異情」（その二）という。さらに犀星は、この詩では、続けて〈よしや／うらぶれて異土の乞食〉になっても〈帰るところあるまいや〉、と嘆いた。

この詩人にとって故郷とは愛憎半ばする存在でもあった。というのも私生児として生まれた犀星は、父母の愛情を充分にうけて育つことはなかったからだ。周囲から、オカンボ（この地の方言で妾のこと）の子と冷たい眼に晒された。犀星にとり、故郷は〈冷酷な聖杯〉となった。

では、沙良にとっての故郷とは、はたして完全無欠な〈聖杯〉であったのであろうか。肝心の、そして若い魂の成長において最も根源的な家というトポスが、完全体ではなかった。

六歳で父を、一二歳で母を亡くした沙良。母方の梅澤の名を名乗り、梅澤家の財の援助をうけて過ごした。二八年というこの短い地上の歩みは、そのダンディな風貌とは異なり、幸福の二文字とはかなり離れたものであった。薄幸とまではいわないが、それに近いものであった。

早くから文学に目覚めたのも、その鬱積に染まる感情をどうにかして昇華したかったことも一因かもしれない。なにより家を離れて、いかに自分の詩の才能を武器にして自立するか、そのことを小さい時から模索していたにちがいない。

犀星のように故郷は〈冷酷な聖杯〉とはならなかったが、心の奥底では〈悲しくうたうもの〉となっていたにちがいない。

沙良にとっての潮の香が溢れる〈聖杯〉たる岩内での生活時間は、一三歳で岩内を離れたので、とても短かった。今でいう越境入学で札幌の創成尋常小学校（現・資生館小学校）に通った。二八歳で早世するので、人生の半分しか故郷で生活していない。上京後、何度か帰岩して友人たち、家族たちと会っているが、それも短期間だった。

一三歳で、親元を離れた後は、ほとんどヤドカリ状態、下宿生活の連続となった。そのため、沙良にとり、強く〈故郷は遠くにありて思うもの〉となった。いま岩内という時空間は、ある種の〈聖杯〉だとのべた。では沙良にとっていかなる〈聖杯〉となったのであろうか。その〈聖杯の実態〉とは何か、視点をかえてみてみたい。まず瑞々しい自然の力が、〈感性の聖杯〉となった。光、風、海の音などは強い磁力を帯びながら、美しい色を帯びた形象となって、この詩人が身につけた感性の衣裳となっていった。この透明な光と風の香りに、港町特有の塩辛いものが混じった。

特に感性の原盤に焼き付けられたものがある。岩内山の雄大さ。海の永遠性。夏の海が作りだすくっきりとした水平線。そして冬の日の厳しさ。

冬の日、雪は上から降ってこない。烈風により雪は下からまき上がってくる。

〈歴史という聖杯〉の力も見逃すことはできない。岩内の発祥は一七五二年、つまり宝暦年間にまで遡る。ニシンで財をなし、さらに「場所請負制」によって開発、発展していった。町制が布かれたのも一九〇〇（明治三三）年と道内でも早い。町制が布かれた翌年に生誕したのが沙良峰夫であった。

〈文化という聖杯〉もある。古い歴史を刻む街には、各宗派が寺をかまえた。たしかに人口の割合に、寺院が多い。東京以北において、最大の木造の大仏さんを構える曹洞宗の歸厚院もある。かつてニシン漁で栄えた街には、様々な文化も花開いた。

現在、岩宇管内には、三つの美術館、荒井記念美術館、木田金次郎美術館、西村計雄記念美術館と岩内町郷土館がある。いまでも絵描きが多い。また岩内の俳句の歴史は古く江戸時代にさかのぼる。明治期に、勝荘庵錦風（勝峰金治）が、一八九二（明治二五）年に初めて岩内俳壇を起した。懸社岩内神社の境内には、自由律俳句の河東碧梧桐の弟子の泉天郎（本名・正路）の句碑がある。

泉は東京生まれ、千葉医専を卒業後、岩内で医師・歌人として活躍し、『アララギ』にも作品を送った。河東碧梧桐は、正岡子規の高弟であり、明治三九年から〈三千里の旅〉を決行し、日本全国を回った。石川九楊（書人・書評論）は、その労作『河東碧梧桐表現の永続革命』（文藝春秋・二〇一九年）において、これは三三歳になった碧梧桐が、生を賭し死を覚悟した旅であり、〈三千里という名の俳句長征〉であったとみる。この旅は、二次にわたり北海道にも来た。

石川九楊は、先の著では触れていないが、碧梧桐は、二次にわたる旅とは別に、関東大震災後の一九二七（昭和二）年に、岩内を訪れている。俳句誌『三昧』の同人たる下国季一を見舞うためだった。碧梧桐の『北遊記』には、佐藤十狼、泉天郎と会っていることに触れているが、北海道の同人三人は、全て岩内人であった。

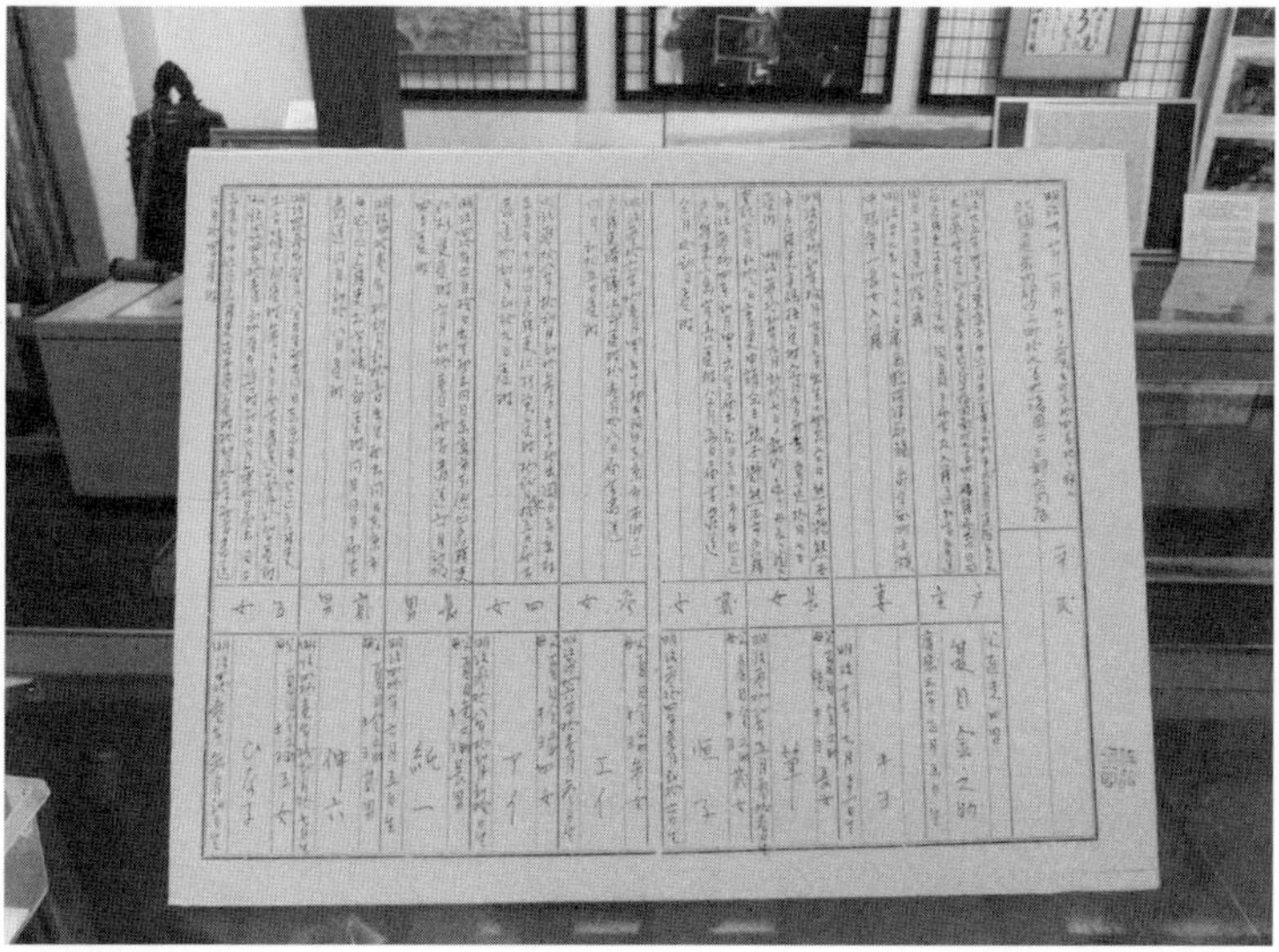

夏目金之助（夏目漱石）岩内に戸籍を移動したことを示す（岩内町郷土館・2020年・☆）

　回り舞台を持つ劇場、二葉座もあった。また洋画、邦画の封切り映画館もあった。

　また財を成した商家は、旦那として文化人・文学者などを客人としてもてなした。

　少し岩内と文学者との繋がりを一瞥する。文豪夏目漱石が、岩内に本籍を移していた。そういうと、つくり話と疑う人がいる。が、一八九二（明治二五）年四月五日に、夏目漱石（金之助）は、岩内町吹上町十七番地浅岡仁三郎方に籍を移した。『岩内町史』（昭和四一年・佐藤彌十郎編著）に、仁三郎の弟山太郎の〈談〉が載っている。それによると浅岡家は、三井物産の岩雄登硫黄山の御用商人をつとめていた。硫黄山事務所に勤務している方からの依頼で、浅岡方同居として東京市牛込区喜久井町より漱石の分家本籍を移した。

　当時、北海道は戸主が兵役免除の対象になっていた。人口が少なく、壮丁を徴集することは開拓上も大いに支障ありと判断された。かくして漱石は〈後志国の平民〉となった。ただ実際に、漱石がこの本籍地を訪れることはなかった。一九一四（大正三）年六月二日には、東京市牛込区南町七番地へ転籍する。その間、漱石は二〇年近くのあいだ岩内の人であった。ちなみに岩内の名の由来は、アイヌ語の〈イワウナイ〉（硫黄の流れる沢）による。岩内からこの硫黄山がみえた。

少し補足する。三井鉱山合名会社により、硫黄採掘のため岩雄登出張所がつくられた。どうもこの出張所の所長が、漱石の転籍に関して、裏で動いたようだ。いうまでもなく、この三井鉱山合名会社の経営者は、三井財閥の総帥益田孝（いわゆる茶人としても有名な鈍翁《どんおう》）である。漱石は、正岡子規とは親しい間柄であり、一説によれば、岩内には優れた、先に紹介した碧梧桐の弟子もいたことも本籍を移す遠因ともいわれている。

漱石は来岩しなかったが、中央から多くの文学者が来岩した。一番手は長田幹彦。彼は岩内に滞留しそこで見聞したことを素材にして、『鰊ころし』『扇昇の話』『港の灯』『雪の夜話』などを書いた。長田は、のちに郷土史家にもなる佐藤彌十郎の請いにより、中山晋平が作曲した「岩内音頭」の作詞を担当した。林芙美子も来遊し紀行文に岩内のことを記した。さらに有島武郎が岩内の画家木田金次郎をモデルにして『生れ出づる悩み』を書いたことはつとに有名だ。多くの文学者や文化人が客人となって訪れたのが、梅澤家であった。

岩内町郷土館で作成した『梅澤氏系譜』から、由緒ある家の歴史を紹介する。梅澤氏の出自について、祖は佐々木高綱という。その末は、越後・高田藩士であったが、何かの事由により士分を離れ、江戸時代には商人となった。経営を広範に行い、北前船により松前エゾ地の交易や漁業をなした。ただ一門中に、幕府に訴人され密貿易の汚名により江戸獄舎で病没した者もいる。岩手県東閉伊郡宮古港に数世紀の間、在した。一族には、八重樫氏などがいた。一八七二（明治五）年の戸籍法制定により、梅澤家が樹つことになる。初代市太郎の妻は、岩内場所運上屋佐藤仁左衛門の別家丸仙佐藤氏の出自という。初代市太郎の時に、㋑と屋号とし、イソの分家をもって㊥となった。

あとでも触れるが、梅澤家は、本家、分家に別れ、町内に二つの別荘を所有していた名家だ。アナキストたる大杉栄が中央から逃げて来て、梅澤家にしばらく身を寄せていたという。この話は、私も小さい時から周りの方々から聞かされていた。

ここで沙良の妹たちを紹介する。先の「梅澤氏系譜」から、その嫁ぎ先を辿ってみる。長女カツは、済生会病院長田中淳に、二女冨士は、安藤広重「東海道五三次」の版元・保永堂五代目竹ノ内孫蔵に嫁いだ。三女春《はる》は、元北海タイムス岩内支局平善作に嫁いでいる。最初に沙良峰夫詩集『華やかなる憂鬱』を編み、『岩内ペン』で沙良の特集を組んだ平善雄は、春と平善作の長男である。

いまのべてきた、大杉栄のことを実際に語っているのが、田中カツだ。カツは「沙良峰夫とその周辺」（『岩内ペン―沙良峰夫特集（二）』岩内ペンクラブ・平成二年）において、こんな思い出を語っている。そのまま引いてみる。

「博文館の雑誌にかんけいしていた文士が発禁記事を書いた為、梅澤本店にかくまわれていて、叔父の栄太郎さんが色々世話をしていたことがあります。兄との関係かどうか判りませんが、冨士が御膳を運び、女中達には口止めをしていた様です。あとで冨士が東京に出てから雑誌の写真を見たら、あの客が大杉栄であったことを話してました。大杉栄は田中の前の嫁ぎ先、角野家にいつも来て、舅が東京府会議員であったせいか、舅から頼まれて一ケ月に三日程お遣いを手渡しておりました。店の帳場のご飯時に留守をしていると「十円やっておく様に」と言われよく差しあげました。青い顔をした人でした。塚本はま子女史もよく来ていました。角野家を震災後去り、梅澤家へ帰りました。」

＊

ただ果たして大杉栄（一八八五～一九二三）が梅澤家に身を隠していたのかどうか。仮にそうだったとしても、当然にも関東大震災（以下、大震災）前のことだろう。詳しい裏付けの資料が必要になる。〈博文館の雑誌にかんけいしていた文士〉が、大杉栄かどうかも不明。「博文館」から発行した作品で、発禁処分を受けた文士はいる。永井荷風の『ふらんす物語』は一九〇九（明治四二）年にその処分を受けている。ただ時期がずれている。文中の博文館の雑誌に即していえば、一九二〇（大正九）年に創刊された『新青年』のことであろうか。

大正期に隆盛したロマンティズムは一方でデカダンスへの傾斜を促した。広津和郎が『神経症時代』を書いたのが一九一七（大正六）年のこと。光とはちがう影の部分もあった。都会の神秘や人々の内面を凝視する風潮が強まっていた。そうした流れが『新青年』を生み出していったようだ。

残念ながら、大杉栄が梅澤家にかくまわれていたという件には、深い霞が立ち込めている。そこに沙良がかかわっているかどうか確定できない。大杉関係の書物・資料を探査したが、来岩の記録は発見できなかった。ただ可能性は皆無ではない。というのも、沙良は、関東大震災前後には、これまでの西條八十や川路柳虹などとは異なるアナキストやダダイストの一群と交友していたからだ。白山南天堂で大杉栄と出会った可能性もある。さらにいえば、沙良が〈大震災〉時に宿としていた本郷菊富士ホテルは、谷崎潤一郎、宇野浩二、広津和郎、坂口安吾、竹久夢二など多くの文人や画家の住まいとなり、沙良がここに入居する前には、大杉栄と伊藤野枝がここに住んでいた。沙良が住む前後に、大杉栄と伊藤野枝とこのホテルや、それ以外でも顔を合わせていたかもしれないのだ。その際、沙良から岩内の実家には、多くの文人が客人として訪れていることを知らされていたかもしれないのだ。むろん、あくまで仮定ではあるが。（仮定を確定させるためには、資料の裏付けが必要となるのは、いうまでもない。）

＊

田中カツの先の文に戻ってみたい。田中カツが梅澤家に戻っていた頃は、実に多くの方々が客人になっている。藤井貢（俳優）、大町桂月（詩人、歌人、評論家）、江見水蔭（作家）、山崎省三（画家）、三浦鮮治（小樽の画家）、中村善策（画家）などだ。藤井は慶應ボーイ。ラグビー日本代表となる。映画界でも活躍。高田浩吉と組んで『弥次喜多シリーズ』にも出演した。大町桂月は明治・大正期に活躍した。先の博

梅澤家別荘「含翠園」入口
（2020年・☆）

梅澤家別荘「含翠園」庭園（2020年・☆）

梅澤家別荘「含翠園」庭園の灯篭など
（2020年・☆）

梅澤家別荘「含翠園」住宅
（2020年・☆）

文館には一九〇〇（明治三三）年まで在籍した。桂月はよく道内を訪れた。それを紀行文にしたためた。ちなみに大雪山には、彼の名にちなんだ桂月岳がある。

江見水蔭は木原直彦著『北海道文学散歩 Ⅱ 道央編』（立風書房・一九八二年）によれば、巖谷小波と同じ硯友社の小説家。江見は梅澤家の別荘「含翠園」をこう詠んだ。「貴とさや社に近き梅の村」。この「社」とは岩内神社のこと。私の家が近くにありよく遊んだ。木原の調査では、江見は一九二九（昭和四）年と一九三二（昭和七）年と二回、岩内で遊んでいるという。

田中カツが記していない作家が一人いる。田中が会ったことがなかったので書かなかったようだ。巖谷は一九二二（大正十一）年八月に初来岩。紀行文「北遊記」の一文〈岩内だより〉では、岩内港の燈台に立って雷電岬をのぞんで「義経伝説」に想いをはせたとある。この時、巖谷は梅澤家に世話になった。梅澤栄之助が大正初期に造園した庭の一つに「含翠園」と名づけたのは巖谷であった。

「含翠園」は、梅澤家が財を尽くして造営した庭である。

池もあり池泉回遊式の構造。処々に灯篭などもある。なにせ広大である。書院からは庭を眺めるスタイルとなっている。

この「含翠園」には、こんエピソードが残っている。沙良が帰岩中のこと。画家木田金次郎が、この庭で絵を描いていた。二人は、しばらく会話を楽しんだという。どんな芸術論が花開いていたのであろうか。現在、この「含翠園」の修復・保存にむけて動いていると聞く。

つまり昔流にいえば梅澤家の人は、代々、文化人をサポートする器量の広い旦那だったわけだ。

他にも来岩の作家がいる。町内に一八七二（明治五）年の創業の南河《なんこう》旅館があった。老舗の旅館の一つだ。ここは河東碧梧桐や林芙美子らが泊まった。河東や林らが宿泊したこの旅館は岩内の大火で焼失した。同じ場に南河旅館が再開した。

個人的なことになるが、私が岩内教会（プロテスタント）の教会学校で教わった教師の一人が、南河旅館の娘さんだった。今となっては、もう少しこの旅館のことを聞いておけばよかったと悔やむばかりだ……。最近分かったことがある。この教会の幼稚園でお世話になっていたのが、梅澤シゲだった。なんと梅澤家の方であった。私が、こうして沙良峰夫のことを書くことになること。何かみえないところで繋がっていたわけだ。現在、札幌に住むシゲさんに電話をすると、九十歳を過ぎていたが元気な聲で応じてくれた。さらに驚いたことに、七〇数年程前の私の半ズボンなどを履いた園児姿を覚えていてくれた。

2. 梅澤家の血脈

ここで別角度から詳しく、岩内と梅澤家の関係に着眼しながら、二代目梅澤市太郎と、父となる石川進に絞りながら紹介する。岩内町郷土館には、奥の一角に、町の産業発展と社会貢献に尽力した梅澤家に関する展示コーナーがある。

その文の一部を引いてみる。「初代と七代目の町長になった二代目梅澤市太郎は、鰊建網八ヶ統をもち父の家督（初代市太郎は、漁業海産商、呉服商、岩

岩内町郷土館（2020年・☆）

梅澤市太郎（六兵衛）の肖像（岩内町郷土館提供）

内汽船社長）を継ぎ、後に醤油醸造業を営みます」とある。

この展示コーナーには、梅澤家の所有する倉庫の大きな鍵や、醤油醸造業に使った道具類、店を飾った大きな屋号の入った暖簾、梅澤呉服店の写真なども展示してあった。

少し補足する。梅澤家は、一九一四（大正三）年の豊漁の際には、八ヶ統全体で現在額に換算して、約一三億四千万円に相当する金額を得たという。市太郎は、一九一八（大正七）年の北海道「漁業家番附」では、東の横綱になっている。まさに豪商である。

では、二代目梅澤市太郎（一八六三〜一九三三年六兵衛）の出自やその業績はどうか。

岩内町郷土館から提示してもらった『北海道人名辞書』（大正三年）やこの郷土館の展示資料からかい摘んで紹介する。

一八六三（文久三）年に陸中国（岩手県）東閉伊郡ヶ崎町（現・宮古市）に生まれた。一八七四（明治七）年に、宮古町鍋島私塾に入門する。一八七七（明治一〇）年には、同地の海産売買兼酒造業（菊池町七）の手代に、明治十一年には、同地の海浜埋立工事出納委員となる。

その後一八八〇（明治一三）年に、岩内町に渡り海産売買業を始める。なんと、岩内郡（岩内町から泊村臼別まで）の漁場一二ヶ所をもち、さらに古宇郡（現在の泊村臼別から神恵内村）の泊村照岸や神恵内村尾根内にも漁場を保有した。全部で一四ヶ所を抑えていた。

また一九二二（大正一一）年に市太郎が鰊師として、平和記念東京博覧会総裁大勲位功二級載仁親王（閑院宮載仁親王のこと）と府知事の連名で「銅賞」を授与されている。この平和記念東京博覧会は、東

平和記念東京博覧会で梅澤市太郎　鰊師として銅賞授与・大正11年(岩内町郷土館・2020年・☆)

梅澤家などの鰊場の親方を紹介：展示コーナー(岩内町郷土館・2020年・☆)

梅澤家を紹介する展示コーナー・日記帳など(岩内町郷土館・2020年・☆)

梅澤家鰊漁場蔵の鍵などを紹介する展示コーナー(岩内町郷土館・2020年・☆)

京府が主催し、第一次世界大戦終結後の平和を記念しつつ、日本産業の発展に資することを目的に開催された。展示施設は、伊東忠太などが担当した。一番の呼び物となった「文化村」では、「あめりか屋」などが中流階層向けの住宅一四棟を展示した。ここから「文化住宅」という言葉が広まった。この「あめりか屋」は、沙良が文を寄稿し、また編集長を務め

漁業家番附

横綱	岩内	梅澤六兵衛
大關	濱益	木村圓吉
關脇	古宇	武井忠吉
小結	余市	猪俣安藏
前頭	濱益	田中武右衛門
同	苫前	福士儀平
同	留萌	從二宇左衛門
同	壽都	土谷重右衛門
同	歌棄	佐野考二
同	歌棄	西澤金四郎

後見 高嶋水産試驗場

行司 千歳水産孵化場 西別水産孵化場

横綱	厚田	佐藤松太郎
大關	歌棄	岡田金作
關脇	磯谷	佐藤榮五郎
小結	積丹	齋藤丈雄
前頭	濱益	澤谷新三郎
同	利尻	赤坂市太郎
同	増毛	本間泰藏
同	留萌	菅原直次郎
同	歌棄	高橋清吉
同	磯谷	種村惣太郎

漁業家番附（1918年）「北海道百番付」より
横綱梅澤六兵衛（岩内町郷土館）

た雑誌『住宅』の発行者であった。

さらに梅澤家は、貸付業も行っていた。ある種の銀行業務でもある。

その貸付帳が残っている。それによれば、貸付業務は多面的だった。現金、孵代、発動機代、船賃代、病院代、さらに宿泊費など。この宿泊費は、一人一円二五銭。つまり漁場の番屋などが宿泊所となっていた。鰊漁だけでなく、まさに多角経営で財を成していったわけだ。蓄えた財力は、当時の小樽の漁業者や商人よりも優っていた。

岩内にきて二〇年の霜月が立った。二代目市太郎は、一九〇〇（明治三三）年町民の支持をうけて岩内町長に就く。その後も町議会員となる。一九〇八（明治四一）年からは岩内郡漁業組合長、さらに一九一二（明治四五）年には、岩内郡水産組合長となる。一九一一（明治四四）年には、岩内町教育基金に一万円を寄付した。この

一万円は、現在の一億五千万円に相当する。そうした功績もあり一九一三(大正二年)六月には、岩内教育会長に就任する。同年九月には再度七代目の岩内町長に就いている。他方、町議会堂の新築費を寄付、港湾事業の整備、岩内小学校、泊村尋常高等小学校、島野村尋常小学校建築費を寄付している。

まさに岩内の産業界や教育界の発展に多大な貢献をした人物である。

では、沙良峰夫の父となる石川進を知るために、もう一つの資料、梶川梅太郎著『北海道立志編』を紐解いてみる。一九二〇(大正九)年に発行された全五冊の内の四冊目になる。そこに〈北海道立志〉の一人として石川進について紹介がある。

梶川氏に敬意を表しながら、原文を採録しておきたい。ただし一部の旧漢字を新漢字になおしている。

『道ふ莫れ進君石川氏は幸運兒なりと艱難辛酸を盡して徒手より成功を來したる者と將た平安つ大道砥の如きを歩して成功を來す者と其差多くは素養の如何に是れ因る況んや石川氏の如き専門の技術を以て濟民の業に共識を養ひたるに於いて行路の険に労苦すると學界の波濤に其識を磨くの苦と何んすれば甲乙あるあらんや氏明治九年五月二日を以て陸前岩沼に生る孝四郎氏は仙臺の藩士伊達侯に仕へて大番士たり廃藩後官海に出でて東都に赴き後ち宮城縣警部に任ぜられ陸前岩沼町警察署長たり任に盡す數星霜明治十年職を辞し自來同地に悠々逸居す氏十四歳仙臺第二高等中学校豫備科に入り雪に蛍に研學一日を怠らず二十六年九月高等中學医學部に轉學し三一年一一月業を卒へ直に帝國医科大學専科に入り眼科及び病理解剖學等を専攻し大に其の手腕を揚げ年少医家として識往々老輩を驚かす氏夙に本道に意あり刀圭の術達し其業卒へ今は唯だ實地を試むるのみに至るや三二年六月本道漫遊の途に就き行く各地を歴游し其風俗人情を視察して岩内に赴く偶々岩内公立病院長其人を欠き適材を求むるに急なるあり岩内の有志強ひて氏を□して院長代理の椅子に依らしむ是れ氏今日の大名を岩内方面に挙ぐるの端緒たりしなり斯くして氏又岩内警察医を命ぜられ診察の妙と手術の巧と患者の接する懇切とを以て大に名聲

を挙げ深く岩内有志に愛せらる在職一星霜余明治三三年職を辞し岩内町字清住に獨立して其門を張り岩内知名の士梅澤六兵衛氏の長女イシ子を娶って室と為し益々医業に努力す患者氏の懇切さ投薬の巧とに服し門前常に車馬の響き堪えず然れども氏の斯業に忠実なる更に進んで其の奥を極めんを期し三四年九月將に独逸に航せんとす發せんとして不幸病床に斃れ暖地に轉地療養せざるを得ざるの止むなきあり氏止め得ず東海道興津に轉地し病を養ふ一ヶ年幸ひにして癒ゆるを得氏洋行の機を逸したるを悔ひ更に東京医科大学に勤務し専心外科の研究に従事し傍ら医書を渉猟し啓發する處少なしと為さず三六年三月岩内に歸り自ら私立病院を設立して其習得の術を實地に適用し令名更に一段を加へて今日の隆を來せく思ふに氏は學術に忠にして医業に誠なるの人一度已に業を卒へ尚ほ足れりと為さず更に医科大學に外科を専攻したるが如き以て氏の人となりを知るに足らんなり抑も氏令名の高き偶然に非ずと謂つべし』(編者注：□は、欠字である)

旧漢字、旧仮名で書かれているのでかなり読みづらいかもしれない。また句読点、行かえがないのでなおさらである。

冒頭の〈進君石川氏〉とは、石川進のこと。昔は氏名をこう表記したようだ。一読すると分かるが、石川進は、明治維新後の激動の時代を、艱難辛酸を味わい尽くしながら、常に向上心を捨てることなく、自己研鑽に勤めた方であることが読みとれる。これまでの価値観が崩れ、拠るべきものがなくなる中、警察の道、次に医学の道を志し、岩内で私立の病院を開設する。驚くのは、医学の先進地たるドイツへの遊学を願っていたという。文中にある、〈學術に忠にして医業に誠なる〉人という表現は、まさにこの人物の生きざまを示している。

ふと、父・石川進の新規を好み、向上心の塊のような血の熱は、沙良の胎内にも注がれたと感じる。もちろん、進取の商人の気質は、梅澤家の血から受け継いだものだ。二つの異質な血であるが、それがうまく調合されて沙良の精神に大きな種子となって宿ったことになる。

こうもいえるかもしれない。こうした祖達の輝かしい栄光や名誉ある家系は、ある種の重圧となり、彼を縛りあげていったかもしれない。さらに沙良は、六歳の時父を、一二歳の時に母を亡くした。沙良は、いちばん多感な時期に両親を失ったわけだ。

そのため父母の愛を充分にうけることができなかった。沙良や妹達は、孤立した。暗雲を感じ、自分達の薄幸を呪ったにちがいない。

沙良と三人の妹は、母方の梅澤家の世話になるしか術《すべ》はなかった。沙良は早く家を去り、新天地たる札幌や東京へと翔けていった背景には、こうした家の件があったかもしれないのだ。沙良と三人の妹は、こうした家の実景を背負いながら、誰にも打ち明けられない辛い想いを抱えながら、互いに助けあいながら日々を送らねばならなかった。

ここにおいて沙良峰夫は、まさに痛々しい「悲の人」となったのだ。慰めを、外に求めることができかった。ただひらすら「悲」を懐に隠して歩みはじめなければならなかった。

梅澤家からの財政的サポート。それは未来を切り

岩内二葉座を紹介する展示コーナー（岩内町郷土館・2020年・☆）

開く大きな力となったが、同時に沙良や妹達は、内心に渦巻いた感情をかかえこんだにちがいない。

沙良は、鬱積した感情を、詩作・文学というもう一つの〈聖杯〉を飲むことで、少しでも浄化しょうとしたにちがいない。そうだ。沙良は不滅という名の〈聖杯〉を見出したのだ。

内心で渦巻いた負の感情は、決して無駄ではなかった。美しい訳詩集と出会うことで、暗雲から晴れ間が見えてきた。深い闇や暗い翳は、大きな恵の種、創造の源泉となることがあるのだ。のちに詳しくみることになるが沙良の初期の抒情詩や象徴詩には、美をそのまま、無垢のまま味わうとするある種の祈りにも似た昇華的感情が隠れているにちがいない。決して単相的な抒情詩人ではない。

*

梅澤家から少し離れる。岩内の紹介を兼ねた余談に入る。余談には岩内での思い出話と海の文化への賛美が混在しているが……。私が通った小学校は岩内西小学校だった。前身は岩内女子尋常高等小学校、のちに岩内西国民学校となった。現在は、他の二校と統合して岩内西小学校となり、高台より野東へ移った。私達が歌った校歌がある。作詞荻原井泉水、作曲團伊玖磨による。一番の詞を引いておく。「岩内山は　雪の日も／若葉したたる　夏の日も／朝はかがやく　太陽の／高い心　もちましょう　もちましょう」。日本の自由律俳句を代表する俳人と、日本を代表する現代作曲家によるコラボだ。

もう一つある。太平洋戦争後には、町には封切りの映画館が軒を並べた。二葉座、万生座、遊楽座、東栄劇場などだ。先にも少し触れたが、一番古いのが二葉座。元は劇場だ。明治元年の開業。ここには回り舞台があり、かつては若き日の長谷川一夫らも舞台に立った。二階は座敷となっていた。岩内教会の付属、岩内幼稚園のクリスマス祝会は二葉座で行った。このステージで、何かの劇で白いウサギの恰好をしてハネ回った記憶がある。二葉座は、私が洋画を学んだ学校でもあった。『禁じられた遊び』(一九五二年)、『砂漠は生きている』(一九五三年)、『黒い牡牛』(一九五六年)などから『ニュルンベルク裁判』(一九六一年)など数限りない。

最後に、海港という〈聖杯〉だ。新しい文化やモノは海の向こうから入ってくる。水平線の向こうから、つまり外界から新奇なものが流入する。そんな気分にさせるのが海の文化の特質だ。つねに眼差しを水平線の向こうに投企し、新しいものを追い求める心性。それは沙良だけでなく、岩内っ子に見られる。

海港という〈聖杯〉は、ハイカラ好きで強情っぱりの気質を育んだ。さらに向学心や探求心は旺盛。なにより審美眼は高い。漁師たちはいのちがけで海へ出る。一枚の板の下は地獄だ。だから宵越しの銭《ぜに》は持たないのはあたり前。娘や妻には一番いいものを着せてあげた。

3．海霊の降臨

「ゲニウス・ロキ」という言葉がある。ローマ神話に由来する。その土地に潜む守護霊のこと。土地霊ともいう。不可視だがたしかに大樹の根のように張り巡らされたもの。細胞であり、血であり、肉ともなり霊気のような息を吐いている。

岩内の「ゲニウス・ロキ」の本源に、海の霊があった。その海霊が、遠大な師となり、詩性を育む羊水となった。海霊の洗礼を受けた詩人の一群を辿ってみる。ウェールズのスウォンジーで生まれたディラン・トマス。彼は三九歳で亡くなったが海のように歌ったウェールズの詩人ともいれた。

ディランにキリストの死と復活を幻視し、それを現代風に形象化した「そして死はもはや支配力を持たぬ」がある。「死者らは狂うが 死者らは正気となるであろう。／死者らは海の中に沈むが 再び昇るであろう。／恋人 らは失われるが 愛は失われることはない。／そして死はもはや支配力を持たぬ」と。

次に紹介する言葉は、フランス領アルジェリア・モンドヴィ出身のアルベール・カミユのもの。〈死者らは海の中に沈むが 再び昇るであろう〉が印象ふかい。そこには永生の海霊が蠢いていないか。ロジェ・キーヨは、カミユの評伝『海と牢獄』（白水社 一九五七年）でこうカミユの言葉を引用している。「私は海と共に育ち、私にとっての貧困は贅沢だった。そして私は海を失うと、全ての贅沢は灰色で耐えられない貧困だと分かった」。カミユは〈海を失う〉と全てが瓦解し、どんなに贅沢なものでも〈灰色で耐えられない貧困〉となった。カミユにとって、〈海〉は〈太陽〉と同じくらいに絶対的存在だった。

新宮うまれの詩人佐藤春夫がいる。熊野灘を眺望し、「空青し山青し海青し」「海の原《わだ》見廻かさんと」(『望郷五月歌』)と、南の彼方に展性する〈海の原《わだ》〉を遠望した。

北には、木古内で生まれ寿都で育った吉田一穂がいる。年少期を過ごした古平を「白鳥古丹」と呼び、その古平と寿都の海を母なるものと終生にわたり愛した。そして詩の世界に霊魂の曙を幻視し、〈海の原《わだ》〉に鳴り響く音を聞きながら、〈波が喚《わめ》いている。/無始の汀線に鴉の問がつゞく、/砂の浸蝕…〉「母」)と謳った。

それぞれがそれぞれの場で、海霊を〈聖杯〉として育った。

沙良峰夫という詩人は、実にハイカラだった。梅澤家という恵まれた環境に育ったというだけでは説明できない。いまのべてきた長い歴史文化により培われた、この地の時空間にひそんでいる生気が発する「ゲニウス・ロキ」(土地霊)、あるいは特異な心性や反骨心に富んだ岩内魂が、彼の骨と血になったにちがいない。

その血には、潮の匂いが濃密に混じりこんだのはいうまでもない。いやこういうべきかもしれない。内心に渦巻いた感情や心的翳は、岩内の海霊により癒され、さらに不死の詩性を得ることができたにちがいないと。

海霊は、不思議なほど、すごい根源力をもつのだ。まちがいなく、先のカミユの言葉の様にそれは一度死んだものを、生き生きとリボーンさせる力でもある。沙良にとっても〈海〉を、奪われることは、全てを失うことに等しいことだった。それほどまでに絶対存在だった。

それゆえ死の床では、その再度の海霊の降臨を願いながら、〈アフロヂットは海のあわ/泡よりいでて泡へかへる〉と、最後の聲をあげたのだ。

第二章　海の詩人

1. 沙良の骸《むくろ》

海霊という名の〈聖杯〉をうけた沙良峰夫。詩人の端くれとして、海霊により育まれた自らの生の終焉前に、同郷の詩人を復活させることが使命になった。みずからの生の余白を数えてみて、惰眠を貪ることはできないと感じた。

すでにのべたように沙良は一九〇一(明治三四)年に生まれた。二八歳で早世するが、沙良が生きた時代は、生を十全に躍動させることができたいい時代であった。大正時代は、一五年と短い。明治と昭和に挟まれてサンドイッチ状態だが、中身は濃いようだ。自由主義とモダン文化が闊歩した「ベル・エポック」でもあった。

沙良の前年に生まれた一人のモダンガール(モガ)がいる。森まゆみの著『断髪のモダンガール』(文春文庫・二〇一〇年)でそれを知った。森は、大正期に自由な生き方を貫いた〈四二人の大正快女〉を紹介したが、そのトップに据えたのが望月百合子だった。どんな女性か。森は、「共同通信配信」のニュース内容を引いている。それを引用してみる。「大正時代に断髪洋装の新聞記者として活躍。フランス留学を経て作家、長谷川時雨《しぐれ》らと雑誌『女人芸術』を創刊した。アナーキズム系婦人雑誌『婦人戦線』を創刊するなど女性の解放運動に携わった。一九三〇(昭和五)年に画家竹久夢二がかいた掛け軸のモデルを務めた」。まさに大正期が生み出した異彩の女性の一人だ。その先端的生き方は、すでに一九一九(大正八)年に断髪していることにあらわれている。当時、黒髪を切ることは、女性をやめることに等しかった。女性が髪をカットすることで、男社会からの自立と、さらにはどんなに社会から批判を浴びても生き抜いていくという決意を示す行為であった。それにしても、断髪、洋行、雑誌の創刊、女性の解放など、その先鋭的生き方は眩しいほどだ。

ちなみにモダンボーイ(モボ)、モダンガール(モガ)という語を、新居格がはじめて用いたのが、一九二七(昭和二)年という。望月百合子の断髪は、それよりも八年も早い。驚くことはまだある。フランス留学中に、アナトール・フランスの『タイス』を翻訳し、新潮社から出版している。このアナトール・フランスは、この頃日本でもよく読まれた作家。沙良は、一九二〇（大正九）年に「アナトール」を読みて」を『現代詩歌』に発表した。ただし沙良の詩の方が、望月の翻訳本より四年程早い。「断髪の元祖」望月は、二〇〇一（平成一三）年に満一〇〇歳で亡くなった。望月は、地上において、沙良の約三倍の人生を歩んだことになる。

大正期は、このようにこれまでにないモガが闊歩する時代だった。自由を縛る鎖を自らの手で破り、自らの内心と才能に則して生きる。そんな革新的な生き方が可能になった時代でもあった。沙良もまた、モガに負けることなく、思う存分に自己の文学的才覚を磨くためひたすら疾走した。その姿はなかなかのモボであり、多彩な行動は、ある種のパフォーマンス的様相を呈している。

二〇二一（令和三）年は生誕一二〇年となる。一九四七（昭和二二）年生まれの私からみて、四六歳上の詩人だ。ただ見方をかえてみる。この四六年という時間、一考してみれば決して絶対的ではない。ほぼ私の明治生まれの父の世代の方ではある。あまりに早い二八歳での死。それが全てをみえなくさせている。人は夭折というが、天に在る沙良には、この言葉は最も忌むべきコトバであった。人の芸術性を人生の長短で計ることは愚の骨頂《こっちょう》である。人生の長短と、芸術の価値とは何らの関係はないからだ。一篇の詩や作品、一点の絵画や楽曲が不滅の輝きを放つことがある。そのために芸術家は創造行為にいのちを賭けるのだ。

沙良の最大の不遇・不幸は、生前に書かれたものが本としてまとめられていないことにある。詩人、演劇人、文学者、舞台意匠家、画家たちと交わり、多くの作品を詩誌や雑誌に残した。交遊録は華やかで、それらを一つ一つ辿るだけで大正期の文壇話や文化人が織りなす群像劇を目撃できる。〈大震災〉前後の東京において、短い髪型のモガが銀座の街中で風を切るように歩くのを目撃した。まさに大正期の華やかな都市文化の体現者でもあった。

沙良は、一九二八（昭和三）年に膵臓壊疽病にかかり、若き詩人の肉体は、手術台の上で何度もメスを入れられた。苦痛を耐え、ひたすら再び筆を握ることを願った。古川橋病院（東京都港区）の一室からみる光景が最後のものとなった。それは外光にみちた溌剌とした自然の光景ではなかった。病室の天井であり壁であった。そんな無機質なモノが眼を刺した。ポエジーの欠片《かけら》もないそれらのオブジェの群れ。何と虚にみちた場であることか。

死の真際、沙良の耳奥で鳴っていたものは何であったのか。ベッドのきしむ音ではあるまい。外の騒音でもあるまい。まちがいなく〈感性の聖杯〉となった岩内の海の音。そして白い波がつくり出す反復するリズムではなかったか。岩内の海では、自然が無垢のまま開示されていた。海と空をすっきりと切りさく水平線。海に入水する黄金の太陽。それらは沙良の体内に入りこみ、そしてなによりもすぐれた感情の原盤に焼きつけられた。その海の音もリズムも幻と化した。だから沙良はなによりも〈海の詩人〉なのだ。

三回にのぼる手術にもかかわらず五月十二日、午後八時三十分に息をひきとった。

〈海の詩人〉たる沙良の骸《むくろ》は、岩内の自宅（梅澤家の新宅）に運ばれた。死から六日間経って、十八日に告別式がいとなまれた。法名は「闡昭庵孝龍道《せんしょうあんこうりゅうどう》一居士《いっこじ》」となった。

死後も、詩文やエッセイなどは編まれることなく放置された。一説によれば、「まえがき」でも触れたが、沙良の多くの草稿は、中国にあるというのだが。沙良の知人の文学者が預かりながら、それを中国に持ち込んだようだ。ただ太平洋戦争後、その草稿の行方が不明のままという。誰かの手の元で眠っているのかもしれない。

かくして、星霜が虚しく過ぎ、詩は凍り、文は枯草同然となった。死の悪神が全てを無にした。

*

岩内に海を臨める墓地がある。東山の墓地だ。墓地の入口の脇には縄文の遺跡もある。縄文前期から中期にかけての貴重な円筒土器が発見されている。沙良はそこにある梅澤家の墓には埋葬されていない。別個の独立した墓に、父進、母イシと共に眠っている。

一九五四（昭和二九）九月の洞爺丸台風による岩

岩内東山墓地にある沙良峰夫が眠る墓(梅澤純子提供)

内の大火時、町全体の八割が炎につつまれたが、それにより亡くなられた方々もここで眠っている。

洞爺丸台風の時、私は岩内西小学校一年生でちょうど学芸会の日だった。学芸会が終わり家に帰る途中、道端の木の葉一枚も微動だにしなかった。生ぬるい風。何か得体の知れないものが来ると察した。それが町を壊滅させた洞爺丸台風だった。幸いに高台にある私の家は、風向きがかわり炎に巻き込まれなかった。

学校から帰る途中、心臓の悪かった母は、何度も立ち止まった。幼い私の手を引いてくれた母は、そのあとさらに心臓病を悪化させ、私が二十歳の時天に召された。同年に咽頭癌で亡くなった父と共に、東山墓地で眠っている。父母が、梅澤家や沙良と同じ東山墓地に眠っている。これもなにかの縁であろうか。

さて沙良の〈闡昭庵……〉の法名であるが、〈闡《せん》〉とは〈ひらく、あける、広める〉の意がある。〈孝龍〉は〈孝一〉を〈龍〉に「見立て」たものだ。〈居士《こじ》〉は、在家の男子仏教徒のこと。

ただ梅澤家の菩提寺が不明だった。岩内の現在の人口は、一万三千人程度。そこに各宗派の九つの寺院がある。東山墓地の側《そば》にある日蓮宗本弘寺に問い合わせた。私の家も親しくさせていただいた寺。ご住職に聞くと「うちではない。梅澤家は代々、全修寺ですよ」。全修寺へ問い合わせた。全修寺は、一八五七(安政四)年に開教した曹洞宗の寺。正式には高臺山全修寺という。住所は岩内町字高台二五番地。本尊は釈迦牟尼像。私の生家は高台二四七番地。かなり近い。

岩内山の中腹に円山観音霊場があるが、それは二代目の梅澤市太郎夫妻が、自ら生来身体が弱かったので、病に苦しむ人を救うために発願し、当時の全修寺の住職泉孝全の尽力もあって建立した。この円山聖観世音菩薩は、通称「円山観音」といわれ、そこにはよく遠足などで足を運んだ。全修寺と梅澤家は深いつながりがあった。

実はこの寺の現住職の泉宏勝は、岩内高校時代の同級生。学校祭の折、境内をクラスの仮装行列の作業場として提供していただいたこともあった。私の青春期に交友した彼が、梅澤家の菩提寺で任をつとめている。縁《えにし》とはなんと不思議なことか。

＊

沙良峰夫の遺骨が東山の墓地に埋葬される前後に、絶筆となった「海上消息」(海のまぼろし)が、彼が編集人でもあった雑誌『住宅』(大正十五年五月号)に発表された。雑誌『住宅』とこの詩については後述する。

さらにこの年の秋、九月十五日に『週刊朝日』に、沙良が師と敬愛した詩人の一人、西條八十による追悼詩「遺稿を懐に」が載った。

「遺稿を懐に」

沙良峰夫の遺稿を懐に
わたしは青葉の伊賀路を越えた
昼の月を仰ぎ、
九十九折《つづらおり》に渓流の音をききつつ
初夏、わたしの胸は
たまたま死を抱いてさむかった。

山上の石にいて
わたしは静かに念《おも》った
いまこの若者が遺した十余篇の詩を
夏草のたに間に投じ去るならば
青嵐とともに
かれの短かき制作の生涯が
一切空に帰するであらうことを。

わたしは慈母のやうにやさしく
薄い遺稿集をかき抱いた
生前背馳《はいち》した二人の性格が

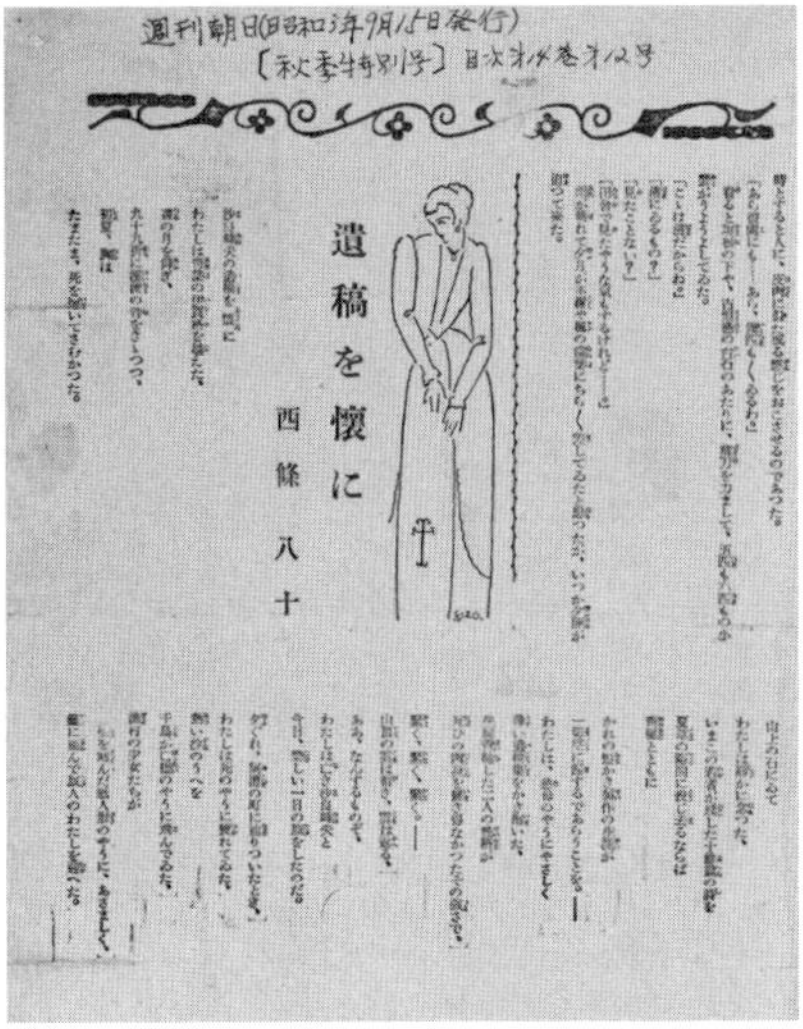
週刊朝日(昭和3年9月15日発行)
遺稿を懐に
西條八十

西條八十「遺稿を懐に」(『週刊朝日』秋季特別号・1928年9月15日)

互いの肉親を擁き得なかったその強さで、
緊《かた》く、緊く、緊く。

山頂の雲は徂《ゆ》き、雲は返る
ああ　なんするものぞ
わたしは亡き沙良峰夫と
今日　楽しい一日の旅をしたのだ。

夕ぐれ、阿漕《あこぎ》の町に辿りついたとき、
わたしは死のように疲れていた、
熱い沙《すな》のうへを
千鳥が亡霊のように飛んでいた。
漁村の少女たちが
刻んだ紙人形のやうに、あさましく、
路傍の籬《かき》に並んで旅人のわたしを迎えた。

この詩は、『現代詩人全集』七の『西條八十集』（新潮社　一九三〇年）から採録した。西條八十は、遺稿を懐にあたためていた。伊賀路の旅は、沙良の死を悼《いた》んでの旅であったのかどうか、はっきりとは分からない。でも手元に〈十余篇の詩〉があったことは間違いない。西條の身体に伝わってきたのは渓流の水音。清々しい水音が心の中に注いできた。さらに初夏の山から吹く風が身体の中を通り過ぎた。

伊賀越えといえば、徳川家康の〈伊賀越え〉が有名だが、西條は一途に若き詩人の早すぎる死をどう受け止めていいのか、途方に暮れながら峠越えをした。西條は暗澹《あんたん》たる心を抱えていた。山上に着いても暗澹たる心情は消えなかった。いやむしろそれが増した。

西條をして暗澹の渕に引き摺り込ませたひとつの理由は、沙良の詩稿の少なさである。それゆえ詩稿を夏草の谷間に投じたとしたら、〈短かき制作の生涯〉が〈一切空に帰する〉ことになると思った。それを怖れた。また西條は、詩稿を編むことができなかったことを悔いた。自分を責める呻きさえ隠れている。

西條と沙良の間には性格や芸術論の違いがあり、それがある種の齟齬《そご》を生んだ。それを示すのが〈背《はい》馳《ち》〉というコトバだ。〈背馳〉とは、〈背を向けて走り去る〉こと。西條は沙良の詩稿を懐にし、〈背馳〉のまま地上において永劫の別れとなることに、改めてその重さを感じて慟哭《どうこく》した。行き場のない暗澹と身を裂く慟哭を背中に負いつつ、〈緊《かた》く〉抱こうとした。だがもはや沙良の姿は地上にない。山中の霊にも化生していなかった。

〈薄い遺稿集をかき抱いた〉、この言葉の裏に、西條の〈無念〉さが張り付いた。とすればやはりこの旅は、沙良の魂を悼むためであった。だから三重県津市の阿漕《あこぎ》の町に着いたときは、〈死のように〉疲れたのだろう。この〈峠越え〉は、沙良の幻霊との旅とであったにちがいない。

2. 沙良峰夫の詩碑

沙良没後三十有余年となった一九六六（昭和

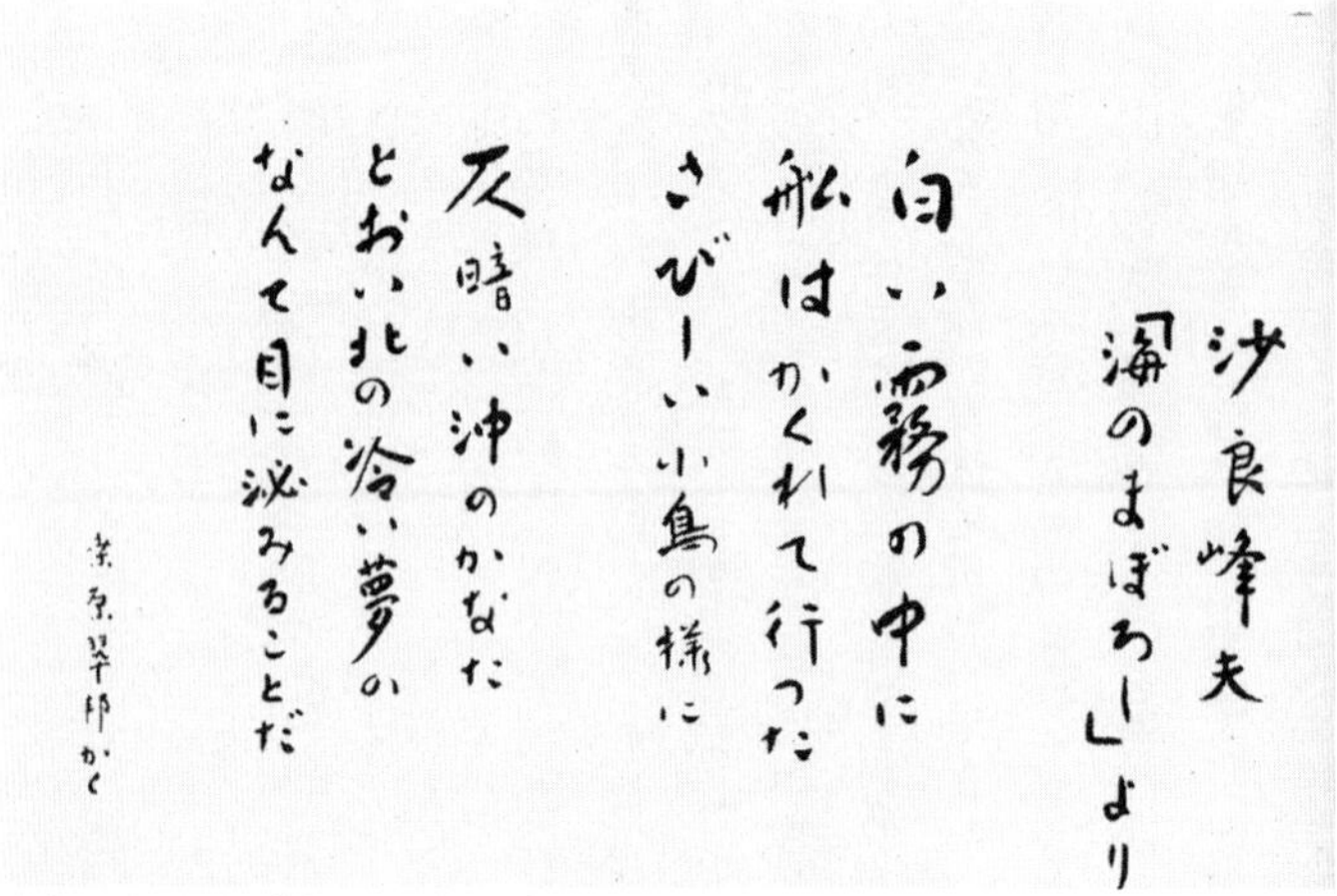
沙良峰夫
「海のまぼろし」より
白い霧の中に
船はかくれて行った
さびしい小鳥の様に
仄暗い沖のかなた
とおい北の冷い夢の
なんて目に沁みることだ

沙良峰夫詩碑・「海のまぼろし」より書家桑原翠邦揮毫

四一）年に、岩内の雷電に、沙良峰夫の詩碑が立った。地元に「沙良峰夫を偲ぶ会」ができ、詩碑建立を計画した。サポートしてくれた一人が雷電温泉でホテル雷電を経営していた本間興行の社長本間誠一だった。

学校の遠足や雷電温泉に行った折とか、何度か、この碑の前に立った。ただ刀掛けなどの雄大な風景は不変だが、現在、雷電温泉は廃れ、ホテル雷電そのものも無残な姿を晒している。

これまで誰の揮毫か気をとめていなかった。最近、書人桑原翠邦の書字であることがわかった。美術評論の一環として、書の評論についても論を立てる様になり、遅まきながら桑原翠邦の存在の大きさに気づかされた。道内を代表する書家が、沙良の詩を書いてくれた。うれしい限りだ。

桑原の書字は、とてもしなやかで柔らかい。そこに刻まれた詩詞は、いつしか私の体内をめぐり、磁力を帯びた魔力となり、私の詩性を育んでくれた。

それは「海のまぼろし」の一節であった。

平善雄（写真提供・岩内町郷土館）

白い霧の中に
私はかくれて行った
さびしい小鳥の様に

仄暗い沖のかなた
とおい北の冷い夢の
なんて目に沁みることだ

碑が建立された翌年に、沙良にとって念願の一冊の詩集が編まれた。沙良峰夫詩集『華やかなる憂鬱』だ。労をとったのが沙良の甥《おい》にあたる平善雄。奥付には一九六七（昭和四二）年六月二二日発行、印刷・

北旺社（岩内）、発行・北海道岩内町沙良峰夫をしのぶ会とある。二百部という限定版だった。

私の手元に七七番目の詩集がある。平善雄より預かった一冊だ。平善雄は、火災による事故で亡くなるまで沙良峰夫の研究・調査に専心していた。いや善雄だけではない。善雄の弟博允も沙良の作品発掘に努めた。それは血をわけた者としての使命からであろうか。それとも郷土愛からか。いやそんな単相なものではない。これまで日本の文学史において、沙良は〈幻の詩人〉として評されていた。この名辞を排するためだった。ひとたび沙良の詩宇宙、その回廊に身を置けば、豊潤かつ結晶度の高い詩魂と遭遇したのだが…。いや〈幻〉どころか、同時代の文学者と肩を並べながら多面的な活動をした文化人であったことが分かったのだが……。

だが、多くの詩人や研究者もこの〈幻〉を取り外すための労苦を惜しんだ。

平善雄と博允兄弟は、巷間の冷遇を排し、そのすぐれた詩魂に光を注ぐために尽力した。

平博允に「叔父沙良峰夫に捧ぐ」という詩がある。平善雄が「詩人・沙良峰夫寸描―春秋二十六有余―」（『岩内ペン―沙良峰夫特集（一）』岩内ペンクラブ・昭和五二年）の最後にのせた。

こよみの上ではまだ二月だと言うのに
幼子の歌声は天との対話であろうか？

外は木枯し吹きすさび
われは何事もなさずして
福寿草を眺めり

春近き朝《アシタ》
凍《シバ》れし孤円《コエン》を蹴って
この力強き足音を君に捧げん

博允は弔いの心を抱いていた。春の気配を福寿草に感じながら、沙良の不在を嘆く心の鼓動は鳴りやむことはなかった。〈何事もなさず〉という言い方は、その鬱積の情の深さを示している。博允は、沙良が交友していた稲垣足穂と出会うため、会社に頼んで勤務地を京都にしてもらった。実際に、面会嫌いな稲垣がそれに応じてくれた。

こうして平兄弟は、生涯を賭けて沙良の詩魂を埋もれた紙の中から救い出すことをめざした。私がこうして沙良峰夫の本を編めるのも、ひとえに平兄弟のお蔭だ。善雄は、みずからを〈峰夫の語り部〉に喩えつつこういう。〈時代を行きぬいて来た人々と共に、私は生涯を通じて、その紙碑を埋れた紙魚の中から陽光をあてて行きたい〉と。

この無垢な聲。この真正の叔父への敬愛の念。なによりも、彼らは〈幻〉をとった沙良の〈実像〉を、その生の全てを、熱い吐息を聴きとり、後世にそれを残してゆくことを〈生涯〉の仕事として課した。

人生というのは残酷なもの。少し足の悪かった善雄は、そんな身体に鞭打《むち》って、この詩集刊行後も調査にまい進した。東京まで足をのばし、国立国会図書館などで資料を漁り、新事実をみつけては喜び、新発見の作品があると私にも教えてくれた。根気のいる調査により、新発見分を入れて『華やかなる憂鬱』の改訂版をつくることを願った。私も微力ながら、新発見の原稿などのコピーを、原稿用紙に写した。次第に「年譜」に赤字による追加事項が増えていった。ようやく刊行のための委員会が出来た。代表に詩人・永井浩（詩誌『核』会員）に就いてもらった。私も呼びかけメンバーの末席に着いた。札幌の印刷会社とも打ちあわせをスタートさせた。本を五千円とし、寄付を一万円として予約制をとることにした。ただこれがうまく進まなかった。いつしか計画は頓挫へ。

不運なことは続いた。原稿を含めて、全ての資料が、火の中に消えていった。平善雄は、当時江別市に住んでいた。私も一度自宅（市営住宅）に行ったことがある。火事により平善雄が亡くなるという悲劇がおこった。訃報を聞いて私は言葉を失った。呆《ぼう》然《ぜん》となった。平善雄の無念さに心を寄せ、沙良峰夫は、再度死んだとも思った。再び沙良峰夫の詩魂は灰の中に帰ったのだから……。

ひとえに彼等の遺志を引きつぎたいと思った。それが可能と思ったのは、手元に平善雄が手書きした赤字の入った『華やかなる憂鬱』があったからだ。新発見の原稿のコピーもほぼ揃っていたことも幸いした。

かくして〈幻〉を外すのが、私の仕事となった。そもそも〈幻の詩人〉という名辞は、全てを哀切なオブラートで包んでしまう。早世や老成という名辞は詩人にとって何ら意味のないこと。いかに作品が、世界性を帯同させた文学空間を築けたかが問われるのだ。あとは全く不要。むしろ余分なものとして打ち捨てるべきもの。地上での功績や名誉は、おのずと星霜の回廊の中で意味を成さなくなるのだから……。

*

アフロヂットは海のあわ
泡よりいでて泡へかへる

一説によれば。この二行詩は辞世の詩ともいわれる。アフロジットとは、女神アフロディテのこと。ギリシア神話によれば、海の中へ男根が投げ入れられ、泡と混じりそこから生まれたのがこの女神だ。英語ではヴィーナス、つまり美の女神を指す。ルネサンスの画家ボッティチェリは、これを図像化して「ヴィーナスの誕生」を描いた。

この二行詩は、私を不思議なイマージュ力で幻惑させた。いつしか愛誦する〈言の葉〉となった。

美の女神と泡との関係に想いを巡らしてみた。この「泡」は、ギリシアの海、あの青い透明感のある海から生まれたものとは思えなかった。どうみても北の海、それも厳しい冬の海にみえてきた。夏の海ではだめ、それも身を削ぐような岩内の冬の海だ。夏の海の「泡」では、沙良のアフロジットは誕生しないのだ。無限にくだける波。そこから生起するエロス。冷厳なパワーが現存する。生命の父母であり、無原罪性も包含する。沙良は北の海が生み出す純白の「泡」との一体化を願った。とすれば、この泡は再生の胎内ではないか。

こうも考えられる。沙良は死の汀で天使に誘われて、望郷の念に襲われたと。体内にわき上がってきた〈情景〉。それは北の海での「泡」の律動と純白な〈仮象の城〉ではなかったか。辞世に近い詩とすれば、まさに魂はこの「泡」の中に帰還せんとしたにちがいない。

人は死を身近に感じとったとき、一体何を想うのであろうか。幼年期のことか。愛する者の面影か。沙良にとっては、なによりも早く天に召された母のぬくもりであろうか。

3．仮象の城

視点を変えてみる。この世では「泡」は儚いものを象徴する。人生は「泡」のようだともいう。だからこそ詩人は不滅の「泡」、つまり詩の塔を〈海〉の中、つまり紙の中に築こうとした。沙良は幾つかの〈紙〉の中に、詩作を残してきた。中央の詩壇でもそれなりの評価を受けた。だが自分だけの〈紙の海〉がなかった。自分の思念が全開示できる空間、つまり一冊の詩集を渇望した。内心世界をそのまま凍らせた後世に残せる空間。永遠回帰する空間。ハイカラな沙良のこと、装幀（デザイン）も工夫したかった。どうにかして同時代の、西條八十や川路柳虹らと肩を並べたかったにちがいない。いや、彼等に詩集をプレゼントしたかったにちがいない。

〈聖杯〉から溢れた「泡」が私に、律動が響きあう〈紙の海〉を築けと、語りかけてきた。その指示を受け入れた。なぜなら私にとっても、詩の女神とは〈アフロヂットの泡〉だったからだ。同じ北の海の「泡」の洗礼を受けた者としてそれは当然のことだった。

さて沙良の死からかなり後になるが、海霊が、ある作曲家の傍に寄り添った。

紙の中の「泡」、その一片の詩が沙良の名をリボーンさせた。その紙片とは、『住宅』（大正十五年五月号）に発表した「北への抒情詩」を改題し、それを『クラク』（昭和二年八月号）に「海のまぼろし」として発表したもの。先に「海のまぼろし（幻）」の原型をみてみる。「北への抒情詩」だ。そのまま引いてみる。

「北への抒情詩」

冬の海をこえて
女が去った、北の方へ
己は別れてきて

南の春にゐて思ひ出す
暗い海にかくれて行った。
寂しい船のうしろ姿を。

「海のまぼろし」(詩：沙良峰夫・絵：山名文夫・『クラク』1927年8月号)

氷の国に残してゆく
女の足跡を、小さく儚い。
北へ、なほも北へ…………
南の春にゐても
己の心臓はかじかんでくる、
女をおもへば――
あゝ雪が降る。雪が降る

一説によれば、これは、ある恋人に対する追悼詩という。たしかに亡き女性への面影が影絵のようにみえかくれする。

「北への抒情詩」と「海のまぼろし」の差異については、あとで論じてみることにする。

まずこの雑誌『クラク』の紙面を紹介する。山名文夫《あやお》の洒落た絵が添えられた。帆のようなものが風になびき、小さな花を手にした女性が波の上に描かれた。絵の右下の隅に「UMI　no　MABOROSI」、その下に〈Y・Ayao〉とある。この〈Ayao〉とは山名文夫のこと。短く山名を紹介する。一八九七(明治三〇)年に生まれた。デザイナー、デザイン教育者として名を馳せた。出版のプラトン社を経て、一九二九（昭和四）年より資生堂意匠部に勤務。資生堂の広告デザインを担った。のちに『日本工房』にも参加した。

　山名が資生堂に入社した年に発行された『広告界』の編集長・室田庫造は、「ＡＹＡＯの文字を紙に描いて飲み込むと、モダンガールになれるなんてお嬢さん方に騒がれた」（第六巻第五号）と書いた。これは川畑直道（グラフィックデザイナー）の「モダニズムと商業美術」（『モボ・モガ 一九一〇―一九三五』 神奈川県立近代美術館・一九九八年）から知ることができる。川畑はつづけて〈『女性』『クラク』『サンデー毎日』などの各紙面を飾っていた山名の挿絵は、大衆から支持を受けていた〉という。川畑が指摘するように、山名の線は優美だ。アール・ヌーヴォ調をうまく日本的にアレンジした。商業的ジャーナルで活躍した山名。線描の美しさが、沙良の〈海のまぼろし〉というイマージュを、読者を意識してかなり抒情的に変容させたようだ。

　『クラク』とは『苦楽』ともいう。『苦楽』は直木三十二（のちの三十五）により一九二三（大正十二）年に創刊され、第一期は一九二八（昭和三）年までつづいた。第二期は一九四六（昭和二一）年から大佛次郎らが〈成人の文学〉をめざした。山名はプラトン社に所属したと紹介したが、プラントン社を経営したのは「中山太陽堂」。「中山太陽堂」の顧問が小山内薫だった。プラトン社は雑誌『女性』を創刊。さらにこの会社は、新雑誌を構想し、編集長にのちの直木三十五を迎えた。直木と同期入社したのが山名であった。

　どこか『クラク』とは雑誌には相応しくないと、感じた。ただこれは小山内薫によるネーミングという。〈苦楽〉は、〈苦あれば楽あり〉や、英語の〈LIFE〉を翻訳したという。通常の感覚では〈苦楽〉とくると、どうしても〈苦楽を共にする〉が思いあたる。〈苦〉も〈楽〉もあるのが〈ＬＩＦＥ〉なのだから、あながちマチガイではないようだ。

　この『クラク』誌を飾った一篇の詩が、作曲家箕《みつ》作《くり》秋吉《しゅうきち》（一八九五～一九七一）の目にとまった。箕作は、二つの顔をもっている。クラシックの作曲家と化学者の顔だ。東京帝国大学工学部応用化学科を卒業後、ドイツのベルリンへ留学。そこで音楽と物理学を修めた。ドイツ仕込みの勉学を生かし、理学博士と日本的和声の確立をめざした。「新興作曲家連盟」（一九三〇年）を清瀬保二、斎藤秀雄、菅原明朗、橋本國彦らと組織し、新しい音楽をめざした。

一篇の詩と出会った頃、箕作は愛娘美津子を急病で失っていた。一九二七（昭和二）年七月二九日に葬式を執り行ったばかり。一人娘の死という不条理をかかえたまま悶々《もんもん》としていた。悲しみが溢れた。箕作は部屋にあったピアノの前に坐した。滂沱の涙をこらえて譜面に向かった。

箕作は、娘のためのレクイエムを書いた。箕作秋吉の「讃歌と子守唄と悲歌について」という文がある。出典は不明だが、沙良峰夫詩集『華やかなる憂鬱』（一九六七年）に収録されている。そのまま採録する。

「悲歌」楽譜（作詞・沙良峰夫　作曲・箕作秋吉（日本のメロディー10（抒情的なうた）より）

悲歌は昭和二年七月二七日夕方から急病に罹つた長女が翌朝病院の窓に牛乳色の朝の光線が差し込んで来た頃亡くなつてしまつた時のつらい思い出です。一日おいて葬式を済ませ友人や親類が帰つてしまひ急に淋しくなつた夜、美津子の事を思ひ出してどうにも眠れないので雑誌を読んでまぎらして居ると偶然に沙良峰夫氏の「海のまぼろし」と云う詩を見つけました。それは多分八月号の『クラク』と云う雑誌でした。そして此の詩が其の時の私の心持そつくりだつたので詩をもつて、床を抜け出してピアノに向ひました。あまりの急死で涙も出ずポカンとしてしまつて居たのが急に思ひ出した様に涙が流れて来てポタポタ鍵盤にたれる仕末です。譜を書く鉛筆を持つた手で涙を拭い拭い明方まで書き続けました。こんな話しは今日の小説には流行らないかも知れません。けれども其れが小説でなくて実際であつた事は此の曲に流れて居る悲しみでわかつて下さるでせう。

夜の静寂《しじま》の中、ピアノの音はリリカルにそして悲しみをたたえつつ鳴った。

　箕作は、この曲を「悲歌」(海のまぼろし)とした。それを同年に開いた演奏会で、組曲「亡き子に」(三部作)の中に収めて初演した。

「亡き子に」(三部作)をみてみる。管弦楽と独唱のための組曲。一、前奏曲(管弦楽のみ)二、讃歌(詞・曲)三、子守唄(詞・曲)四、悲歌「海の幻」(沙良峰夫詞)。

　このあと箕作は深尾須磨子、松尾芭蕉、室生犀星、高村光太郎、萩原朔太郎、石川啄木らの詞に作曲をする。つまり沙良の詞をベースにした「悲歌」は、箕作にとって歌曲の濫觴《らんしょう》となった。

　一ついい忘れたことがある。遠い存在にいた箕作であるが、そうでもないことがあった。私が評伝『生の岸辺　伊福部昭の風景』で書いた伊福部は、ロシアの作曲家チェレプニンが来日した時に、横浜のブラフ・ホテルで特別にレッスンをうけるなど大変世話になった。伊福部は「日本狂詩曲」(一九三五年)でチェレプニン賞を、箕作は「夜の狂詩曲」(一九三七年)で同賞を受賞。また共にチェレプニン・コレクションとして楽譜を出版されていた。

　この「悲歌」〈海の幻〉は、現在、『日本歌曲全集(八)——箕作秋吉／清瀬保二』に収められている。その哀切なメロディと詞が調合され、今でも多数の演奏者により取り上げられている。箕作作品でも一番演奏される回数が多く、代表作の一つとなった。

　こうして箕作の「悲歌」により、沙良峰夫という詩人はリボーンした。歌曲という、もう一つの不滅の〈泡〉となった。

＊

私にいつも「海の幻」に見え隠れする〈女〉が謎を賭けてきた。〈幻景の女〉か。はたまた詩人にとっての天空の女神であったのか。それともポエジーの源泉としての形象（象徴）なのであろうか。

詩という一つの虚構性を保っているが、沙良にとって憧憬以上の女性《ひと》のことをうたっているのではないか。詩句は〈冬の海をこえて去った女〉〈枯れた花〉〈小さいうしろ姿〉〈はかない雪の上の足跡〉〈死んだより哀しい女〉と変容する。

想像を膨らませたい。それを許してもらいたい。虚なる女性ではなく、内心に光明を注いだ生身の女性像が原基になっているのではないか。

一目で分かるように、「北への抒情詩」では、女は〈北の方へ〉去ったことになっている。さらに己は〈南の春〉にいて〈思ひ出す〉という風に、自己の心情を予感させつつ、〈北〉と〈南〉を対比する。〈氷の国〉は「海のまぼろし」では消えている。

ここで女性をイメージしながら、仮定と想像の飛躍を許してもらいたい。ただあくまでこれは私的感慨の吐露ではあるが、他の数編の詩から、ある輪郭を保った面影が立ち上がってくるのだ。一概に完全に虚構の女として片づけることができないものを孕んでいる。

数編から、女性の面影が宿った詩句を挙げてみる。『現代詩歌』に発表した「涙」（大正七年）には、「あゝわが戀人よ／われらが若き日の歡びを思い出て、／流す眞珠の涙は涸らさしめたまふな」と謳う。西條八十の『白孔雀』に載せた「秋」（大正十一年）では、「向日葵のようだった／わが女よ／そなたの頬はあおざめて冷たい」とある。同じ『白孔雀』の「雪」では、ある女性像を次の如くに死の形象を重ねていった。〈死んだ白鳥〉〈眠った白孔雀〉〈萎れた水仙〉〈色褪せた薔薇《そうび》〉と。最後に〈病んだ少女の胸〉〈昔の恋人の柩〉という言葉をそっと置いた。この時、詩人の心は、うら寂しい廃苑となり、そこに雪が降り積ったのだった。

『棕櫚の葉』に寄せた「通夜」（大正十三年）では、懊悩の情はさらに深まる。そこに「雪のごとき大判の白紙のおもてに幻視される」ものを垣間見る。それに〈模糊たる『未完』の點々〉があった。〈大判の白紙のおもて〉とは、白いキャンバスか画紙にもみえる。この詩には、虚無や孤影という言の葉を配しながら、この詩人は〈歎悼の通夜僧〉となっていく。

女性への想念は、高次に象徴化されている。沙良は、高次な象徴を駆使した詩人だ。つねに現実を仮象化し、単相の形象に堕することを避けた。特に直情の吐露を下位なものとした。それに加えて、沙良の死が全の扉を閉めてしまった。

私の前に残されたのは、鉛で覆われた沙良の心の「箱」だ。

それでもなお、処々にある女性への追慕の念にみちていないか。沙良が愛したという倉持絹枝の面影がどれだけ反映しているかどうか、それを峻別することはできないのだが、それをすべて否定はできないだろう。日記や手記、あるいは友人の証言などがあればいいのだが……。

どうしても倉持絹枝の実像を知りたくなった。美校生だった、これしか手がかりはない。出生地がどこで、どんな人であったのか、まるで分らない。

まず東京藝術大学へ手紙を出した。丁寧な返事がきた。「当時の東京美術学校は男性のみなので」とあった。ただ美校のモデルとして来ていないか調べてくれた。結果としてモデルでもなかった。アドバイスがあった。女子美術大学に問いあわせをしてみたらといわれた。また調査依頼の手紙を出した。返事がきた。過去の資料で在籍していたことが確認できたと。歓喜しつつ、再度、倉持絹枝の学んだ科や当時の教授の名や、どんな学生であったか、写真もあれば見せてほしい、とお願いした。

最終的には、学籍簿には「該当する人物なし」というもの。ただ一九九〇(平成二)年に同窓会が調査したところ、名があったという。それによると倉持は、一九二一年(大正一〇)年三月に、女子美術学校裁縫撰科高等科を卒業したという。一年間の学びだったようだ。

この学校は、東京美術学校に対峙して「芸術による自立」「女性の社会的地位向上」「女子芸術教育者の育成」を目指して設立したという。一九〇一(明治三四)年に本郷区本郷弓町に開校した。一九〇九年(明治四二)年には、本郷菊坂町に移った。とすれば沙良は当時上野谷中町に止宿していたので、この界隈でこの女性と出会ったかもしれない。

結果として、女子美校生ではあるが、美術専攻ではなかった。

再び平善雄が作成した「年譜」に戻ってみる。〈一九二一（大正一〇）年〉に、〈美校生、倉持絹枝を知る。深刻な恋愛問題に悩む〉。ただこうもいえないか。この女性は、沙良と同じく谷中にあった太平洋洋画研究所で絵画を学んでいて、親しくなったかもしれない。〈一九二五（大正十四）年〉に、〈倉持絹枝逝く〉の一行あり。とすれば、沙良とは約四年間の交友だったようだ。それにしても、この「空白の四年間」がきになるのだが……。

残念ながら〈深刻な恋愛問題に悩む〉、その実体や倉持の死の原因も不明のままとなった。ただはっきりとしていることは、内心に温かい光明を灯した一人の学生がいたこと、そして何んらかの理由で、深刻な恋愛問題を抱えたことはまちがいないようだ。

ただ倉持という一人の女性だけでなく、さらに私が知らない〈永遠の女性〉がいたのかも知れない。

恋の階《きざはし》を登る沙良峰夫。先の詩に戻ってみたい。いずれにしてもある現存した若き女性が、〈歎悼の通夜僧〉の胸に消えないアザとなって刻印されたのではないか。

それにしても、沙良の震えるような胸中には、追慕の念を抱えつつも、いつも雪が降っていたようだ。〈海の詩人〉は、〈雪の詩人〉そして〈廃苑の城に住む詩人〉でもあった。西條八十には〈白孔雀〉のイメージが符合するが、なぜか沙良には〈海〉〈雪〉が似合うのだ。それらが一如となり、分ちがたく結びあっている。

第三章　詩の森へ——西條八十と川路柳虹

1. 川路柳虹『現代詩歌』

沙良峰夫は、同時代の詩人と出会い、またそのすぐれた数人に師事し、そして彼等に愛された。十代の沙良は、香り高い訳詩集と出会い、愛誦した。その中でも特に永井荷風訳の『珊瑚集』や上田敏訳の『海潮音』のテキストを何度も心の城に囲いこんだ。永井の『珊瑚集』が刊行されたのが一九一三(大正二)年のこと。だから沙良は刊行後、かなり早いうちに入手したことになる。一九一五(大正四)年頃には、森鷗外や上田敏の作品を読み、そのすぐれた文学世界を覗き込んだ。この時、沙良は十五歳である。いかに早熟であったかが分かる。

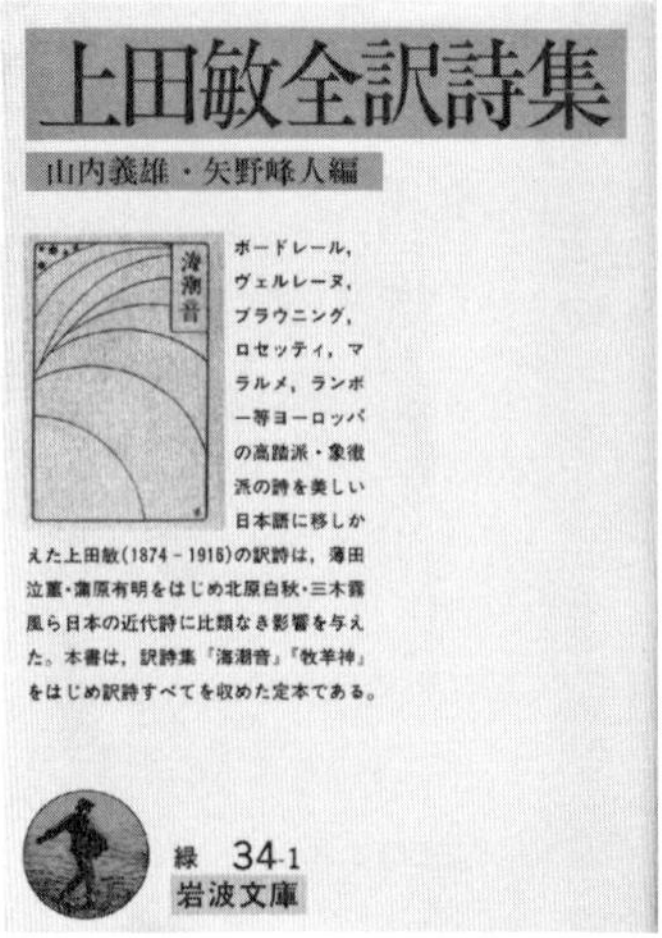
上田敏全訳詩集
山内義雄・矢野峰人編
海潮音
ボードレール，ヴェルレーヌ，ブラウニング，ロセッティ，マラルメ，ランボー等ヨーロッパの高踏派・象徴派の詩を美しい日本語に移しかえた上田敏(1874－1916)の訳詩は，薄田泣菫・蒲原有明をはじめ北原白秋・三木露風ら日本の近代詩に比類なき影響を与えた。本書は，訳詩集「海潮音」「牧羊神」をはじめ訳詩すべてを収めた定本である。
緑 34-1
岩波文庫

『上田敏全訳詩集』(山内義雄・矢野峰人編・岩波文庫・1962年)

永井荷風は欧米文化の洗礼を受けた帰朝者の一人だった。この『珊瑚集』ではボードレールやヴェルレーヌを訳した。

上田敏の『海潮音』は一九〇五(明治三八)年に本郷書院より刊行した。上田敏は、わが国最初のヴェルレーヌ紹介者として知られている。東京帝国大学文科文学科の卒業であるが、フランス詩壇の高踏派や象徴派の詩人たちを誰よりも早く紹介した。もちろんイギリス文学にも精通した。『海潮音』では広汎な詩人が登場する。ボードレール、ユーゴー、マラルメらのフランス詩人にとどまらず、イタリアのガブリエル・ダンヌンツィオ、ドイツのハインリッヒ・ハイネやテオドル・ストルム、イギリスのシェークスピア、クリスティナ・ロセッティ、ベルギーのジョルジュ・ローデンバックやエミール・ヴェルハーレンらも含んでいる。

詩人の数は二九人に及ぶ。上田敏は〈遙に此書を滿州なる森鷗外氏に獻ず〉と記した。さらに上田敏は獅子舞歌「大寺の香の煙はほそくとも、空にのぼりてあまぐもとなる、あまぐもとなる」をそこに添えた。香煙がはるかかなたの満州、その地にいる森鷗外に届けと願った。

上田敏はこの『海潮音』の序において、「高踏派の荘麗體を譯すに當りて、多くの所謂七五調を基としたる詩形を用ゐ、象徴派の幽婉體を翻するに多少の變格を敢てしたるは、其各の原調に適合せしめんが爲なり」と記した。日本調の語形である七五調を用いたが、それは〈變格〉に偏したのでなく、むしろ〈其各の原調〉に適合させたという。つまり上田敏の譯には日本人の和的情興が巧みに導き入れられている。当然にもこの日本的訳のスタイルは、大きな様式（型）となり、沙良らにも受けつがれていった。

それにしても上田敏にとどまらず。明治の文壇において森鷗外の存在の大きさにはおどろくばかりだ。上田敏は訳詩集に献辞を書いただけではなかった。山内義雄・矢野峰人編『上田敏全訳詩集』（岩波文庫・一九六二年）の「年譜」をみると、上田敏は亡くなる一九一六（大正五）年に、萎縮腎や中耳炎をかかえながら、森鷗外を訪問する途中に突然尿毒症を発した。それが回復することなく七月九日に逝去している。上田敏の戒名は「含章院敏誉柳邨居士」だが、これは森鷗外の「撰にかかる」とある。この時、上田敏は四三歳だった。この年齢、上田の父・絅二が亡くなったときと同一であった。

沙良峰夫と上田敏。直接的な出会いはなかったようだ。ただ沙良は上田敏の令嬢瑠璃子に恋心を抱いていた。上田敏は一九〇三（明治三六）年に東京師範学校教授となるが、この年に斉藤悦子と結婚する。二人の間に生まれたのが長女瑠璃子。瑠璃子は、聖心女学院専門部英文科で学んだ。のち瑠璃子は、嘉治《かじ》隆一と結婚する。嘉治は東京帝大卒のエリート。朝日新聞に入社し、論説委員などをつとめた。昭和を代表するジャーナリストとなった。

沙良は、瑠璃子嬢の写真をみて、そのたぐいまれな才色兼備をほめ讃えたという。恋心は熱く燃えたが、十七歳の淡い、一方的な慕情は実ることはなかった。

瑠璃子には、いくつかの著がある。『ベトレヘムよりカルフリオへ』『シエナの聖カタリナ』『アギラの聖女テレジア』などである。このようにローマ・カトリックの信仰や聖女についての論がおおい。沙良は、瑠璃子の写真をみて、聖女のような純粋さと高貴さを感じたのかもしれない。

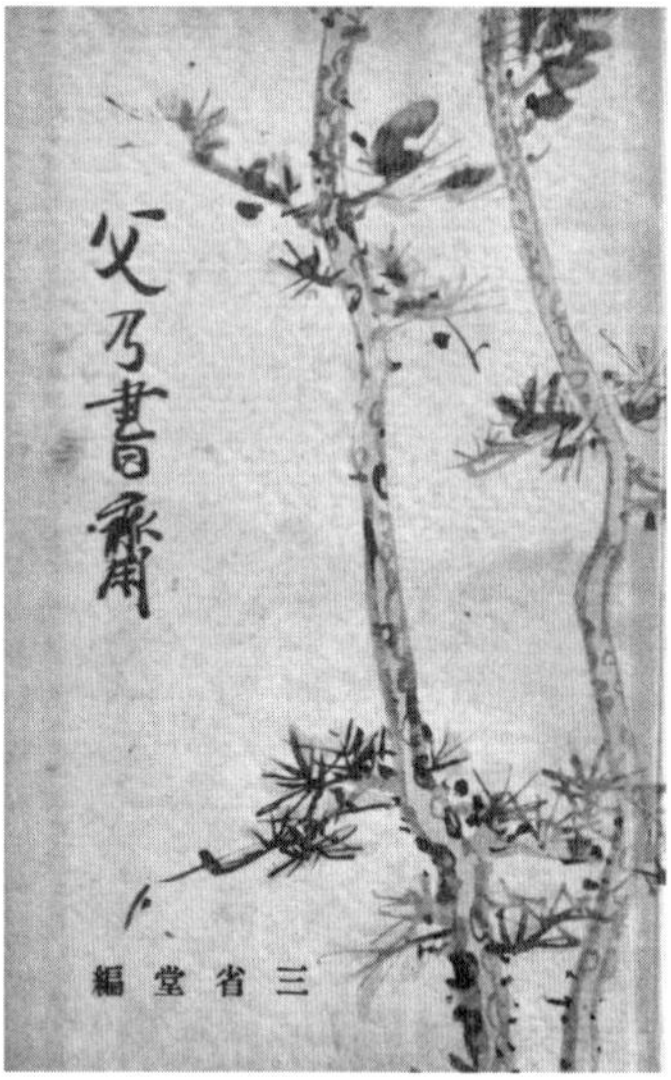

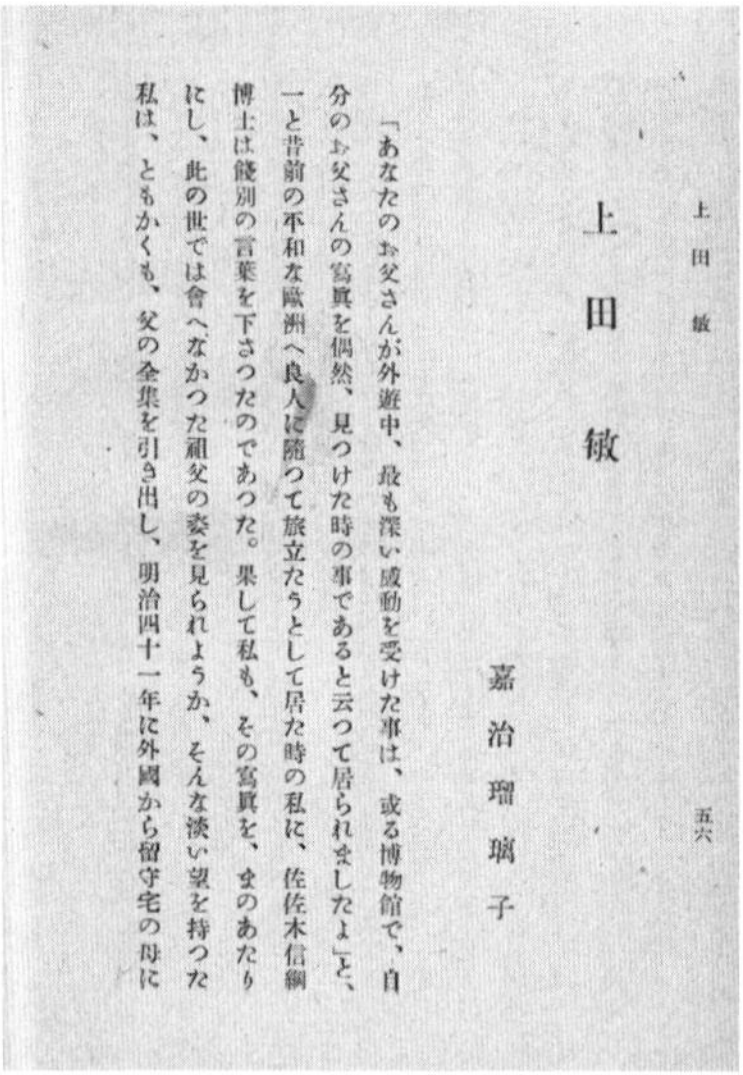
上田敏　五六

上田敏

嘉治瑠璃子

「あなたのお父さんが外遊中、最も深い感動を受けた事は、或る博物館で、自分のお父さんの寫眞を偶然、見つけた時の事であると云つて居られましたよ」と、一と昔前の不和な歐洲へ良人に随つて旅立たうとして居た時の私に、佐佐木信綱博士は餞別の言葉を下さつたのであつた。果して私も、その寫眞を、まのあたりにし、此の世では會へなかつた祖父の姿を見られようか、そんな淡い望を持つた私は、ともかくも、父の全集を引き出し、明治四十一年に外國から留守宅の母に

『父乃書斎』（三省堂編・1943年）

父の死後、瑠璃子は上田敏遺稿『牧羊神』（東京・金尾文淵堂・大正九年）を編集した。

瑠璃子は不思議なことに祖父・父と同じく四三歳で亡くなっている。上田家にとり、四三歳は〈鬼門〉であったようだ。

沙良が恋心を抱いた瑠璃子のことを辿ってみた。いくつか発見があった。一つは、瑠璃子は『父の書斎』（三省堂編・昭和一八年）で、父の書斎のことを語っていたこと。この本は、アンソロジー形式で文学者の子供達がそれぞれ父母の書斎のことを語っている。当時八歳の瑠璃子は、父の書棚から「アマテルリンク、アマテルリンク」といいながら、その本をもっていくと、父はその本と一緒に自分を膝の上に載せてくれたという。アマテルリンクとは、ベルギーの作家メーテルリンクのことであろうか。

当時の文学者との交遊録に記録がないか調べてみた。永井荷風の『断腸亭日乗』の「大正一二年四月九日」にこうある。引いてみる。「午後、外国語学校教授山内義雄氏と共に、故上田敏博士令嬢瑠璃子を扶けて、雉子橋外仏国大使館に至り、大使クローデル氏に謁す。瑠璃子博士の詩集を大使に贈呈す」と。大使クローデルとは、詩人ポール・クローデルその人。悲劇の彫刻家カミーユ・クローデルの弟でもある。かつて上田敏は『牧羊神』の拾遺にクローデルの「頌歌」「カンタタ」「椰子の樹」などを訳出していた。クローデルは、当然にもそれを知っており、上田敏の詩業についても話が及んだに違いない。大使クローデルは、日本文化を愛し、日本の印象を「朝日の中の黒い鳥」（一九二七年）に記した。ちなみに〈クロイトリ〉とは、クローデルのことだ。

＊

沙良峰夫が最初に師事したのは川路柳虹（本名・誠）だった。沙良は、当時上野の「八重垣館」に下宿していた。川路柳虹（一八八八～一九五九）は、徳川幕府末期の官吏で外国奉行をつとめ、最後は自決した川路聖謨《せいぼ》の曽孫にあたる。父は川路寛堂。川路柳虹は東京府芝区三田の生まれだが、幼少期は福山や淡路島の洲本で育った。

詩作と美術評論の双方ですぐれた才能を開花させた川路柳虹。一方で油絵にも挑んでいた。東京美術学校の洋画科を受験したが、不合格となる。それで日本画科に変更した。在学中の一九一〇（明治四三）年に処女詩集『路傍の花』を上梓した。

東京美術学校を卒業後、どうしても油絵を諦められず溜池の研究所に通り、セザンヌ、ゴッホ、ゴーギャンなどに傾倒した。かなり後になるが、一九二七（昭和二）年にはパリ大学で東洋美術史を学んだ。美術にも造詣が深く、『近代美術の傾向』（一九二一年）などを著している。

詩作の方では、五七調のスタイルを脱し、新しい口語自由詩のスタイルで書いた「塵溜《はきだめ》」などで注目された。

永井荷風の訳詩集『珊瑚集』が刊行された一九一三（大正二）年に、川路柳虹は、三木露風、西條八十、柳澤健、山宮允らと「未来社」を創立。その翌年には機関誌『未来』を発行。この『未来』に載った「題言」に目をとめる。手元にある紅野敏郎他編『大正の文学―近代文学史二』（有斐閣・一九七二年）から一部を抜き出してみる。〈吾人の精神生活を限定する自然主義から脱出して、平俗の生活中にも日々失いひつつある貴重の物を取り返し、吾人の生を無限ならしめんとする芸術活動〉であると提起した。文中に〈自然主義から脱出〉とあるように古い教養主義でもある白樺派からの離脱志向が強い。そして〈平俗の生活〉のただ中から〈無限ならしめ〉るものを見出そうとした。それをベースにして実践した運動が口語自由詩であった。

同時期に高村光太郎は、第一詩集『道程』を刊行する。このように沙良が活動した大正初期は、口語自由詩が胎動した。大正一〇年代に入ると、今度は新感覚派が登場する。沙良はその双方の飛沫を浴びることになる。

川路にとって、一九一六年（大正五年）が大きな転機となった。二科会に自信作の油絵を出品したが落選した。絵の道を捨て、詩と美術批評へとシフトした。

一九一六年に、川路はみずから曙光詩社を興し、平戸廉吉らと季刊「伴奏」を創刊した。翌年にこの「伴奏」を止め、「現代詩歌」を創刊した。このあと、三冊の詩集『勝利』『卓上小品』訳詩集『琥珀』を刊行する。さらに一九二一（大正一〇）年に、『芦の笛』『曙の聲』を出した。同年にこれまでの詩を集成して『川路柳虹詩集』（現代詩集2・新潮社）を刊行した。その「序」で、これまでの詩業をこう振り返った。「路傍の花」時代の印象主義、デカダン気分、「かなたの空」時代の象徴主義、その後の「勝利」にかけての理想主義的傾向があったという。この理想主義的傾向を、「本然主義」と言い換えている。

一九二二（大正一一）年には、さらに『預言』『温室の花』『歩む人』を出した。

こうして数年間で、訳詩集『ヴェルレーヌ詩集』を含むと、なんと七冊の詩集を編んでいる。沙良もヴェルレーヌの詩訳を試みているが、そこには上田敏だけでなく川路の影響が影を落としているようだ。

では新しい道となった詩界を、川路はどう認識していたのであろうか。川路は、詩人という存在をこうみた。『川路柳虹詩集』（現代詩選二・新潮社版・一九二一年）に収録された『地上頌歌』に「詩人」という詩が収められている。そこにこうある。「すべてのものはうたへるなり、聲をはなちてうたえるなり、われこの幸いをきみに頌つに、ただ貧しくて裸體なり」。

つまり世に存する万象をみつめ〈うたえる〉のが、詩人だという。万能の力をもつのが詩人だが、自分は〈貧しく〉、その実体は特別なモノをもっておらず、〈裸體〉に等しいと。この内心世界を冷厳に透徹する心性。これこそ、川路の本然であった。〈すべてをうたえる〉詩人は、「時」と生の実景を真正の眼で捉えた。同じく『地上頌歌』に「過ぎゆくものと生」という詩がある。「わたしは「昨日《きのう》」を葬る、やさしい言葉もかけず。わたしは合掌する、わたしの燃え立つ魂に」。その最後に、「わが愛撫の心を生き動くものの上にとさし向ける。わたしは一切の死滅を幻と信じて　うつりゆく時の胎内のわが生をさゝげる」と記した。

これまで象徴的詩風の作家として見られていたが、その枠を超えている。

例えば詩集『勝利』に載った「死」という作品がある。引いてみる。

『死』がこゝに　ゐたなら
しっかりと「生」を握ろう――
おまへにとられないために。

「死」がむかうにゐたなら
じつとして話しをしてみよう――
鏡にうつる姿と話をするように。

「死」がじかにやってきたら、
快く眠らう、たつたひとりで――
ちがつた朝をむかえるために

「死」を難解な記号にせずに、かなり平時の感覚でそれと対話している。こうした隠喩を使いながら形而上の世界に陥らない語法は新鮮である。他の批評家がいうように、そこには〈知性の兆候〉や〈諧謔的味〉も潜んでいる。他方、高く評価された詩集『波』（かなりの長詩）には、こんな詩世界が表現されている。

そこにこうある。「激しい突進で岩に砕け、／散った水沫《みなわ》はまたもとの海へ還る、／不変の精子、永遠の精液、／そして絶えざる情欲に燃えながら、／清潔な童貞に生きる、／おまへは処女の羞《はぢら》ひと青年の夢との／組み交はす不断の組織、朽ちざる細胞、／翼のない不死鳥、力の内在する磁極。／波よ、おまえへの動きのただ中にあつて、／おまえの解らなさを解《と》こうと／風はたえず鞭《むち》ち羽搏《はばた》く。／おお、限りない侮蔑《ぶべつ》よ、限りない残酷！／しかし、その侮蔑は飛沫となつて空《そら》へ還る。／おまへはただ怒り、吼《ほ》え、応《こた》え、叫喚《けふくわん》し、／いつかまた巧《たく》みに不明へと逃れる。」

「波」を謳いながら、象徴的に流れずに、生と死とエロスをかなり濃密に絡ませている。〈水沫〉と〈不変の精子〉〈永遠の精液〉とを等しくみるこの感性。大いなる擬人法。荒々しい〈侮辱〉と〈残酷〉を請う詩人。こうした性の根源たる海へのオマージュは、どこか中上健次の詩的小説『十八歳、海へ』の世界に近似していないか。その共通性に驚くばかりだ。このように川路の詩は、時空をこえてイマジステックに富んだ現代詩の様相を呈してくるのだ。

先の『地上頌歌』に戻ってみたい。過去の刻《とき》を葬りながら、ただ〈燃え立つ魂〉に根差し、〈愛撫の心を生き動くものの上〉に注ぐ。ここに生動するのは、詩人にとって、いやそれにとどまるのではなく、人間にとって肝要な高潔な心性ではないか。「和絃《わごん》」という詩では、「わたしの生の和絃はたゞ　わたしの熱によつて高まる！」と聲を発する。

さて川路の詩性をどう評価すべきであろうか。現在、かなり〈忘れられた詩人〉になってしまっている。が、一つの時代に収まらない普遍性を帯びた文学者である。

ここにはこれまで欧米の先端の詩を学んできた川路だが、別な道を意識して進もうとする姿がある。「和絃」の響きを、智巧のない手で奏でたいというのだ。ここに来て、川路は、上田敏や西條八十のゾーンから離れて、独自な詩の道に悠然と歩み始めたといえる。つまり人間の本源性、別な言葉でいえば虚性と装飾性を排した高次な本然性に向けて、悩み切り、嘆き切りながら、新しい曙を目指しつつ……。その後も詩神は川路に降り立った。七一歳で亡くなるまでに訳詩集をふくめて一五冊となった。死後に門弟が『石』を刊行している。詩集『波』とこれまでの業績に対して、芸術院賞が与えられた。川路は、〈若い次代の詩人たちへ寛容と理解〉(村野四郎)を寄せたという。沙良も〈若い次代の詩人〉の一人として、川路の〈寛容と理解〉の厚遇に浴した。

沙良は、この『現代詩歌』に数作品を発表する。この『現代詩歌』に載った作品を平善雄の調査からひとまず整理する。

「涙」「薔薇色の月」　一九一八(大正七)年十一月号
「秋のスケッチ」　一九一八(大正七)年十二月号
「幻想の女」　一九一九(大正八)年一月号
「冬のおもひ」　一九一九(大正八)年二月号
「たそがれ」　一九一九(大正八)年四月号
「小唄」　一九一九(大正八)年六月号
「まひるに」　一九一九(大正八)年・号不明
「ためいき」　一九一九(大正八)年九月号

その中から「涙」と「小唄」を『岩内ペンー沙良峰夫特集(一)』(岩内ペンクラブ・昭和五二年)から採録する。

「涙」

「時」の手が、
おん身の髪を灰いろに染めかへ、
おん身の額を深い皺で刻んでも、
「時」の手が、
おん身の眼を悲しげにかすませ、
おん身の頬から肉を薔薇いろを奪っても
「時」の手が、
おん身の唇から珊瑚の潤ひをぬぐひとり、
おん身の喉から銀鈴の聲を追ひやるとも、
あゝわが戀人よ
われらが若き日の歓びを思ひ出て、
流す眞珠の涙のみは、
「時」の手をして涸らさしめたまふな。

「小唄」

忘れじな
昼の金絲雀《カナリア》
微睡《まどろ》める
淡き夢路に
現《うつ》つなる
黄金《きん》の小鈴を

忘れじな
夜の鶯《うぐいす》
菩提樹の
葉越しの月に
仄かなる
白銀《ぎん》の小笛を

まず「涙」を味わってみる。「時」を擬人化して、「時」という語を四回反復し、詩の主舞台に据えながら、〈わが恋人〉への切ない想念を謳いあげている。〈珊瑚の潤ひ〉〈銀鈴の声〉〈真珠の涙〉などの表現を用いて、全体にオーソドックスな象徴詩の形体をみせている。

一方の「小唄」には、沙良は小さなシャンソンの興をこめたか。一転してトーンが変じる。五七調を踏襲し、二連の詩とした。一連目で〈昼の金絲雀〉〈黄金の小鈴〉、二連目で〈夜の鶯〉〈白銀の小笛〉と対比させた。韻を踏みつつ、シンメトリーとなる。意図された形式美を保っている。〈金絲雀〉は、西條八十が『赤い鳥』(鈴木三重吉主宰)に発表した「唄を忘れた金絲雀」を想起させる。

では西條にとって〈金絲雀〉とは何か。西條は幼い頃、麹町にある電灯が一つ消えていたのに気付いていた。それを詩句に昇華し〈囀ることを忘れた小鳥〉つまり〈唄を忘れた金絲雀〉に見立てたわけだ。一方の沙良は、〈昼の金絲雀〉と呼びかけ、微睡《まどろ》みの薄い幕の時《とき》につつみこみ、そこに〈白銀の小鈴〉をきいている。かなり凝《こ》った表現をみせている。全体として短いが正調の象徴詩となっている。

この「小唄」に対して、詩の形式美やその中に盛られた形象美に着目し、川路柳虹は「前号の詩評から」（『現代詩歌』大正八年九月号）においてこう評した。「恰度西條八十の詩に酷似した童謡的なファンタスチックな詩だが、言葉と調子の巧妙ななかに夢のような気分がまたたくリヽカルなものである。同氏が今後この種のマンネリズムに陥らず、かふいふ態度の中に絶えず新意を齎らされたいことである」。

平善雄は、これをもって川路より〈激賞された〉とのべているが、この評でも分かるようにあくまで同人メンバーに対する〈客観的な評〉とみるべきであろう。たしかに、〈童話的なファンタスチック〉性が濃いが、それでもまちがいなく、沙良の詩史の中でも、主たる位置を占める佳作である。私見、いや私的願望であるが、作曲家がこの「小唄」に注目し、歌曲として造りあげてくれればいいのだが。そうなれば後世までも、歌い継がれていくことになると思うのだが……。

2．沙良峰夫の相貌

ここで沙良のもう一つの「相貌《かお》」について触れておきたい。豊かな絵の才能のことだ。沙良は、一九一八（大正七）年に、上野の谷中町に宿を移した。谷中といえば、今は下町情緒ただよう「谷根千」（谷中、根津、千駄木）の主部として人気を集めている。谷中銀座というコトバもある程だ。文人墨客も多く住んだ。その中で森鷗外や幸田露伴が有名だ。森鷗外は「観潮楼」（現・森鷗外記念館）を置いた。

谷中は〈美術のメッカ〉でもあった。ここに太平洋画会が置かれ、美術学校となった。「明治美術会」に属していた画家や外国帰りの「新帰朝者」を軸として結成された。一九〇二（明治三五）年に第一回展を開催。当時は黒田清輝らの結成した「白馬会」と並んで二大勢力を形成した。

沙良は詩作と並行して、この太平洋画会研究所に学んだ。この画塾で出会った一人が横浜生まれの今東光。のちに小説家、国会議員、天台宗の僧となる。当時は熱い血潮をもやして画家をめざしていた。また文学にも関心をもった。今は、さらに川端画塾にも顔を出した。そんな中、東郷青児や関根正二とも親交を結んだ。ある時、今は沙良に誘われて前橋出身の詩人、萩原恭次郎の下宿を訪れた。このあと、今、萩原、沙良の三人は本郷白山にあった「南天堂」を訪れた。

松岡虎王麿が創業し、一階が書店、二階がカフェー。そこは大杉栄、伊藤野枝らのアナキストやダダイストたちの〈たまり場〉となった。

萩原恭次郎の詩業について少し紹介する。

萩原恭次郎は一九一八（大正七）年には沙良と同じく川路柳虹の「現代詩歌」に作品を出していた。そこから離れ、前衛詩の方へシフト。

一九二三年には仲間と「赤と黒」を創刊。その後、他誌と合同で詩の展覧会を白山「南天堂」で開催した。

こんなこともあった。〈大震災〉時には、自警団に襲われた朝鮮人をかばったという。

なにより詩集『死刑宣言』がすごい。同郷の詩人萩原朔太郎は〈甚だしくデカダン的退廃の魂〉の持主で、〈暗黒絶望の薄ぎたないニヒリスト〉だと断言する。ただ最後の詩集『断片』については〈一個の悲壮なる英雄〉を見出し、〈気品の高い崇高な風貌〉があるという。

三九歳で早世したこの詩人。虚ろなる社会情況への怒りが詩集の原動力となった。それが表現における特異な〈歪力〉となった。『断片』の〈序詩〉はそれを示現する。〈腐った勝利に鼻はまがる〉と。沙良は恭次郎の詩を評価した。過激な言語表現を評価したのであろうか。それだけではないはずだ。みずからの資質（抒情性や象徴性）とは真逆な言葉の直情さに心うごかされたのかも知れない。

〈暗黒絶望〉であってもそこにみずからの内心にうごめく闇の部分に恭次郎の言葉は触れてきたのかも知れない。

もう少し白山南天堂での沙良、今東光、萩原恭次郎のつきあいぶりを辿ってみる。今東光は『週間読売』（一九七七年）に交遊録を〈反鏡《ともかがみ》〉と題して連載した。そこに〈萩原恭次郎の巻〉がある。

そこには〈乱闘さわぎ〉と〈決闘未遂〉の出来事がしるされている。かなりハチャメチャである。

先にもふれたが南天堂には社会主義者やアナキストがたむろしていた。彼等は、議論の熱が高まると言葉を捨てて直情的に力でむかいあった。みんな血気盛んだった。その議論の渦に三人ははまった。沙良はあまり被害はなかったようだが、恭次郎と今が外に出てみると、顔と手は血だらけだった。またこんなこともあった。今は根津権現前の松風閣に下宿中だった。同宿の男が今のところに来て、自分の〈情婦《いろ》〉が萩原恭次郎とねんごろになっている。怒ったその男は恭次郎と〈決闘〉で決着をつけるという。今と沙良は、その〈決闘〉の介添人になった。当事者が道具（武器）をどうするか話し合い、錐でやるとなった。馬鹿らしくなり、いざ〈本番〉という時、二人はその任をおりた。この時代、時代錯誤にもみえる〈決闘〉で決着ということがあったようだ。今は最後にこう書いた。『死亡宣言』という詩をのこしてみずからに〈死亡宣言〉をしていったと……。

さらに萩原は一九二五（大正一四）年には村山知義の「マヴォ」の編集にも関与する。萩原は沙良より二歳年上。ダダイズムやアナーキズムなどの大正期の前衛運動の先端を走り抜いた詩人の一人。このように沙良の交友範囲はかなり広く、かなり早い時から保守的な詩壇のメンバーとは異なる自由でアヴァンギャルド精神をもった詩人たちとも交友していた。私は二〇〇〇年頃に評伝『青のフーガ　難波田龍起』（響文社・二〇〇三年）を書くため、「谷根千」界隈を歩いた。この界隈で探したかったのは、かつてここにあったカフェ「リリオム」だった。松本竣介らは、このカフェを「穴」と称し、仲間たちと「赤荳《まめ》」を結成した。その後太平洋画会を退所し、池袋のアトリエ村へと移っていった。若き日に難波田も集った「リリオム」は、すっかり姿を消していた。

日本の抽象画の第一者となった活動した難波田は一九〇五（明治三八）年に旭川に生まれた。が、一歳時に本郷区駒込千駄木町へ移った。さらに八歳時に駒込林町に転居した。そこは高村光太郎と智恵子のアトリエの裏隣だった。久しぶりに自著『青のフーガ』を紐解いてみた。難波田と沙良は四歳しか、ちがいがなかったことに驚いた。難波田は九二歳と長寿だった。沙良の三倍を生きた。難波田は、早稲田大学文学部に学んだ。詩才を発揮し、のちに『難波田龍起詩集』（小沢書店・一九九四年）を編んだ。実は難波田は一九二七（昭和二）年に、太平洋画会研究所で学んでいる。初歩から、石膏デッサンを始めた。沙良とは約八年間のズレがある。ちなみにこの年には、沙良は病気静養のため一時、岩内に帰郷していた。二人は同時期に東京で生活していたが、そんなことで出会うことはなかったようだ。ただ完全に出会いがなかったとはいい切れないかもしれない。というのも、一九二三(大正一二)年のはじめ頃には、沙良は本郷区駒込林町の豊秀館に止宿するからだ。界隈には高村光太郎のアトリエや難波田の家もあり、どこかでニアミスをしていたかも知れないのだ。

この界隈は、帝大生や文人が多く住んだ。一九二二(大正十一)年頃には、川端康成(当時は帝大生)は林町十一の氷宮方に止宿する。難波田は、高村光太郎を芸術の師と仰ぎ、日本的抽象を切り拓き、〈太陽の岡本太郎〉〈月の難波田龍起〉とまで称された。一方の沙良は、川路柳虹、西條八十らを師と敬愛し、稲垣足穂、安藤更生らと交友しながらも、突然の病により全ては奪われてしまった。しばらくのあいだ仲間の記憶の域にはとどめられたが、彼等が亡くなることで、いつしか「幻の詩人」として日本の近代詩歌世界の片隅に埋もれたまま放置された。運命とはなんと恐ろしいものか。全てを無化し、飲み込んでしまうのだから……。呑みこまれたものは、棺の中でも沈黙する。

*

どうして太平洋画会研究所に通ったのか。実は沙良峰夫は、絵の才能もあった。その血は父進から受け継いだもの。医師でもあった父進は、一九〇〇(明治三三)年に東京から油絵具一式を取り寄せ、絵を嗜《たしな》んだ。その中の一点に時代を反映した「戦争画」がある。それは日露戦争における陸海軍の戦闘を描いたもの。サイズはF二五号という。太平洋戦争が終わる一九四五(昭和二〇)年まで、町内の東小学校に保存されていたという。ただこの絵画は所在不明という。

岩内からはすばらしい洋画家が多く出ている。その代表が有島武郎の小説『生まれ出づる悩み』のモデルともなった木田金次郎。東京芸術大学で学び、安井曾太郎に師事し、すぐれた肖像画を残した山岸正巳もいる。また一時は、北海道美術協会展（道展一九二五年創立）では、〈小樽派〉と競う〈岩内派〉と呼ばれた程にすぐれた画力をもった画家達がいた。父進はそんな岩内における油絵の先駆者の一人であった。

では沙良の絵の力はどうだったのか。小学校六年に描いた絵がある。馬と甲冑を身につけた若武者が描かれている。それは学校で「特優」とランク付けられた。同じく小学校六年に描いたという水彩画が、「岩内ペン―沙良峰夫特集（一）」（『岩内ペンクラブ』・昭和五二年）に掲載されている。そこには「甲」のランクがつけられている。人差し指を横に出して握った右手。ゆるぎのない的確な線が秀逸だ。これらは札幌中央創成尋常小学校在学中の作品と思われる。

このあと沙良は、一九一三（大正二）年に北海道庁立札幌第一中学校（現・札幌南高等学校）に進んだ。札幌一中で絵を描いていたかどうかは不明だ。沙良がこの学校で絵を続けていたかどうかが気になったのには、訳がある。札幌一中出身で日本のモダニズム絵画の一端を切り拓いた洋画家三岸好太郎と、接点がある可能性があるからだ。

三岸は一九〇三（明治三六）年生まれ。二歳下だ。『三岸好太郎展』（北海道立近代美術館・二〇〇三年）の「年譜」、その〈一九一八年〉の項には、〈油絵に興味を抱き、中学の美術クラブ霞会に属し、図画教師林竹治郎の指導を受ける〉とある。ただ三岸の札幌一中に入学時の年齢は十五歳。沙良の同校の入学時は十三歳。なぜ十三歳で入学か。どうも当時優れた学業の者は、尋常小学校の五年から受験できた。今でいう、〈飛び級〉ならぬ〈飛び入学〉という特待を受けた。

沙良は、在学中より絵画より文学志向を増幅させ、札幌一中で学ぶよりも東京へ行くことを選んだ。一九一六（大正五）年には、ここを中退。そのため三岸の入学時の一九一八（大正七）年には、沙良は東京の上野谷中町にいて、川路柳虹に師事していた。詩歌界の新星と洋画界の革新者。こうして二人は札幌一中で出会うことはなかった。さらに三岸は一九一九（大正八）年に〈学業不振〉で落第し、この学校を卒業するのが一九二一（大正一〇）年にズレ込んだ。

その後、二人は東京のどこかで偶然顔を見合わせることはなかったのか。残念ながら可能性は少ない。三岸は、新聞配達、夜なきそば売り、書生、郵便局の臨時雇いをしながら絵を描いた。一方の沙良は恵まれた環境で〈高級下宿〉といわれた「八重垣館」などで生活し、正則英語学校で英語を学んだ。かなり住む世界がちがった。二八歳で生のドラマを閉じた沙良。三一歳で、胃潰瘍で吐血、さらに心臓発作で急逝した三岸。二つの花は、可能性を秘めたまま閉じた。

二人の運命は、死後大きく違った。絵の女神は、三岸に微笑んだ。三岸好太郎の妻節子は、好太郎のために尽力した。札幌には三岸作品を集めた北海道立三岸好太郎美術館が存在する。さまざまな角度から三岸好太郎研究も進んでいる。息子黄太郎は父の跡を継ぎ、画業に専心した。沙良には妻も息子もいない。とすれば、誰かが詩の女神とならなければならない。そうしないと高貴な心、たぐいまれな詩のヴィジョンが土中に埋れたままになる。玉は磨くことで光を放つのだ。

同時代の北海道出身者、難波田龍起と三岸好太郎が歩行した道程を辿りながら、その接点を探してみた。残念ながら、二人との出会いの風景は確認できなかった。またどんなに人生を比較しても、そこからは何もうまれないのだ。

今のところ、沙良の知名度は二人に比べれば低い。ただそれは些細なこと。本質的なことではない。それよりも、後世に残すための資料をしっかりと残せばいいのだ。そうすれば沙良の詩魂は肉を与えられ、作品は不死鳥の如く灰から蘇生するからにちがいない。

＊

先の太平洋画会研究所のことに話を戻す。沙良がここでどんな絵を描いていたかを知る資料はない。作品も残されていない。ただ独自の審美眼をもっていたことは、友人の証言から確認できる。友人の池田雄次郎は、札幌一中より東京美術学校（現・東京藝術大学）に進んだ。油絵を中川一政に学んだ。池田は、赤坂区溜池町の三会堂で開催中の展覧会で岸田劉生の「麗子像」をみて感動した。思わず「草土社」ファンだった池田は、絵の前で脱帽した。

そして沙良にそれをみるようにすすめた。あとで池田は沙良に「どうでした」とたずねた。反応は期待したものではなかった。「私はドーモあの精神主義的な画面は好きになれません。画面からうける感じはキュークツでたえられないのです。やはり私はやわらかな官能的なのが私の性《しょう》に合っているようです」とのべた。この時、沙良は岸田の作品よりも、当時帝展でみた中村彝による盲目の詩人の、「エロシェンコ氏の像」（一九二〇年）の方を激賞した。

少々補足する。一八八三（明治十六）年に、三つの組織、つまり大日本農会・大日本山林会・大日本水産会は、農商務省から土地を貸与してもらい、最初は木挽町に事務所を開設し、その後一八九一（明治二四）年に赤坂区溜池町に移った。それで三会堂といった。

三会堂での展覧会が気になる。「草土社」の展覧会であろうか。

岸田は、娘の麗子像をたくさん描いた。池田がいうところの「麗子座像」にこだわってみる。岸田は個人展を神田の「流逸荘」で開いた。そこには「麗子像」を出品しているが、あくまで〈座像〉に絞って三会堂での出品作品を探ってみる。

資料としたのは、『岸田劉生展』（東京国立近代美術館・一九七九年）の図録・出品目録。それによると、符丁が合うのは一点のみ。「麗子座像」（絞りの着物）だ。制作年は一九一九（大正八）年八月二三日。これは一九一九年に開催した第七回「草土社」展（赤坂区溜池町の三会堂）とある。横向きに床の上に坐す、絞りの着物に身をつつんだ麗子。左下に、岸田が好んで描いたリンゴが一個置かれている。ほぼこの作品にまちがいないと思われる。

岸田は麗子像や村娘「於松」像において、〈物の如実感の追窮〉を〈芸術的美化〉としてとらえて〈写美〉と〈装飾〉の双方を絵の中に定立しょうとした。〈絞りの着物〉の質感づくりには、その〈物の如実感の追窮〉の姿勢がよく表明されている。ただ沙良の眼にはさほど強い印象を与えなかった。詩的な感慨をゆり動かすものが存在しなかった。絵画空間全体はたしかに精緻であるが、それ以上に硬く感じられたようだ。

それはそれとしても、なぜ沙良は中村彝の「エロシェンコ氏の像」の方に心を震わせたのであろうか。そこにルノワールの影響を感受し、それに沙良の美的アンテナが反応したのかも知れない。

中村は、盲目の詩人を描く頃、ルノワールの作品を実業家今村繁三の家で実見した。今村は、英国の名門トリニティ・カレッジで学び、文学士の資格をえていた。たしかに「エロシェンコ氏の像」には、ルノワールの影響がみられるという。ちなみにこのロシアの詩人は、アジアを放浪しつつ、来日し、新宿にある中村屋（相馬家）に世話になった。

それだけであろうか。果たして〈やわらかな官能性〉のみであろうか。そこに別なものを感受していなかったか。もっと根源的なもの、沙良の美意識に抵触してくるものが存していたのではないか。沙良の心の動きを推し量ってみる。

沙良の詩的感性は、中村彝という表現者がこの作品に宿したものがいかに重いものであるかを知り、震えたにちがいない。つまりこの画家が画布に宿したものを、生々しく自分の手で触れたのだ。なぜならこの画家は、〈盲目の詩人〉にみずからの〈叫び〉を重ねていたからだ。この時、この画家はすでに不治の病に冒されていた。

美術評論家酒井忠康は『早世の天才画家　日本近代洋画の十二人』（中公新書・一九九三年）の〈運命の画家――中村彝〉においてこう記す。「不治の病におかされていた彝は、この開かざる眼の、孤独な詩人の風貌に魅入られて、画架の前で生涯を終わらせてしまうような限界まで描きつづける覚悟ではじめた。残念そうにパレットをおくのは、八日目の十六日のことであった。発熱が襲い、喀血し、医者は絶対安静をいいわたす。彝は二ケ月ちかく起きあがることができなかった」。〈不治の病〉とは結核であった。

つまりエロシェンコと彝は、みえない運命の糸で堅く結ばれていた。エロシェンコは彝と完全に一体化した。だから彝は病をおしてまで、エロシェンコと自分とを赤い血で結びあわせようとした。つまり、この肖像画は彝自身の〈自画像〉となったのだ。

彝は、このあと一九二四（大正十三）年に逝去する。死の直前に描かれたのが「頭蓋骨を持てる自画像」（一九二三〜二四年）だ。頬はこけ、苦行者のような相貌。どこか彼方をみているような表情だ。沙良は、彝がこの「頭蓋骨を持てる自画像」を描いた四年後に、地上の生にピリオドを打った。

　この「エロシェンコ氏の像」をみるたびに、彝の、病をかかえつつ血を吐くようにして、必死にみずからの実存の〈印《しるし》〉を刻もうとして足掻くその姿の前に、全ての言葉は無力となる。池田の先の文では、沙良が〈激賞〉したと書いているが、〈激賞〉の中身については触れていない。〈激賞〉の内実を書いてほしかったのだが……。

　想像を逞しくみてみる。いかに彝が盲目の詩人エロシェンコに対して自分の内心を凝視し必死に筆を動かしたか、またそうすることが芸術家の仕事ではないかと、熱を込めてのべたにちがいないからだ。〈激賞〉は、技法上のことに留まらない。彝がいかに一枚の絵に、心血を絞りだすように造り上げたか、その崇高な営為に対しての〈激賞〉でもあったに違いないからだ。

　沙良は、池田とは「浅草オペラ」に足しげく通った。歓楽街となった六区街から少し離れた観音堂で謡曲を歌劇化した「熊野《ゆや》」などを観た。宗盛役がシミキンこと清水金太郎、熊野は原信子。他には石井漠、沢モリノらの舞踏家もいた。舞台監督は伊庭孝。この伊庭はなかなかの異色人。家系は日本剣術家として有名。家系の中の一人伊庭八郎は榎本武揚に従い箱館まで来て銃創により死去している。

　伊庭孝は、一時神学を学んだ。その後新劇へ転向。さらに「歌舞劇」を構想し田谷力三、藤原義江らと「浅草オペラ」をはじめた。多彩な人で、楽器演奏、作詩、訳詩、音楽評論でも活躍した。こんなこともあった。沙良の師となった西條八十とは「流行歌論争」を展開した。この伊庭はいくつかの新しいコトバを創り出した。

　〈歌舞劇〉の名称もその一つ。また彼の死を偲んだ〈音楽葬〉はその後も使われていった。沙良の音楽通については本書に収録した池田雄次郎の「昔かたり沙良峰夫」を参照してほしい。

＊

ここで別角度から、当時の沙良の内心世界に分け入ってみたい。上京の背後には、燃えさかる上昇志向を感じる。それは若者の特権かも知れない。若者は未来へ向かって後ろをふり返らずに飛び込むことで、みずからの力を確認しょうとするものだ。不安は路上に捨てればいい。ただはっきりしていることがある。賽は投げられ、後戻りはできないという厳しい現実。父の願い、いや家の願いでもある医師の道から逸脱したのだから、いまここで自分の詩才に賭けるしかない。考えてみれば、文学という不可視の塔を登坂し、沙良の名をそこに刻むということ。途方もない夢だ。それができなければ最大の親不孝となる。そして惨めな落伍者に転落する。それでも梅澤家は上京を許し、物心両面でサポートしてくれた。

だから沙良は〈二重の負債〉を背負った。弱音を吐くわけにはいかなかった。

〈二重の負債〉を払いのけるためには、詩才を信じるしか術《すべ》はなかった。とはいえ、その不可視の塔を登るため、まず第一歩として語学力を磨くことに専念した。正則英語学校とアテネ・フランセへ通った。

アテネ・フランセは、一九一三（大正二）年に当時東京帝国大学文学講師だったジョゼフ・コット（Joseph Cotte）により、都内の神田区東京外国語学校内で開校した。最初は「高等仏語」の名でフランス文学の講義を始めた。日本最古のフランス語学校だ。一九一六（大正五）年に独立校舎に移った。当時は、まだ設備が十分ではなく暖房は火鉢だったという。次第に教授陣も充実していった。学科も、従来の高等科、初等科に加えて中等科、中等科予科も開設された。さらにフランス語だけでなく、ギリシャ語やラテン語を学ぶ教養科も併設された。

沙良が学んだのが、一九一六年なので、この独立校舎のようだ。この辺のこと、校舎のことや沙良が在籍した期間や学んだ学科などについてアテネ・フランセの秘書室まで問い合わせたが、当時は「ジョゼフ・コットによる個人経営の学校だったので、何も資料が残っていない」といわれた。

この後、アテネ・フランセへの志願者が増え、一九二二（大正一一）年には、神田三崎町に壮観なる新校舎を建設した。この新校舎で学んでいた数人の文学者がいる。一人は、中原中也。中也は、沙良が学んだ丁度一〇年後、日本大学予科文学科を自主退学し、一九二六（大正一五年・昭和元）年にここに通った。中也は、この翌年には、辻潤を訪問している。

もう一人が坂口安吾だった。坂口は、一九二八年（昭和三）年に入学し、かなり精励し、「賞」（エロージュ）を戴いている。もう少し気になるので坂口安吾にアプローチしてみたい。安吾は、当時東洋大学印度哲学倫理科の学生だった。過度の求道心が激化し、神経衰弱に陥った。さらに痛烈な一撃を加えたのが、芥川龍之介の自殺だった。悪化する症状を克服するため、また湧き上がる妄想を抑えるため古代インドのパーリ語（梵語）研究に熱をいれた。言語研究により、自己救済を図った。パーリ語の辞書を読むため、フランス語の習得に取り組んだ。

安吾とは「安居」、つまり心安らかに暮らすこと。ただ、名とは真逆にいつも心に〈苦悩の渦〉を抱えていた。新しい言語を習得するためアテネ・フランセの学舎に通った。それは昭和三年四月のこと。だから沙良とは構内で顔を合わせることはなかった。

新潮日本文学アルバム『坂口安吾』（新潮社　一九八六年）には、昭和一〇年頃のアテネ・フランセの学舎の写真が掲載されている。それをみると、学舎に相応しい威容をみせている。友人の証言によると、安吾は、アテネのテキストや辞書を脇におきながらヴォルテールの「カンディッド」を読んでいたという。安吾は、フランス文学ではモリエール、ヴォルテール、ボーマルシュなどに魅かれていった。また興味ふかいのは、鬼才の音楽家エリック・サティの翻訳・補注に取り組み、さらに同じ学舎で学ぶ友人達と『言葉』を創刊したことだ。

どうも安吾は、この学舎において、後に笑劇を手掛け、さらに小説家となるきっかけを掴んだようだ。この「言葉」に参加したのがきだみのる（本名山田吉彦）である。きだは、ジョセフ・コットの薫陶を受け、後には仏語教師として自らもアテネ・フランセの教壇に立った。

現在のアテネ・フランセの校舎（一九六二年建設）

は、ここに在校したことがある建築家・吉阪隆正の設計となっている。

沙良もまた、安吾のようにフランス語の辞典を脇におきながら、フランス語の習得とフランス文学に専念したようだ。その姿が目に浮かぶ。

卒業生には、先にも触れたように坂口安吾や中原中也以外にも名だたる文学者がずらり。佐藤春夫、谷崎潤一郎、澁澤龍彦、辰野隆、山内義雄などがいる。またここにアテネ・フランセ文化センターが開設され、映画も含めて広汎なるフランス文化の発信地となった。

結果として、沙良にとって二つの学舎、アテネ・フランセと次に紹介する正則英語学校は、実践的に語学を修得し、また文化層を読み解く力を養うベストな場となった。

正則英語学校について、『正則学園史―紫紺百年の時を刻みて』(平成八年)から少し紹介したい。そこに「正則英語学校時代」の章がある。創立者は英語教育学者斎藤秀三郎。当時は第一高等学校(現・東京大学教授)だった。遠くにいた秀三郎。彼の子が音楽家斎藤秀雄だった。周知のように秀雄は、秋山和慶、小澤征爾、尾高忠明らを育て、現在「サイトウキネンオーケストラ」に名を残している。秀三郎は、これまでの英語教育は変則的、だから正則の教育を目指すとして、正則を校名とした。場所は、神田区錦町三丁目(現在の千代田区錦町三丁目一番地)。出資面では、興文社社主・鹿島直次郎が助けてくれた。身は六尺余というから、一八一センチメートル位、かなり大柄な人だ。自ら『斎藤和英辞典』を編んだ。この辞典の「Meibutsu」の項には、「正則英語学校(S・E・G)は東京の名物だ」と書いた。さらに種々の読解・会話・文法用テキストを書いた。その中には、「詩歌集」「百人一首」「日英新婚」「古今集」「雲上の一声」などの日本文化を題材にしたものもある。国歌「君が代」を英語訳もしている。

学科は時期により変動したが、「予科」「普通科」「普通受験科」「高等受験科」「補修科」、その上に「高等科」「文学科」があった。午前、午後、夜間にわけて授業を実施した。入学も随時自由。学ぶ目的に応じて学科と時間帯を選択できた。創立時は、生徒は二〇名でスタートしたが、最盛期に優に五千人を超えたという。その姿は〈蜂は採る可き蜜ある花に群がる〉状態だった。沙良が、選択した学科は不明だが、まさにこの学校は〈蜜ある花〉であった。今でいう専門学校（当時は各種学校）であったので、学生の在籍記録は皆無という。

当時の新進文士が教壇に立っていた。そこには、戸川秋骨（英文学者）、上田敏（詩人・翻訳家）、平田禿木（英文学者）、朝永三十郎（哲学者・朝永振一郎の父）などがいる。

ただ沙良が在籍した頃の教授については、確定はできない。またどのようにして、この学校の存在を知ったのか、誰かの紹介や勧めがあったか、不明のままである。それでも英語を実践的に学ぶには、この学校以外ないと考えていたことはまちがいないようだ。

ではどんな卒業生がいるか。多種多様である。文化人に絞ってみる。平塚雷鳥、高柳賢三（法学者）、石川啄木、西條八十、斎藤茂吉、山本有三、坪田譲治、山本周五郎（夜間部に通学）、伴淳三郎、石坂洋次郎。政治家では、石橋湛山。異色なのが田中角栄。当時一五歳の角栄、新潟から上京し、工務店の小僧として働きながら通っていた。創立者秀三郎は、「ライオンは孤独だ」という言葉を好んだ。また「天国の言葉は英語だよ」といった。英語教育界の〈孤独なライオン〉は、一九二九（昭和四）年に直腸癌で逝去した。享年六三歳だった。現在、この学校の理念は、学校法人正則学園・正則学園高等学校に引き継がれている。

西條は、二ケ国の言語を身につけ、英仏の詩を原語で読み、味わい、翻訳する力を修得した。

沙良の二つの学舎での実践的な語学習得を目的とした学びは、終わった。次は、自らが抱いていた構想の実行だった。いやそれを戦略と言い換えてもいいだろう。では上昇志向に根差した〈戦略的構想〉とは何か。まず文壇の先端で活躍する詩人・学者が集う「詩の森」の仲間になることだった。それに向けての一途さは、誰にも負けなかった。たしかに語学力を養っても、詩作力を鍛える〈場〉と〈人〉がなければならない。一考してみればすぐ分かるが、大きな力となるのは〈人〉だ。〈人〉とつながることで、おのずと〈場〉もできる。この場合、沙良にとっての〈人〉は、秀れた感性をもち、みずからに「詩の霊」を注いでくれる詩人だった。

その一人が、これまで紹介してきた川路柳虹だった。美学者としての眼識もあった。人間的魅力もあった。川路柳虹は、みずから詩誌『現代詩歌』を主宰した。すでにみてきたように、そこが作品発表の〈場〉となった。

沙良が次にアプローチした〈人〉と〈場〉がある。〈人〉は、西條八十、〈場〉は、詩誌『白孔雀』だった。

かくして〈人〉は、沙良にとって〈教授〉となり、〈詩誌〉は学びと相互研鑽する〈場〉（実践的な学校）となった。〈人〉と〈場〉に所属する上で大きな武器になったものがある。一つは優れた感受性と詩の力だ。一つは容姿や身のこなしだった。身のこなしと容姿などは、文学とは無縁にみえる。むろん人の価値とは本来無関係なのが外見や容貌だ。ましてや服装などは、間違えれば虚なるものの典型となる。ただ当時の沙良の写真などを見ると、そういえないものが漂っている。

彼の容貌、その佇まいは人を引き付けるだけの何か特別なものがあった。本人は武器にしたいと思わなくても、周りには武器に感じたにちがいない。

あえて言えば、美少年の聖なる無垢さとナィーブを秘めていた。ヴェルレーヌにとってのランボーのようなもの。詩人群の中でも異光を放っていた。

二つの写真を見れば、少しは頷いてもらえるはずだ。一つは一九二四（大正十三）年の写真。凛とした和服姿の沙良だ。気品と知性がその佇まいからあふれている。十四歳の沙良だ。もう一つも、同じ一九二四年の写真。こっちは一転して帽子を被り、マントに身をつつんでいる。手には何か棒状のものを掴んでいる。このマントはグリーン色だった。この若々しい容貌。端正でありつつ、気品を保ちつつ憂いも秘めている。稲垣足穂が沙良をモデルにした小説「北極光」において言及しているグリーンのマントのようだ。この「北極光」については、くわしく後述する。

一方当時の友人の一人佐伯孝夫（作詞家・詩人）

は、沙良のことを〈ダンディな唯美詩人〉〈美青年梅澤〉〈金殿玉楼中の人〉と形容する。佐伯が〈金殿玉楼中の人〉といっていることに留意してみる。金殿玉楼とは、中国の詩文によく登場する金や金玉で飾られた御殿のこと。〈ダンディな唯美詩人〉であったが、いつもそうではなかった。高級旅館が住まいであり、一時は何不自由のない生活を送っていた。沙良の下宿には、親元から送られてくる財をあてにして、友人たちが集まってきた。沙良の妹などの証言によればかなりの散財をしたようだ。

沙良の死後、その周りを整理した沙良の妹・田中カツはこう記す。「兄がなくなってその遺品を持ってきたら行李には、よい着物はなくたゞ粗末な着物と私たちが見ないような本が少しあるだけでした。あれを見ると可愛想な人だったと思います。最後の時は、せんべい蒲団にくるまり、質屋に持って行って何もないので朽木さんもびっくりして、私が針仕事をして送りました。」（『岩内ペンー沙良峰夫特集（二）』岩内ペンクラブ・平成二年）。

文中にある〈最後の時〉とは、手術のため、古川橋病院に入院する際のこと。あまりの悲惨さにおどろき、竹ノ内のおばあちゃんは、急ぎ三越に注文して紫のメリンスのフトンを作らせたという。

ただこうした容貌と服装趣味は、ある種有効な〈武器〉（道具）となったにちがいない。持前のハイカラ趣味が反映した、ともいえる。ただそこに〈自己仮装〉の面が隠れていないか。容貌は生得のものが強く出る。それを誇れば嫌味となり、エゴイズムの要因ともなるもの。ただ沙良のハイカラな姿をみるなかでは、そんな〈嫌味〉はあまり感じられないのだ。むしろ積極的に東京人（都会人）となり、名だたる詩人と同列に並びたいという健気な欲動（心の動き）さえ伝わってくるほどだ。

いくら岩内は古い歴史を持っていたとしても、北海道出身というハンディはありありだ。きっと岩内弁（浜弁）が、会話のはしはしに出てきたにちがいない。そうしたマイナス記号を排除するためにも、容貌には気をつかったかもしれない。田舎生まれの出自を少しでも覆い隠そうとしていたかもしれない。

こう解釈したい。あえていえば、容貌を付加価値としてとらえつつ、よりそれを前に押し出した。悪意のない自己宣伝の道具としたのではないか。そんな〈自己仮装〉に凝る姿が見え隠れする。

当時のこんな証言がある。三上縫の「おもいで」(『岩内ペンー沙良峰夫特集(二)』岩内ペンクラブ・平成二年)に、沙良の家のことと、東京での沙良の容貌についての「証言」がある。三上縫の父は岩内警察署の署長をつとめた方。梅澤家の叔母宅にお邪魔して、沙良にもそこで会ったという。

三上の「記憶」によると、小学校の入学式にこんなことがあった。沙良の祖母が折悪く入院中だった。そのため三上の母が代わって、沙良を連れて式へ参列。ただ三上の母の髪型が気にいらず、ダダをこねたという。三上の母の髪型はイチョウ返しだった。それが〈気にいらなかった〉。入学式に祖母の代わりに出席してくれた方の恩のことは片側に置いて、髪型がちがうとダダをこねた。そこには早くに母を亡くし、さらに晴れの日に祖母も病床にあり、自分の姿をみてくれる人がいないことに押えがたいものがあふれてきたのかも知れない。それにしてもここから外見に敏感だった彼の感性〈気質〉の一端を伺い知ることができる。

さらにこんな証言が続いた。この時、用意された学用品は最高のものだった。ノートも札幌の冨貴堂(一八九八年開店。書店・文具店・楽器店)から求めたもの。表紙も凝っていて、水車が描かれた油絵風の風景が刷られてあり、紙質も上質。そこに博物・理科などと、〈見事な筆蹟〉で書かれていたという。

このように北海道で一番有名な冨貴堂からノートなどを取り寄せる家だった。全てが他の子供とはちがっていた。東京でも、実生活は大変でも何事において、医者の家という恵まれた境遇で培われた一流の意識を持ち続けようとしたにちがいない。

三上は、この時目撃した容姿に言及する。グレーのシールのマントを着、手にステッキをもち、高下駄をはいていた。沙良は〈これが詩人の粋なスタイルだ〉と自慢げに話した。マントもグリーンやグレーなど数着あった。先に〈棒のようなもの〉とみえたのは、ステッキのようだ。〈詩人の粋なスタイル〉に凝った。高踏派の詩人という気分に酔いながら〈自己仮装〉している。周りからはやや傲慢、嫌味にもみえたかも知れない。

でも、どうであろうか。詩人は、とりわけ自己愛の強い種族である。隣人への愛は誰かの仕事としてまかせて、ひたすらナルシストとして生きる。自己愛の泉から詩のイマージュが湧き出る。自己愛と詩人の霊感は分かち難いのだ。とはいえ、このダンディな大正時代の若き詩人には、人知れぬ蒼い〈孤影〉が立ち込めていた。

〈大震災〉前後や病に苦しむ頃には、多くの書籍などや財を失い、あのダンディな風貌にも翳りをみせた。ただのみすぼらしい空間に住む病む孤独な詩人となっていた。他からみれば家賃の高い〈高級下宿〉生活に映ったかも知れないが違った。それ以上に、淋しいことには、〈ダンディな唯美詩人〉は、単独者であったこと。早く父母をなくした沙良。妹がいたが、すでに嫁いでいる。隣には愛する女性もいかなったようだ。

それゆえハイカラな衣装とマントに身を包む風貌は、本人がどれだけ意識したかどうかわからないが、〈自己仮装〉に留まらない、ひそかに内に蠢く〈孤影〉さえも隠そうとする〈自我の装い〉でもあったにちがいない。

3. 西條八十と『白孔雀』

もう一人の師となった西條八十について、少しより道になるが、まず西條の〈実像〉について触れておく。巷間では童謡詩人のイメージが強い。たしかに「かなりあ」の歌は西條と分かちがたく結びついている。また藤山一郎の歌声で大ヒットした「青い山脈」や、古賀政男作曲の「芸者ワルツ」の作詞者としてもつとに有名だ。

とはいえ、それらは大衆が作りだした虚像だ。実際は波乱万丈な人生を送った。父・十兵衛は、設計技師であったが、さらに事業にも手を出した。当時としては先進的な石鹸の製造にチャレンジした。〈かまだき〉工法で、青い棒状の洗濯石鹸を商品化した。それに成功し、一時は財を得たが、父の死後、家は没落の一途を辿る。かなりの借財をかかえた。本来その借財は兄英治が負うべきだったが、兄は、放蕩と失跡をくり返した。

西條は、当時のことを「放埒な兄は五十年の歴史を持つ牛込の店の経営を支配人山口に任せ、住居を大久保百人町の宏大な地所内に建てた。ぼくも諏訪の下宿を引き払ってそこで暮らしていた。一見は隠然たるブルジョア生活だったが、実は数多くの土地も家屋も悉く重い抵当に入って、莫大な父の遺産もはやあるか無しの状態だった。だが人のいい母もぼくも弟姉たちもいっこうそれに気づかず、いわばぼくたちは噴火口上の舞踏のような、静穏な生活をしていたのだった」(『私の履歴書　第一七集』　日本経済新聞社・一九六二年)と書いている。

西條八十(1919年頃・『西條八十全集　第一巻詩Ⅰ』・国書刊行会・1991年)

また西條の娘・西條嫩子(三井ふたばこ)は、『父西條八十』(中央公論社・一九七五年)において、西條は短刀を求めそれを風呂敷につつみ、兄のところで刺すことまで計画したと書いた。実際に、医書から人体図を写し、毎日のように心臓を刺す練習をしたという。西條家の歩みを辿ってみて、いかに西條の実像について無知であったか、深く知らされた。
西條は、優れた語学力の持ち主だった。フランス語だけでなく英語力も凄かった。一時は、四谷舟町に住む英婦人エミリーより会話を三、四年間習った。こんな逸話がある。エミリー夫人に円朝の『牡丹燈籠』を英訳してきかせ、この江戸の怪異談は夫人を夢中にさせたという。
一見すると、西條はフランス象徴詩を養分(エキス)したかのようにみてしまいがちだ。が、それは一面的な見方だ。はじめアメリカのホイットマンやアイルランド文学、つまり近代の英仏詩から入った。西條が早稲田大学で学んでいる頃、アイルランドでは文芸復興がおこり、その潮流が日本にもおし寄せてきた。日本では、さかんにアイルランドの国民的詩人ウィリアム・バトラー・イェーツやジョン・ミリントン・シングなどが読まれた。西條はシングを卒論にしたほどだ。のちに西條が訳詩集『白孔雀』（稲門堂書店・一九二〇年）でアイルランド詩人たちを多数登場させたのはその流れからだ。

西條は、どうしてもフランス語を学ぶ必要ができた。そのため暁星中学校の夜学に通った。同級生に与謝野寛や佐藤惣之助もいた。さらに個人教授を探した。〈英仏露西伊語教授〉の看板をみつけた。主人は不在だった。再度訪れなかった。実はあとで知ったが、教授看板を出したのは大杉栄であった。西條は〈一日ちがいで、あやうく大杉栄の弟子になるところだった〉という。大杉は語学が優れていた。最近知ったことだが、日本であのファーブル昆虫記を初めて訳したのは大杉だった。

こうして西條は得意の語学力を発揮して、文学（詩歌）の領地を拓いた。

西條には、〈もう一つの顔〉がある。父の血が流れていた。なかかの投資家でもあった。建文館（英書専門）に投資し、畑ちがいの新橋の天麩羅屋の主人になり、兜町で株買いもした。一時は懐に〈もうけ〉がたまった。そんななか株で儲けた金を資金にして出版したのが処女詩集『砂金』という。これが、予想を超えて十八版を重ねた。さらにこんな夢を描いた。五十万円かけて神田駿河台辺りに「詩人会館」を建て、どんな貧乏詩人であっても贅沢な空間に憩わせたいと……。ただ、投資の失敗により、一日でこれまで稼いだものを失い、全ては泡と消えた。

この様に、光だけでなく闇も覗いた。このあと、自分を引き出してくれる方々の力をえて早稲田大学で仏文学講師となり、念願のフランス留学を成し遂げた。

こうして比してみれば沙良とは、なんと別のレールを歩んでいたことか、驚くばかりだ。こんなことも感じた。沙良に、西條のように俗界に足を踏み入れつつ負債の矢を払いのけ、荒波をもろともせずに舟をこぎ出してゆく図太さが欲しかったと。また愛する人を得てほしかった。そうすれば少しでも死を遠ざけることができたかもしれない、と悔やみたくもなる。

横道から本道に入る。『白孔雀』に触れてゆくことにする。

当時西條は三〇歳となり、二児の父となっていた。西條は詩「迷児」(詩集『美しき喪失』)の中で、みずから〈二児《ふたり》の父であるものを〉と称し、春の夜には、みんなが〈私〉を呼んでいた。〈迷児の、迷児の……〉。鉦太鼓の音も〈私〉を探しているように……。西條嫩子によれば、二児は自分と疫痢で夭折した妹・慧子のことという。

そんなやや鬱積した心情をかかえつつも、西條は詩誌『白孔雀』(東京・稲門堂)を創刊する。それは一九二二(大正十一)年三月のこと。この年に、国内では芸術と革命について新しい動きがあった。社会動向では全国水平社が創立、さらに日本共産党が結成された。有島武郎は「宣言一つ」を発し、河上肇は「個人主義者と社会主義者」、大杉栄は「無政府主義者の見たロシア革命」を書いた。文学界でも地殻変動が起こった。ひと言でいえば〈プロレタリア文学〉〈第四階級の文学〉が大きなうねりとなっていた。

古い制度(規範)が地崩れする最中に、それとは逆方向の高踏的なタイトルの詩誌『白孔雀』が誕生した。〈白孔雀〉というコトバを西條は好んだ。みずからの訳詩集の名にもした。〈白孔雀〉は、英国の文学者D・H・ロレンスの初期小説の題名でもあった。それはロレンスが想い描く世界を象徴した。西條にとっては、自分が探求する詩的なイデーと合致した。それで詩誌の冠とした。

少し詩誌『白孔雀』を紹介する。『白孔雀』は一九二二(大正十一)年三月より、一九二二(大正十一)年十月まで全八号を発行。西條八十を主宰者とし、安藤更生(美牧燦之介)、島田謹二らが同人となった。発行祝賀会を三月三日に京橋の鴻の巣で開催した。『白孔雀』を後援する動きがあった。西條八十は大阪、神戸を訪れた。その三都市で「詩と音楽の会」が開催された。その後、西條は京都、奈良へ。帰京後早大大学仏文科の講師としての仕事に取り組んだ。そんな多忙な中で八号までこの雑誌を発行した。ただ発行者の小柴権六が死亡し、それもあり廃刊となった。一九二二(大正十一)年十月には明治会館で「白孔雀講演会」を開催している。そこには沙良峰夫も出席している。

先に沙良峰夫がこの詩誌『白孔雀』に発表した作品を記しておく。調べてみた。結果的に一九二二（大正十一）年に発行した最終号となった第八号のみだった。詩と翻訳を発表。

詩「秋」「雪」

翻訳「ボオドレエル―ボオドレエルの影響」第二章―タアケット・ミルンズ

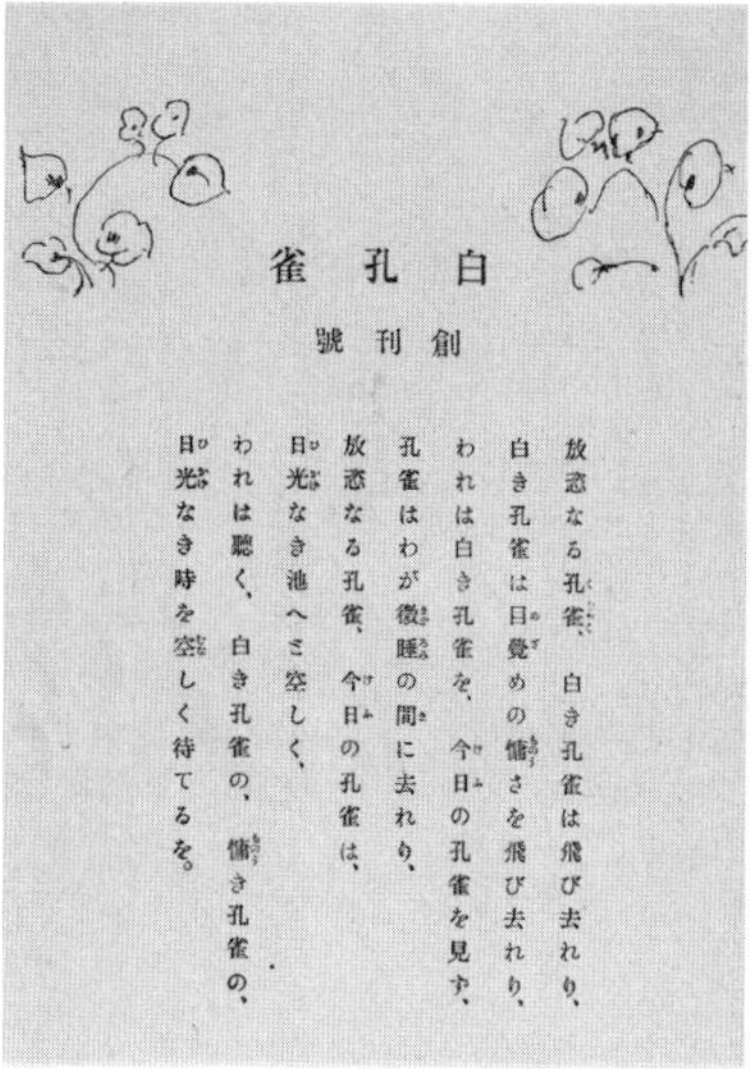

西條八十編輯『白孔雀』創刊号（稲門堂・1922年）

つまり『白孔雀』には常時発表していない。〈同人〉というにしては作品発表数が少ないのが気になる。八号までを見渡してみてこの詩誌は三つの性格をもっていたことが読みとれる。欧米詩の紹介と翻訳、同人の詩作品、さらに西條八十選（白孔雀詩選）にみられるように若手新人の詩作品の発表の場。翻訳者として市河十九、前田春聲、掘口大學、山内義雄、柳澤健、大黒貞勝、西條八十、村井英夫、日夏耿之介、辻村鑑、富田碎花らがいた。沙良峰夫は、彼等と肩を並べたことになる。

創刊号をみてみる。西條八十編輯とある。中央に図版（エッチング）あり。帆船が浮かび下部に「MOVRIR・non・PERIR」とある。さらに「FEVRIER

1922」。書肆稲門堂東京早稲田。目次を引く。吉江孤雁「歪める殿堂」、西川勉「扇」、美牧燦之介「玄黄秘雅」、西條八十「年」「旅」、池田文子「空の振子」、澁谷榮一「冬の一日」、前田春聲「赴く心」、村井英夫「骨牌」「夜ふゆの時計」、佐伯孝夫「五月のまひる」、堀口大學「彼の女の靴下」「橋の上」、日夏耿之介「一枚の黄色い紙の上に」、西條八十「ボオドレエル精神の發達（Turquet-Milnes）」「池袋から」。この目次からも分かることがある。美牧燦之介、市河十九、佐伯孝夫、日夏耿之介など多くのメンバーが沙良峰夫が交友した方々。創刊号には沙良峰夫は詩作品は発表していない。しかしながら美牧燦之介が沙良への献詩というべき「玄黄秘雅」を発表している。創刊号においてすでに姿をあらわしている。また西條八十がタウケット・ミルンズの「ボオドレエル精神の發達」を発表している。なぜ西條がミルンズの「ボオドレエル精神の發達」訳出することになったかは分からない。ただミルンズはこう書いている。「これまでの〈少数の道學者〉はボードレーヌ文学に〈一種の悪に對する愛〉や〈デカダンス理論〉に偏差しており何物をも認め得なかった。」ミルンズはそうした〈不遠慮な言論〉に抗議する義務があるとのべている。この視点に西條も共感した。訳出に到る動機になったと推量できる。ボオドレエリズムの根源に在する〈ボオドレエル精神〉、つまり〈男女の情感〉とは、〈漠として無数〉〈複雑なもの〉で、少数の〈節式〉に結合するものではないことをより実際的に跡づけをしている。そしてこうものべている。バンジャマン・コンスタン、アルフレッド・ヴィニィのように、ボードレーヌは根本から〈理性的〉であり決して〈頽唐的〉でない作家であると……。これを論拠にしてミルンズは展開してゆく。沙良は西條のこの訳出のあとを受けて別章の「ボオドレエヌの影響」の訳出にチャレンジしたようだ。とすれば、やはり沙良の「ボオドレエヌの影響」を正確に評価するためには西條の「ボオドレエヌ精神の發達」とあわせて読むことが肝要のようだ。

補足を一つ。西條はあとがきの「池袋から」にこの翻訳は五年前、伊豆喜寺温泉滞在中に〈徒然に〉筆を染めた。旧稿という。以後連載とある。

またこの「池袋から」には、この詩誌創刊の喜びと共に、沈痛な悲しみを味わったことがしるされている。それは姉の師であった。北鮮羅南、異郷での三四歳での死だった。

最後にもう一つ、この創刊号の巻頭に載った「白孔雀」を採録する。

放恣なる孔雀《くじゃく》、白き孔雀は飛び去れり、
白い孔雀は目覺《めざ》めの懶《ものう》さを飛び去れり、
われは白き孔雀を、今日《けう》の孔雀を見ず、
孔雀はわが微睡《まどろみ》の間《ま》に去れり、
放恣なる孔雀、今日の孔雀は、
日光《ひかげ》なき池へと空しく、
われは聴く、白き孔雀の、懶《ものう》き孔雀の、
日光《ひかげ》なき時を空《むな》しく待てるを。

安藤の詩「玄黄秘雅」は、沙良に贈った詩だ。では引いてみる。

薄暮のいろに似たれど
かなしみは王者のごとく
現身は月光にして
くろかみの音にかもみつる

たまゆらの愉悦つきなば
聖殿のとびらを閉ざせ
わがうたは黄衣の女
清唱に堪ふべくもなし

逝きかよふ空の柩に
ひとときの憂ひあらめや
忘却に秘めし我名ぞ
永遠の空虚にひびけ。

玄黄とは、中国の天地にかかわる思想を指す。天の色を黒と、地の色を黄と象徴した。そこに秘なる雅が存するという壮大な形象世界を描いている。〈かなしみは王者のごとく〉〈現身は月光にしてくろかみの音にかもみつる〉、この形象美は、烈しい〈悲の心〉を宿している。そして安藤は〈逝きかよふ空の柩〉を幻視する。なんと空虚さの中に憂いを秘めた詩であることか。安藤の渾身を込めた詩心が溢れてくる。また別な見方によれば、さらに死の形象がそこに立ち現われているという。『詩経』に、黒色の馬が病気になると黄色になる、それゆえ病気の馬を示すともいうのだ。

ここで気付くことがある。安藤は〈我友梅澤孝一に贈る〉とし、沙良峰夫とは書いていないのだ。大きな疑問が生じてくる。では梅澤孝一は、いつ沙良峰夫になったのか。佐伯孝夫（作詞家・詩人）は、平善雄への書簡（昭和四七年九月三〇日消印・葛飾局）において、「沙良峰夫のペンネームは、安藤さんの美牧燦之介と共に『白孔雀』発刊のときに撰ばれたような気がします」とある。

沙良峰夫の名は、フランスの舞台女優、あのサラ・ベルナールからとられた。チェコ出身の画家ムハ（ミュシャ）が描いたあの女優だ。自分でつけたか誰かの命名か不明だ。いずれにしても築地小劇場にも出入りし、フランスの文化にも精通していた梅澤孝一らしい名のつけ方ではある。新しい発見があった。梅澤シゲとその孫・純子からの教示によるもの。「過去帳」を調べてくれた。沙良の父・進の戒名は「共進菴樂峰良仙居士」とある。ここに〈峰良〉の二文学が記されている。とすれば、沙良はサラ・ベルナールと父の戒名の双方をあわせて雅号をつくったようだ。結論からいえば、いつから沙良峰夫と名のったのか確定できない。

事をややこしくさせることがある。西條嫩子が、先の本で美牧燦之介が『白孔雀』創刊号に掲載した「玄黄秘雅」に対して〈親友の梅澤孝一氏の死を嘆いた詩〉と誤記してしまったのだ。いまでも西條嫩子のこの本を読んだ人は、沙良は一九二二（大正十一）年にすでに亡くなったと誤解してしまう。父たる西條八十は、沙良の死後に「遺稿を懐に」を書いているが、それはもっと後のこと。先入見とは恐ろしい。西條嫩子は、沙良の夭折の事が頭から離れないまま、それに束縛されていた。そのため「玄黄秘雅」の中に漂うある種の死の香気を嗅ぎ、さらに〈逝きかよふ空の棺〉などからてっきりこの詩は、安藤による追悼詩と早とちりしてしまったようだ。

いうまでもなく、沙良は、この後『銀座』同人となり、『住宅』の編集人にも名をつらねて活躍した。なによりも沙良は、詩誌『白孔雀』に作品を発表した。だから『白孔雀』全体を見渡せばすぐに分かることだったのだが……。

沙良は『白孔雀』同人となる頃、一時岩内に戻った。一九二三（大正一二）年の前半のことだ。一時岩内に戻った。梅澤保雄、八重孝二、高畑伝らと昆布温泉にあそんだ。この温泉は今でも隠れ湯として有名だ。

4．本郷菊富士ホテル

沙良は、さらに雑誌『黄表紙』ともかかわる。新しく芳賀檀、稲垣足穂、酒井真人らと交わる。

ある時、沙良より一歳年上の若者が上京してきた。若者は相反する二つの夢を抱いていた。画家になることと、飛行家になること。若者はマシンやメカニズムに興味があり、関西学院在学中に作った同人誌に『飛行画報』とつける程だった。誰あろう、若者は稲垣足穂だった。のちに稲垣は、沙良をモデルにして『北極光』と『お化けに近づく人』の二作を書くことになる。

一方の夢のため、東京羽田穴守稲荷に開校したばかりの日本自動車飛行機学校の第一期生となる。が、夢は近視のため、すぐに挫折。それでもなお、夢を捨てられずに神戸に戻り、関西学院を卒業後に、複葉機の製作に携わっている。このあと『一千一秒物語』の草稿を佐藤春夫にみてもらい、それを機に上京し佐藤の世話になる。

この時期、稲垣は詩に熱をあげていた。太平洋戦争後、あの問題作『ヰタ・マキニカリス』（書肆ユリイカ・一九四八年）を世に出す以前の稲垣足穂は、詩人であり、画家でもあった。ちなみに一九二一年には「月の散歩詩」が第二回未来派美術協会展に入選している。それらの一端は、『稲垣足穂詩集』（思潮社現代文庫・一九八九年）や『稲垣足穂詩文集』（講談社文芸文庫・二〇二〇年）でも確認できる。

『黄表紙』同人の酒井真人は、この時すでに『あこがれ　抒情詩歌歌集』（教文書院・一九二一年）をみずから編んでいる。そこには沙良も交友した山崎泰雄の名もみえる。酒井にはカフェー通の顔もある。銀座の「カフェー・ライオン」の常連で沙良とも顔をあわせた。酒井は「カフェーライオン鼻つまみ番附」では〈西〉の関脇で、〈弱いくせにけんくゎをするから〉と評されていた。芳賀檀は、沙良より二歳下。ヘッセやカロッサなどを訳したドイツ文学者・評論家。当時は旧制第一高等学校生だった。のちに、芳賀は思想的には右傾化していく。

ただ沙良の『黄表紙』に発表した作品は多くはない。

この時期の沙良の生活ぶりを覗いてみたい。下宿を本郷区駒込林町の豊秀館から、文京区本郷菊坂にあった本郷菊富士ホテルへかえた。沙良がこのホテルに止宿したのが一九二三(大正十二)年の三月二十日のこと。とすればこのホテルは新築してしばらくたっている。結果として、この年の九月に未曾有の〈大震災〉を体験することになる。

「本郷菊富士ホテル」はつとに「高等下宿」として有名だった。経営者は羽田幸之助、きくえ夫妻。元は「菊富士楼」といった。二度程移転し、一九〇七(明治四〇)年に別館(三階建てで、二十室)が完成。「本郷菊富士ホテル」(以下、本郷館)は、一九一四(大正三)年に開業した。この年に、東京大正博覧会が開催した。それにあわせて新館(地下一階・地上三階・三十室・南端に塔の部屋)が完成。地下にハイカラな食堂をおいた。外からみると五層にみえた。

多くの文学者、ジャーナリスト、舞踏家、思想家の止宿先となった。

羽根田夫妻は、名前にホテルをつけることにこだわった。当時ホテルといえば帝国ホテル、東京ホテルの二つのみ。羽根田は意識して洋風づくりを行い、フロントに女性を立たせた。

一九四四(昭和一九)年に終業したが、長く止宿

近藤富枝『本郷菊富士ホテル』(中公文庫・1983年)

したのは、宇野浩二が六年間、広津和郎が十年間という。石川淳らもここの住人となった。

では沙良のホテル代がどのくらいだったのか。昼食抜きで一ケ月八十円だった。かなり高額である。ただ沙良の部屋が、新館か旧館かどちらかは分からない。

青吉學人の〈「築地襍記」より〉が『岩内ペン』に掲載された。青吉學人が『住宅』(大正一四年一〇月)に書いたものを再録した。そこに沙良が下宿していた本郷館を訪れ、そこで見た光景が記されている。本郷館は、本郷菊冨士ホテルのこと。沙良の生活空間を確認できる貴重な資料となる。

当時西條は、家を出て本郷森川町の旅館に下宿していた。青吉は、その森川町の旅館で西條の紹介で沙良と初めて出会った。その夜に、西條と青吉、一人の女性が沙良の下宿たる本郷館を訪れた。まず青吉は、まず沙良をこう寸評する。「海北豪家の出」「青衿の詩人」であり、「学洋の東西に渉り趣味広く殊に英吉利文学のゴシップに就いては当代文壇大家」であり、彼の右に出るものはいないと。

青吉の眼には、この本郷館は、「巨然青楼」に似た建物に映った。その三階が沙良の住まいだった。六畳ばかりの室。そこに二基の卓。その周囲に書架が五つ六つ。青吉はその書架に並んだ書籍をみた。ペエタア、グリイク・スタディズ・イエエツ、さらに愛蘭土(アイルランド)派の著作、シモンズやシムボリストムヴメントなどの本があった。

ペエタアは、ウオルタア・ペイタア、グリイク・スタディズ・イエエツは、詩人ウィリアム・B・イエイツの研究書。シモンズは、詩人・文芸批評家たるアーサー・ウィリアム・シモンズ、シムボリストムヴメントは、象徴主義(派)に関する本か。

ここで青吉が卓上に見たモノ、それに眼を注いでみたい。そこに破切支丹、高青邨《ママ》の詩集などがあった。破切支丹は、「はきりしたん」という本の名だ。島原での天草一揆の時、江戸初期の仮名草子作家鈴木正三が、天草代官となった弟重成《しげなり》を補佐し、寛永一九(一六四二)年頃に著したとされる「排耶《はいや》書」、つまり切支丹排斥を目的として書かれた。高青邨は、元末明初の詩人高青邱(高啓こうけい)のことだろう。ほかに瀬戸物の婦人靴、青玻璃の時計などが並んでいた。

高青邱は江戸から明治にかけて読まれた詩人だ。愛読者の中には、河上肇もいる。河上は、大正デモクラシー隆盛の時代に、貧困をテーマにして経済学に取り組み、さらに『資本論』を翻訳し、共産党にも入党した。一九三三(昭和八)年には、治安維持法により検挙、収監された。入獄中に、漢詩に親しんだ。一海知義の研究に依れば、河上は高青邱を愛誦したという。

この元末明初の詩人につき、草森紳一は、「詩淫」と呼ばれたという。どういう意味か。「詩に淫する」とは、詩狂、つまり詩作に過剰なまで溺れることという。草森は、その中の詩「長《おお》なる鯨を屠《ほうむる》がごとし」を取り上げ、こう説明する。「人間の手に余る壮大なものなら、おそるべき巨鯨であろうと、たちまち退治してごらんにいれよう」と評し、そこに自己の詩才に淫する片鱗がみえるという。

草森は、高青邱の不遇な死に言及する。「友人である政治官僚の魏観の疑獄事件に連座し、死刑(腰斬《ようざん》の刑)となり、あっけなくこの世から消える」。三九歳の死であった。草森は、洪武帝を諷した「詩淫」のむくいともいえるが、反面初志に反して朝廷の召に応じてしまった油断(弱さ)への罰でもあると、なかなか厳しい石を投げている。

河上肇は、こうした高青邱の不運、権力による弾圧を知り、それと自己の境遇を照応したのかもしれない。

では沙良の場合はどうか。察するしかないが、卓の上の二つが、禁教・弾圧に絡むことを含んでいること、そこに何かしらの沙良の安からぬ心が隠れているのかもしれない。また漢詩にまで関心を抱いていたことがわかる。決して単なる教養的な関心からだけではない気がする。欧米文学だけでなく、中国や日本の江戸時代も含めて、まさに古今東西の様々な文学夜話に精通していたようだ。そこの住人となるのだから、それ位の文学的素地がないと太刀打ちできなかったのかもしれない。実際にここでの住人と付き合いは、編集や創作の仕事において財となったと思われる。

沙良が入居する前には大杉栄と伊藤野枝、竹久夢二もいた。

では沙良の入居時、どんな文学者が同宿していたか。宇野浩二は旧館の二番部屋（日本間）に、高田保や石川淳は新館の三階にいた。また同時期に直木三十五がいた。

このホテルに着眼したのが近藤富枝。一つの〈生きた文学空間〉と捉えた。いわば大正文学のもう一つの〈側面〉を浮上させた。それが『本郷菊富士ホテル』（中公文庫・一九八三年）だ。近藤のこの本には、ホテルの「関係年譜」があり、年次毎の止宿者名が整理されている。だがそこに沙良の名はなかった。尾崎士郎・宇野千代・木下好太郎などの著名人が中心になっていた。

現在、その地に碑が立っている。そこに止宿者の名が刻まれている。文学者では谷崎潤一郎、広津和郎、坂口安吾、宇野千代など。さらに大杉栄、伊藤野枝、福本和夫らの名もある。外国人ではエドマンド・ブランデン（イギリスの詩人・文芸評論家）、セルゲイ・エリセーエフ（ロシアの日本学者・東洋学者）の名もある。ここでも沙良の名はない。ちなみにエリセーエフは、日本名を「英利世夫」といい、ハーバード大学ではドナルド・キーンを教えている。

5．詩誌『棕櫚の葉』

このあと、沙良は詩雑誌『棕櫚の葉』に作品を発表する。この雑誌は上村直己（元・熊本大学教授）が指摘するように「八十門下詩誌」の性格がある。上村は『西條八十とその周辺』（近代文芸社・二〇〇三年）において、この雑誌の総目次・解題を精査した。それによると、この詩誌は一九二四（大正十三）年に創刊号を出し、一九二五（大正十四）年に終刊する。短命だったが、その間に十七号を出す。発行所を西條八十宅（東京府下淀橋町柏木四三三番地）においた。発行所は神田神保町にあった交蘭社。編集・発行人は八十の門下生の横山青蛾。この詩誌名は、八十宅に四本の棕櫚の樹があり、八十の門下生たち（早稲田大学の教え子など）がここで、その樹木名にちなんだ棕櫚の会を開いた。そんなことから詩誌名もそれに従った。

全体として『白孔雀』よりも、若き詩人の作品の発表の場となった。上村は、佐伯孝夫には新感覚的詩が多いが、のちの彼の都会派的歌謡の素地がこの頃に培われたとみる。またそこに夭折した詩人がいたことを告げている。井上美代子は、優れた女流詩人として才能をみせたが、雑誌刊行中に亡くなったという。西條八十は、この雑誌創刊後にフランスへ留学するので、西條の寄稿作は「頽唐」「面貌」「絵巻」など少ない。

さて沙良の作品はどうか。創刊号に、西條八十、加藤憲治、宮崎博、佐伯孝夫、村野三郎、伊藤専一につづいて、「通夜」「エラン・ヴィタアル」「一九二三年九月中旬に」の三作を発表。その後の号には作品掲載はない。

ここで、「通夜」と「エラン・ヴィタアル」に着目してみる。〈大震災〉後のことを詠った「一九二三年九月中旬に」は、あとでゆっくり論じてみたい。まず二作を紹介する。

「通夜」

あゝ不信なる亂倫の母胎よ。
しどけない白日《まひる》の夢のなか、
綢繆たるいくばの具体や抽象のかいなに身をゆ
だねて
そも奈何に
そも底事《なにごと》をおこなったといふのか。

看ろ、
雪のごとき大判の白紙のおもてに幻視される
模糊たる「未成」の點々、
蠢爾として孵化するのを待ちあぐみつつ、
伊吹を詰めてぢっとみまるけれども
むなしさは絳蠟の泪しとどに
欝々たる幣斯的里亜《ヒステリア》のほかげのもと、
光景はあはれ一彈指微動のときめきも示さな
い。
今宵またかくて過ぎゆくのか、

臆外に大気は玄《くら》く冷く
星は蒼白めておちた……

虚無の壁間にうちふるふ沈々たる孤影、
いたづらなる痛恨の朝明《あさけ》おそるる
憔燥の歎悼の通夜僧であるのか。

「エラン・ヴィタアル」

いましがた見たわが夢の
あやしさ、なつかしさ、
惝怳と心ときめくやうに、

いましがたまでの我が生を
よごれた沼に咲いた
虚妄なる青い花と知れど、
ふつつと切って立ち去りがての
此のうつつ、
エラン・ヴィタアルを遠雷のように聴く時。

「通夜」では、〈あゝ不信なる亂倫の母胎よ〉〈虚無の壁間にうちふるふ沈々たる孤影〉とかなり沈痛《ちんつう》なる言《こと》の葉を並べているが、そこには〈具体〉〈抽象〉〈大判の白紙〉〈「未成」の點々〉などからうかがい知れるように、絵画的なものを素として用いた。自由連想をすれば、沙良が描いた詩による絵にもみえる。それを裏付けるのが〈ほかげ〉のもとでも、〈一彈指微動のときめきも示さない〉という情景だ。

白い画布には〈「未成」の點々〉だけがのこり、いまだみずからの指は微動だにしないと。その姿は〈通夜僧〉の如しという。創造的な善霊が降りてこず、みずからの〈孤影〉をみつめるばかり。おのれの虚しい心をみつめている。冒頭の〈あゝ不信なる亂倫の母胎よ〉とは、みずからの母胎に、芸術の卵が宿らないことを憂えているのだろう。絶望に近い程のあせりとあきらめが漂っている。

一つの仮説を立ててみる。「通夜」は、みずからの絵画に対する「断筆宣言」ではないかと……。この三作が載った『棕櫚の葉』創刊号が出たのが、一九二四(大正十三)年の一月。とすれば、三作とも一九二三（大正十二）年の作だ。〈大震災〉前後の作であることはまちがいない。沙良は、この〈大震災〉を「境」にして『住宅』の編集者（寄稿者）となり、並行して築地小劇場にも出入りする。つまり詩と絵の道から離れ、心機一転ジャーナルの仕事や新しい演劇運動に重心を移していく。これまで固く踏みしめてきた絵画と詩作、その二つの道の一方から離脱する。「通夜」はそれを示現しているのではないか。

他方題名の「エラン・ヴィタアル」は、フランスの哲学者アンリ・ベルクソンのあの「生の躍動」を想起する。ただ〈生の躍動〉は、〈いましがたまでの我が生を／よごれた沼に咲いた／虚妄なる青い花〉と化し、〈遠雷〉の如し。〈虚妄なる青い花〉、その〈うつつ〉が消え去り、耳には〈エラン・ヴィタアル〉の言葉のみがむなしく響くばかり。ここには、ある種の諦念が横たわっている。

先にも触れたが『棕櫚の葉』の創刊が大正十三（一九二四）年のこと。創刊のメンバーは横山青娥、寺崎浩、佐伯孝夫ら。この年四月に西條八十はパリ留学へ旅立った。それに先立って『棕櫚の葉』メンバーと文壇・詩壇の有志が発起人になり、西條のための渡欧送別会を上野精養軒で開いてくれた。この時、会場で撮影された集合写真が残っている。この写真は本書の「アルバム」にも掲載してある。この事を教示してくれたのが『西條八十全集別巻・著作目録・年譜』（国書刊行会・二〇一四年）の〈年譜〉。この〈年譜〉に拠れば、この〈渡仏送別会〉に芥川龍之介も参加する予定であったという。ただ芥川が玄関まで来て〈やむを得ない用件のため〉出席できないといい残して帰った。とすればこのまま芥川が出席していれば、この時〈渡仏送別会〉に参加していた沙良と顔をあわせたことになる。何らの会話があったかも知れない。集合写真に共に映っていたかも知れない。

『棕櫚の葉』に参画にしたのは、西條八十との〈つながり〉による。以後の作品掲載がなくなる訳は二つ考えられる。西條の渡仏。そして「一九二三年九月中旬に」の詩が示すように、〈大震災〉後の身辺の激変が考えられる。〈大震災〉後、沙良は『住宅』での執筆や編集の仕事に忙殺される。

西條は、帰国後、一九二六（大正十五）年に『愛誦』を、さらに一九二八（昭和二）年から『パンテオン（汎天苑）』を十冊世に出す。沙良はこの年に病に倒れ、五月十二日に長逝するので、当然ながらこの『パンテオン』に作品発表はない。こうして西條とさらには詩誌のつながりは、『棕櫚の葉』でぷっつりと切れた。

のちに西條はみずからの詩集『美しき喪失』（神谷書店）に沙良への追悼詩「遺稿を懐に」を載せるのであるが、それは一九二九（昭和四）年のこと。これについてはすでに触れてある。

第四章　『銀座』周辺あれこれ

1.「銀座青年の歌」

時間を少し逆戻りする。一九二五（大正十四）年五月に、『銀座』が発刊した。同人となったのが山本拙郎、岡康雄、板橋倫行、村松正俊、長岡義雄、村井英夫、安藤更生、そして、沙良峰夫であった。創刊号に、沙良峰夫の長詩「銀座青年の歌」が載った。長くなるので、本書に収録した詩集『華やかなる憂鬱』で参照してほしい。

この「銀座青年の歌」は、〈銀ブラ〉の常連であった沙良の姿を映しているが、と同時に、当時の青年の嗜好パターンを裏付けてもいる。声に出して読んでみると分かるが、なかなかリズミカルだ。所々に当時の銀座の風物がちりばめられている。

この詩を「都市譜」として、リーディングしてみる。

〈タクシー〉は、円タクのことか。〈バラック街〉は、〈大震災〉後に建てられた粗末な建物の並びを示す。〈黒い帽子の築地芝居〉は、沙良も出入りした築地小劇場のこと。黒い帽子は、土方与志がドイツから持ち帰ったドイツの労働者が被るものでアルバイター・ミュッツェのこと。土方が被ったので劇団員も真似をした。衣装部がそれに応じてみんなの分を手作りした。いつしか街でも話題となり、築地帽といわれるようになった。

中程には、映画やイタリア・オペラのことが触れられている。〈違ったら御免〉といい訳しながらのべているのは、帝国劇場で上演されたオペラのこと。

帝国劇場（以下、帝劇）が開場したのが一九一一（明治四四）年。〈箱〉はできたが、そこに魂を入れる必要があった。そこで招聘されたのがイタリア人のジョヴァンニ・ヴィットーリオ・ローシー夫妻だった。ローシーは舞踏家・振付家でもあった。オペラ以外のバレエ、さらに歌舞伎やシェークスピア劇なども上演した。

当時「今日は帝劇、明日は三越」という言葉が流行した。帝劇は〈大震災〉で大被害を受けたが、改修して、一九二四（大正十三）年から再開した。文中にあるのは、この再開の頃のオペラのようだ。符号しそうなものがあった。「渋沢社史データベース」の「東京（株）帝国劇場の五十年」にそれがあった。

一九二三（大正十二）年一月二六日から二月四日まで、カーピ伊太利大歌劇団の公演があった。この前後の年をみてもイタリアからの歌劇団の公演はないので、ほぼカーピ歌劇団でまちがいないようだ。ただ〈上海《シャンハイ》製〉の表記が何をあらわしているのか、上演オペラが何か不明だ。沙良が見聞しているかどうか分からない。

次に注視したいのが、〈でっかい豆腐づくりのお宮〉のような、と形容された〈木挽町のテアトル〉だ。江戸期に「木挽町の三座」といわれた河原崎座、森田座、山村座などの演劇小屋があった。伝統的に芝居や歌舞伎がさかんな場であった。そのテアトロで、〈トガを着た高島屋の大演説〉があった。〈高島屋〉とは、デパートの高島屋ではない。歌舞伎の屋号で、市川左団次一座を指す。高島屋の家紋「松川菱に鬼蔦」。二代目市川左團次は、小山内薫とともに自由劇場を創立し、「どん底」「寂しき人々」などの翻訳劇の上演にも力を注いだ。まさに歌舞伎の枠にとらわれない、わが国の新劇史の序幕を切った演劇人の一人。トガとは、古代ローマ人が袈裟掛けに着用した外衣のこと。トガを着て、小屋の前で宣伝の前口上でも行ったのであろうか。

沙良は、歌舞伎より映画の方に関心が移っていった。やはり〈シネマ〉（映画）の方が贔屓といっている。根っからのシネマファンの素顔がみえかくれする。

ボウ・ブラムメルとはサイレントのアメリカ映画「ボー・ブラムメル」（一九二四年）のことか。〈シラノ〉はエドモン・ロスタンの戯曲で有名になった〈シラノ・ド・ベルジュラック〉のこと、〈罪と罰〉は映画監督ロベルト・ヴィーネの作品か。ドイツ映画で、公開は一九二三年のことという。この作品は、ロシアの文豪フョードル・M・ドストエフスキーの原作を映画化したもの。このロベルト・ヴィーネの映画は、演技論を著したスタニスラフスキーが率いた旧モスクワ芸術座の俳優たちが演じた。さらに、ロシアの美術家アンドレ・アンドレイエフがセットを設計したというから、ドイツとロシアの芸術家の協同製作といっていい。この映画は、ドイツの表現主義の影響が反映しているという。とすれば築地小劇場で創立記念公演として上演された「海戦」もドイツ表現主義の影響をうけていたのだから、表現主義はこの時代を席巻していたことになる。

一つ忘れていた。一九二一（大正十）年に封切された映画『ガリガリ博士のキャビネット』はロベルト・ヴィーネの作品だった。つまり演劇より映画の方が先に、ドイツ表現主義の血を伝えていたわけだ。

〈角のカフェー〉や〈女給〉について触れてみたい。銀座にはカフェーが競いあっていた。文化人、インテリ、実業家などが足繁く通った。沙良が親しく交友した安藤更生は、『銀座細見』（春陽堂・一九三一年、中公文庫で再版・一九七七年）を刊行した。この本はその年のベストセラーとなった。安藤更生がいうように、〈カフェーの出現〉は〈銀座の散歩を愉快なもの〉にした。そこから〈銀ブラ〉という言葉が生まれた。銀座名物のガス、柳、夜店がその興を高めた。

安藤更生『銀座細見』（中公文庫・1977年）

安藤の銀座への耽溺《たんでき》は深く長い。中学三年の頃から、約一五年間つづいた。いくつかのカフェーにも足を運んだ。最初は鍋町のパウタリタ、安藤はそこに行くことで〈デカダン振った〉という。その彼はプランタンやライオンへも。安藤は〈今日親しく交っている人たちは、みんな銀座で知り合った人ばかり〉という。沙良もその中の一人であろう。

安藤は、この『銀座細見』において、実に緻密な考察を行っている。ある種の銀座交遊録でもあるが、それ以上に〈生きたドキュメント〉、つまりもう一つの「都市譜」でもある。歴史の紐解きや銀ブラの時代考察もおもしろい。社会的視座もユニークだ。その中でもカフェー論は圧巻である。安藤は〈銀座は僕の生活の動脈〉という。その主要な〈動脈〉となったのはカフェーであった。銀座で最初に、カフェーと名のったのはプランタンだった。名をつけたのは小山内薫だった。

さらにタイガー、交詢社ビルのサロン春、ジャポン、ルパン、サイセリアなど、数えきれない。美学者でもある安藤は、〈銀座はカフェーの王〉〈カフェーは銀座の王〉と洞察する。銀座を巨視的にながめつつ、一つの文化事象として分析した。文人と女給との痴話も含めつつ、風俗あり、人情話もおりこみながらのまさに〈銀座ストーリー〉を編んでいる。

安藤のこの本は、安藤自身にとって〈独身の青春に終わりを告げ〉ているといわれる。つまり銀座との〈決別の書〉でもある。安藤は一九二六（大正十五）年にきよ夫人と結婚し、銀座から次第に距離を置いていった。

さて、「銀座青年の歌」の詩は、先にものべたように、沙良自身の〈銀ブラ〉の話である。ワクワク感があふれているが、やや苦い感情も吐露《とろ》されている。〈化粧品屋の売れっ子〉が、女優になったことに嫉妬《しっと》心をもやしている。〈愚痴〉をこぼしているところもある。めずらしく大雪が降った夜、タクシーに乗ったことから起ったことを……。

安藤は、「銀座とアメリカニズムの光被」で、この沙良の詩と北原白秋の「東京景物詩」の中の一作、「銀座の雨」とを比較研究している。北原白秋の「銀座」は、フランス趣味にあふれていた。それから二十年後に書かれた沙良の詩は、モボ（モダンボーイ）やアメリカニズムの影響下にあるとみたわけだ。いずれにしてもこの詩は、これまでの沙良の詩とちがう。長詩であり、風俗さえ読み込んでいる。

銀座つながりで話をつないでゆきたい。

赤岩州五・編著　原田弘・井口悦男・監修『銀座　銀座散歩地図　明治・大正・昭和』（草思社・2015年）

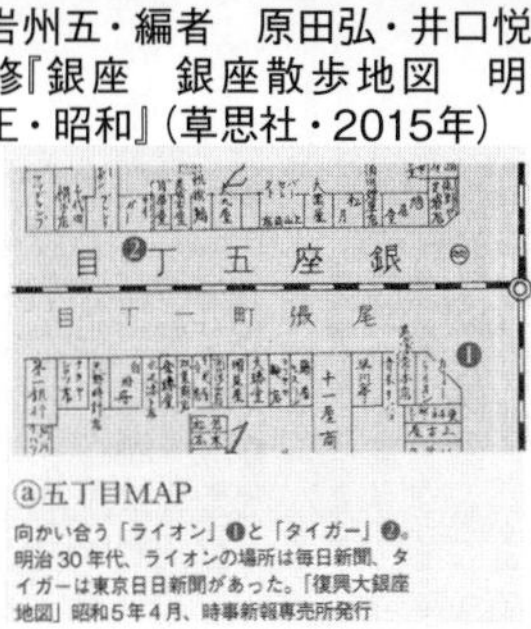

銀座カフェーライオン界隈『銀座　銀座散歩地図　明治・大正・昭和』（草思社・2015年）

震災前から人気を集めていたのは、築地精養軒が経営したカフェー・ライオンであった。住所でいえば尾張町一丁目の東側だった。この一角には、大勝堂時計店、関口洋装店、東洋銀行などがあった。一階がバー、二階が食堂、三階に特別堂（三室）があった。特別室はテーブル二卓があり、八人が利用できた。銀座通りの真ん中ということもあり、一般の方も訪れた。

2. 鼻つまみ番附

このカフェー・ライオンは、安藤の先の本によれば、〈美人三十名、いずれも揃いの衣裳〉でサービスしたが、店の方針で品行の悪い女性はすぐにクビになったという。また野口孝一の『銀座カフェー興亡史』（平凡社・二〇一八年）によれば、店ではビールが五〇リットル売れると、壁の中に据えつけたライオンがグヮーグヮーと妙な声を出して吼えたとある。ただ筋向いにカフェー・タイガーができると押され気味になったという。

カフェー・ライオンが独自につくりあげたものに「カフェライオン鼻つまみ番附」（『銀座』第三号・大正十四年八月号）がある。その復刻が『岩内ペンー沙良峰夫特集（一）』（岩内ペンクラブ・昭和五二年）に載った。当時の人気ランキングと人名録の趣もある。「年寄　小村新一郎　山内義雄」とあり、勧進元銀座社とある。「年寄」として名をのせている山内義雄はフ

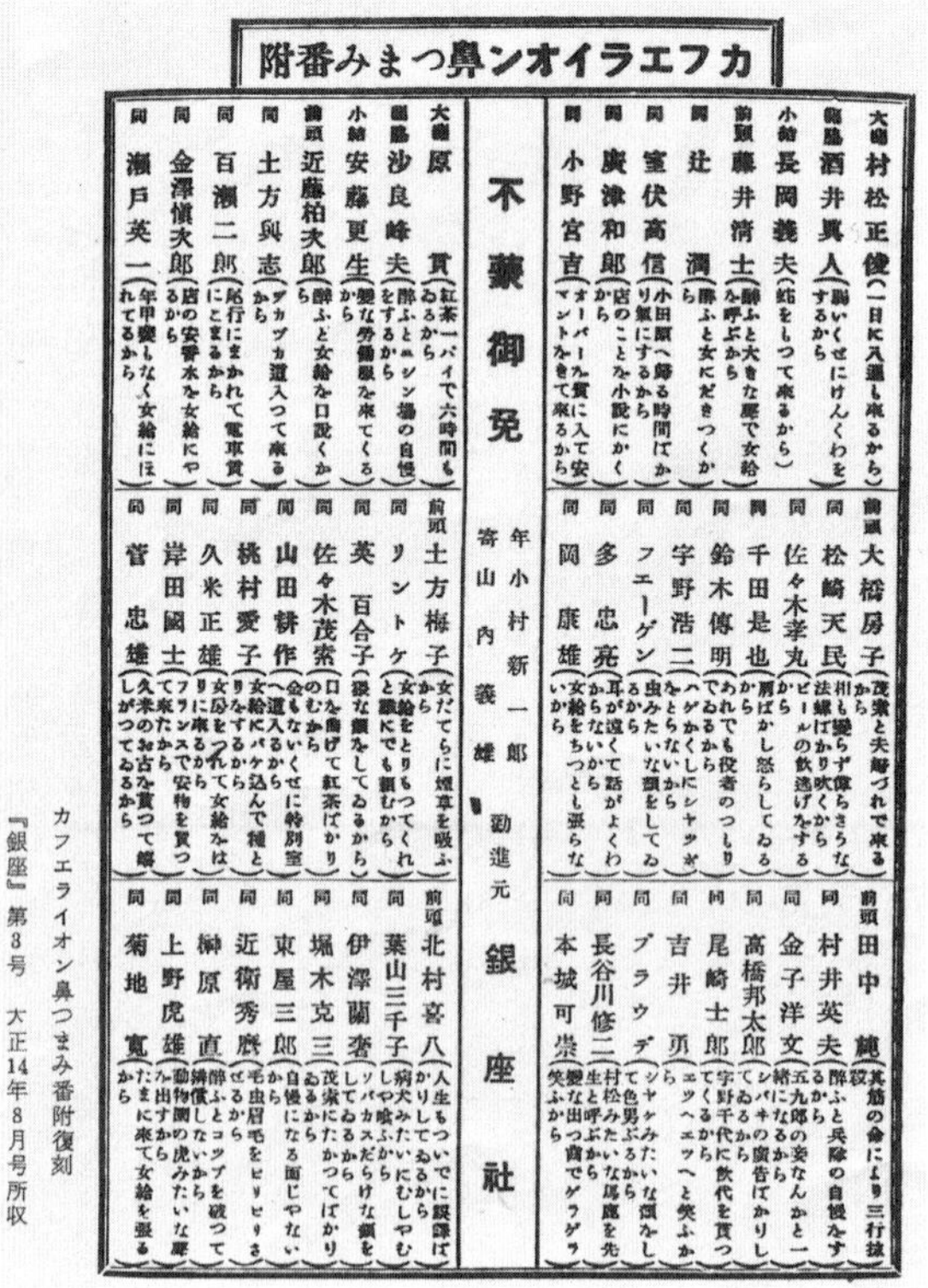
カフエライオン鼻つまみ番附

不躾御免

大關 村松正俊（一日に入道も來るから）
關脇 酒井眞人（酔いくせにけんくわをするから）
小結 長岡義夫（蛞をもつて來るから）
前頭 藤井清士（酔ふと大きな聲で女給を呼ぶから）
同 辻潤（酔ふと女にだきつくから）
同 室伏高信（小田原へ歸る時間ばかり氣にするから）
同 廣津和郎（店のことを小説にかくから）
同 小野宮吉（オーバーを質に入て安マントをきて來るから）

前頭 大橋房子（夜業と夫婦づれで來るから）
同 松崎天民（相も變らず偉らさうな法螺ばかり吹くから）
同 佐々木孝丸（ビールの飲逃げをするから）
同 千田是也（肩ばかし怒らしてゐるから）
同 鈴木傳明（あれでも役者のつもりでゐるから）
同 宇野浩二（ヘゲかくしにシヤッポをとらないから）
同 フェーゲン（虫みたいな顔をしてゐるから）
同 多忠亮（耳が遠くて話がよくわからないから）
同 岡康雄（女給をちつとも張らないから）

前頭 田中純（其筋の命により三行抹殺）
同 村井英夫（酔ふと兵隊の自慢をするから）
同 金子洋文（五九郎の姿なんかと一緒になるから）
同 高橋邦太郎（シバキの廣告ばかりしてゐるから）
同 尾崎士郎（宇野千代に飲代を貢つてくるから）
同 吉井勇（エッヘエッヘと笑ふから）
同 ブラウデ（シヤケみたいな顔をして色男ぶるから）
同 長谷川修二（村松みたいな馬鹿を先生と呼ぶから）
同 本城可祟（變な出つ歯でゲラゲラ笑ふから）

年寄 小村新一郎
　　 山内義雄
勧進元 銀座社

大關 原貫（紅茶一パイで六時間もゐるから）
關脇 沙良峰夫（酔ふとニシン場の自慢をするから）
小結 安藤更生（變な労働服を來てくるから）
前頭 近藤柏次郎（酔ふと女給を口説くから）
同 土方與志（ダカダカ這入つて來るから）
同 百瀬二郎（尾行にまかれて電車賃にこまるから）
同 金澤慎次郎（店の安香水を女給にやるから）
同 瀬戸英一（年甲斐もなく女給にほれてるから）

前頭 土方梅子（女だてらに煙草を吸ふから）
同 リントケ（女給をとりもつてくれと誰にでも頼むから）
同 英百合子（猥な顔をしてゐるから）
同 佐々木茂索（口を曲げて紅茶ばかりのむから）
同 山田耕作（金もないくせに特別室へ這入るから）
同 桃村愛子（女給にバケ込んで種とりをするから）
同 久米正雄（女房をつれて女給をはりに來るから）
同 岸田國士（フランスで安物を買つて來たから）
同 菅忠雄（久米のお古を貰つて嬉しがつてゐるから）

前頭 北村喜八（人生もついでに誤譯ばかりしてゐるから）
同 葉山三千子（病犬みたいにむしやむしや喰ふから）
同 伊澤蘭奢（ソバカスだらけな顔をしてゐるから）
同 堀木克三（茂索にたかつてばかりゐるから）
同 東屋三郎（自慢になる面じやないから）
同 近衛秀麿（毛虫眉毛をピリピリさせるから）
同 榊原直（酔ふとコップを破つて辨償しないから）
同 上野虎雄（動物園の虎みたいな聲を出すから）
同 菊地寛（たまに來て女給を張るから）

「カフェーライオン鼻つまみ番附」復刻（『銀座』第3号・1925年8月号）

ランス文学者であり、すぐれた翻訳者としてアンドレ・ジッドの『狭き門』を初完訳した。アテネ・フランセでも教えている。またのちの『上田敏全訳詩集』（岩波書店・一九六一年）の編者でもある。

中央に〈不蒙御免〉とあり、丁度、相撲の番付表のようになっている。東西に分け、文学・音楽・演劇などの文化人、さらに政治家などが大関、関脇、小結、前頭の順にランク付けされた。西の大関は原貢、すぐ横の関脇に沙良峰夫、小結に安藤更生、前頭に土方與（与）志、土方梅子と続く。作曲家の山田耕作や近衛秀麿、文学者の菊池寛などもいる。

この〈番附〉がオモシロイのは、その理由づけだ。安藤更生は、〈變な労働服を來てくるから〉、土方與志には、〈ヅカヅカ這って來るから〉、土方梅子には、〈女だてらに煙草を吸ふから〉とある。山田耕作には〈金もないくせに特別室に這入るから〉、菊池寛のところでは〈たまに來て女給を張るから〉と、店や女給の側からの容赦《ようしゃ》のない眼でみつめている。山田耕作は、金がないのに、三階の特別室に入ってきて、客を困らせていたわけだ。菊池寛は、外でイライラをかかえてくると、女給を張っていたようだ。それぞれに、その人のクセ・仕草をとらえている。辛口な人物評でもあり、なによりどんな立場の人であっても容赦なく、冷厳かつナナメに切っているところがいい。

沙良峰夫には、〈酔ふとニシン場の自慢をするから〉とある。沙良が酒をのみ、酔ってくると〈ニシン場〉の自慢をするという。かつて岩内ではニシンがたくさんとれ、梅澤家はたくさんのニシン漁場を押さえていた。銀座のど真ん中で故郷の自慢をしている。

これを読んで、〈さすが岩内っ子だ〉と拍手したくなった。きわめてローカルな岩内、それをエクストリームな場で披露してくれた。その満足げな沙良の顔を思いうかべることができる。友人や女給達の耳の奥に〈イワナイ〉というコトバを押し込んだ。カフェー・ライオンで〈ニシン場の沙良〉となったのだった。この時の沙良の服装はきっとダンディな紳士然としていたにちがいない。ステキな容貌とスタイルと、〈ニシン場の沙良〉とはかなりの〈落差〉があったと思われる。

3. 都市の彷徨

沙良はしだいに〈銀ブラ〉から離れていく。都市の臍、繁栄のシンボルたる銀座界隈から周縁へとかなり行動範囲が広がった。それに伴い交友する友人が大きく変化した。それはかなり沙良の内面世界に大きく影響した。周縁への関心は、あとでのべる『住宅』の取材からだったかもしれない。周縁への彷徨からは、沙良の意識変化の在り様と、もう一つの交友録を知ることができる。

沙良の詩は、〈大震災〉を契機にして大変動した。〈大震災〉により、多くの死者と燃える街をみた。死臭漂う廃墟となった東京をみた。そこでみた光景は、苦の風光となり、沙良を縛りあげた。廃墟と共に、沙良は一度死んだのだ。生活そのものが激変した。

これまでは抒情性と高次なサンボリズムが主柱《ベース》となっていたが、時代思潮でもあるデカダンスやアナーキズムと出会うことで、内心の軸が揺れ動いた。ダダイズム、デカダンス、アナーキズムの実践者には、ならなかったが、友人からはある程度の影響をうけたと思われる。

では、その痕跡はあるのか。その手がかりはある。別章でみるように、編集長となった『住宅』では、ダダイズム、デカダンス、アナーキズムの体現者に原稿を依頼し、サポートしているからだ。たしかにプロパガンダ詩や実験詩は書かなかったが、詩作は、晦渋性を帯びることになる。もう一つ指摘しておきたいことがある。幻想派で耽美的な日夏耿之介や新感覚派の稲垣足穂の世界と親炙していくことで、文学的な軸は変化し、散文や掌篇モノに新境地を見出していく。

安藤更生も語っているが、沙良は東中野のバー「カカド」まで足をのばしていたという。「カカド」は、ダダイストの吉行エイスケと妻あぐりが経営していた。安藤は、そこに沙良が山内恒身らと集まっていたという。この「カカド」(「カアド」ともいう)は元の名を「アザミ」といった。於保という医学博士の未亡人が開いていた。「アザミ」が銀座の方へ移転した。それを譲りうけた。一説(?)によれば沙良はここで荒川畔村《はんそん》(『虚無思想研究』編者)らとバーテンダーをしていたこともあるというのだが……。それもありかと、伺わせるのは、「カカド」はダダイストや演劇人、文人の梁山泊(たまり場)となっていたからだ。そこには吉行エイスケの思想の師である辻潤や、宮嶋資夫、エリゼ二郎、川口慶助、人見幸子らの顔があった。

ここに登場するエリゼ二郎、はじめ外国の血をもった二世かと思った。調べてみたが、全然ちがった。百瀬《もも せ》二郎が本名。エリゼは、エリゼ・ルクリュから採った。エリゼ自身、高名な地理学者であり、さらにアナーキストでもあった。

そういえば先の〈鼻つまみ番付〉では〈尾行にまかれて電車賃にこまるから〉とあった。

百瀬は、当時若者によく読まれたドイツの哲学者マックス・シュティルナーの紹介者だ。シュティルナーの『唯一者とその所有』は、自我以外のものをすべて〈空虚〉として排除することを提起した。それがかなり強力なメッセージを放って若者をとらえた。さらにいえば、辻潤もまたシュティルナーの翻訳者の一人だ。それだけいろんな方が翻訳にチャレンジするほど、シュティルナー人気があったということか。余談だが、小樽で前衛的作品(俳句、版画作品、オブジェなど)を制作した一原有徳は、若き日にシュティルナーの『唯一者とその所有』から大きな示唆を得ている。ただ一原が、辻訳、エリゼ訳のどっちを読んだか不明だ。

沙良と同伴していた山内恒身は、石川淳の『普賢』(一九三六年)のモデルの一人ともいう。小説の登場人物の主人公の旧友たる「庵文蔵」が彼だという。さらに石川の「鉛の銃弾」で伏字されている「TY」も山内恒身であるといわれている。では『普賢』の中で、庵文蔵はどう描かれているかみてみる。主人公と庵文蔵との出会いは、某私立大学の校庭だった。ひとり洋書を読む〈美貌の青年〉とある。父は北海道庁の技師、妹にユカリがいる。また数年前、〈胸の病に喀血〉したことのある体質のせいか、一時は〈相変わらずな何をすることなく酒びたりのでいであったという。

この小説『普賢』は第四回芥川賞を受賞するが、そこには酒や薬物《モルヒネ》におぼれてゆく観念性の強い若者群像が描かれている。ユカリは、非合法の運動をする青年と恋に陥り、家を出る。「庵文蔵」こと、山内恒身はそんな若者の一人であったようだ。

辻潤(一八八四～一九四四)もまた、アナーキストとして大杉栄とも交流し、さらにダダイストとして活動した。

ここに人見幸子の名があるので吃驚した。この女性は、安藤更生の『銀座細見』でも不思議な存在として描かれている。西條八十も好きだった女性《ひと》のようだ。ただ周りの人は〈白痴の女〉とみる者もいたという。奔放な性情の持ち主であったらしく、安藤は、彼女がモダンボーイたちの〈オモチャ〉になってしまったが、それに組みすることはなかったと、むしろ無垢さを肯定的にとらえている。

少し吉行エイスケのことにこだわってみたい。NHKの朝の連続テレビ小説『あぐり』で、ヒロインあぐりの夫・エイスケとしてクローズアップされた。エイスケの本名は栄助。エイスケは、岡山生まれだが、岡山一中(現、岡山朝日高校)時代にアナーキズムの洗礼を受け、中退し東京の目白中学校へ。十六歳で『ダダイズム』第一輯に詩や散文を発表。あぐりの本名は松本安久利という。あぐりは弁護士の父・松本豊と、母・み祢の四女。二人の間には、周知のように長男淳之介(小説家)、長女和子(俳優)、二女理恵子(詩人・小説家の吉行理恵)がいる。

あぐり夫人は、一九二九(昭和四)年に美容院を開くが、それは村山知義(劇作家)の設計だった。かなり奇抜な表現主義のデザインとなった。薄黄色の二等辺三角形で、丸いのぞきメガネのようなマドがついていた。なんともヘンチクリンな建物だった。村山は、「MAVO設計」として、他にも一九二四(大正十三)年には「マヴォ理髪店」を設計し、銀座にオープンしたバー・オララを設計している。建築デザインも手がけていたことになる。

手がかりとなるものがないので、少し本をあつめた。吉行和子監修『吉行エイスケ　作品と世界』(国書刊行会・一九九七年)、『吉行エイスケ作品集』(文園社・一九九七年)などだ。一番知りたかったことは、「カカド」のこと。次に調べたかったのは、エイスケの雑誌などに沙良の原稿が載っていないか、〈交友の跡〉

吉行和子監修『吉行エイスケ　作品と世界』（国書刊行会・1997年）

を見出すことだった。

『銀座』の同人になった一九二五（大正十四）年や、翌年の「年譜」（『吉行エイスケ作品集』に収録・神谷忠孝編）を見てみた。年譜に拠れば、一九二五（大正十四）年に東京から一時岡山へ、一九二六（大正十五）年に東京都池尻に移住とある。沙良は一九二八（昭和三）年に亡くなっているので、とすれば同年に完成したあぐりの美容院の奇妙な建物は見ていないことになる。

『吉行エイスケ作品集』に収録されている「年譜」の編者神谷忠孝に、この「カカド」について問い合わせをした。神谷は、「カカド」については知らないが、可能性として考えられることがあるという。

一六歳のエイスケは、個人誌「ダダイズム」第一号を創刊。その一篇「対象」の冒頭には、「君は／DADDDDDD／ナムミョウホウレンボサツ／アクビした目から／猫の交尾　コシコギ」とあるという。なんという実験、なんという言語の破壊遊戯であることか。恐るべきだ。一六歳という年齢が書かせたのか。この「ダダイズム」を三号まで出した。その最終号には、辻潤の「パウンド・エヅラのばりあちおん」の寄稿があったという。〈パウンド・エヅラ〉は、アメリカの詩人エズラ・パウンド（Ezra Pound 一八八五〜一九七二）のこと。パウンドは異色の詩人だった。一言では紹介できない。第二次世界大戦中には、ムッソリーニのファシズムを熱狂的に支持。一方で反ユダヤの立場からアメリカを激しく攻撃。それによりアメリカ政府から反逆罪に当たるとして告発を受けた。この時、彼は精神障害と診断され、長く病院に収容された。

パウンドは、モダニズム詩の中に東洋美（中国の漢詩や日本の俳句など）を注ぎこみ、独自なマジズム詩を築き、後世に大きな影響を与えた。そんなパウンドの詩に目をつける辻、その先駆性に驚くばかりだ。

一九二四（大正十三）年に発行した『賣文醜文』第四輯に、「ダダ文学の叢書」全二四巻の予告と「カフェーダダ」の広告が載っている。そこに代表者として、清澤清志・吉行エイスケ・高橋新吉・辻潤ら四人の名が記されているという。

この「カフェーダダ」が神谷が〈可能性として考えられる〉といった「カカド」のことであろうか。ただどちらもちがうようだ。なぜならこの「カフェーダダ」は〈近くカマダ附近に建設〉とあるからだ。

結果として「カカド」の実態はまだ霧につつまれている。他方、沙良の文についても、残念ながら今のところ、あるかどうかも不明のままだ。エイスケの雑誌『賣恥醜文』（一九二四年創刊）、『虚無思想研究』（一九二六年創刊）、『戦争』（一九二六年創刊）などには、沙良が交友した今東光、村山知義、辻潤、稲垣足穂の名はあったが、彼自身の名はなかった。それにしても、エイスケの交際仲間はアナーキスト、ダダイスト、小説家などと広汎であった。ひょっとして沙良はペンネームで書いているかも知れない。もしもそれがあったとしたら、これまでの沙良像とちがうものが生まれるかもしれないのだが……。今のところその手がかりになるものはない。

時代の底に潜むもの。それを透視し、凝視すること。新しい時代の息吹を吸うことで、表現は深まり、そこからこれまでにない表現を得ることができる。未曾有の大破壊の嵐たる〈大震災〉と共に、確かに古き銀座の時代は終焉した。それは安藤更生だけでなく、沙良にとっても、青春の終わりを告げるものとなった。

時代の諸相を見極める前に、沙良がすべきことがあった。生活の再建だった。日々の糧を得なければならなかった。詩では食うことはできなかった。詩では雨露をしのぐことはできなかった。ダダの熱に酔うわけにも、また社会変革を根底から転覆するアナーキストというゾーンに足を踏み入れるわけにはいかなかった。未知なる編集者として、まず社会的な地歩を広げていくことにした。

第五章　土方与志と築地小劇場

1. 土方与志の肖像

関東一円を恐ろしい魔物が暴れた。〈大震災〉だ。一九二三(大正十二)年九月一日午前十一時五八分にそれはおこった。魔物は、マグニチュード七・九のパワーをもっていた。東京市中は炎につつまれた。人の命は奪われ、建物は崩壊した。百九十万人が被災し、十万五千人あまりが死亡あるいは行方不明になった。全壊した建物が約十万九千棟、全焼が約二十一万二千棟。江戸の香りや意匠を根こそぎ消し去り、歌舞伎座、帝劇、有楽座なども焼けおちた。自然の超パワーに驚きながら、人々は重い心をひきずっていた。衣も食も住も、全て不足していた。

この〈大震災〉は、さまざまな文学者にも大きな影響を与えた。芥川龍之介は、周りに〈大震災〉を予告していたという。芥川は、〈大震災〉の後、平然と室生犀星を見舞っているという。谷崎潤一郎は、当時避暑と執筆のため箱根のホテルに滞在し、芦ノ湖畔から小涌谷に戻る途中のバスの中にいた。どうにか汽車で関西へ逃れた。京都へ、さらに温暖な関西に住んだ。谷崎のその後の日本的美意識に富んだ文学は、関西に住むことでうまれたことになる。泉鏡花は、この大震災後、彼の作風とは異なる野良猫を題材にした「駒の話」を書いている。

沙良峰夫は、この時運よく、雑誌の取材で旅行中だった。雑誌『住宅』の取材だろうか。すぐに戻ってきた。ここでトラブルがあった。その容貌からであろうか、憲兵に不審尋問をうけた。危険な怪しい人物というよりも、どうも外国人と間違われたようだ。きっとかなりハイカラな恰好をしていたのではないだろうか。疑いを晴らすため、五十音を数十回復誦させられたという。

廃墟の中から、その灰の淵から立ち上がろうとするものがあった。新しく生まれてくるもの。新しい文化というのは、旧い殻を破って生まれてくるもの。この大災害は、旧いものを破る媒体となった。時として最大のマイナス(負性)が最大のプラスの種子を生み出すことがあるようだ。

この大災害から、これまでにない文化の雛《ひな》が小さな聲を上げていた。演劇界にも、新風が吹いた。革新的なケルンが築かれた。それはとても小さな劇場空間であったが、革命的実験場となった。築地小劇場だ。空間であり、運動体でもあった。この築地小劇場を語る上で。二人のキーマンがいる。一人は土方与志(一八九八〜一九五九)、一人は小山内薫(一八八一〜一九二八)である。

先に二人の横顔《プロフィール》を一瞥《べつ》する。

土方与志、本名は久敬《ひさよし》という。高貴な血を継いでいる。祖父・久元は、宮内大臣・枢密顧問官などを務め伯爵の位を授けられている。父・久明は陸軍大尉の地位にいたが、精神的なトラブルをかかえ自殺する。それは与志が生後間もない頃のこと。

土方与志は、早くから演劇に関心をもち、学習院高等部在学中に、近藤秀麿、三島通陽らと「友達座」を結成。三島通陽の祖父は三島通庸。父・弥太郎は、日本銀行総裁(第八代)を務め、母・加根子は、四条隆謌侯爵の三女であった。土方与志は、三島通陽と交友し、彼の妹・梅子と結婚する。のちにくわしくみることにするが、土方梅子は物心両面で土方の演劇活動を応援する。三島家からゆずり受けた様々なものが、舞台づくりの資金や道具になっていった。

一方の小山内薫の家系も、なかなかすぐれている。父・建は、陸軍軍医であった。母・錞《しゅん》は、三河の元・旗本だった小栗家の出で、画家藤田嗣治の伯母となる方だ。小山内薫の親族に蘆原英了(一九〇七〜一九八一)がいる。祖父は藤田嗣章で、私学出身で初の陸軍軍医総監となった。嗣章の長女喜久は、蘆原信之と結婚し、その四男となったのが蘆原英了であった。英了はフランス留学を経て、シャンソン・バレエ・演劇界において先進的な牽引者となった。やや入り組んではいるが、小山内家と藤田家と蘆原家は、血の系譜で結び合っていた。小山内薫、藤田嗣治、蘆原英了のそれぞれが、日本の現代文化の活動において画期的役割を果たした。

土方与志と小山内薫らは、旧華族の血も引き、それぞれの家系には高級官僚や軍医などの高い地位の人を先達にもっていたが、彼らは全く「別の道」を歩みはじめることになる。

旧華族という古い遺物からも解放されたかった。その古い鎖を切りたかった。だがそれは簡単ではなかった。

それにしてもこの「変位」（変節）が興味深い。なによりこの二人により、日本の新しい演劇が生み出されていったのだから……。当然にも、家の〈七光り〉が世間的にはパワーになったと推察できる。ただ出自の問題は、二人にとって精神の自由を妨げる大きな〈障害〉でもあったのだが……。鎖を切り、壁を越えさせるものがあった。それは、彼らが描いた大きな夢だった。それは何か。自分達の演劇を上演する空間。観客と舞台が一体化する、それが可能となる劇場を造り出すこと。

二人は封建的な旧守の柵をのりこえて、誰も歩んだことのない未到の道を切り拓いていった。とはいえ新しい劇場、つまり築地小劇場づくりにおいては、土方の資材力がモノをいったことは否定できない。練習兼事務所となったのは、小石川林町の伯爵土方久敬邸だった。三階建ての洋館で、家具はロココ風のものが多かった。その家具達も舞台に「出演」した。この練習場から劇場まで歩くと、震災間もないこともあり、焼け焦げた臭いが立ち込め、焼け跡の折れた立木が、黒く不気味にみえた。

土方が用意した費用は、ざっとみても三〇数万円（現在の価値で約七億円）という。

蘆原英了の『私の半自叙伝』（新宿書房・一九八三年）によれば「築地小劇場の入場料は二円均一で、五回の回数券を買うと五円であった」とある。歌舞伎だと、時間が長いので食事代もかかる。弁当代もいれるとかなりの出費となった。だからこの築地小劇場は、若い学生を引きつけ、「新しい演劇のメッカ」となった。座席は初め二五〇人、のちに改築して五〇〇人となったが、経営は苦しく赤字を常に抱えていた。

演劇の勉強のための留学中の土方は〈大震災〉のことを、ドイツのベルリンの地で聞いた。「お前の国は富士山がなくなってしまった」といわれた。そういわれていたたまれなくなり、土方は急遽《きょ》帰国の途についた。懐《ふところ》には約五万円があった。これを財とし、日本で役立てようとした。五万円は、現在の数億円に相当するという。土方は大きな夢を描いていた。ドイツの先端的芸術運動を見聞して、日本にそれを移植すること。つまり演劇運動を通しての文化の革新だった。土方が感銘をうけたのは、小劇場という運動体であった。モデルとなったものがあった。ラインハルトの室内劇場とそこで活動していた劇団だった。

土方はまず〈器〉(空間)づくりをめざした。どんなに小さくてもいい、そこから新しいものが生まれることが大事だった。パートナーとなる演出家を探した。協同者として小山内薫に白羽の矢を立てた。小山内は、当時大阪の天王寺区悲田院町にいた。「われわれの劇場を立てよう」と熱く口説いた。この時土方は二五歳、小山内は四二歳だった。強固な共同戦線ができた。では二人を強く結びつけたものは何か。ひとえに日本にこれまでにない革新的演劇運動をつくり出すこと。まずケルンとなる場を探した。いくつか候補があった。が、結果として京橋区築地二丁目二五番地に落ち着いた。この劇場は創立時、同人、劇場員、研究生、雇員という区分を設けた。研究生には、千田是也、山本安英、丸山定夫、竹内良一らがいた。

一九二四(大正一三)年六月十三日に、ドイツのラインハルト室内劇場の開幕にならい、銅鑼が華やかになり響いた。この丸山定夫が打ち鳴らした銅鑼は、鎌倉の寺院から借りてきたものという。

かなり前より、築地小劇場に関心を抱いてきた。沙良峰夫が、土方与志と親交を深めていたということを知る前からだ。いくつかの事柄と絡んでいた。まずこの築地小劇場の建築スタイルとデザインへの関心だった。残された写真をみてもやや風変わり。どちらかといえば異彩でもある。日本の建築史の中でも前例がない程だ。〈大震災〉を機にして、従来の様式にとらわれない斬新な意匠が生まれていった。その中にはユートピア的なデザインもあった。そんな新規な波を歓迎する時代相に沿うものでもあった。

なによりこの築地小劇場は、全てが新しかった。ポスターや看板も極めて斬新だった。

この築地小劇場の建築を調べるため、いくつかの文献(資料)を漁ってみた。その一冊の中に建築様式についてゴシック・ロマネスク様式とあった。角度をもつ屋根、正面の大きな壁面。それがロマネスク的といえばいえなくもない……。ただどこがゴシック的なのか、その説明もなくどうも釈然としないのだ。

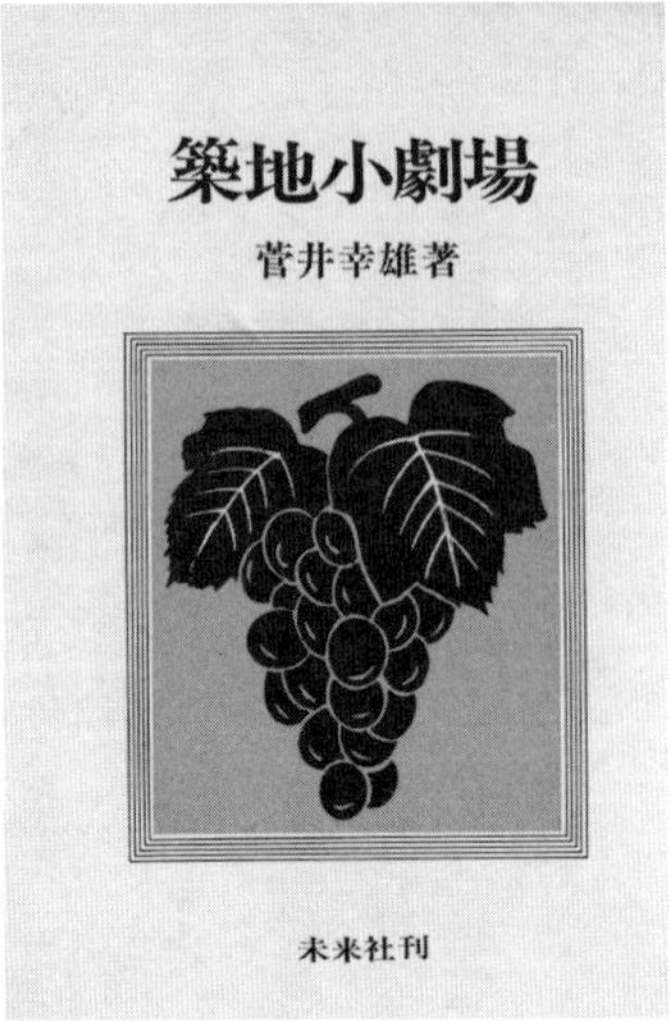

菅井幸雄『築地小劇場』（未来社・1974年）

興味を引いたのが壁の上部に配した〈ぶどうの房〉。シンボルとしてのぶどう。古代ギリシア演劇の元祖というべきバッカスに由来する。ぶどうのデザインは、彫刻家土方久功《ひさかつ》の手によるもの。久功は土方与志のいとこ甥にあたる。のちに久功は、画家ゴーギャンの『ノアノア』に心酔し、当時日本の信託統治下にあったミクロネシア諸島のパラオに渡っている。『築地小劇場』（未来社）の著者たる菅井幸雄は、この〈ぶどうの房〉は〈総合芸術を象徴〉すると指摘する。ただし菅井は、全体の建築デザインについては言及していない。どうしてもデザインについて知りたかった。できれば、建築家がかかわっていたとしたら誰なのか、それも知りたかった。

『躍動する魂のきらめき日本の表現主義』展図録（東京美術・2009年）

手元にあった『躍動する魂のきらめき　日本の表現主義』（東京美術・二〇〇九年）をひもといてみた。これは、日本で展開した表現主義について網羅した同名の展覧会の図録である。そこにコラム記事「舞踏と築地小劇場」（木村理恵子）がある。この文に依ると、建築は〈ドイツの演出家マックス・ラインハルトのベルリン大劇場（ハンス・ペルツィヒ設計）などを手本に〉したとある。とすれば、モデルはベルリン大劇場にあったことになる。

ベルリン大劇場は、一九一九年に開設した。その外容の写真が、図説『近代建築の系譜―日本と西欧の空間表現を読む』(大川三雄+川向正人+初田亨+吉田鋼市　彰国社)に載っていた。それは「表現主義の建築」のコーナーにあった。ベルリン大劇場は、ハンス・ペルツィヒ(一八六九〜一九三六)による建築デザイン。この建築家は、ほぼ第一ゲーテアヌム(一九二二年)を設計したルドルフ・シュタイナーと同時代の建築家。ペルツィヒはサーカス小屋としても使用されていた市場空間を改造した。

『近代建築の系譜』には、ベルリン大劇場の内部空間をとらえた写真が載った。それをみると、鍾乳石のような装飾が張りめぐらされていた。かなりうるさい程だ。幻想的な雰囲気が立ちこめている。その意味で、ドイツの表現主義の一つの典型を示現している。

表現主義建築は、これまでの幾何学的フォルムから逸脱していった。有機性を重んじ、彫塑的造形を好んだ。ただ築地小劇場全体の構造は、ベルリン大劇場のデザインとはかなり異なっている。築地の狭い空間を生かしつつ、かなり独自にアレンジしたものと思われる。水品春樹『築地小劇場史』(日日書房・一九三一年)によれば劇場の設計を土方らは海外諸種劇場の長所を学びつつ、中榮一徹、浦田竹次郎らの経験と研究をベースにして行ったようだ。和田精(和田誠の父)が音響を、神尾甲三が光線(照明)を担当した。

もう一つの関心は、築地小劇場が設えた舞台装置の斬新さであった。ただ舞台装置は、様々な要素を取り入れていかねばならない。戯曲の内容、演出者の考え、役者の動きなど。そのために美術家吉田謙吉は百枚ほどのデッサンを興した。

沙良も親交した吉田は、舞台構成だけでなく看板やポスターのデザインを手がけた。ポスターには、「理想的小劇場　真摯なる演劇研究機関の確立」とある。ここからこの劇場は、「演劇研究機関」の性格もあることがわかる。さらに吉田は衣装も担当した。いや役者もやった。『海戦』では、水兵役もやった。土方の演出をよりダイナミックにサポートしたのは、吉田の舞台構成によるといっても決して過言ではない。

演劇は、ドイツ表現主義の影響が色濃く影をおとしている。第一回の公演は三つあった。ゲーリングの『海戦』、チェーホフの『白鳥の歌』、マゾオの『休みの日』。注目したのが『海戦』だ。ドイツ演劇の雄ゲーリングの作品だ。スカーゲラックの海戦で派遣されたドイツの一軍艦の、一つの〈砲塔〉の中が舞台となる。悲惨な海戦を体験する七人の水兵を描いた。早いテンポのセリフ、激しい動き。戦争にかり出された者の不安と叫びが舞台に溢れた。

この「叫喚劇」を、ドイツでは「シュライエ・ドラマ」という。第一次世界大戦後に勃興したドイツ表現主義演劇では、定番のスタイルだった。

これまでの日本の近代演劇は、イプセンやチェーホフ、そしてシェイクスピアが主流だった。しかしこの築地小劇場で上演された『海戦』は、全く異質だった。正面から戦争の悲惨さを描き、舞台空間がこれまでのデザインとは全くちがっていた。独自な舞台装置も効果をあげた。特にクッペル・ホリゾント（ドーム型の湾曲する壁）が斬新だった。このホリゾントは劇場の中に青空を現出させた。

では、沙良が築地小劇場と関わるきっかけはどういうものであったのか。沙良自身は、具体的に記してはいない。だから推察する以外ない。いくつか考えられる。〈銀ブラ〉の中、「カフェーライオン」などで土方や小山内と顔を合わせたか。一九二四年後半に、新しい雑誌が誕生した。その名は『銀座』という。〈タウン誌〉の枠をこえた文化的教養誌である。『銀座』の発行人は土井儀一郎といった。土井儀一郎は、京橋区築地二六番地に家を構えた。土井の家は『銀座』の発行所となり、印刷所を経営した。場所柄からもあって、そこに築地小劇場の関係者も多く出入りした。つまり雑誌『銀座』『住宅』の執筆者・編集長としての人脈もあった。

それとも詩人仲間との交遊から演劇人とも知りあうようになったか。ダダイスト吉行エイスケや辻潤、村山知義《ともよし》などの前衛芸術家との交友からか。もちろん、沙良自身がオペラや演劇にも関心があったことも大きい。きっとそれらが折り重なりながら、築地小劇場メンバーと繋がっていたのであろう。

吉田謙吉の仕事を深く調べるため、吉田の『築

『吉田謙吉と12坪の家　劇的空間の秘密』（LIXIL出版・2018年）

吉田謙吉『築地小劇場の時代』（八重岳書房・1971年）

地小劇場の時代　その苦悩と抵抗と』（八重岳書房・一九七一年）、『吉田謙吉と十二坪の家　劇的空間の秘密』（LIXIL出版・二〇一八年）を調べてみた。『築地小劇場の時代』に、沙良が吉田やこの劇場と繋がる糸が隠れていた。吉田は、この劇場の近くにあった土井印刷所の二階に間借りをしていた。その部屋の隣に、吉田の旧友安藤更生が住んでいた。この時期の安藤は、みずから「おれはアントニウス・マサテリュウスだ」と称して、かなりすさまじい貧しい生活をしていた。〈アントニウス・マサテリュウス〉とは、シェイクスピアの戯曲『アントニーとクレオパトラ』でも知られているオクタヴィアヌスに敗北したマルクス・アントニヌスのことであろうか（?）。

そこには、アナーキスト達や多くの友も出入りした。その中に、沙良もいた。なにより、すぐそこに築地小劇場があった。そこに顔を出さないはずがない。

小雑誌「素面」（六四号・発行「素面の会」・昭和五二年）に吉田謙吉の〈八田元夫惜影〉が載った。そこに「元ちゃんに会ったのは大正十三、四年頃、築地の印刷所の二階、安藤更生、板垣兄弟、詩人沙良峰夫などが集まっての梁山泊でありし頃なり。築地小劇場の開場まもなきむかしにて、われまた泥まみれの青春の日々であった」とある。文中の八田元夫(一九〇三〜一九七六年)は演出家、プロレタリア戯曲研究家、劇作家。東大文学部美学科を卒業するが一九三二(昭和七)年に、新築地劇団に入る。戦後は新協劇団を再建。また劇団東演を結成。著作に『演出論』あり。

文中の〈築地の印刷所の二階〉とは土井印刷所のこと。吉田はこの二階に間借りし、その隣に安藤更生が住んだ。沙良もよくここを訪れた。吉田はこの土井印刷所での生活について語っている。それが「安藤更生を送ることば—古い友だちの一人として—」(掲載誌不明)という追悼文である。

そこからかいつまんで二人の交友の一端をのぞいてみたい。二人は「安ちゃん」「謙ちゃん」と呼びあった。忘れられない出来事があった。吉田は小鳥を一羽飼っていた。緑色の鮮やかなカワラヒワ。その鳥籠を安藤の室のヒジカケ窓に置かせてもらっていた。突然事件がおこった。ネズミにやられ、緑色の翼などが無惨にちらばった。安藤は「畜生」と舌打ちした。吉田は仇うちを計画。なけなしの金で銀座の不二家でケーキを買い、そのケーキを散々にして囮とした。計画は成功。その時、大声でベッドの上で安藤は「バンザーイ」と勝利の声をあげた。吉田は割れんばかりの声にびっくり。その〈天衣無縫〉のごとき〈無邪気さ〉に心をうたれた。これは生涯を通じての君の〈立派さ〉の原点だったとまでいう。安藤は一九四六(昭和二一)年より早稲田大学文学部教授となっていた。亡くなるのが一九七〇(昭和四五)年のこと。大きな足跡を残した文学者であった。

なにより奈良仏教美術の権威者で、鑑真研究の第一人者だった。そんな大先生を送別するに際して〈小鳥の死〉をめぐる思い出を語る。余程「バンザーイ」の無邪気さが忘れられなかったのだろう。土井印刷所で貧しくても、懸命に何かをつかもうとしてあがいていた〈泥まみれ〉の日々が最高の日々であった。そのことが沸々と湧き上がってきたのであろう。

本書にも載せたように安藤更生は沙良に対して「玄黄秘雅」を献じ、〈かなしみは王者のごとく／現身は月光にして／くろかみの音にかもみつる〉と美しく形象してくれた。沙良は、詩「夢」（美牧燦之介に與ふ）を安藤に贈った。そこには二人で過ごした時間が〈黄金の沓をはいて忍びやかに過ぎぬ〉と書いた。こうしてみると、安藤更生、吉田謙吉と沙良峰夫。この三者の絆《きずな》は予想以上に強かったようだ。まちがいなく〈泥まみれの青春の日々〉を共有したのだ。

一説によれば、沙良は、吉田や村山知義らを通じて、劇団研究員に欠員が生じたときには、舞台に立ったという。どんな風であったであろうか。舞台映えしたことはまちがいない。

村山知義とは、どんな人物か。若い時より文学や絵画に才能を発揮。東京帝国大学に入学。原始キリスト教に関心をもち、ヘブライ語に興味を抱く。中退してドイツのベルリン大学をめざす。それが大正一一（一九二二）年のこと。ベルリン大学での学びを断念。表現派、野獣派、未来派などの新しい芸術の飛沫を浴びる。さらに身体感覚と感情をつないでゆく新しい舞踊に魅了される。村山は全く異質な美の爆弾を日本に持ち込んだ。

帰国後すぐに滞独中の作品（さまざまなオブジェ〈布切れ・ブリキなど〉で構成された）を並べた。それを「意識的構成主義的小品展」と名づけた。

『海戦』の演出は土方与志が行った。かなりの衝《しょう》撃を観客に与えた。『海戦』を観て「魂がでんぐり返っ

築地小劇場『海戦』舞台装置：1924年・作・ラインハルト・ゲーリング・演出・土方与志　装置・吉田謙吉）（『吉田謙吉と12坪の家　劇的空間の秘密』・LIXIL出版・2018年）写真・佐治康生

築地小劇場第1回公演『海戦・1924年舞台装置（『吉田謙吉と12坪の家　劇的空間の秘密』・LIXIL出版・2018年）写真・佐治康生

た」のが、ドイツから帰国していた村山知義だった。村山は土方に手紙を出し新しい舞台装置づくりを依頼した。劇は、第七回公演の『朝から夜中まで』だった。これは、ゲオルグ・カイザーの同作品の翻訳劇。村山は舞台を露出型にした。中心になったのは救世軍の会堂。それは軍艦のようにみえた。興味深いのは、村山は『「朝から夜中まで」の構成派の舞喜装置に就いて』を沙良が編集にかかわっていた『住宅』（一九二五年・大正十四・二月号）に図入りで発表していること。あくまで自分は意識的構成主義者で、構成派ではないがこの仕事を引き受けたという。緞帳を降ろさないこと。二部七場を幕間なし。その七場を舞台の上に一度にしつらえるという難題に挑戦。そのため三階までに銀行、踊場、出納係、ホテル、救世軍、審判席などを〈構成〉して配置した。この「朝から夜中まで」の写真資料をみても、その斬新さ、その前衛性に驚くばかりだ。村山知義の〈奇才〉ぶりが一目で納得できる。

　沙良の妹達の証言によれば岩内に戻って滞在していた頃には村山より手紙などが届いていたという。構成主義を駆使した舞台装置は全く独創的だった。舞台装置の中に、劇のタイトル、〈朝〉から〈夜中〉迄と断片化した。

　村山の前衛的アートワークは異彩を放った。ドイツ直流のノイエ・タンツ（新しい舞踊）をいかしたパフォーマンスを実践した。柳瀬正夢・尾形亀之

村山知義『演劇的自叙伝2』（東邦出版社・1971年）

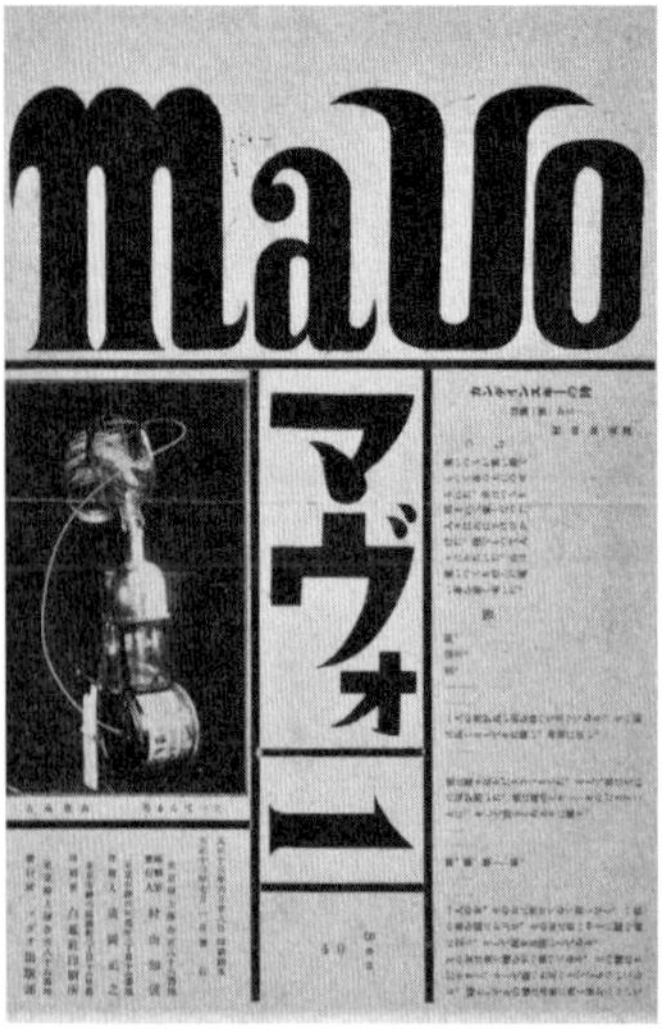

村山知義編集兼発行『maVo マヴォ』第1号表紙（『モボ・モガ　1910－1935展』（神奈川県立近代美術館・1998年）図録

助らと協力して「マヴォ」を結成し、浅草の伝法院（大本堂）で第一回展覧会を開いた。さらに雑誌『マヴォ』を創刊した。

この様に、この時期にドイツから新文化が流入してきた。ここでは触れないが、音楽や舞踊や映画においても同様だった。それらは日本の文化風土と混合されつつ、新文化の一つの基層部となっていった。

2．土方梅子へのオマージュ

ここから、沙良峰夫と土方与志との接点を探ってみたい。といってみたが、あまりに資料が少ない。闇の中で針に糸を通すごとくである。ようやく手がかりをみつけた。

沙良が土方梅子をうたった詩作品「白イ馬」がある。『沙良峰夫詩集　華やかなる憂鬱』に掲載された「白イ馬」に添えられた手書きメモがそれを明らかにする。メモは、平善雄によるもの。〈築地小劇場土方与志夫人梅子女史をうたった作品。土方梅子女史に関する随筆は『銀座』第二号「銀座随筆」に所収〉とある。

まず「白イ馬」を紹介する。

白イ馬ガポカポカト
ヒトリデ歩イテユク、
大キナ白イ馬ガ………
人影ノナイ死ンダヤウナ
ヒロイ石造リノ街ヲ。
火イロノ霧ガコメテヰル
白イ素裸ノ伯爵夫人ガ
馬ニノッテル筈ダガ……
気ガカリダネ
屋上庭園ノ胸壁デ
オレハウチヤニ
歯烟草ノツバヲ吐イテヰル

白い大きな馬、その背に乗る白い素裸の伯爵夫人。それが梅子女史のイメージであろうか。少しこのイメージを広げてみたい。

〈ヒロイ石造リノ街〉は銀座のことか。〈屋上庭園〉とは、銀座デパートに設えられた場か。〈火イロノ〉霧につつまれた幻のごとき空間に浮上する〈白イ素裸〉、それが目の奥に残像として残る。〈火イロノ霧〉

とは、銀座の名物となったガス灯がともり、それと霧が混じった光景をいいあらわしたものだろう。〈歯烟草ノツバヲ吐イテヰル〉とあるのは、沙良自身がかなりの愛煙家であったことを示している。

ここで伯爵夫人と冠をつけたのは、土方与志が、伯爵土方久明の長男であったことを踏まえている。与志自身も伯爵の位を嗣でいる。

「白イ馬」は、雑誌『住宅』に発表された。築地小劇場創立後のことと推察できる。先にも少し紹介したが、土方梅子は、旧姓を三島といった。父・三島弥太郎は日本銀行総裁、母・信子は軍人大山巌の長女である。血はいい。典型的なお嬢様だ。梅子は十六歳で土方与志と結婚する。結婚披露宴（上野・精養軒）の席上で、来賓の秋田雨雀は、「貴族社会から土方君のような人がでてきたということは、貴族の神話時代が去ったことを意味するものだ」とのべたという。まさに土方は、新しい演劇の旗を掲げるという大きな夢のために〈貴族の神話時代〉に決別したわけだ。

梅子は、築地小劇場の創立にかかわり、主として衣裳を担当した。つまり舞台衣裳のデザイナーでもあった。当時の言葉でいえば、〈モガ〉の一人であった。

いま簡単に衣装を担当したとのべたが、実際は大変なことだった。梅子自身の言葉を聞いてみたい。

「新劇の舞台衣装を専門に手がけた方がいないので教えを受ける先輩もなく、日本語で書かれた書物もありません。演出者の小山内薫、青山杉作両先生や与志の意見を聞き、舞台装置の宮田政雄さん、吉田謙吉さんと相談しながら、辞典を片手に英文の服装

『土方梅子自伝』（早川書房・1986年）

土方梅子（『土方梅子自伝』・早川書房・1986年）

土方与志・土方梅子夫妻（『土方梅子自伝』・早川書房・1986年）

史を参考にして、手探りで衣装を作りはじめました」（『土方梅子自伝』、早川書房・昭和六一年）。

〈大震災〉直後ということもあり、布地がなく大変だった。翻訳劇なので、どうしてもウールが必要となる。しかしウールは輸入品なので高い。それで知恵を絞り、メリンスにフランネルをだかせて、どうにかウールの素材感を出したという。また俳優には、舞台に立つまえから普段から舞台衣装（洋服）になれてもらうことが大事となるので、衣装部はいつも針と糸をもって対応した。周りから「針糸部ね」といわれたという。〈白い素裸の伯爵夫人〉は、裏側で一身にこの小劇場の成功のために動きまわった女性であった。

平善雄による一九二四（大正一三）年の年譜に添えられた新しいメモでは、〈土方与志・梅子夫妻に愛せられる〉とある。この一行のみなのだが、〈愛せられる〉といういい方をするからには、親しい交わりがあったものと思われる。当然にも、沙良は話題を集めた築地小劇場の第一回公演「海戦」は見聞したと推察する。以後の村山知義が舞台構成を担当したドラマも実見したと思う。

そのレポート（劇評）などが無いか探しているが、今のところその有無さえ不明だ。それが発見されれば、劇評家としての沙良の〈別な相貌〉がみられるのであるが……。新奇なもの、文化を革新するものには、つねに食指を動かしていた沙良なので、劇評があって当然といえば当然だが……。ドイツから直輸入の土方らの演劇に対して、どんな感慨を抱いていたのか、その肉声を聞きたいのだ。

というのも、沙良の詩的泉は、フランス象徴詩から清新な形象を得ていたが、それが異質な、そしてより現代的なドイツ表現主義のドラマづくりと遭《そう》遇《ぐう》することで、彼の内部でどんな美学的な変容を引きおこしていったのか、その点に興味があるからだ……。ただ開場二年目の一九二五（大正一四）年九月に、治安維持法が公布され、いくつかの演目が上演禁止や台本も検閲をうけて改変させられた。劇団内にも演劇の方向をめぐって対立が鮮明化した。それに拍車をかけたのが、一九二八年（昭和三年）十二月の小山内の急死（享年四十八歳）であった。

この近代演劇のメッカたる築地小劇場は、一九四五（昭和二〇）年の大空襲により姿を消してしまった。

吉田謙吉は、先の著『築地小劇場の時代』において、〈築地小劇場の時代〉は、〈激しい時代〉だった、そして〈多くの犠牲者〉を出したと、回顧する。土方は劇団の分裂を経験し、さらに自らもより左翼化し、戦時中は逮捕され伯爵の位もはく奪され、一時仙台の拘置所に拘束された。

吉田は、そんな〈激しい時代〉をこんな言葉を胸に秘めて潜りぬけた。その言葉とは、アンドレ・ジイドの「芸術は拘束から生まれ、自由によって死に、抵抗によって生きる」というもの。〈抵抗によって生きる〉、なんという重い言葉であるか。苦難の歴史を生き抜いたジイドだからこそ、いえる言葉だ。

吉田は、この言葉を『築地小劇場の時代』の表紙にフランス語で記した。まさに築地小劇場のムーブメントは、表現の自由のため、死や拘束を乗り越えて、抵抗しつづけた。

では沙良は、この築地小劇場から何を得たのであろうか。いうまでもなく沙良は、演出家、演者、舞台装置家などのインサイダーではなかった。あくまで傍観的な立場にいた。それでも新劇を革新した彼らの運動は、根源的力をもっていた。

なにより多くの人が関わり、一つの舞台を造りだしていくことに魅了された。演劇は、音、衣装、台詞、装置などが関わる総合芸術だった。そしてある場合は、思想さえ表現した。そこが、かってみた「浅草オペラ」とは、まったくちがった。エンターテイメントとはちがうものがあった。

演劇というものが、大きな表現体となること、そこに驚きと可能性を見出していたにちがいない。残念ながら沙良の死もあり、この築地小劇場との関わりはとても短かった。土方夫妻との交流も深まることはなかった。それがとても残念だ。

仮構された舞台空間でフィクションが造られる。だが劇は、虚の壁を破り、真実という名のドラマとなる。沙良は、このマジカルな幻惑性とその可能性に目覚めたことはまちがいないだろう。また、何かの役を演じてみたかったかもしれない。さらにいえば、自らの詩劇を構想し、それを舞台に上げたいと思案していたかもしれない。

第六章　稲垣足穂と沙良峰夫

1. 異星人足穂

別の惑星から、降り立った文学者がいる。稲垣足穂（一九〇〇〜一九七七年）だ。のちに彼の文学空間に対して、巷間《こうかん》では〈タルホロジー〉なる名辞が付加されるように、ユニークな宇宙空間を築き上げた。沙良峰夫より一歳上、血の中に大阪人（船場生まれ）の気質を宿していた人でもある。

足穂は、若き日に数度上京を試みている。最初は一九一六（大正五）年のこと。足穂文学の通奏低音の一つとなる飛行機に絡んでいる。飛行学校入学を志願したが、それが叶わず、かわって羽田穴守稲荷の近くにあった日本自動車学校に入学した。この上京は、沙良より三年程早い。二度目の上京は、一九二一（大正一〇）年のこと。佐藤春夫の弟宅に寄寓する。

足穂と沙良。全く別世界の人にも映る。かなりの文学的距離がありそうにみえるが、調べてみるとそうでもない。親密な交遊をしていた。足穂は、一九二〇年代から三〇年代にかけて、多くの詩の雑誌に作品を発表した。『稲垣足穂詩文集』（講談社文庫・二〇二〇年）で確認できる。『黄表紙』では沙良ともいっしょだった。

足穂は沙良をモデルにして二作品を残している。「北極光」と「お化けに近づく人」の小篇だ。

この二作品では、沙良が亡くなる寸前の病床のことや、その後の銀座での沙良の追悼の集いのことにも触れている。いまのところそのことに触れているのは足穂一人だ。だから貴重な証言（資料）となっている。このセクションの後半では、この二作品についてくわしくみておきたい。

ただこの二小篇が載った『ヰタ・マキニカリス』（書肆ユリイカ）の発刊は、一九四八（昭和二三）年のこと。当然にも沙良は、自らの死後に刊行されたこの二篇のことは知らない。

〈ヰタ・マキニカリス〉という名辞。不思議な記号《しるし》にみえる。〈ヰタ〉とは〈生命〉のこと、〈マキニカリス〉とは〈マシーン〉を指す。全体の意は、宇宙を一つの機械としてとらえ、それが紡ぎ出すものを〈生命の歌〉とした。評論家安藤礼二は、それは、〈人工的なカラクリ〉でもあり、〈宇宙博覧会の機械館〉だ

郵 便 は が き

63円切手
を貼って
投函して
下さい

0 8 5-0 0 4 2

釧路市若草町３番１号

藤田印刷エクセレントブックス 行

■芳名《ふりがな》

（　　　才）

男・女

■ご住所〈〒　　　-　　　〉

■メールアドレス：

■ご職業

■今までに藤田印刷エクセレントブックスの単行本を読んだことがありますか

①ある（書名：　　　　　　　　　　　　　　）

②ない

21.10

『絢爛たる詩魂　沙良峰夫』愛読者カード

　ご購読ありがとうございました。お手数ですが、下記のアンケートにお答えのうえ、恐れ入りますが切手を貼ってご投函下さるようお願い致します。

■お買い上げの書店

◉書店：地区（　　　　　　）　店名（　　　　　　　　　）

◉ネット書店：店名（　　　　　　　　　　　　　　　　　）

■お買い上げの動機

①テーマへの興味　②著者への関心　③装幀が気に入って

④その他（　　　　　　　　　　　　　　　　　　　　　　）

■本書に対するご感想・ご意見をお聞かせ下さい

■今後、どのような本ができたら購入したいと思いますか

ご購読、およびご協力ありがとうございます。このカードは、当社出版物の企画の参考とさせていただくとともに、新刊等のご案内に利用させていただきます。

稲垣足穂『ヰタ・マキニカリス』（河出文庫・2016年）

と読みかえている。いずれにせよ、足穂〈マシーン〉を〈生命〉を生み出す原基とみた。

　この原基思考にはイタリアで生まれた未来派が影響している、とみたい。未来派は、新しい時代を象徴するのは、機械美、スピード、ダイナミズムだといった。この未来派を最初に紹介したのは、なんと森鷗外だった。一九〇九年五月発行の『スバル』にマリネッテイの「未来派宣言」の一部を「未来主義の宣言一一カ条」として翻訳した。井関正昭は、「日本における未来派」（『未来派一九〇九―一九四四』セゾン美術館・一九九二年）において、鷗外の訳は、「古典的な文体で宣言の高揚した調子をよく伝えた名文」との べている。ただ当時、これに注目する人はほとんど皆無だった。井関は、受容できなかった理由につき、「印象派さえまだ消化できない日本の画家たちが、突然の激しい芸術思想である未来派に全く関心を示さなかったのは当然かもしれない」ともいう。

　未来派の実作が紹介され、その存在価値が認知されるには、さらに時間が必要だった。井関は、先の文で「日本の未来派は大正期（一九一一〜一九二六）に大きな関心が寄せられた」という。新興絵画の高揚の渦のなかで、一九二〇年に普門暁と木下秀一郎は、「未来派美術協会」を結成する。

　未来派美術協会展は、大正期に勃興《ぼっこう》する新興芸術運動の先端を切った。一九二〇年に第一回展を銀座の「玉木屋額縁展」で開催する。応募は二一名、作品は三六点だった。その翌年に第二回未来派美術協会展が上野のレストラン「青陽楼」で開催した。そこには二名の亡命ロシア画家が参加した。日本のマリネッテイといわれた平戸廉吉、足穂、柳瀬正夢らが参加した。そこに足穂は「月の散文詩」を出品した。

　さらに新興美術家たちは、〈大震災〉後の混乱と廃墟を踏みわけながら、過激なアナーキーな運動に関わっていった。二科会の前衛グループは「アクション」を、さらに一九二三（大正一二）年に村山知義や未来派美術協会メンバー（数人）は「マヴォ」を結成した。

足穂の〈ヰタ・マキニカリス〉に影響を与えたのは、はたしてイタリア未来派の機械美だけであろうか。〈ヰタ・マキニカリス〉には森鷗外の匂いも立ちこめている。いわずもがな森鷗外の『ヰタ・セクスアリス』だ。鷗外の作品は〈セクスアリス〉、つまり〈性〉の視点から書かれている。足穂は〈性〉を〈マシーン〉に置換した。〈マシーン〉は、ある種の〈動く玩具〉だった。青年期の足穂の頭の中は、濃密に〈飛行機〉に象徴されるマシーンに占有されていた。つまりこのタイトルは〈マシーン〉〈飛行機〉への偏愛を告白しているのだ。

そういえば西脇順三郎は、足穂の〈マシーン〉に潜む玩具性をしかと見抜いている。

「彼が世界に類のない、玩具的形而上学の発明者である詩人であり、哲人である」

「彼はほとんど正反対の要素を調和している一つの美の世界を我々に創造している」（「悪魔学の魅力」）と。

これは、『稲垣足穂詩集』（思潮社・一九八九年）に収録されており、初出は『斜塔の迷信』（一九五七年）。西脇は、このタルホ的玩具は悪魔的でもあるという。そして足穂はむしろ仏国や英国に住んでいたら〈相当に認められたにちがいない〉ともいうのだ。

しかしである。読んでゆくとわかるが、〈マシーン〉への偏愛はあくまで外見上のことにすぎないことを。隠微されているものがある。それが足穂文学を大きな樹と例えるならその根となるもの、つまりそれが少女愛・少年愛だった。むしろ、それがドクドクと暗河の美として流れている。

足穂は、幾多の移転と放浪を繰り返したが、この「ヰタ・マキニカリス」の草稿を手放すことはなかった。ここでひとまず、少年愛・少女愛をどう記号化（隠語化）したか、それを記しておきたい。それがPとVとAという記号だ。Pは〈男性器〉、Vは〈女性器〉のこと。では、Aとは何か。Aとは口唇から肛門に至る一本の「虚無」の管によって結合し、融け合うことで生まれる感覚のこと。PとVを超越し、A感覚によって生まれるもの、それが〈新規の感覚〉、強いては〈新しい文明〉になるというのだ。

かつて北のウォール街といわれた商都小樽に、足穂や澁澤龍彦らと交流した詩人木ノ内洋二がいる。木ノ内は、特異な感性の持ち主であり、鷲巣繁男（ギリシャ正教徒でもある）、足穂、澁澤龍彦らの詩性を聖なるものとして崇拝した。木ノ内は、一時小樽に住んでいた鷲巣を、澁澤に紹介している。また小樽の版画家一原有徳と前衛的な詩画集『オイディン・ブース　或いは核のない桃』（巻頭にマラルメの詩あり私家版・一九六六年）を制作している。詩には、ハンドル、サドル、ペダル、ポンプ、ピペット、鋏、把手、自転車、梯子、胡桃割、転轍機、手術台など、足穂ワールドに属するオブジェが躍動している。彼は、市立小樽文学館の嘱託職員として、多くの企画展も立ち上げた。その死により、実現できかったものも多い。その一つがシュルレアリストの瀧口修造展であった。

木ノ内は、明治大学在学中、宇治の足穂邸を訪れている。その訪問について、稲垣志代の『夫稲垣足穂』（芸術生活社・昭和四六年）でも確認できる。それを引いてみる。

稲垣志保『夫 稲垣足穂』（芸術生活社・1971年）

「明大の学生で小樽が古里という木ノ内洋二さんが、宇治へみえたことがある。細いズボンをはいて華奢な美少年のようなこの人を、稲垣は、「好ましい興味をもったお客人」といった風に迎えた。私が、「学習院の学生のような」というと、稲垣は、「いや、あれは少彦《すくなひこ》の命《みこと》だ」。

〈少彦命〉たる木ノ内は、その後も足穂邸を訪れた。そして足穂のために文献・資料収集の手伝いをした。その資料群の中から「少年愛の美学」という異形の卵が孵化している。

オブジェ・マガジン『遊 野尻抱影 稲垣足穂 追悼臨時増刊号』（工作舎・1977年）

足穂との対話について、木ノ内は、オブジェマガジン臨時増刊号『遊　野尻抱影 稲垣足穂 追悼号』（工作舎・一九七七年）にこう記している。「話し振りは、〝意想奔放、音声不明瞭〟であるにも拘わらず、その言葉一つ一つが―恰も先生の文章がそうであるように、まるで歯ブラシで活字の一箇一箇を丹念に磨きあげたように清々しく輝いている。ところが、これも不思議なことに、一旦その話体が、活字に載せられると途端に魅力が半減どころか全く失われてしまう、とボクには思われる」（「邂逅」）。

〈話し振り〉は、不思議なオーラを発していたようだ。足穂には、人を畏怖させる魁偉の雰囲気があるが、木ノ内は、それとは違うものを感じたようだ。木ノ内のこの文から、それを十分に伺うことができる。

一つ追加をしておきたい。先のA、V、Pに触れながら、松岡正剛は、足穂は「A感覚」を採り上げているのではなく、「A感覚の抽象化」を問題にしていると指摘する。それはホワイトヘッドが「延長的抽象化」という方法をもって論理学の地平を切り開いたが、同じことを足穂は、A、V、Pというエロティックな対象を扱って、それを成しえているという。それゆえに、三島由紀夫が驚くはずですと、言を重ねた。

木ノ内の文は、『稲垣足穂の世界』（新評論・昭和五六年）『タルホ・スペシャル別冊幻想文学三』（幻想文学出版局　一九八七年）などにも採録されている。

時期は異なるが、こうして沙良と木ノ内という北の詩人二人が、足穂と親密な絆で結ばれていた。実に興味ふかい。

このように足穂は異形の脳と感覚をもっていた。他の人にはない特異な感覚であるが、その感覚を生育させたのは幼児期における「記憶」や「嗜《し》好」であり、それを内面世界により〈固着〉させたのは、大正期のロマンチシズムや、それに折り重なったエロ・グロ・ナンセンスの時代思潮ではないのか。

古い価値体系の〈箍《たが》〉がはずれていった時代《とき》、それが大正期の実相でもあった。そんな時代相を斜めにみつめつつ、足穂は〈性〉の原型（プロトタイプ）、つまり〈性〉をこえてゆく、そんな〈融合〉する感覚を追い求めていった。つまるところ、地上にはない一つの仮象世界（ユートピア）を希求した。いうまでもなく、それはアダムとイヴ以前の〈性の苑〉でもあった。足穂は、それを詩的にいいかえ、〈コバルト色の虚無主義〉と呼んでいる。こうしたことを踏まえて、評論家白川正芳は、「稲垣には、〝永遠癖〟と〝少年癖〟とが裏返しになって存在している」（「失われた自分」を求めて）と表現した。足穂の性癖を踏まえた、なかなか鋭い批評ではないか。

ただこの特異性を帯びた文学空間は、一部の熱狂者には受容されていたが、長く異端視されていた。それに輪を加えたのは、足穂の言動であった。詩人高橋睦郎は足穂を奇言、奇行の人という。中国唐末・五代の布袋《ほてい》とダブらせているほどだ。たしかに足穂の奇言や奇行は有名だ。こんなのがある。「お酒は液体美人だ」。興に乗ると「ティンクル・ティンクル・リトル・スター」を少年の聲で歌ったなど、たくさんある。酒に任せて一〇時間ほど、通し狂言を演じることもあった。

足穂が、大きく注目されるのは、戦後のことだ。再評価は早かった。一九五八（昭和三三）年に訪れた。足穂にとってはびっくり箱が開いたようなもの。『稲垣足穂全集』が計画された。当初は全十六巻を予定。実際は七回配本で中断したが……。ちなみに現在は、筑摩書房より全十三巻の『稲垣足穂全集』が刊行されている。

太平洋戦争後に大きな価値観の〈でんぐりがえし〉という現象が巻き起こった。古醇な奇行性に富んだ〈変なオジサン〉は、新ウェーブの恩恵を受けて〈復活（リボーン）〉した。思考スタイルは、これまでの文学者・思想家と違った。全ては〈知〉ではなく、〈奇〉〈異端〉のサイドから組み立てられている。その〈奇〉はナンセンスの衣をまといつつ、既成の秩序からスルリと抜け出た。全てから自由だった。この〈奇〉の思想は、これまでの古い人間観をも〈ひっくり返〉した。

足穂文学に賛美を示したのが三島由紀夫や澁澤龍彦だったことは、とても象徴的だ。彼らは足穂のマニエリスム的な美や、金属的な美学に共響（レスポンス）した。その余燼が現在もつづいている。熱心な狂信的な方もいる。価値の〈転換期〉には〈奇〉の人が登場するようだ。

この〈奇〉サイドに立って評論をかきつづけていたのが草森紳一だ。草森はナンセンス、恣意性、佯狂、暴虐などをキーワードにして、これまでの〈知のフィールド〉を超越していった。その実像に迫りたくなり、草森ワールドに入りこんでみたが、全ての著作を完読できなかった。草森の〈奇〉は徹底した〈のめり込み〉にある。そのため、中国の李賀（夭折の詩人）、永井荷風、フランシス・ベーコン、副島種臣などについての論考も未完のまま。草森は境涯においても〈奇〉をつらぬいた。その稀《まれ》な種族の一人だった。その目撃の一端を記したのが拙著『雑文の巨人《マエストロ》　草森紳一』（未知谷・二〇二〇年）だ。

一概に比較できないが、草森の〈奇〉には、アイロニーにみちたナンセンスの詩学が存するが、足穂の〈奇〉には、特異性を帯びた詩的感覚とメタフィジックな抽象世界が存するようだ。先にもいったように、足穂は詩人であった。それで沙良との交友が始まるようだが……。足穂にはある種の特異なイデアルな世界、反世界といいかえてもいい程の〈もう一つの自然〉（つまり、反自然）が現存し、それがモデル化されていたようだ。いい方をかえれば、まちがいなく〈少年愛〉もそれと通底している。大人のための形而上学的玩具を造形したわけだ。

〈奇〉に偏した斬新な感性。これを当時の文学界では「新感覚派」と呼んだ。一九二四（大正一三）年に同人誌『文藝時代』が金星堂から創刊された。そこに集ったのが横光利一、川端康成、今東光、稲垣足穂、吉行エイスケら。臼井吉見『大正文学史』（筑摩書房・一九六三年）によれば、メンバー全てが〈『文藝春秋』の菊池寛につながりをもつ新進作家の大同団結〉だった。創刊時は十四人。二〇号より酒井真人らが参加、翌年に今東光が脱退し、翌々年には稲垣足穂らが加わった。このように出入りが、かなりあった。

では、この「新感覚派」はどのようにしてつけられたか。千葉亀雄が文芸時評で、この一群に対して命名した。千葉が注目したのが『文藝時代』の創刊号に載った、横光利一の「頭ならびに腹」、その中の一行だった。「真昼である。特別急行列車は満員のまま全速力で駆けてゐた。沿線の小駅は石のやうに黙殺された」の部分。文体と感覚は新しかった。こうした〈感覚的表徴〉を、千葉は〈少くとも悟性によりて内的直観の象徴化されたもの〉として積極的に肯定した。

とはいえ当時、新感覚派はかなりの批判と嘲笑をうけた。「震災文学」というレッテルばりもあった。ただ客観的にみて、新感覚派という新しい美意識が生まれる必然があった。第一次世界大戦後、世界は流動した。異様な毒々しい花が咲いた。世界は狭くなり、欧州で活発となった新しいムーブメントは日本にも届いた。ダダイズムや未来派、築地小劇場に影響を与えたドイツの表現主義や構成主義、革命的なアバンギャルド運動。それらは前衛運動を牽引し、また新感覚派などが生まれる素地を造った。いうまでもなくこの新感覚派は、当時隆盛しつつあったプロレタリア文学とは一線を画しつつ、固有の位置を保った。

＊

さて、足穂と沙良との文学的交遊の〈実景〉に迫ってみたい。〈奇〉に偏した悪魔的な、エデンの園に住むヘビのような足穂が、沙良の側《そば》に寄ってきた。（どっちが先に寄ってきたかははっきり分からないのだが……）。なぜ蛇か。甘言と幻惑の衣装を纏った言葉で、沙良の脳髄に麻酔をかけたからだ。

足穂に『一千一秒物語』がある。出版元は金星堂。そこからアトランダムにいくつか拾ってみる。

「ある晩黒い大きな家の影に　キレイな光ったものが落ちていた　むこうの街かどで青いガスの眼が一つ光っているだけだったのでそれをひろって　ポケットに入れるなり走って帰った　電燈のそばへ行ってよく見ると　それは空からおちて死んだ星であったなんだ　つまらない！窓からすててしまった」

（「星をひろった話」）

「お月様が出ているね」
「あいつはブリキ製です」
「なに　ブリキ製だって？」
「ええどうせ旦那　ニッケルメッキですよ」（自分が聞いたのはこれだけ）
（「ある夜倉庫のかげで聞いた話」）

ある晩　ムーヴィから帰りに石を投げた
その石が　煙突の上で唄《うた》をうたっていたお月様に当った　お月様の端がかけてしまった　お月様は赤くなって怒った
「さあ元にかえせ！」
「どうもすみません」
「すまないよ」
「後生ですから
「いや元にかえせ」
お月様は許しそうになかった　けれどもとうとう巻タバコ一本でかんにんしてもらった
（「月とシガレット」）

このように『一千一秒物語』には星や月にまつわる小話が多い。その中に〈月幻想〉というものもある。お月様が〈三角〉になったり、〈お月様〉が自分をポケットに入れて歩いたり、〈お月様〉をたべたり、キリがない程だ。

次に紹介するのが「無題」という沙良の作品だ。

「あなあわれ
恋のイカルスが
落っこった
　空色の瞳の湖水へ」

短いが、足穂の〈お月様幻想〉の魔的ゾーンにすっぽりとはまっている。そこには「稲垣足穂の教示による初期の作品」と記されている。どこに発表したものかは不明だ。そのままこの『一千一秒物語』に収まれば、足穂の作品とみられても不思議ではない。沙良のこの作品は抒情のカケラがみられるが違和はない。

沙良は『文藝時代』(一九二六年七月号)に「びゆるれすく」を発表するが、この年に足穂が『文藝時代』同人となっているので、この文の掲載には足穂のサポートがあったようだ。「びゆるれすく」については、本書に収録してあるので確認してほしい。

この「びゆるれすく」に埋め込まれているもの。その果実を味わってみる。これまでの沙良の文学性とは〈異質〉なものが何度も顔をみせている。ただしこれは一概に、新感覚派の文体とはいえない。別なものがうごめいている。

これまで沙良は自作において、〈妄語〉〈道化〉〈虚無〉という言葉をほとんど使っていない。ましてや〈芸術ハ売淫デ〉〈芸術家ハ道化者デ〉〈芸術家ヲ檸檬トスレバ、ソノ　呈示美ハ　檸檬ノ汁ダ〉とはマチガッテもこんな言い方をしなかった。沙良の内側でなんらかな亀裂、大変動がおこったようだ。泉から湧き出た抒情のキラメキは死の床に横たわった。美そのものが実相を喪失し、濁った〈汁〉となっていった。

文学者、特に詩人は、言葉に全てをこめる。生も死も、愛も苦も、そこにこめてゆく。ましてや沙良の〈詩性〉は上質な〈象徴性〉にあった。それも喪い、少し前にあった新感覚の詩の発露もすっかりしぼんでしまった。なぜそうなったのか。〈大震災〉を体験して、生を支えるものが土台から崩れていった。身体の不調もあり、内面の危機が迫っていた。

もう少し足穂と沙良との交遊と影響の度合いを推し量ってみたい。

『新小説』(一九二六年五月)に短い、エッセイ風の〈一千一秒物語より〉と書かれたものがある。沙良の文をそのまま引いてみる。

「夕方、イナガキの青い部屋にはひってみたら当人が見えない。W・Cへでも行ったかとおもって胡坐をかいて、小卓の上にあったクロースを一本失敬してスパスパやってゐると、どこから——部屋のなかで、オイオイと呼ぶ声がする。オヤ?と顔をあげたら、タルホ天井に寝ころんで烟草の輪をポカポカ落してゐた。(え!と呆気にとられた瞬間、己は天井のリノニユム板にドタン!とおっこった)」

足穂の、あの『一千一秒物語』をもじって〈一千二秒物語〉と遊んでいる。沙良はかなりの烟草好きだった。いやいや、そんなものではない。〈淫する〉程だという。「OLLA PODRIDA《おるらぽどりだ》（3）」（『文藝春秋』・大正十三年七月号）を覗いてみる。その烟草の中でも金色蝙蝠《ゴールデンバット》が一番という。みずからを〈江湖淪落の寒詩客〉ゆえ、〈日に二個のバット〉をもって喫烟欲をみたすのが関の山とつづける。さらに暇ができ、結構な身分になったら烟草に関する文献蒐集を行い、考証的著述を残してみたいという。そしてその本が稀覯書となり、四二円の高値がつくことを願っている。

このように、この〈一千二秒物語〉からは、沙良の烟草に〈淫する〉素顔をうかがい知ることができる。それにしても、足穂が天井に寝ころんで烟草をふかし、輪をつくり、ポカポカ落としてくる、この反世界、まさに足穂的世界ではないか。先の「無題」より足穂的だ。さらにこの〈一千二秒物語〉を展開してくれたら、沙良的な反世界を存分に味わうことができたにちがいないのだが……。

「OLLA PODRIDA」は「オジャ・ポドリーダ」といい、スペイン風のシチューのこと。豚肉と豆でつくる。いわばスペイン風ごった煮《に》のこと。いろいろな素材をぶちこんだエッセイということか。

『文藝春秋』には、一九二四（大正十三）年四月、六月、七月と、三回にわたってこのタイトルで連載した。くわしくは、本書の後半に置いた沙良峰夫の評論・エッセイで確認してほしい。このごった煮のエッセイは、文筆家、特にエッセイストとしての相貌をみせてくれる。これまで蓄積されたものが存分に生かされ〈文学夜話〉として自在に開花した。

大正末期には、コントを踏襲して「掌小説」というジャンルが流行《はや》った。エッセイと小話が一体化したもの。沙良の〈知のフィールド〉の広汎さを示現しているのが、「OLLA PODRIDA（一）」に書いた「小児十字軍」だ。冒頭に〈上田さんが譯した〉とある。上田敏のこと。上田は、『藝文　第六年第一号』（一九一五年一月）にマルセル・シュウオッブの散文詩集「LA CROISADE DES ENFANTS」（子供十字軍）を訳した。『藝文』は三田文学から出版していた。

歴史の扉を開いてみる。そこには聖地エルサレムの奪還をめざした十字軍の物語が横たわっている。長きにわたって派遣された十字軍の中で一番純粋で悲劇的だったのが、一三世紀にまき起こった「子供十字軍」だった。子供達は商人の計略により、アレクサンドリアで奴隷として売られてしまった。

マルセル・シュウオップ（シュオップやシュオブの表記もある）は、ユダヤ系のフランスの作家。コントの味をもつ文を得意にしていた。ホルヘ・ルイス・ボルヘスも、この作家に影響を受けているという。沙良は、上田訳のものを持っていたが、震災によって失ってしまった。

レミ・ド・グールモンは及川茂訳の『仮面の書』（フランス世紀末文学叢書・国書刊行会・一九八四年）においてマルセル・シュオップの文学について言及している。

それを引いてみる。〈短篇小説、歴史、心理分析などのシュオップ氏の様々に異なる著作の間に、私は先ず何らの区別も設けない〉という。つづけて〈シュオップ氏の非凡な才能は恐ろしいほどに複雑な、一種の単純さである〉とも……。

さらにこんな言葉で賛美の声をあげている。〈唇に常に馥郁たる香りの何か新しい言葉〉を保有していると……。

井村君江『日夏耿之介の世界』（国書刊行会・2015年）

もう一つの英訳を夏黄眠の書斎で発見した。それはニューヨークで出版された〈小型の美本〉だった。この夏黄眠とは誰か。中国人にみえるが、ちがう。ゴシック・ロマン的な文体を駆使した「学匠詩人」といわれた英文学者日夏耿之介（一八九〇～一九七一）の雅号だった。日夏は、雅号に偏した方。三〇数種の雅号をつかった。大森山王の家も、黄眠草堂と名付けた。詩人としては、西條八十や堀口大學たちとも交友し、『轉身の頌』『黒衣聖母』などの詩集をもつ。学匠としては、ワイルド、バイロン、イエイツ、ロゼッテイ、ヴィヨン、ポーなどの作品翻訳や研究をしている。

　ということは、沙良は日夏の書斎を訪れる程のつきあいをしていたことになる。いうまでもなく、日夏とは『白孔雀』でいっしょだった。この訪問は、あの〈大震災〉後の、すぐ後のようだ。

　シュオップと日夏の関係を知りたくて、井村君江著『日夏耿之介の世界』（国書刊行会・二〇一五年）を紐解いてみた。最初に置かれた「『日夏耿之介全集』の編集」に、こんな一文があった。日夏先生もボードレールをたいそう好んで読んでいられたこと、マルセル・シュオップなどもお好きで、城左門氏のルイ・ベルトラン訳『夜のガスパール』などを褒めていられたこと」とある。まさに学匠詩人の人であった。

　さて「小兒十字軍」の文が興味深いのは、沙良がかなりこの物語にぞっこんしているからだ。沙良はこれまで〈抒情詩を弄〉していたので、この伝説物語は〈アトラクティヴ〉な詩作上の〈資材〉になったともいう。強く〈わらべ達の夢の嚴肅さ〉が〈自分の生活の或る部分〉を〈策動〉したという。ただ想いはあったが、それは果たすことなく時は過ぎた。

　突然に、ドイツの詩人ヨハンネス・ベッケルが「小兒十字軍」という詩を書いていることを知った。沙良は、それに引きこまれ、自分が書こうとした詩はもっとすばらしいものになったのにちがいないとひとり言をいいつつ、訳出を試みた。ここではその典雅の香がする一部のみ記してみる。

童子らが薄い上衣は旋旗《はた》の揺れるやう、
冠の如く草々の莖が編まれてゐる。
童子らが行列の前に鐘が聖歌を奏でた、
「あゝ天日の映えある耶路撒冷へ！」

　詩中の〈耶路撒冷〉とは聖地エルサレムのこと。〈天日《てんじつ》〉とは日輪のことか。無垢な魂の童子達の出発のシーンを描いている。

「OLLA PODRIDA（一）」の最後に「譯詩」がある。そこで英国の小説家アーサー・マッケン（本文ではアアサ・マッケンと表記）の自叙伝風の著書に触れている。アーサー・マッケンには「夢の丘」「パンの大神」「モンスの天使」などがある。彼の作風はのちの怪奇小説にも影響を与えた。そのマッケンが、ラブレーが作った「テレエム僧院正門上の詩銘」を翻訳したことに触れつつ、ラブレーのフランス語とマッケンの英語の訳を比較研究した。

文中の「テレエム僧院」とは「テレームの僧院」のこと。この僧院はラブレーの「奇書」かつ「哄笑文学」の性格をもつ『ガルガンチュアとパンタグリュエル』に登場する。ガルガンチュアはロワール地方に「テレームの僧院」を建てた。この僧院は〈汝の欲するところを為せ〉と、欲望の解放を規律とした。ここで沙良は、マッケンの重訳を志向しつつも、〈多忙ゆえ〉と少々冷静になり、それは〈痴呆也〉と言い逃れて文をしめている。愛煙家たる沙良は、この詩だけでなく、まちがいなくマッケンの『煙草の解剖学』（一八八四年）への関心もあったにちがいない。

マッケンは、一九八〇年代に日本で人気を集めた。季刊『幻想文学』（第四号）では、マッケンの特集が組まれた。とすれば、沙良はいち早く、幻想と魔界の濃いマッケン文学の一端に首を突っ込んでいたことになる。それは沙良の先端性と同時に、彼が生きた大正時代の先駆性も浮上させるのだが……。

＊

もう少し「OLLA PODRIDA」の〈ごった煮〉の味をあじわうため、他の〈文学夜話〉に耳を傾けてみたい。その（二）には「春波樓筆記《しゅんぱろうひっき》」が登場する。江戸後期の蘭学者たる司馬江漢のエッセイ。江漢の漢詩体の「夷曲歌」二篇を抄録した。司馬の作品は、一九二七（昭和二）年から一九二九（昭和四）年にかけて刊行された『世界随筆大系』の第一篇に収録された。

その中に「元來有口更無口百億毛頭擁」がある。あえて沙良は、江漢の晩年の境涯を示すこの詩句を〈譯〉から外した。〈百億毛〉もすでに無くなった。そんな江漢の憂える感慨により添うようにして、あえて駄弁を弄せずに、そのままにしたようだ。

この様に、〈ごった煮〉の海を古今東西の時空を変幻自在に飛び回った。絵画、詩歌、英文学、中国文学、フランス文学などの〈境《ボーダー》〉を自由に飛び越えた。

沙良がどんな本を入手し、蔵書（多くの本は大震災で喪失しているが）としていたか、〈書誌学〉的にも興味深いものとなる。

基本は〈文学夜話〉ではあるが、処々に沙良の心境も吐露されており、これから沙良研究のためには貴重な資料になると思われる。「文学夜話」と書いたが、これはある種のコント風掌篇といいかえてもいいだろう。当時、かなり文藝誌を賑わしたスタイルであった。

それぞれの文学者が、自らの知識を生かしながら、短い文脈の中にエスプリの香を込めた。

文の読解（考察）を止め、最後にこの〈OLLA PODRIDA〉の（二）（三）に登場する詩人や文学者などを、そのまま羅列してみることにする。茅原定、紅葉山人（尾崎紅葉）、マルセル・プレボォー（フランスの作家・劇作家）、ルナール（フランスの小説家）、岡田三郎（文学者）とある。

少し岡田三郎にこだわってみたい。というのも、沙良は〈僕の同郷の人〉として紹介しているからだ。〈同郷〉とは、同じ北海道出身ということだ。それもあり、注目していたようだ。岡田は、松前で生まれた。家は松前の名士で鰊漁や廻船業をしていた。小樽とも縁がある。一四歳の時、小樽に移住し、庁立小樽中学校（現・小樽潮陵高校）で学んでいる。その後、小樽で税務署に勤務、その後徴兵を経て、早稲田大学高等予科に進んだ。一九二一（大正一〇）年には、パリへ遊学する。パリではその美貌により東郷青児と肩を並べたという。本来は画家志望であったが、小説へ転身する。まさにフランスで流行したコントという短篇形式の文を得意とした方だ。

岡田は起伏の多い人生を送った。三回の結婚後、一八歳（一九歳とも）の女性と出奔した。映画人の顔もある。日本キネマを設立し、自ら映画監督をしている。一九五四年に肺結核で亡くなった。現在、市立小樽文学館に彼の資料が収蔵されている。

岡田は、『文藝春秋』（六月号）に、「或女の出納簿」という作品を発表した。実験的なコント風の作品だった。

＊

さらに同時期に『新小説』（大正十五年五月）のエッ

セイ風掌篇に出てくる人名をここでも羅列してみる。カーライル、エマーソン、ショーペンハウエル、バイロン、ヘンデル、ボードレール、ビスマルク、ヴェルハーレン、ホフマンなどだ。

沙良は、短い人生の後半部においては、このようにエスプリが効いたコント風の〈掌篇〉ものをかなり書いた。抒情詩人や象徴詩人の実像は、かなり後景にしりぞいた。

文学者との交遊や出版社ともつながり、こうした雑誌でも〈文学夜話〉風の原稿が多くなっていったようだ。でも結晶度の高い詩作が少なくなっているのがきわめて残念だ。

〈大震災〉後、沙良の交友関係がガラリと変わった。川路や西條から、さらに安藤更生、そして足穂、日夏耿之介らの詩性の異なる方位へ歩み出し、幻想性が濃い文学ゾーンの住民となった。そしてコント風掌篇（文学夜話）やペダンチックなものを好むようになった。これを文学の成熟とみるか、疑問の部分もあるが、かなり肌のちがう異なる文学苑に入り込んだようだ。

2.「北極光」の空間

では、沙良がモデルとなっている足穂の二作「北極光」「お化けに近づく人」を探ってみたい。「北極光」は最初「おうろら・ぼりありす」(Aurora borealis) の題で『新潮』(昭和四年十一月) に発表された。ただ「北極光」には、沙良峰夫という名は見当たらない。足穂や沙良が親交していた日本人の詩人・文学者は、O・W氏とか詩人Y・Sとか、実名は伏せられている。O・W氏とは『父を失う話』の作者ということで、渡辺温であることがすぐ分かる。また詩人Y・Sは、沙良の遺稿が送られたということで西條八十であることも読みとれる。

足穂は、外国人作家についてはポウ、ベルグソン、アラゴン、ゴーチエ、ド・クインシーなど、実名で表記している。足穂は日本人名をあえて〈伏〉せることで、つまり実像を隠し込むことで、文学空間に少々謎めいたフンイキをかもし出すことを企図したようだ。これは、足穂らしい虚と実を混合させる手法としてよく使われているものだ。

今、虚と実をあわせもつといったが、この短篇でも、それが一つの魅力ともなっていることは否めない。主人公の彼（つまり沙良峰夫）についても、その虚と実が分離できないように溶け込ませている。たとえば彼はこの間、半年ばかり北海道の端にある郷里の町ですごしてきたという。これは実。父が早く死んだのも実。父が〈漁場の持主〉も実。彼は少年時代から長く下宿生活をしていた。これも実。

次は、虚の臭いがする。ある時、足穂に「ことしはオーロラが見えた」といい、「余りきれいなものじゃないさ。パッパとうごいて何か絶望をそそるね」と語ったという。これは足穂も沙良が本当に目撃したのか、それとも帰来者からの伝言か、判断できないままに、曖昧にしている程だ。虚と創作の境を曖昧化する、これが足穂の常套的手法だった。

虚と実が分からなくなっているのも多い。〈彼〉が辺鄙なところで生まれたことを嘆いていて、手紙に書いてきたという。そこには〈ゴーチエみたいな行きかたしかおれには出来ない〉と書かれ、〈南海に生まれたおまえの極楽トンボ性を羨ましく思う〉とも書いてきたという。

この〈ゴーチエみたい〉が気になる。フランスの高踏詩人の元祖みたいなテオフィル・ゴーティエ。ゴーティエはバレエ作品「ジゼル」も書き、皇帝ナポレオン三世にも近づいていった文学者。ボードレールからは「文学の魔術師」とまでいわれている。察するに、やはり彼は、みずからを基本的にゴーティエのような、高踏派に属する詩人なのだといいたいのであろうか。

そういえばその作為が強く感じられるのが、〈彼〉が発した言葉だ。〈彼〉はT氏のヨーロッパへ旅立つ送別会の夕べ（それはカフェー・ライオンでのこと）で、「パリにもウヰーンにもおれは行きたくない」。むしろ〈南米の、世界の果のような感じがする都会へ行ってみたい〉といったというのだ。もしもその通りだったとしても、それはT氏の洋行への嫉妬心《しっと》から、思わず口から出たコトバであろうか。解釈に悩むところだ、ただ沙良は、詩の中で南方志向を吐露してところがある。「北への抒情詩」では、女が北の方へ去ったあと、「己は別れてきて、南の春にゐて思ひ出す」と記してはいる。ひょっとして、内面の奥では南への憧憬心が蠢いていたのかもしれない。

彼（沙良）の周りの詩人たちは、ほとんど帰朝者であった。彼らは箔をつけ、大学教授となった。向こうでさらにすぐれた言語感覚に磨きをかけてきた。だからこれは本音ではない。まさにある種のマケオシミ、どう足掻いてもできない自分への慰めの弁であったかもしれない。

はたして沙良のダンディな姿、その衣装に下に、暗い仮面を隠していたのであろうか。虚と実の境がみえなくなるのが、彼がコカインや阿片をやっていたというところだ。それにとどまらずにド・クインシーを引きあいにしつつ、彼をして〈あんなものこそおれは書きたいのだ〉といわしめていることだ。ド・クインシー（一七八五～一八五九）は、イギリスのトマス・ド・クインシーのこと。この小説家自身が阿片中毒者であり、『阿片常用者の告白』を書いている。その幻覚性に富んだ話は、作曲家ベルリオーズに霊感を注ぎ、あの「幻想交響曲」を書かせたという逸話が残っている。

気になるので、少し文学者とコカインや阿片との付き合いについて考察する。よく知られているように太宰治は、ハビナール依存症だった。これは合成麻薬であり、主成分はアヘンに含有するアルカロイド系のもの。またフランスの文学者ジャン・コクトーは、一時アヘン中毒者でもあった。フランスの詩人アンリ・ミショーは、メスカリンなどの幻覚剤の効用を試しながら、詩や絵の創作に取り組んでいる。これはある種の詩的実験である。

時として、文学者は意識の支配から逃れ、幻視の域に遊ぶことをした。はたして沙良のその一族の仲間だったのか。沙良はかなり重い紫煙愛好者であったことはまぎれもない事実。ド・クインシーの体験を身で感じたかったかもしれない。そうでなくても当時、仲間の文学者がコカインやアヘンを手にしており、勧められ好奇心から試みたかもしれない。

足穂と〈彼〉、二人の交遊はつづいた。こんなことがあったというのだ。なんと足穂の書斎からアンリ・ベルクソンの『形而上学入門』を持ち出したという。足穂は関西学院（普通部）に在学していた頃、ベルクソンの真髄に触れた。それは一刻に過ぎなかったが、そこで形而上学の喜びを感じた。〈彼〉は足穂の鞄の中をかき廻して、それを持っていったというのだ。この「北極光」には、ベルクソンは二回登場する。彼が、ベルクソンが大層の落ちつきのない人物であることを語った、そしてベルクソンの名著である『創造的進化』について、〈どうどうめぐり〉の感があるとのべたとある。

このことは、沙良峰夫がアンリ・ベルクソンの哲学に関心を払っていたことを示している。そういえば、『棕櫚の葉』(創刊号・大正十三年一月号)に載った詩の一篇は「エラン・ヴィタアル」であった。いうまでもなく〈エラン・ヴィタアル〉は〈生の躍動〉のことだ。ベルクソンの哲学〈その思弁〉を象徴的に示現する名辞である。

「北極光」のラストは、生々しくリアルである。実の方があふれている。ベルクソンの一冊をもち去られたあと、〈彼〉と逢うこともなくなった。が、〈彼〉が〈あまり例のない内臓の病気に取りつかれた〉ことを知る。〈前後三回の手術〉をうけたと詳しい。そして一通のハガキが届いたという。そこにこんな文面であった。「医者から以後絶対の禁酒を云いわたされたが、もう何の未練もない。いまは口に入れてもらうひとつぶの氷がどんなにうまいことか。起きられるようになったら、さっそくあの紅いストロベリーのソーダ水を飲もうと思っている」と……。それは細かな鉛筆字で書かれていた。

このあと足穂は古川橋ぎわの病院へ赴く。〈彼〉を見舞った。しかし、眠っているとのことで、玄関で引き返した。最後の出逢いはなかった。数日後、足穂は、お湯屋の煙突を右から斜めにかすめて流れた〈紅い流星〉をみた。それは〈彼〉の霊の化身だったのか。その〈彼〉の死を足穂はこう思った。「愛誦するポウの詩を実践して、月の山々をこえ、影の林を下り、エルドラドーを求めて索めて騎り行くために、旅立ってしまいました」。

これは足穂らしい、沙良への追悼詩であろうか。たしかにレクイエムの響きがする。足穂はどうしても、〈彼〉の魂を南にあるエルドラドー(黄金郷)へむかわせたかったようだ……。

先の彼のハガキを〈実〉とすれば、貴重なものとなる。彼が飲みたかった〈紅いストロベリーのソーダ水〉。その透明な泡と口の中をめぐる甘さ。沙良が最後に口にしたかったもの。とすれば、彼の短い人生と詩魂を悼むときにはこの〈紅いストロベリーのソーダ水〉で献杯すべきなのかも知れない。

これも初めて聞く話だが、この「北極光」では彼の死後、銀座横丁の「ロシア」の階上で追悼会が催されたという。石川淳も顔をみせた。何人かがスピーチした。しかし、足穂が書くには、「それらの人々は、かれにはもう為すべき何事もなかったであろうと最初のだれかに云われたことを、おのおののスピーチにおいても訂正しない模様」だったという。スモーキングを着た故人の叔父（名は不明）さんも、「国の方でき容れられぬ何一つとてなかったかれに、今後生きていたところで別にすることはないであろう」とやや〈ユーモラス〉に語ったという。

隣の青年学者（誰かは不明）は、「〈居ても居なくてもどっちでもよい存在〉でかれがあったから、これはということがまとまらぬのは当り前であると。では足穂はどう言葉を発したのか。この北方の紳士の実際は、ホフマンスタールの夕暮から、『もうしもうしお月様』のラフォルグをとおして、ダンセーニ卿の夢物語につながっている幾頁を踊ったにすぎぬのかも知れません」とのべた。つまり、「短く儚く終わった文学的営為は、彼が愛したいく人かの作家の〈いくらかの頁〉の中での踊りであった」といった。

たしかに〈はかない踊り〉であった。そして、何かを思いつかねばとあせっていた足穂は、「故人についてはいずれ短文を書きたいから」とだけのべて席に坐した。その〈はかなさ〉を象徴化して、ある〈ガラス細工めく人〉（誰かは不明）が、その〈短文〉のタイトルは〈A Shadowless Gentleman〉つまり〈影のない紳士〉と題すべきとのべたという。

つまり、沙良は、この時代の文学者から〈暗い海のかなたにちらちらする光〉や〈影のない紳士〉にさせられてしまった。〈影〉とは、文学的修辞ではあるが……。なんということか。なんと悲劇的なことか。無理矢理、「影の王国」へと追いやられてしまったのだ……。

もう少し「北極光」について触れておく。足穂は、この後『キタ・マキニカリス』註解（『稲垣足穂大全』に収められている）を記している。そこに沙良峰夫の遺族がこの『キタ・マキニカリス』を探していることに言及した。ただ遺族達は、数年来、〈四〇年前に郷里から追い出した筈の厄介者〉について、今更のように騒ぎ出していると、足穂は醒めた眼を向けている。いや冷遇ともいえる態度を示した。横浜に住む女性（沙良の妹か？）は、足穂に手紙を出した。さらに岩内名物の鱈子を送った。また平善雄は、足穂を訪ねた。そこでは平は、京都の黒谷辺にあった古本屋で三百円を払ってこの本を入手したことを語った。

　平から、この訪問後、岩内で開催する沙良峰夫遺稿の展示会開催のこと、岩内の雷電海岸に建立する文学碑の除幕式の案内状が届いた。

　足穂は、この碑文が「アフロヂットは水の泡……」ではなかったことに驚いた。いや心を落とした。そこにあったのは「白い霧の中に　船はかくれて行って……」で始まる「海のまぼろし」だった。足穂は、すぐに「海のまぼろし」に対して、こんな言い方をした。

　沙良自身が最も恥ずかしい思いをして、極力仲間から隠そうとした、そんな〈歌謡の一つ〉であると。つまりある種の俗的な〈歌謡〉に過ぎないとみた。これが果たして単なる俗的な〈歌謡の一つ〉で、沙良自身が〈隠そう〉としたのかどうか、それはわからない。西條八十は「アフロヂットは水の泡……」が沙良の辞世の詩であるとのべていた、それを足穂も知っていた。

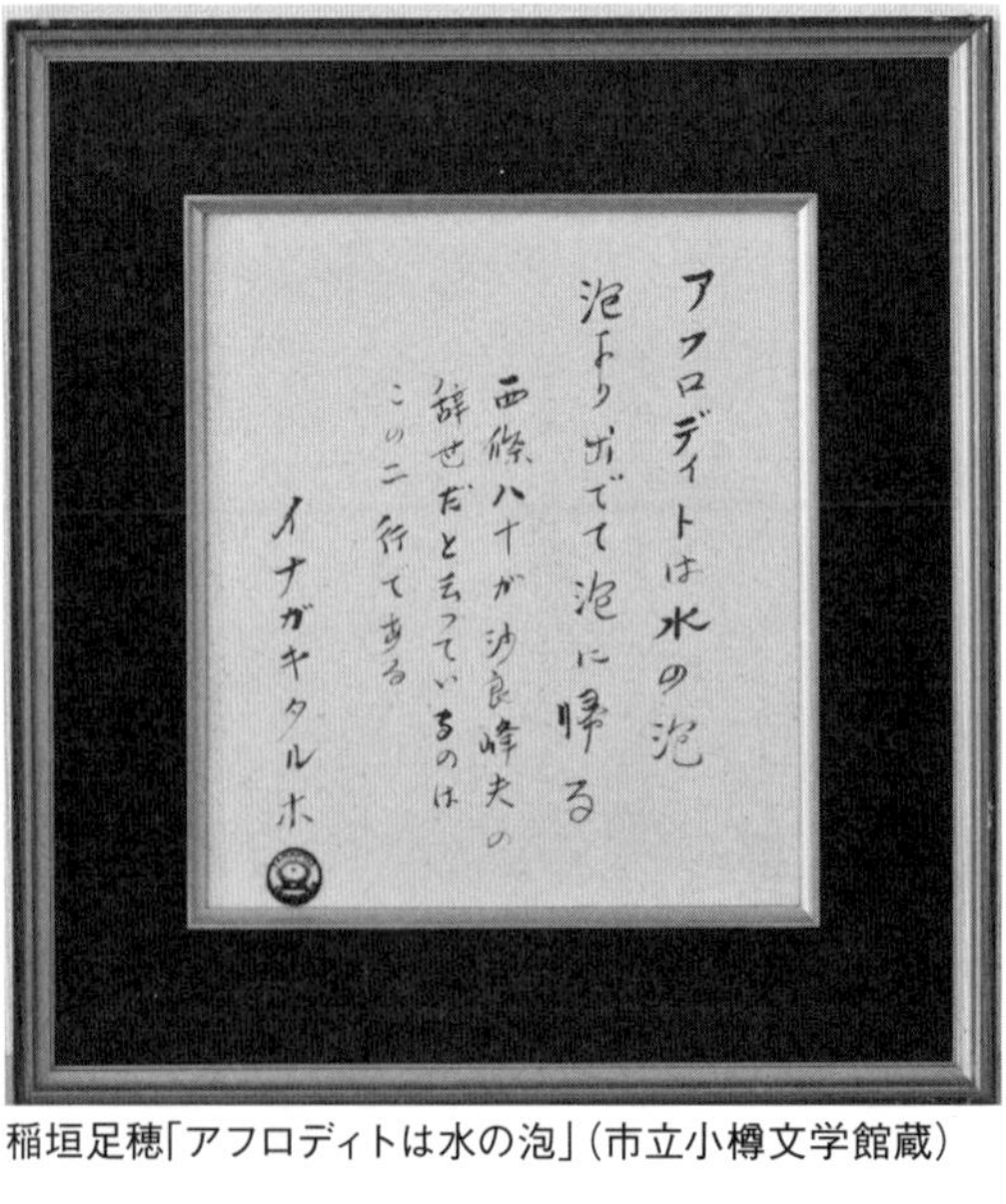

稲垣足穂「アフロディトは水の泡」（市立小樽文学館蔵）

そんなこともあってか、または別な用事が重なってか、岩内の除幕式には参列しなかった。足穂の筆は、それで終わることはなかった。遺族達の一途な取り組みを、〈田舎流の馬鹿騒ぎ〉に過ぎない、そしてこうも言い放った。向こう側に行ってしまった沙良は、これをどう思っているのかと、疑問を挟んだ。

先に足穂は、遺族に対して、醒めた眼や冷遇さえを感じたとのべたが、それを少し訂正しなければならないようだ。あくまで足穂は、沙良の詩業に対して、瞞着な処遇をしてはいけないと聲を挙げている。沙良の詩魂が結晶化した「アフロヂットは水の泡……」を選び取らずに、ある種の〈歌謡〉的作品を選ぶこと。碑を建立すること。除幕式に熱をあげること。それは沙良への欺きに見えたかもしれない。遺族達の沙良の詩業、その再生の取り組みの方向には賛意を示すことはできなかった。それよりもオーロラの光となった沙良の詩魂を心で味わえと諭しているようだ。

沙良峰夫という名をのせた「お化けに近づく人」について、短く寸評する。

足穂の、沙良文学についての「評」はどうか。一番肝心《かんじん》なところだ。ただ期待は裏切られる。言はシニカルだ。〈審美的折衷主義〉を出ないといい放った。「近代文学の困った数ページをひとり踊りしたにすぎない」と書くのである。また、ただ「初めからこんどのことが判っていたなら、そのきゅうくつなシャツを脱がせてやりたかった」と「みんなの意見が一致」したとあるのは、故人への哀悼の気持ちが表れている気がするのだが……。

ひとつだけ気になったことがある。二人で「そばに侍らした美少年の頭髪で手を拭うローマ人の御馳走の食べかた」について論を交わしていたとき、「かれのつややかな頬はいきいきと輝くのでした」というところだ。これをそのままイメージすれば、二人が、美食と少年愛の性向において同調していることになる。性愛志向とデカダンスへの憧憬において、この二人は同じ苑《その》の住人だったのか。いうなれば沙良は、抒情詩人や高踏主義の「城内」におさまらないところがあったのだろう。夭折者として、つまり哀切の感情だけでみてはいけないのだろう。人には、人知れぬ闇や魔の部分もあるのだから……。

足穂の二つの作品はたしかに〈幻景〉部もあるが、〈実景〉部をかなり私達にみせてくれている。いずれにしても沙良の側からの足穂像がないのが惜しいのだが……。

双方からの「証言」により、交遊の実相、そして文学的指向において向きが一致したか、または不一致だったかがクリヤーになるのだが……。

それはまちがいなく、大正期における稀有な交遊をした二人の文学者の魂の実相を、より鮮明にさせるであろう。同時に、大正期における新感覚派の文学の再評価にもつながり、さらに沙良峰夫という一人の文学者の実像に、新しい光を注ぐことになるにちがい。

第七章　『住宅』という名の雑誌

1.〈大震災〉と新雑誌

沙良峰夫は〈大震災〉後、雑誌『住宅』と関わった。最初は執筆者《ライター》の一人、のちに編集人となった。詩人とちがうもう一つの相貌《かお》がそこにはあった。

〈大震災〉により人心は荒廃し、生活は困窮した。

都内の建築もまた多大な被害をうけた。住まいを失った者も多かった。そうした人々のために住まいを確保するのが緊急の課題となった。と同時に、災害に強い住宅や新しいライフスタイルに相応しい空間をつくることが求められた。こうした課題を背負って発行されたのが新しいタイプの雑誌『住宅』だった。

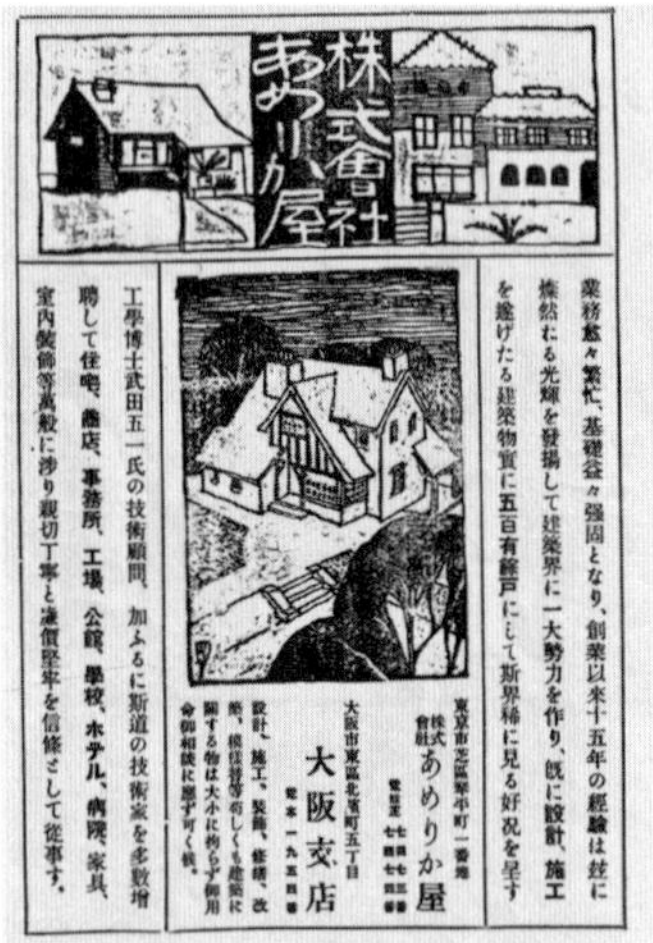

上：雑誌『住宅』創刊号(第1巻第1号・住宅改良会・1916年8月)
下：『住宅』—株式会社あめりか屋—自社広告

まず沙良の編集長ぶりをみる前に、この雑誌発行の経緯を整理しておきたい。発行主体となったのは「住宅改良会」(以下、改良会)。設立者は橋口信助。長く会主をつとめた。「改良会」の本部は「あめりか屋」においた。「あめりか屋」は一九〇九(明治四二)年に設立されている。

橋口は渡米し、新しい住宅を見聞した。それをベースにして日本で新しい住まいづくりをめざした。基本方針は、住宅の改良を通じた生活スタイルの改新だった。建築家武田五一にも協力をあおぎ、政財界とのつながりをもった。大隈重信らには賛助会員になってもらった。この会は、多くの住宅を設計した。その中には当時の名士達がいた。旧徳川慶久別荘、旧細川護立別荘、根津嘉一郎別荘などを手掛けた。

「改良会」は、先進的な試みをした。住宅文化を育てることをめざした。そこから生まれたのが機関誌『住宅』だった。モデルとなったのがアメリカの住宅専門誌『House and Garden ハウス・アンド・ガーデン』（一九〇一年創刊）だった。一見、業界誌にみえるが、それをはるかにこえていた。住宅プランを掲載するだけでなく〈総合的な文化誌〉を志向した。他の雑誌との差別化を図り、一時期は小説・料理などの記事をのせた。そのためもあり、外から文学系の若手を編集長として招いた。

『住宅』の内実を調べてみた。復刻版が柏書房から出版されていることを知った。かなり高価だった。手が届かないので道内の所蔵先を探した。数年間であったが、非常勤講師をしていた北翔大学（江別市）の図書館にあることが分かり、特別に閲覧させてもらった。

復刻版を編集したのが文化女子大学の内田青蔵。予想したよりも、〈総合文化誌〉の性格を示していた。いや、それ以上だ。なんと橋口信助は、『住宅』は芸術品であるというのだ。それは決してオーバーではない。その斬新性や先駆性に舌を巻いたほどだ。

『住宅』は、一九一六（大正五）年から一九四三（昭和十八）年まで発行した。つまり二八年間続いた。月刊誌スタイルで、総号数は三二六号となる。会員配布をし、一般書店でも取り扱った。

文化・建築関係に絞って執筆者をあげてみる。伊藤忠太、辰野金吾、今和次郎、武田五一、稲垣足穂、徳田秋声、與謝野晶子、小川たか子、辻潤らの名があった。『住宅』には、ライオン煉歯磨や三越呉服店などの他に、住宅設備関係の会社の広告ものせられ、当時の企業を知る貴重な資料的価値も持っていた。

調べてみて驚いたことがある。楽譜までのっていた。一九二一（大正一〇）年一月号に「息づかい」（人見東明作詞、本居長世作曲）があった。「息づかい」は人見の詩集『愛のゆくえ』の一篇で、それを曲にした。一時は「歌壇」欄を新設し、短歌を募集した。

こんな記事もあった。「ハウスキーピング」のコーナーでは、美味しいスープのつくり方を紹介。もっとびっくりしたのが、坂本由郎の長篇小説「愛の花」、相馬御風の童話「月の兎」などがあったこと。ほとんど建築雑誌の「枠」をこえて、文化教養誌の様相をみせた。論文掲載もあった。北米婦人の社会的活動を論じた〈婦人論〉もあった。また住宅雑誌という性格を示しているのが「住宅タイムス」の短信コラムだ。そんな硬柔入り混じりの新タイプの雑誌だった。どのように斬新な紙面を行うか、それが編集長の腕の見せ所だった。雑誌部数は通常は五八〇〇部くらい、特別号は六五〇〇部刷ったという。

ではどんな方々が編集長となったか。初代編集長は美川康（大正五年〜大正七年）。安藤更生は、時期がずれながら二回にわたりその任に就いた。安藤の前任者は岡康雄。岡は会津八一の門弟であった。岡が春陽堂の総編集長へ栄転したので、安藤に声がかかった。安藤は、一九二五（大正十四）年七月から一九二六（大正十五）年三月と、一九二七（昭和二）年二月から一九三〇（昭和五）年八月までその職に就いた。

それに挟まれるようにして、沙良峰夫が編集長となった。つまり安藤は沙良にバトンを渡したが、彼の死により、再びその任についたことになる。

安藤が最初の編集長についたとき、二五歳だった。この時期、安藤は生活が困窮し、学費をおさめることができずに早稲田大学を中退していた。そんな中、生活再建という課題を抱え、この編集の仕事を受けることになる。一方の沙良も、高級下宿生活をつづけてはいたが、〈大震災〉で大きく生活基盤がゆらいだ。家の支援（どの位あったかは確定できないが）をあてにしていられなかった。それゆえ、まさに渡りに舟であった。

内田は、復刻版を発行するにあたり、この雑誌の先駆性を跡付けながら論を展開し、歴代編集長の一覧表（期間もふくめて）を作成した。そこに沙良峰夫（梅澤孝二）（大正十五年四月〜昭和二年一月）と記されていた。実質的に、一年にみたない短い期間だった。

安藤は一九二六（大正十五）年六月号の「編輯後記」

でこう記した。「車は何時の間にか廻轉してゐた。六百日と流星は秤にもかゝらない。アルカリ性の泡沫が次第に濃厚になって来た。青年は編輯室を出て、赤インクの脅威から逃れて、もう一度堆書の塵埃を拂ひに歸るのだ。逃れてとはいふが、それは文學だ。青年は何時でも勇敢に穿嵓錐のやうに邁進する。左様なら。いつまでも。手だ。ムウシヨァルだ。後任の沙良峰夫は友人です」と書いた。

安藤は〈赤インク〉の脅威、つまり編集の難仕事から解放されて〈堆書〉、うず高く積まれた書籍の山、その〈塵埃〉を払いに戻るという。〈いつまでも。手だ〉には〈手〉を動かして調べ、書き続けるという意志がさりげなくこめられている。

だが、安藤は一九二八（昭和三）年六月号の「編輯後記」には、こんな苦しい辞をのべなければならなかった。「なほこゝにつけ加へなければならぬことはかつて本誌の編輯長として又多年寄稿家として麗腕を揮はれた沙良峰夫氏は去る五月十二日膵臓炎の爲めに逝去されました。讀者諸君にお知らせすると共に本誌は謹んで哀悼の意を表する次第であります」。

淡々と筆を動かしているように見えるが、編集長として労を取ってくれた同胞の死は無念であったであろう。二度目に安藤が編集長に就いた時、板橋啓行がスタッフとして働いた。

安藤は、沙良が編集者として試行したことに想いを寄せつつ、又しばらく〈堆書〉の〈塵埃〉を払うことができないことを惜しみつつ、沙良が果たせなかった遺志を自分が少しでもついでゆくことを心に決めていたに違いない。

2．編集長沙良

では、編集長沙良峰夫の仕事ぶりはどうだったのか。それを知るため、ひとまず沙良が書いた「編輯後記」を辿ってみる。最初は一九二六（大正十五）年七月号のもの。かなりあっさりしている。〈まあかくの如き〉とか〈時節が時節ですから〉とある。できるだけ〈新鮮に爽快に〉と心がけたという。また、〈書物の序文〉なども気にしないタイプなので〈後記〉もあっさりでいいという。〈黙々と一つ、やって行きませう〉と肩の力を抜いている。

一転して同年九月号では、企画に力を入れたようだ。〈急に書齋號〉を思い立った。炎天下の中、かなり足をつかって方々を駆けずり回った。〈新秋燈火の御伴侶〉になると、少し自信をみせる。この〈書齋號〉はなんとも沙良らしい企画だ。紙面をみてみる。

「諸家の書齋觀」では幸田露伴ら十四名が持論を展開。與謝野晶子は〈家を建てる資力〉などないので、考えはないと。〈私共は子供の時から店の隅庫の隅と云った處で書物を偸み讀〉んでいたので、そもそも〈自分の書齋〉というものを考える余裕はないという。西村伊作は〈勉強もしないのは書齋は不要〉ときっぱりと断定した。読書し、ものを書くには〈薄暗くして静かなベッドルーム〉が最適という。つかれたら直ちにごろっと寝られるようにするのが理想的だ。だから寝室の隣に〈小さな書齋〉を作るのはいいことだと……。

住宅　第十一巻　第九號　書齋號

雑誌『住宅』（第11巻第9号）目次（住宅改良会・1926年9月）沙良峰夫が編集長の時「書斎」を特集した。

西村伊作は文化学院の創立者。西村はこの学院を一つの芸術学校として構想。與謝野はこの学校の創立メンバーの一人だった。ここに文化学院関係者が二人いるのは興味深い。

沙良が敬愛した詩人の一人、川路柳虹は下落合の自分の空間を紹介する。川路は、来客との応接を兼ねて書斎を使っていたようだ。ではどんな書斎であったか。八畳の二方に窓、二方に壁。一方の壁は書棚、一方の壁は暖炉。北向の窓に面して書きもの用のデスク、南方に応接用の卓子と椅子を置いた。ほぼ洋風スタイルを好んだ。

この書斎を、母親と共に訪れた十四、十五歳の少年がいた。母は、新宿で土産に巴旦杏を買った。少年は、詩人になったつもりで、ノートに即興で詩を書き続けていた。また当時刊行された「現代詩人」シリーズを耽読し、さらに川路の限定版の詩集も入手して読んだ。

父の伝手を使い高名な川路の教えを請うためだった。一歩玄関に足を踏み込み、そこにうず高く雑誌類が積まれていた。それをみて、この少年は〈活字の墓場〉と感じた。それをみて〈自分の将来というものの難しさ〉を直感した。この時、小さな応接間に通された。窓は、〈美しい若葉の庭〉に向かって開かれていた。そこに川路が姿をみせた。少年は、〈フランスの中年の小柄な銀行家の雰囲気〉を感じた。川路は、少年に、自分の詩の来歴を語り、教えを願った。少年は、少年にフランス語のランボー詩集を渡し、読むようにと指示した。少年は「フランス語はよめません」と金切り聲を発した。川路は、「意味より音をあじわいなさい」「音の美しさが大切なのです」と続けた。

その後も少年はノートに書いた詩をもって、門を叩いた。この少年は、だれあろう。未来の三島由紀夫だった。その後も、川路は三島少年に萩原朔太郎を紹介したようだ。ただ残念というべきか、これで良かったというべきか。詩人三島は誕生しなかった。

ここで紹介したことは、『決定版三島由紀夫全集三四』（新潮社　二〇〇三年）に収録された三島の「川路柳虹先生の想い出」に書かれている。

この号で異色な論がのった。山本拙郎の「修道院の書齋」だ。中世の修道院で生活するモンク（僧）は、修道の日々を送りながら、最奥にある寝室の隣にある書斎で思索するという。書斎というのは本来〈籠城〉の機能をもつものだから、この中世のモンク達の〈書齋〉はきわめて理想的でもあるという。なかなかの卓見である。

もう一つ異色の論がある。ダダイストかつアナキストの辻潤の「書齋以外」だ。一時、辻は代用教員をしていた頃には、一九世紀英国の歴史家・評論家カーライルの「サルタル・リサルタス」などを読み耽りながら、ひとえに落ちつける部屋をもつことを夢みていた。玉川信明著『ダダイスト辻潤』（論創社・一九八四年）の「年譜」に依拠すれば、一九〇三（明治三六）年から当時二〇歳の辻は、日本橋千代田尋常高等小学校で代用教員として数年間勤務していた。その後も浅草精華高等小学校、上野高等女学校で教壇に立っていた。一九一二（明治四五）年に、上野の女学校を失職する。教え子の伊藤野枝と同棲生活をはじめ、生活のためにもあり翻訳の仕事を行う。

辻と野枝との間には、二人の男子、長男一《まこと》と次男流二がいる。周知のように、その後伊藤野枝は、大杉栄の許に走り、〈大震災〉時に二人は虐殺されることになる。このように辻の二〇代は、教鞭生活をしていた。辻は海外の文献にも精通し、優れた翻訳者でもあった。辻はシュテルナーを訳し、また『阿片溺愛者の告白』などを訳した。これらは沙良の愛読書でもあった。

話のついでに、辻潤の〈大震災〉後の行動について触れておきたい。辻は、多摩川西岸の川崎町砂子で〈大震災〉と遭遇した。これを機にして、辻は一管の尺八を手にして、西日本一帯を放浪した。

このように〈大震災〉は、様々な方の人生を狂わせ、またこれまでとは違う道を歩ませていった。

さて「サルタル・リサルタス」は『サーター・リザータス』、つまりカーライルの『衣装哲学』を指す。辻は、翻訳家でもあり、この時はカーライルを読んでいたようだ。

辻は、ようやく東京の西北の郊外に一軒の〈巣〉をみつけた。そこに三畳の書斎ができた。床の間に田能村竹田が描いた墨絵の観音像、反対の壁に神代杉の額椽に塡められたフランスの哲学者スピノザの肖像をかけた。この田園風の空間では山羊の声や寺の鐘が混じり合った。ただいまはそれとは全く無縁の生活がつづいているという。それでも理想はあるという。できればやはり〈離れた一室〉が欲しいと……。

つづけて辻潤は、友人のドランクン・ファンタジイを紹介した。友人は独身の工学士で、「バチェラァ・タワア」（独身塔）が欲しいという。辻潤の仲間には個性派が多かった。その方は、新式の〈ラビリンス〉（迷宮）のようなアトリエを理想としたようだ。ただ、それはそれ、辻は〈方丈記時代〉の人間なので、むしろ風が吹いたら倒れるような〈竹の柱にカヤの屋根〉をもった一間に寝ころんで、秋の月を愛でるが一番いいという。ここには私達がイメージする辻とは異なる姿が、みえ隠れしている。

また見開きで「書齋特集」を写真入りで組んだ。そこに小泉八雲、西條八十、山本拙郎、中河與一、室生犀星、戸川秋骨、吉田謙吉、村山知義らの書斎を紹介した。

異色の紙面づくりにはもう一つある。吉行エイスケの「水に映る影」の散文詩をのせたことだ。吉行が住んだ東中野絡みでは、山崎省三「書齋雑觀」のエッセイのページに、〈東中野・カッフエ・ロッホ〉（カフェ・ロッホか）が写真入りで紹介された。沙良も通った店かも知れない。

この様に、この「書齋特集」は、執筆者がそれぞれ自由な発想で理想の書斎について語った。

沙良は、みずからの周辺にいた友人・仲間をしばしば登場させた。それが編集者の特権といえばそうかも知れないが、これまでの『住宅』には顔をみせないメンバーが続いた。その一つの典型が、吉行エイスケやすでに紹介してきた辻潤、エリゼ二郎、稲垣足穂らである。

東中野には、駅を挟んで「ユーカリ」と吉行エイスケの〈カフェーあざみ〉があった。この〈あざみ〉の常連がすでに紹介したエリゼ二郎だった。エリゼは、沙良の編集長時代にかなりの数の文を『住宅』に寄せている。たとえば一九二六（大正十五）年八月号では「グロキシニアとカラヂウム」、同年二月号では「月下香」を書いた。それらはエリゼが得意な植物物・花物語だった。

足穂は一九二六（大正一五）年八月号に「二十世紀清談」をのせた。肩書が〈創作家〉となっている。いつもの足穂風の文体である。

ここで詳しくは紹介しないが、話題は自在に飛んだ。〈清談〉とあるが、〈奇想〉話がつづられている。話の中心は、やはり足穂ワールドの定番たる星や月にまつわる物語。そこに〈大冒険をした男〉が登場。地球のはしの街から長い梯子を空にかけて、ハサミで好きなところの夜空を切りぬいて壁にはりつけた。それで男はバルコニーに立つことなく、理想とする銀河の中に住むことができたという。

少し補足する。先に紹介した〈諸家の書齋觀〉は、一九二三（大正十二）年に前々編集者が集めたもの。

（それが紛失したと思っていた）が、発見されたためという。つまり沙良が独自に立てたオリジナルな企画ではなかったようだ。

一九二六（大正一五）年一〇月号の「編輯後記」は、編集者の感慨がのべられている。（本書には、資料的価値もあるので、安藤更生と沙良が書いた「編集後記」を掲載してある。参照してほしい）。

沙良は、街を歩くと交通巡査以外でも白服が目立ってきたという。前号の反応に一言のべた。足を使って書いた〈書齋號〉に対して、〈少々雑文多し〉という声があったようだ。〈冷やかされた〉というから、それは社内の反応であろうか。そこで弁解をのべる。「あれでも悉く小生からみれば金玉の文字でした」と……。一転して、本号記事に対して「なかなか豊富でしょう」と自負する。

注目するのは次の文だ。「設計圖や寫眞をお貸し下すった同潤會、御多忙中實のある玉稿を賜はった高尾氏や西村氏やその他諸氏に厚く御禮いたします」。文中の同潤会は、関東大震災義捐金を資金として設立された。東京・横浜にモダンな集合住宅《アパート》をつくった。〈震災後〉の建築として注目すべきなのは、鉄筋コンクリートを用いたこと。不燃性とモダンな住宅空間。この二つの課題を背負ってつくられた。東京帝国大学の教授陣もその計画に参画した。

この同潤会アパートは太平洋戦争後、老朽化し、多くはとりこわされたが、日本の近代建築の貴重な遺産として再注目された。文中の西村氏とは、「あめりか屋」の社員西村拙郎のこと。西村は一九一六（大正五）年に早稲田大学建築科を出て、のちにこの会社の技師長になった。

この号の「後記」にはもう一つ注目すべきことがある。この雑誌は、手本となった『ハウス・アンド・ガーデン』の様なものをめざしたいと力を入れていることだ。〈事情が許せば〉と条件をつけてはいるが、『住宅』も〈あの位のものにはなれる可能性〉があると自信をのぞかせている。最後に自分の基本プランに言及している。〈學術的な記事〉と直ちに〈適用され得る住宅プラン〉、その双方をのせてゆくと……。

他方で沙良は、十月の風に吹かれつつ、〈銀ブラ〉

ならぬ山の手、郊外あたりを散歩することが愉しいと書いた。その散歩を通して〈美しき住宅をみつけて〉、〈自分の夢に色彩を點ずる〉こと、それが目下の夢だという。すっかり『住宅』の編集者となっている。と同時に、ここから沙良はある夢を抱いていたことをうかがい知ることができる。

　では〈自分の夢に色彩を點ずる〉、そんな住宅とはどんなものだったのであろうか。沙良はこれまで多くの文人達の書斎を見聞してきた。おのずと理想とする書斎空間についてイメージがあったはずだ。具体的な設計プランがあったかも知れない。勝手に私の想念はふくらむ。洋風のハイカラな書斎空間をもったものであろうか。それとも梅澤家が岩内に所有していた大きな池庭付きの別荘風のものか。家具や壁紙もまちがいなくモダンなものであろうか。

　想念の飛翔はこれで止めておきたい。沙良が抱いた夢の一つ、その美しい書斎は、かれの胸中にしか存在しなかったのだから……。残念ながらそれは〈胸中の書斎〉で終わってしまったのだから……。

3．ルポライターとして

沙良の取材記事の中で異色なのが「屋臺店の調べ」だ。どこが異色か。まずそこに沙良の手による「屋臺詳細圖」が六図おさめられていることだ。絵心のあった沙良らしく、なかなかの味をみせている。軽いデッサン調であるが、的確でもある。さらに現場歩きのルポであること。詩人としての眼は抑えられている。

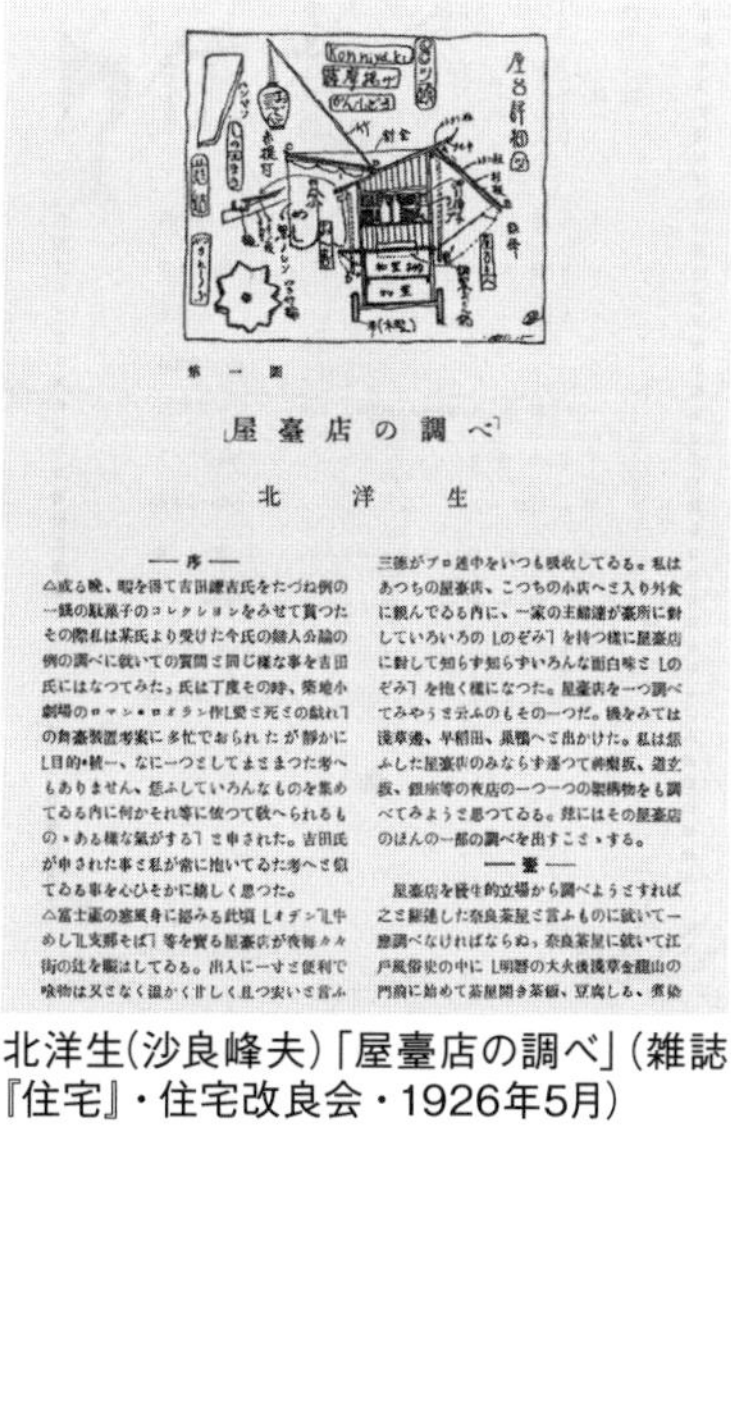

第一圖

「屋臺店の調べ」

北洋生

──序──

△或る晩、暇を得て吉田謙吉氏をたづね例の一銭の駄菓子のコレクシヨンをみせて貰つたその際私は某氏より受けた今氏の婦人公論の例の調べに就いての質問さ同じ様な事を吉田氏にはなつてみた。氏は丁度その時、築地小劇場のロマン・ロオラン作「愛さ死さの戯れ」の舞臺装置考案に多忙でおられたが静かに「目的・統一、なに一つさしてまさまつた考へもありません、唯ふしていろんなものを集めてゐる内に何かそれ等に依つて教へられるものゝある様な氣がする」さ申された。吉田氏が申された事さ私が常に抱いてゐた考へさ似てゐる事を心ひそかに嬉しく思つた。

△富士颪の寒風身に浸みる此頃「オデン」「牛めし」「支那そば」等を賣る屋臺店が夜毎々々街の辻を賑はしてゐる。出入に一寸さ便利で喰物は又さなく温かく甘しく且つ安いさ言ふ三徳がプロ連中をいつも吸收してゐる。私はあつちの屋臺店、こつちの小店へさ入り外食に親んでゐる内に、一家の主婦達が臺所に對していろいろの「のぞみ」を持つ様に屋臺店に對して知らず知らずいろんな面白味さ「のぞみ」を抱く様になつた。屋臺店を一つ調べてみやうさ云ふのもその一つだ。暇をみては淺草邊、早稲田、巣鴨へさ出かけた。私は縁ふした屋臺店のみならず進つて神樂坂、道玄坂、銀座等の夜店の一つ一つの架構物をも調べてみようさ思つてゐる。茲にはその屋臺店のほんの一部の調べを出すこさゝする。

──要──

屋臺店を衛生的立場から調べようさすれば之さ關連した奈良茶屋さ言ふものに就いて一應調べなければならぬ，奈良茶屋に就いて江戸風俗史の中に「明暦の大火後淺草金龍山の門前に始めて茶屋開き茶飯、豆腐しる、煮染

北洋生（沙良峰夫）「屋臺店の調べ」（雑誌『住宅』・住宅改良会・1926年5月）

かわって、社会事象を細かに探るルポライターの相貌がみえかくれする。調べ方もかなりリアルだ。屋台店の種類を分類した。屋台の車について九一軒

の内、四輪車（七七）、二輪車（一一）、自転車（二）、車なし（一）と調べ上げた。

　屋台にもいろいろあった。「ワンタン屋」「牛めし屋」「オ好ミ焼キ」「やき豆」「おでん屋」。屋台の構造や値段も調べた。構造では雨戸、天トタン板張りやノレンなどについて。値段では最低百拾円、前高四百円という。

　「屋臺詳細圖」の第一図にこだわってみたい。おでん屋の店を正面から描き、杉板を鉄棒で支えている構造を示す。メニューもしっかり書き出している。〈八つ頭〉〈薩摩揚げ〉〈がんもどき〉〈ハンペン〉〈やきとうふ〉〈しの田まき〉などはその形状まで描いている。こうした絵入りレポートのスタイルは現在ではあたり前だが、この時期に沙良がチャレンジしているのはとてもおもしろい。どうもこの絵入り記事やルポ風に文をつくってゆく方法は、当時流行ったようだ。この『住宅』でも絵入り記事が多くみられた。

　このスタイルの背後を探ってみる。当時新しい文化事象を探ったのが今和次郎《こんわじろう》だ。今は、柳田国男の民俗学と袂を分かち、都市風俗の観察学、つまり「考現学」を提唱した。

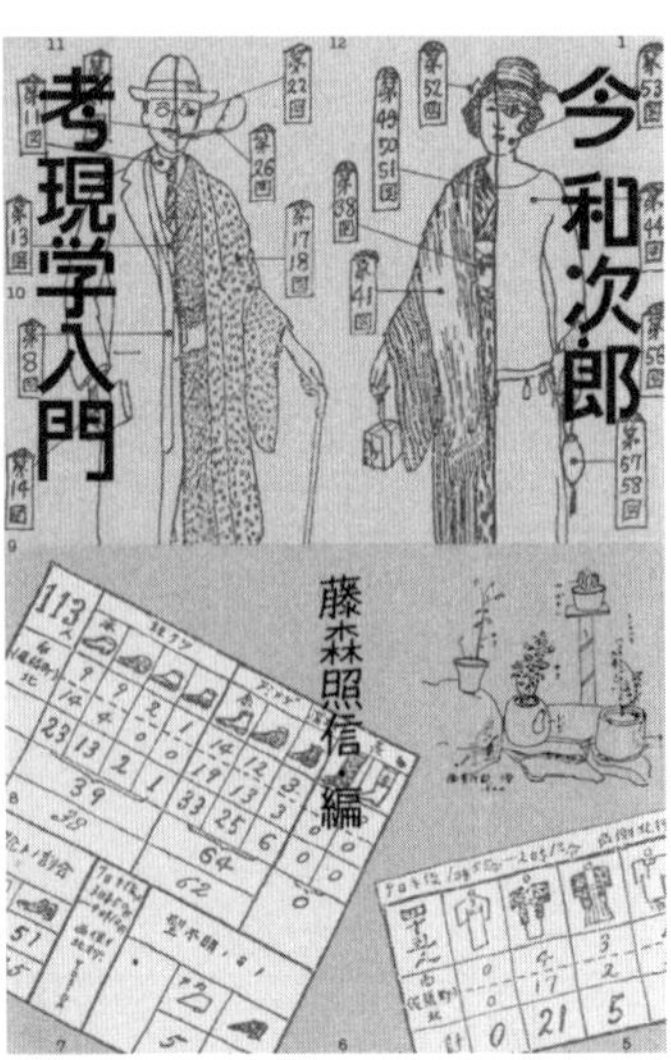

今和次郎『考現学入門』（藤森昭信・編・ちくま文庫・1987年）

　今は、吉田謙吉と『考現学採集　モデルノロヂオ』（建設社・一九三一年）を著す。では、この考現学とは何か。一言でいえば、社会・文化事象全てを対象にして考証すること。つまり、建築・住宅・デザイン・服装などを生活者の視点でみつめ直すことだった。学者のように難しい論文を書くのではなく、あくまで日常の空間を歩き、生活者の感覚を大切にした。その一端を今の著作『考現学入門』（藤森照信編・ちくま文庫・一九八七年）で知ることができる。

　路傍採集では、燕の巣から茶店のせんべい入れなど。さらに考察したのは、ブリキ屋の仕事、焼けトタンの家、下宿住み学生持物調べなど多種多用。圧巻は、東京銀座街風俗記録だ。男性の外套、着物、ネクタイ、カウス、靴、手袋などを色からサイズまで調べあげた。図まで付けた。この執念をどう解釈すべきであろうか。柳田民俗学の民話などの採集手法を応用したものか。たしかに実証的だが、どこか偏執的でもある。

それは見方をかえれば、赤瀬川原平や藤森照信らが一九八〇年代にはじめた「路上観察（学会）」の先駆的仕事ともいえる。

当時早稲田大学建築学科の教授であった今は、〈大震災〉後に、多数つくられたバラック住宅などを調査して、そこに新しいデザインを注ぎこむことで人々の生活に潤いをもたらしたいと考えた。それを目指し一九二三年に「バラック装飾社」を設立した。そこに参加したのは、吉田謙吉、飛鳥哲雄、中川紀元、神原泰、横山潤之助らの若手芸術家の面々だった。第一号は、日比谷公園内にあった「開進食堂」の装飾だった。その後も、銀座の「カフェー・キリン」なども手掛けた。

実は、この沙良の「屋臺店の調べ」の冒頭で、吉田謙吉と今和次郎が登場する。沙良は、吉田のところで、吉田が集めた〈一銭の駄菓子コレクション〉をみせてもらっている。五二歳の吉田は、戦後になり一九四九（昭和二四）年に港区飯倉に「十二坪の家・アトリエ」を建造するが、そこではパリで知った蚤の市に真似て、そこで自分が集めたものや画家や美学生などもいろんなものを持ち込み、蚤の市を開催したという。いろんなものに興味を抱いたなんでも屋でもあった。

沙良が吉田の部屋を訪れたとき、彼は築地小劇場で上演予定のロマン・ロラン作「愛と死との戯れ」の舞台装置を考察中だったという。

沙良はこの記事を書くに当たって、「考現学」の視座を生かして、はじめに屋台の発生、つまり歴史的ルーツから書きはじめている。それは〈奈良茶飯屋〉といい、明暦の大火後に浅草金龍山の門前に始まったものという。

沙良の「屋臺店の調べ」以前に、他のメンバーによりこんなフィールドワークがあった。一九二五

（大正十四）年、「東京銀座街風俗記録」が四ケ月間にわたって行われた。京橋から新橋までの歩道（西側）に限定して、人出・服装・身分・持ち物などを〈採集〉した。

とすれば、この沙良の「屋臺店の調べ」もまた、生きた資料としての都市図の断片を〈採集〉する行為の一つともいえる。つまり、吉田と今らが始めた「考現学」や「バラック装飾」におおいに関心を抱いていたことになる。

今も吉田も、スケッチ風の絵と文で様々なフィールドワークの記録を残しているが、沙良の記事もそれを継いでいる。実際に、彼らと同行し、なんらの作業に関わっていたかもしれない。このままこうしたルポ的な〈採集〉取材を続けていたら、詩人とはかなり異なる「別な沙良」が誕生してきたかも知れない。持ち前のスケッチ力を生かしつつ、〈大震災〉後の人々の生活を記録した、沙良風の〈大震災〉後の生活を記録したドキュメント「風俗図譜」ができたかもしれないのだ。

もう少し現場歩きをするルポライター沙良の姿をみたい気がするが、一方で、次第に詩作の方がおろそかになっていることも気になるのだ。

最後に一つ付けくわえたい。実はこのルポ記事は沙良峰夫ではなく、北洋生を使って書いている。『住宅』で、このペンネームはこの記事のみである。ルポ記事なので、意識して北洋生という名を使ったのかもしれない。

いま詩作がおろそかになっていると危惧したが、そう感じたのは、沙良が編集長になる以前の『住宅』、一九二六（大正十五）年五月号に載った「詩」に、〈人よ、この私を／そっとしといておくれ／私は桶のなかの灰水だ〉と、これまでと違うある種の叫びをあげるからだ。まず、沙良がそれ以前に『住宅』に載せた詩とは何か。整理してみる。

「無題」　一九二五（大正十四）年一月号
「みどり」　一九二五（大正十四）年六月号
「白イ馬」　一九二五（大正十四）年八月号
「人に」　一九二六（大正十五）年四月号
「北への抒情詩」　一九二六（大正十五）年五月号

「詩」　一九二六（大正十五）年六月号

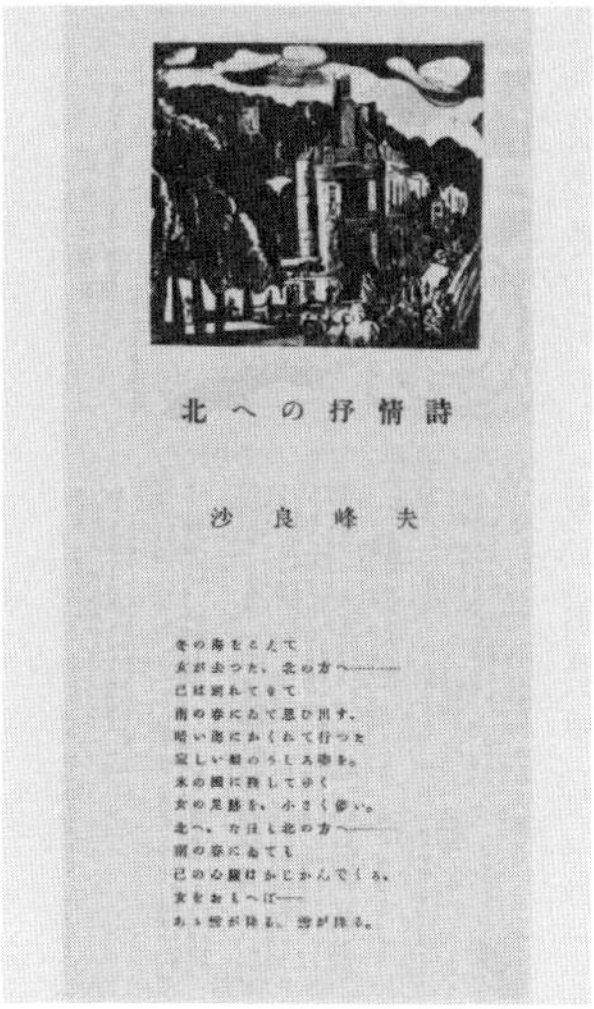
北への抒情詩

沙　良　峰　夫

冬の海をこえて
女が去つた、北の方へ――――
己は別れてきて
南の春にゐて思ひ出す。
暗い海にかくれて行つた
寂しい船のうしろ姿を。
氷の國に旅してゆく
女の足跡を、小さく儚い。
北へ、ただし北の方へ――――
南の春にゐても
己の心臓はかじかんでくる。
女をおもへば――
あゝ雪が降る、雪が降る。

沙良峰夫「北への抒情詩」（雑誌『住宅』・住宅改良会）

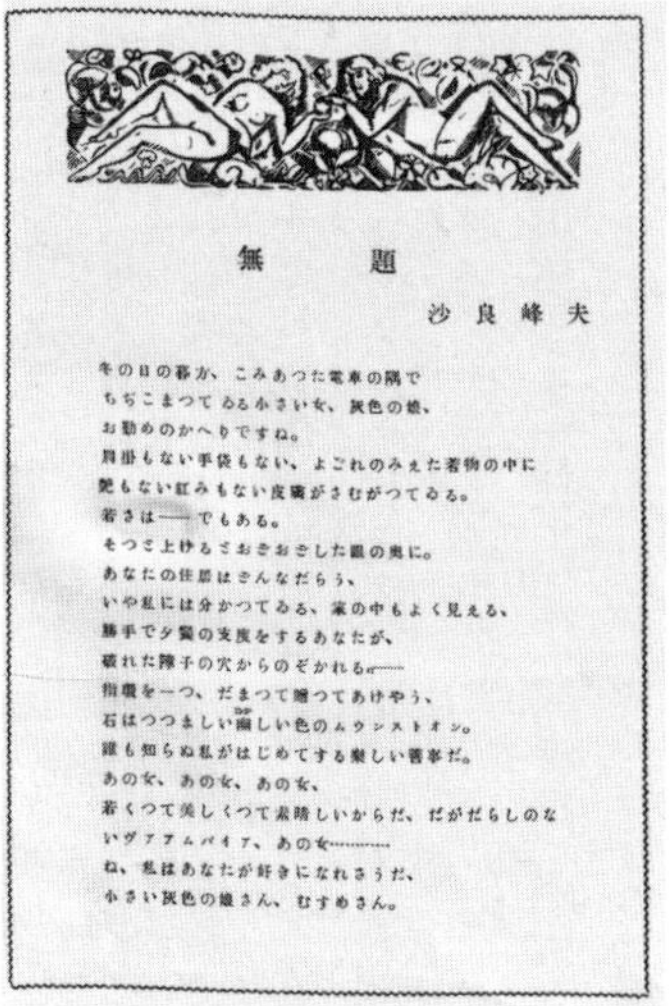
無題

沙　良　峰　夫

冬の日の暮方、こみあつた電車の隅で
ちぢこまつてゐる小さい女、灰色の娘、
お勤めのかへりですね。
肩掛もない手袋もない、よごれのみえた着物の中に
艶もない紅みもない皮膚がさむがつてゐる。
若さは――でもある。
そつと上げるおどおどした眼の奥に。
あなたの住居はどんなだらう、
いや私には分かつてゐる、家の中もよく見える、
勝手で夕餐の支度をするあなたが、
破れた障子の穴からのぞかれる。――
指環を一つ、だまつて贈つてあげやう、
石はつつましい濁しい色のムウンストオン。
誰も知らぬ私がはじめてする楽しい善事だ。
あの女、あの女、あの女、
若くつて美しくつて素晴しいからだ、だがだらしのな
いヴァアムパイア、あの女…………
ね、私はあなたが好きになれさうだ、
小さい灰色の娘さん、むすめさん。

沙良峰夫「無題」（雑誌『住宅』・住宅改良会）

「無題」から「白イ馬」には、まだ「詩」に噴出してくる苦の情景は現れでていない。「北への抒情詩」から、死の形象、その影が見え隠れする。そして「詩」では、全てが一変し、大きな亀裂が見えて始めるのだ。

「詩」の最後は〈思出だ、悔ひだ、悲みだ、怒りだ。／人よ、できるだけ／この見窄らしい灰水桶を／そっとしといておくれ〉と結ばれているではないか。終始、みずからを〈灰水桶〉とたとえている。〈悔ひ〉〈悲み〉〈怒り〉という負の記号をちりばめつつ、〈そっとしといておくれ〉と、めずらしく鬱積した心情をストレートに吐いている。

詩

沙　良　峰　夫

人よ、この私を
そつとしといておくれ
私は桶のなかの灰水だ。
かうしてゐれば
あらゆる好ましいものが
うは澄みのおもてに
しづかに映つてゐる。
花や木の葉や小鳥や雲や――――
しかし一旦揺り動かされたら
事だ！　忽ちに底の灰が
おそろしく湧く、濁る、渦巻く、
それは黙らせてある
思出だ、悔ひだ、悲みだ、怒りだ。
人よ、できるだけ
この見窄らしい灰水桶を
そつとしといておくれ。

沙良峰夫「詩」（雑誌『住宅』・住宅改良会）

これまでの沙良の詩世界にはみられなかった〈内心の吐露〉ではないか。高次の象徴性が霧散している。〈灰水桶〉そのものがどうしても仮象にみえない

のだ。澱んだもの、浄化できないものだけが彼の胸中で蠢いているのがみえる。やはり詩人は深く悩んでいたのであろうか。〈大震災〉後の激変した生活。先がみえない袋小路状態。何かを掴もうとしても、スルリと手から落ちてゆく。東京は闇に沈んでいたが、それ以上に沙良の内面は、深刻だった。まさに〈灰水桶〉のような心を抱えて、孤影の中で苦悶していたのであろう。

これから編集する『住宅』に〈灰水桶〉のような詩を載せるわけにはいかなかった。この号の「編輯後記」で、編集人となる第一聲として「どうぞよろしく」と書いたのだから、なおさらである。どうみて苦渋の籠った作品は、雑誌の品を下げることになり、と当時に編集者としてバトンを託してくれた安藤に申し訳ないこと。

だからであろうか。編集長就任後の詩作品はないのだ。

沙良没後に、再び安藤が編集長についてから、沙良の詩「海上消息」「水死美人」が、遺作として一九二八(昭和三)年四月に掲載されることになる。

「水死美人」は〈アフロヂットは海のあわ／泡よりいでて泡へかへる〉とある。

この「海上消息」と「水死美人」は絶筆といわれている。

くり返すが、沙良は、『住宅』編集長となってからは詩をここに一篇も載せなかったわけだ。それはあくまで編集長として紙面づくりを優先させ、自作の発表を抑えたともいえるが……。それも否定しない。でもそれだけであろうか。どうしても「詩」においてみずからを〈灰水桶〉と表象したように、かなりの詩作のゆきづまりがあったからではないか。もっと深刻な状況があったにちがいない。〈詩作のゆきづまり〉どころか、〈病〉による身体の〈異変〉が取返しのできないところにきていたのかもしれない。

「詩」が発表されたのが、この『住宅』の一九二六(大正一五)年六月号。ちょうど頃に発表されたのが、『文藝時代』の「びゆるれすく」だ。これは一九二六年七月に掲載された。つまりほぼ同時期のものと推察できる。この「びゆるれすく」は、副題を

「藝術家トカ道化師トカニ就イテノ妄語」とある。

藝術家は、アイロニーを孕んだ道化であるとして、最後に〈彼ノ美ガ、彼ノ仕草ガ、彼トシテ最大ノ力ヲ盡シタ結果デアルニモセヨ、ソレハ瞬間的ニ、乃至ハ一定ノ時間的持續ヲ得タダケデ、虚無トイフ彼自身ノ或ハ宇宙ノ暗黒ニ埋没スベク定メラレテヰル〉という。さらに〈悲シキ虚無ニヨツテノミ、彼ハ彼ノ存在ノ閃光ヲ見ル〉と予言する。ここに披歴された言葉は、決して妄語として事済ませることはできない。ほかでもない〈悲シキ虚無ニヨツテノミ〉〈存在ノ閃光ヲ〉を見ることができるというのだ。ここでさらに沙良は、こう言葉を重ねるのだった。ひとりごとのようにして、妄語の襞に隠れたモノをチラリとみせる。〈即チ彼ノ眞ノ生活ガ〉と……。ここに沙良の鬱積した精神の光景がみえ隠れしているのではないか。

編集長として「編輯後記」を書かないのも気になる。ほとんど書かなくなった。編集長というのは、その号の紙面づくりについてある感慨を「編輯後記」に記すものだ。それがない。まさにそれは、激しい心身の〈異変〉に陥っていることを示している。

沙良がいちばん嫌悪し、憎悪していた病の魔が取り付いたようだ。自分ではどうしょうもない心身の亀裂が、絶望へと急き立てていた。とり除こうとしても〈灰水桶〉がリアルな姿で、眼の前に横たわった。

見方をかえれば、『住宅』の編集は、沙良にとっては最後の仕事になったのだが、結果的には闇と死の入り口、つまり鬼門となってしまった、ともいえる。

海上消息

沙良峰夫

潮かぜに
散つたりな
わがみれん

おぞや
水にすてつる
あだし文

阿房鳥の
めこほしぞ
えい鰻の為さなれ

サンタ・マリヤ

水死美人

アフロヂツトは海のあわ
泡よりいでて泡にかへる

沙良峰夫「海上消息」（雑誌『住宅』・住宅改良会・1928年4月号）

第八章　アフロヂットの泡へ

1. 廃苑の人

どういうわけか大正期の文学者には夭折者が多い。その一人が三一歳で夭折した梶井基次郎だ。二〇〇二（平成十四）年にある文学講座で『檸檬』を取り上げた。梶井は一九〇一（明治三四）年生まれ。沙良と同じ歳だ。梶井も〈病〉に苦しんだ。いくつかある。肋膜炎、肺尖カタル、痔疾などが絶えず彼の身体と精神を蝕んだ。そのためもあり、デカダンスな生活を送ることでその〈病の苦〉からのがれようとした。

講義するために梶井の著作を調べてみた。かなりの著作物があると錯覚していたことに気づかされた。生前に刊行されたのは、それまでの十八篇を集めた『檸檬』一冊のみ。それも友人たちが労をとった。それは亡くなる一年前のこと。当時の反応はにぶかった。つまり文学史的には、梶井文学は批評の対象にはなっていなかった。三一歳で亡くなった一介の文学青年で終わるはずだった。

ただその後、小林秀雄が『檸檬』を再評価することで、復活の糸口がつけられた。大正期から昭和初期において、新感覚派や新心理主義が台頭し、新しい文学の素地がつくられた。梶井はそうした新風を吸い込み、鮮烈なる感性を発揮して『檸檬』を創り出した。つまり丸善の本屋の棚におかれた、あの一個のレモンは、小説空間から飛び出し、当時の文学世界に〈大きな爆弾〉となって爆発していった。

残念ながら沙良にとっての『檸檬』は存在しなかった。そのため大正期の詩界においてはかなり知られていた詩人であったが、時と共に忘れさられていった。梶井とは好対照な道を辿った。どんどん同時代の詩人達の陰に隠れていってしまった。

すでに触れてあるが、沙良がモデルとなっている、稲垣足穂の一九二二（大正十一）年の「お化けに近づく人」と、一九二九（昭和四）年の「北極光」の二作が収録された『ヰタ・マキニカリス』（書肆ユリイカ）が刊行されたのが、戦後の一九四八（昭和二三）年のこと。それも幽かな光にすぎなかった。『檸檬』のような〈爆発〉は起こらなかった。それでも少しは沙良への関心がおこり、岩内を訪れる研究者や若者もいた。しかし私家版（平善雄編集）をこえる肝心の詩集の刊行がなかった。

＊

〈海の詩人〉に〈病〉がとりついた。文学者はよく〈病〉を隠喩として作品の中で描いている。が、沙良にとりついたのは、そんなフィクション性の濃いものではなかった。身体の髄までえぐる、真正の〈病〉だった。〈病〉は呪うべきもの。不条理の極点にあるもの。その不条理の縄は、絶対的なパワーで彼をグイグイとしばりあげた。

梅澤家は、北の涯にあっても他にひけをとらない血を誇っていた。〈病〉は、その家系につらなる若者の〈いのち〉を容赦なく蹂躙した。〈病〉が沙良の全てを一変させた。溌溂とした色気や皮膚の肌理もくすんだ。『住宅』の編集という新しいアートワークも立ちいかなくなった。涙をのんでその職を去った。

沙良は、病床に身を置き、ある幻景をみた。幾人かの女性像も瞼の奥に蠢いた。また岩内から初めて東京に来てみた懐かしい光景がオーバーラップした。そして東京は、かけがえのない至上の存在、〈一人の恋人〉であったことに気づいた。

『住宅』の編集長に就いたのも、〈大震災〉で傷ついたその恋人の再生を願っていたことに改めて気づかされた。しかし、その労をとれなくなったことが耐えられなかった。〈不滅の恋人〉と会うことができなくなる。それが胸を引き裂いた。

まちがいなく、沙良はモダン都市東京という空間で〈眼の飢え〉、いやそれ以上に〈心の飢え〉と〈感性の飢え〉をいやされてきた。それをさらに味わいつつ、その〈不滅の恋人〉の復活・再生を願っていた。その最中に不意に〈死神〉がそばに立った。北の海の嵐はたしかに厳しいが、数日もたてばおさまり、青空がみえる。沙良に取り付いた〈死神〉はさらに暴れ回った。〈苦〉との闘い。耐えがたい痛み。若き身体であっても、もはや限界に来ていた。

凋落というコトバがある。秋になり、落ち葉は地上へ舞ってゆく。それは自然のリズム。そして不変の摂理だ。ヴェルレーヌにも凋落の秋をうたった詩があり、沙良もまたそれを愛した。落ち葉は土の中で腐ってゆく。姿は消すが、土の中にエネルギーをすえて新しい生をうみ出してゆく。生の循環。その自然の不変のいとなみ。だが、沙良は、この生の循環というシステムから跳ね除《の》けられた。みずからの血を残すことはできなかった。血族としての子供はいなかった。

　とすれば、唯一残された血族、血の証、つまり〈生の刻印〉とは、みずからの実存の代価としての作品しかなかったのだが……。

〈病〉は呪いとなったと先にのべた。さらにつけ加えるならば、やはり時代が悪かった。呪いの記号となった〈大震災〉のあと、食べること、住むことはもちろんのこと、医療も十全でなかった。だから沙良は〈病〉を早期に発見し、治療することができなかったのかも知れない。不規則な生活や若さゆえの酒と煙草などを嗜好する自堕落な生活が悪神たる〈病〉を招いたのかもしれない

　いやいや、悪神とは、いつも不意に訪れ、魂を侵犯するのだ。

　そもそも膵臓壊《え》疽《そ》病と診断されたのが一九二八（昭和三）年の三月二七日。

　三月二九日には第一回の手術を受けた。が、悪神をおい出すことはできなかった。二回、三回と手術はくり返された。身体はズタズタになった。わずかの間に数回の手術。それはこの病気を治療させることの難しさを示している。沙良はそれを耐えた。手術により回復を願った。第一回の手術から二ケ月もたたないうちに沙良の〈いのち〉は地上から消え、北の海に帰っていった。

〈死神〉となった膵臓壊疽病とはどんな病気か。〈壊疽〉とは細菌に感染し、そこが化膿し、細胞そのものを死なせて腐ってゆくこと。ふつうは足の病気であるが……。この〈壊疽〉にかかると、その部位を外科手術で切除しなければならない。症状が悪化し、膵臓が冒されたことになる。膵臓の機能は、消化液の分泌やホルモン分泌にかかわっている。内臓器官において重要な機能を保有している。それが機能麻痺したことになる。

　よく膵臓関係の病気には早期治療が必要といわれる。だが、自覚症状が少なく〈みつけにくい〉病気の一つともいう。罹患すると一気に進行し、大変な痛みが襲ってくる。私も義理の兄を膵臓病で亡くして

いる。その恐ろしさが分かる。進行が早く発見した頃には手遅れで、痛みを抑えるため、モルヒネなどの投与が必要だった。

沙良は、全身が痛みに襲われたと思われる。不条理極まりないもの。その最たるものが〈病〉だ。どれほど、沙良はその〈病〉を呪詛したことだろう。呪詛は、空しく悲鳴と混じった。

妹の平春は、岩内より看護のため上京。快復を願って岩内の円山観音様の滝水を瓶につめて病室へ運び沙良に飲ませた。「おいしい、おいしいなー」と喜んだ。そして病が治ったら岩内へ戻り、花をいじったり「本屋でもしたいなぁー」と呟いた。

それは二度目の手術のあとの頃。西條八十や『住宅』の関係者も見舞いに訪れた。さらに病魔は激しく暴れた。次第に意識も混濁。幻影をみた。恋しい母の姿をみたかったが、代わって診療衣に身をつつんだ父が側に立った。

すべてのことを奪い去ってゆくのが〈病〉だ。その不条理の死者として〈痛み〉が登場する。闇の使者との闘い。これまでに一番苦しいものだった。希望というものの一切を奪い去り、全ての時間を〈苦〉の棘でみたしてゆく。その闘いに勝利することはできなかった。

とすれば魔都東京に潜む死霊が、その美しい相貌と高尚な詩才に嫉妬し、暗河から魔手を伸ばし、地の底に引きずりこんだにちがいない。この都市の颯爽たる遊歩者《フラヌール》だった沙良。〈大震災〉と共に、一度死んだのかもしれない。やはり〈大震災〉は、呪いの記号であった。

では呪いの記号を払いのけ、〈死〉をのりこえてくれるものはないのか。『檸檬』のような〈爆発〉がなくてもいい、沙良峰夫という詩人がこの地上に生きていたことを、その短い人生の中、全身で叫んでいたことを、その姿を残しておきたいと願った。若い魂の純粋な形が、いかに尊いものであるか、それを本書に記録しておきたかった。一篇の詩であっても、そこに美と真実が宿っていれば、後世の方々に伝えることができるのだから。

まちがいなく沙良の詩作品は、それを欲しているのだ。沙良の魂がそう欲しているのだ。その黙する聲に応える一心で、愚凡かつ非才の極みをかえりみずに、この本を編もうとした。

まちがいなく〈死〉より強いものがある。時をこえて、不滅のアウラを発するもの。それは心血を注いだ〈作品〉だ。〈作品〉は不滅である。沙良が心血を注いだ詩作品やエッセイ。なによりその溌溂とした振る舞いや聲は、光を放っている。一篇の詩もまた石のような心を穿ち、溶かしてゆくのだ。

夭折という言葉は哀切という感情を喚起する。私がこの『沙良峰夫とその時代』で一番書きたかったことは、夭折という言葉を一度封印して、まず沙良峰夫という詩人を冷厳にみつめ直すことだった。大正期という狭いゾーンの詩人から解き放ち、その現代性を浮き彫りにすることだった。

あまりに簡単に人は、夭折という言葉を使いすぎる。いや、私自身も何度も使ってきた。それを使うことで、その無念さを自分も理解したような錯覚をしてきたかもしれない。ただ、そうであってはいけないのだ。

また人は、沙良峰夫を「幻の詩人」と呼んで、事を済ませていないか。この〈幻〉を消すために、資料をあつめ、沙良が生きた時代を活写することに努めた。そこから分かったことがある。まちがいなく、美しい魂をもった詩人であった。なんと多くの詩人や文学者や文化人に愛されたことか。彼の詩魂は、混じり気のない聖水であった。たしかに未完ではあるが、未了ではない。多くのことを成している。

最後に少し沙良の素顔に迫ってみたい。独身者たる沙良の孤独を癒やしたものは何か。いくつかある。まずタバコである。日本ではポルトガル語の音を漢字に当てはめ、「多巴古」「陀波古」「莨」などと表記した。沙良にとってそれは愉悦の時をもたらした。香りの煙。そして意識をより高めてくれる妙薬。そして時としてもう一つの〈別な時間〉へと誘ってくれる使者だった。

もう一つある。沙良は部屋にフランス人形を「住人」とした。銀座不二屋のショーウインドーを飾っていた一体。それを買い求めた。偏愛する姿はあたかも一人の〈女性《ひと》〉を愛する如し。

〈くさいろの薄い舞衣〉を脱がすと〈手がふるえる〉

と。〈杏の実に似た肌〉に、匂いを嗅ぎ、小さな足は〈噛んでやりたい〉とも。栗毛の髪、碧い目が心の重みを溶かした。さらにこう告白する。〈慢性孤独病〉の〈おれ〉の〈情人《いろ》〉であるとも。

沙良にとって一体のフランス人形はかけがえのない〈話し相手〉であり、全てを無償で受け入れてくれる〈女性《ひと》〉であった。緑のビロード服などの洒落た服を愛したこの詩人にはやはりフランス人形が似合う。

もう一つ沙良にはオペラ好きの横顔がある。一時、浅草オペラに通い、当時の一流の歌手の美声に酔った。その中にはのちに「吾等のテナー」といわれた藤原義江もいた。藤原は日英の混血。浅草オペラで名を高め、さらに本場のイタリア・ミラノへ。帰国後、ヴェルディ『椿姫』のアルフレード役で本格デビューした。ただ沙良は藤原の本格デビューを目撃できなかった。その時はすでに地上の人ではなかった。それにとどまらない。みずから楽譜を取り寄せ、オペラ・アリアを歌った。その中にはマスカーニ作曲「カヴァレリア・ルスティカーナ」でトゥリッドが歌う「おー、ローラ」や、ヴェルディ作曲「椿姫」でジェルモンが歌う「プロヴァンスの海と陸」などがあった。

それらをベルカント唱法、つまりイタリアオペラの正統的歌唱法にもとづき情感をこめて歌った。これらの曲は原語がイタリア語なので、当然にもイタリア語で歌ったであろう。沙良の美声を耳にしたかった。

こうして沙良の肖像を描いてきたが、まだ完全には済んでいない。不明のこともある。それはこれからの課題として背負っていかねばならない。ここで編んだことを資料にして、さらなる研究者がでることを強く期待したい。そうなれば、私の役目の一つは修了したことになる。

2. アフロジットの泡へ

何度もいうが、沙良峰夫という詩人は、早く父母を亡くし、若き日から胸中に一つの廃苑をいだきつつ、それを追い払うかのようにして詩文を書き続けていた。

詩作にはキラキラ光る抒情性に富んだ形象美がある。一時は新感覚派の詩も編み出していたが、やはりこの詩人の真髄は、象徴詩にある。抒情の中に悲しみの衣裳をまとい立っているのだ。

沙良は〈雪、ゆき、ふるとしのわが廃苑につもった雪よ〉とうたう。この哀切を含んだ雪は、東京の雪ではない。まちがいなく故郷岩内に降る雪だ。岩内の冬。海風は暴れ、雪は上から降らない。下からまき上げてくる。目はあけられない程だ。そんな雪に翻弄されて育った。〈わが廃苑〉につもる雪とは、そんな故郷の雪にちがいない。沙良の詩の中には、幻景のように北への哀情が反復されている。

〈北の浜辺〉とか〈白い霧〉とか。〈死んだよりも哀しい女〉という詩句もある。ヴェルレーヌの詩歌を訳していても、そこには〈悲しく閃めく〉ものが立ちあらわれている。沙良峰夫という詩人は故郷を離れながら、心の中でそこへの帰還を心底願っていた。

それにしてもまだ謎は残る。私の中でもすっきりとはしないところもある。これは沙良が残した私達への問いかけなのかも知れない。永遠の問いとしてこれからもつかみ直してゆきたい。

ふとこうも想った。〈病〉の身体を、どうにかして岩内の冷たい海の中にひたしたかったのではないかと……。白鳥の歌となった詩は〈水死美人〉だ。なんと痛々しく、象徴的なことか。みずからの死の姿を予見した。いや、夢想した。そこには〈アフロヂットは海のあわ／泡よりいでて泡へかへる〉とある。

第一章でも紹介した吉田一穂は、約一〇年の時間を費やして詩集『白鳥』を書きあげた。この北の詩人は、詩的な想像力を飛翔させ、古代において現在の地球とは異なる地軸が存在し、極地が緑地となっており、白鳥はその〈古代極地〉を目指して飛ぶと、幻視した。

それが白鳥の北方回帰という不思議な現象であると。白鳥には、古代からの記憶がインプットされて、そういう行動をとるとみた。とすれば、沙良もまた、身体にインプットされた記憶に促されて本能的に北の海へ、その泡へと戻ったのかもしれない。

沙良にとっての〈古代極地〉は、地球創成から永続的に繰り返している海のいとなみ、その純白の泡の反復のゾーンであった。

まちがいなく〈水死美人〉とは、北の海のアフロヂットなのだ。これをどう解釈するか、謎をかけられている。

〈水死美人〉がアフロヂットとすれば、沙良は海の「泡」にメタモルフォセス(変幻・変容)する女性との一体化を願っていることになる。みずからの最期の切なる願いは、病む身体をかかえつつベッドをぬけ出して、〈水死美人〉とたわむれることであった。ここには哀切さや甘美さはない。むしろ強く心に決めた意志さえ感じるのだ。

「泡」と交わること。それは死をこえてゆくことであった。なぜなら「泡」は、いのちの再生・復活《リ・ボーン》を可能にする母なる乳となるからだ。

「泡」は、生と死の往還を潜りぬけて、新生の床を用意してくれている。それが沙良にとっての身体性をもった「泡」だった。絶対のパワーをもつ北の海。特に冬の海において、「泡」は純白の美をみせる。それは無上に美しいのだ。全てを浄化してくれるのだ。

やはり沙良峰夫は、「泡という真珠」を魂に宿した「海の詩人」なのだ。

この小論の幕を閉じるにあたって沙良の〈胎〉にうごめいた海霊に「四つの連祷」を捧げたい。

四つの連祷——沙良峰夫の海霊《かいれい》に

Ⅰ.
天鵞絨《ビロード》の階梯《きざはし》
そこに佇む詩人あり
廃れた苑《その》に
しとしとと
哀しみのみぞれ雪
降り積もる

Ⅱ.
憂いの人
赤い薔薇に看取られて
純白の泡の床に還っていった

ああ、その一瞬に
冬海《とうかい》は
悶えて
宙《そら》を切り裂く

III・
緑のマントに身を包んだ
流星《ほし》が飛んだ
光の王国を指して
ああ、その軌跡のなんと
冷たく華麗なことか

IV・
皐月《さつき》の朝《あした》
奏でよ
慈愛の霊よ
歌の翼《つばさ》をやかれた詩人のために
悲哀のアリアを

不滅の恋人のために
麗《うるわし》のアリアを

奏でよ
無垢なる泡の霊よ
復活の朝にむけて

西條八十は詩空間の中で、数多くの人達〈家族や詩人〉を追悼した。詩には彼等を哀切に追悼しつつ〈「死」其物〉を〈完全な複写《カウンターパート》〉として描出した。〈「死」其物〉は分割不能の、そして絶対に消し去ることができない形象《イマージュ》。心にうず高く堆積する〈死の重み〉を随伴した。

私のこの「連祷」もまた、沙良峰夫という詩人、その哀切きわまる〈「死」其物〉を透視して生まれてきた。私なりの未熟ではあるがこの詩人の「生」と「死」の一つの〈複写《カウンターパート》〉でもある。

岩内の冬の海。そこに立ち、漠として朦朧となった水平線の彼方に眼を注げば、「泡」と、遊び、不滅の「聖杯」となったこの詩人の美しい幻影が浮かびあがるのだった。

岩内の海。その不滅の聖域。その処女の苑《その》。そこには日夏耿之介が『黒い聖母』（第二詩集）でイマージュした〈夢たをやかな秘密咒〉は顕現しない。あえていえばそれとは異なるもの、アンリ・ベルグソン的な「純粋持続」するパワー、そんな生の律動が脈打っているのが、岩内の海だ。海の原初としての女神の「息《ブレス》」でもある。振動《パルス》のような白い「泡」。それが孕《はら》む「海霊」。つねに流動し、同一のものがない。一見、ヴァリアント（変容）をくり返しているかにみえても、決してポエジーを喪失しない形象。それが私の、そして沙良峰夫の海だ。

Ⅳ・沙良峰夫　詩集「華やかなる憂鬱」

沙良峰夫　詩集「華やかなる憂鬱」

＊本書に詩作品を掲載するにあたり、原本としたのは『華やかなる憂鬱　沙良峰夫詩集』（１９６７年・沙良峰夫を偲ぶ会刊）と、平善雄が『現代詩歌』『棕櫚の葉』『住宅』などを調査して新しく発見した詩作品を収録し便宜的に『沙良峰夫詩集』として名付けた集録である。この『沙良峰夫詩集』とした集録には、手書きで明らかに誤字（あるいは誤植か）と思わる箇所に訂正とママの表示が並列されていたが本書では、可能な限りその誤字（誤植）を直して表記してある。

＊また再録にあたり、発表順に並べてある。ただし発表年が確定できない「俳句」（晩年の作と予想）や、「無題」―稲垣足穂氏の教示による初期の作品は、最初においてある。

＊訳詩については「訳詩と翻訳」のセクションに整理しておいてある。

俳句――昆布温泉にて（紅葉谷温泉）

湯の宿にゆう暮ちかし滝の音
湯の宿の酒のさかなよ滝の音
湯の宿の煙立ちのぼり水清し
山の湯のランプ手ぐらで酒呑みし
一人逝き二人逝き申し候　除夜の鐘

無題

あなあわれ
恋のイカルスが
落っこった
空色の瞳の湖水へ
（稲垣足穂氏の教示による初期の作品）

涙

「時」の手が、
おん身の髪を灰いろに染めかへ、
おん身の額を深い皺で刻んでも、
「時」の手が、
おん身の眼を悲しげにかすませ、
おん身の頬から肉と薔薇いろを奪っても、
「時」の手が、
おん身の唇から珊瑚の潤ひをぬぐひとり、
おん身の喉から銀鈴の聲を追ひやるとも、
あゝわが戀人よ、
われらが若き日の歡びを思ひ出て、
流す眞珠の涙のみは、
「時」の手をして涸らさしめたまふな。

（『現代詩歌』第一巻第十号・大正七年十一月）

薔薇色の月

薔薇色の月、み空に昇り、
古き世の唄の調べの
匂をこめし夢の影を、
花園の上に降りそゝぐ。

星はその撒き散らされし花粉か
黄金色の細かき顫音《トレモロ》に
優しくもさゞめき交はし、
伴奏の響は空にたゞよふ。

繁れる樹木は葉を觸れあはせ、
草花は莖をゆすりて露をふり落し
噴上の水は聲きらめきて舞ひおどれば、
香はしき月と星との樂の音に酔ひ痴れてむ。

わが君よ、今宵はあたり物語めく、

われらはその中の王子と姫か、
いざ夜更くるまで幻の思ひ抱きて
此世ならぬ戀に耽りて漫ろ歩まむ。

（『現代詩歌』第一巻第十号・大正七年十一月）

秋のスケッチより

涅槃の秋の瑠璃色空、
佛光は地上に照り満つ。
幾世紀古りたる伽藍の中より
無量壽經に誦する僧侶の聲聞ゆ。

寺院の前なる廣き池の面、
蓮はすでに枯れはじめたれど、
汀には菊花亂れ咲きて、
焰に黄金に雪に秋の光を彩れり。

赤き背と琥珀色の翼を閃かせ
蜻蛉は數かぎりなく群れ飛びつ、
菊の花の精かとばかり。

華かなる友禪の KIMONO 着たる
姿優しき MUSUME は眼を細め恍惚《うっとり》と、

苦《にが》くして懐《ゆか》しき花の香を嗅ぎぬ。
彼女が手にせる小さき日傘は
そが肩に後光（Nimbus）を畫けり。

（『現代詩歌』第一巻十一号・大正七年十二月）

幻想の女

四月の夜であった、私はいつものやうに窓に腰かけてゐた。

若草の綠色の薄ぎぬの下に、欲求は春の芽の如く吹き出て、私の肌は悩ましく悶えてゐた。

南風は暖く甘い匂ひを齎して、私の憧れの心を擾き亂す。私は切なげに兩の腕を擴げた。——そしてその時おゝ微笑しながら彼女が私の前に現はれた！

それ以来私は彼女をほんとうに愛したと思った。

朝は黒髪を梳づるしときも、夜は蠟燭に火をともす時も、彼女の手から接吻の花を奪った。

晝は紅い果物を食べたあとも夕は優しい歌を唄ったあとも彼女の唇から接吻の什《ママ》を啜った。

それなのに、それなのに、これはどうしたことであらう。彼女の顔は蒼ざめて悲しげになってゆくばかり。

そしてあゝ終に或日の明け方彼女は私の部屋を立ち去ってしまった。

私は戀人のつれない情を恨み咲《ママ》きながら、それでも仇な希みに願ひをかけていつまでも彼女の歸りを、あの思い出ある窓に腰かけて待ってゐた。知らぬ間に四邊は花となった。星は清い光を私におくり木の葉は氣まぐれな囁きを私につたへる。暫くすると遠くから南風があの懐しい吐息を吹き送ってきた。

そして彼女の聲が哀調を帯びてきこえた。「卑しい愚かな私の肉の美しさのみを貪って私の胸に秘した尊い一つのには觸れなかった」と。この言葉は私に消しがたい愛傍《ママ》みを残した。

（『現代詩歌』第二巻第一号・大正八年一月）

冬のおもひ

心はもの憂き灰色の影にみち
しめやかに冷たき涙は滴る
蒼ざめし唇はいたづらに
返へる期もなきくちづけを求む

老いさらばひて大地のよこたはる
はてなき悲しき雪の屍よ
暗き風にたゞよふ氷塊の月は
そが上に色褪せて白き思ひを嘆く

ひまなく侘しく雪はふりつむ
閉ざされし玻璃の窓ぎわに
羽ひろげてとまる倦怠の大鴉
うらぶれし幻は凍る……

（『現代詩歌』第二巻第二号・大正八年二月）

たそがれに

たそがれ……
おぼろなものゝ象は
背景のあをい闇にくづれてゆく

ひそかに忍びくる夜をまつ
夕暮れのしゞまのおびえ
このとき
あなたの顔は
夢に咲いた青ざめた白百合のやうに
夕やみのなかに仄かにゆらぐ

ひとりあなたの眼は
ふたつの水晶の鶴のやうにかゞやく
夜の色のこくなるにつれ
あやしいよろこびの光はもえる

期待のおそれに
あゝうちふるふわたしの心……

（『現代詩歌』第二巻第四号・大正八年四月）

小唄

忘れじな
畫の金絲雀《カナリヤ》
微睡《まどろ》める
淡き夢路に
現《うつ》つなる
黄金《きん》の小鈴を

忘れじな
夜の鶯《うぐいす》
菩提樹の
葉越しの月に
仄かなる
白銀《ぎん》の小笛を

（『現代詩歌』第二巻第六号・大正八年六月）

まひるに

なげくは
ものいはぬ鸚鵡
みじろがぬ
黄なる日光《ひかり》に
泪《まみだ》して
うなだれつ

まぼろしに
咲ける
白き蓮の花
葩《はなびら》は薫じ
なやましく
夢む……
さて散りぬ

幽《かす》かにも

さみし
處女《おとめ》の吐息
かたはらに
孔雀
しづかに
死せり……

（『現代詩歌』第二巻第六号・大正八年六月）

ためいき

それは終りのない幻の恋の間奏曲《インテルメッツォ》。
薄ら明るい正午《まひる》の夢の小徑《こみち》から、
さ迷ひでた白い小さい蝶々。

古びた羊皮紙の聖典の頁に見いだされる
色褪せた革の花の栞りに
尚も残ってゐるその儚ない薫り。

黄昏《たそがれ》の御堂にひとり愛の眼差《まなざし》あげて、
聖體に祈る若い修道女が胸の幽かな慄え。

仄白くもえる「月の女神《ヂアーヌ》」の裳裾《もすそ》に、
池の面《も》の水がたへも得られる接吻《くちずけ》の
青ざめて昃《かげ》れるすゝり泣き。

揺籃に眠る幼子《おさなご》の、天使のやうな顔に
ちらと浮んだ可愛いほゝ笑み。

夏の朝、無花果《いちじく》の葉かげに消えやむ靄。

大理石《なめいし》の食卓にのせた珈琲茶碗から
あはあはと立ちのぼる陽氣のひと條《すぢ》。

曇り日の懶《ものう》い晝過ぎ、眞白い指の
鍵《クレー》にふれて滴り落ちるピアノの響きに、
凋れ散る薔薇《ばら》の花瓣《びら》のさみしい匂ひ。

晩秋の絃《いと》切れたヴイオロンのうへを
掠めとぶ病ら葉のさゝやき。

古い塔に囚はれの巫女が
午後の白い月のうつゝなに漂ふのを
高窓より遣《ママ》るせなく眺める節のない唄。

美しい手にそっと捕へられた

臆病な小鳩の胸毛のそよぎ。
夕闇に咲いた月見草の寂黙《しめや》げるおもひ。

静かに湛えた甕の水のおもてに
蜻蛉の羽が亂す纖細な波紋のさゝやかな聲。

限りない哀愁に優しい魂をうち濕らせる
ドビツシィの「ロマンス」と
憧がれ死にゆく樂の音の最期《いやはて》のけはひ。

女の吸ひすてた金口の莨《たばこ》の先きに
ほそく燻ぶる紫烟の烟り。

夜の壁間に掲げた、亡き人の
パルテル畫の肖像の前にさしかざす、
たよりない蠟の陰翳の仄めき。

四月の暮れ方の苑《その》に、戀誘うて
處女の肌を撫で過ぎるありとしもない軟風。

淺い春の赤い鳥居の繪馬に、
やはやはと降りかゝる牡丹雪の
射す日に失せゆく一《ひと》ひら二《ふた》ひら

「過去」に集めた紅寶玉の涙が秘められし
象牙の小函の封蠟を熔かす「追想」の燐寸《マッチ》の焔。
それは初めのない忘れられた物語りの結末《エピロオグ》。

（『現代詩歌』第二巻第八号・大正八年九月）

『アナトール』をよみて

匂ひのゆたかな栗の花が
木の葉をもれてくる日光にひらめいて
トリトンの大理石像のかたに
黄金や銀のいろした小魚のあそんでゐる
しづかな池のみのもに　また
おまへの房々した髪のうへにふりかゝる……
滑らかなびらうどの芝生にすはって
恍惚《うっとり》とめをとぢて
わたしの膝《ひざ》によりかゝってゐるおまへは
のどかな春の苑にねむる白鳩のやうにかあいらしく
温かいやさしい雨に匂ふ素馨花《チャアスミン》のやうにしほらしいけれど
あはれな少女《おとめ》よと胸にいふわたしのひとりごとは
おまへにはきこえぬだらうね
あゝ顔をあげてむかふをごらん
水松《いちゐ》のこかげをゆるやかに馳《は》せる
西班牙《スペイン》風の馬車のうへの貴婦人——

あの女とわたしが
もう三度目《みたび》のランデヴーをしてゐるのを
おまへはつゆ知らないだらうね
おまへが吸ふたわたしの唇《くち》には
あのひとの甘いベイゼと言葉とが
まだうせもせずにほんのりと縺《もつ》れてゐたのを
よもや氣づきはしなかったらうね
しかし少女《おとめ》よ
いつか二人《ふたり》は別れなければならないのだ
つゝましやかな微笑ではじめての接吻《くちづけ》を
わたしがしてあげたやうに
やゝかなしげな微笑でをはりの接吻《くちづけ》を
おまへはしてくれなければならない
そうして左様ならをいはうね
おたがひの日をおもひでの小函《こばこ》に秘めて……

× × × × ×

夫人よ
この綺羅びやかな舞臺でのはでなメロドラマも

もう幕のおりてもいゝころになりました
わたしたちは始めに約束をしましたね
まことの心をうちあけて　と
どうやらその時がやってきたやうな
あなたから云ひだされぬまへに
わたしからそれを申しませう
ワットーの繪や珍らしい波斯《ペルシャ》の綴織や
絹のクッサンつみかさねた寝椅子や
牧ばのやうな敷物などにかざられたこの舞臺を
ではわたしは退きませう
印度の孔雀のやうに誇らしく
希臘の白鳥のやうに婉《あで》やかな夫人にくらべて
わたしはこひの聲色《こわいろ》をまねるには
あまりに拙ないあはれな鸚鵡です
なにとぞつぎの幕は
わたしより一枚うへの役者のお相手で
こゝろゆくばかりにご演じあそばせ

×　×　×　×　×

今日もまたおまへに逢ふために
人めにかゝらないさびしい小路の
わたしたちの貸間にいそいできた
格子戸のついたこぢんまりした部屋
かるい調子に彩《いろど》られた壁には
古い色のさめた版畫がところどころにかゝって
更紗の窓たれがそよ風にゆれる……
おまへはこゝでいつも待ってゐる
まるい頰《ほほ》に小指をついて
晝すぎのものうきに待ち佗びてゐる
わたしをみると優しくまたはげしく抱いて
かあいらしいこゑで戀人のあいさつをさゝやく
わたしたちは話しあふ　くちづけしながら
たあいないことを繰《く》りかへしてくり返へして
おしゃべりする……
あゝそして樂しいあひゞきの夜がくる
おまへの惱ましい吐息　卓のうへの草花のかほり
紅い緑いろのラムプの影　わたしのギタアの即興樂
情にえたへずうちふるふおまへの
薔薇《ばら》のやうに白く柔かい手をとりあげれば

あゝ溺れめくおぼれゆくその眸光《まなざし》のいざなひ……
けれども
ふくやかになみうつ乳房におもてを埋め
やがて官能の昂《たか》ぶりがしだいに静まったとき
ふとわたしには追想のノスタルヂヤがわいて
遠い日にすてゝきた少女《おとめ》の姿がかなしげにうかぶ
ながいあひだ思ひださずにゐた　そして
名さへも忘れてしまったそのをとめが
なぜか狂ほしいほどになつかしく慕はしくなつて
わたしの泪はだいてゐるおまへの胸のはだをぬらす
おまへはそれを肉感のきはみととるにちがひない
いやいやおまへとて
わたしの腕《かいな》のなかに瞼をとぢて脣《くちびる》をうけるとき
わたしの代りにほかの男を想像することがないとは
どうしていはれやう
あゝこの部屋をでゝは舞踏場に行って
夜もすが舞ひと媚びと酒とのあひだに
過ごすのがなりはひのおまへだ

（『現代詩歌』第三巻第一号・大正九年一月）

那須野にて

きりはれて
さらに夜あけの星月夜
しらぬ野原のひんがしに
ひそかにかゝる
末の月

風湧いて
なぜか身にしむ　この夜あけ
はや降りしきるかなかなに
うきひと戀し
月見たか

（大正十一年七月二三日）

秋

向日葵《ひまわり》のやうだつた
わが女よ。
そなたの頰はあをざめて冷たい。

われらの季節《とき》は過ぎたと、
そなたは吐息するのか、――
否々、をんなよ。

只、夏の野にとりあつめた
紀念《かたみ》の草花たちの、
彩《あや》も失せ、香も儚く、

壁にかけた柳の枝の籠のうちで
凋れてしまつたのが、
それが、あ、哀しいのさ。

いま二人の上には高い秋の空、
燕のむれが
遠い白い雲のなかに消えてゆく。

はろばろとさわやかな微風《そよかぜ》……
疲れにおもい瞼を、が
あげてごらん。

静かな白光が烟ってゐる
地平のかなたの廣い國……
かしこで夢みないか、わが女よ。

（『白孔雀』大正十一年十月号）

雪

雪、ゆき
ふるとしのわが廃苑につもった雪よ。

死んだ白鳥。
眠った白孔雀。
(冬の日よ、その上の経帷子《きょうからびら》をおとりでない。)

萎れた水仙。
色褪せた薔薇《そうび》。
(冬の風よ、その上の沈黙をおちらしでない。)

病んだ少女の胸。
祈祷《いのり》する尼僧の額。
(冬の月よ、かれらの魂をやさしくお抱き。)

昔の戀人の柩。

儚い思ひ出の幻。
（冬の女よ、わたしの悲みをそつとお抱き。）

雪、ゆき
ふるとしのわが廃苑につもつた雪よ。

（『白孔雀』大正十一年十月号）

夢

（美牧燦之介に與ふ）
おほいなる輪踊りのむれを見たり
薄明りのたちこめし中を
ゆるやかにめぐる人人の姿、白き上衣の
幻影のごとく。……

誰ぞかの胡弓をひくは
うつ憂《ゆう》の樂の音のゆゑわかぬよろこびに
あやしきまでに心あくがる
（われはみづからの輪踊りの列れにあるを知りぬ）

素足もかろく
われはふたつの柔らかき薔薇の手をとりてめぐる花の香にほふ吐息空いろのまなざしよ。

時はしづかに過ぎぬ
時は黄金の沓をはいて忍びやかに過ぎぬ

（大正十一年十二月）

無題

七月だ
濱邊の若々しい賑かさ
灼ける砂
まひるの潮風
油絵具をたゝきつけたやうな
雑多な海水帽
日除け　パラソル
三角の赤旗
ハイカラな時代の賑かさ

（大正十二年七月）

ふたりの男

いちにんは
いつもまたを見てありき
いちにんは
ともすれば
橋のかなたのそらを見き

その昔
いちにんは
紅きソーダをのみし男
いちにんは
白きソーダをのみし男

（大正十二年八月）

通夜

あゝ不信なる亂倫の母胎よ。
しどけない白日《まひる》の夢のなか、
綢繆たるいくばの具體や抽象のかいなに身をゆだねて、
そも奈何に
そも底事《なにごと》をおこなつたといふのか。

看ろ、
雪のごとき大判の白紙のおもてに幻視される
模糊たる「未成」の點々、
蠢爾として孵化するを待ちあぐみつつ、
伊吹を詰めてぢっとみまもるけれども

むなしさは
縡蠟の泪しとどに
黯々たる幣斯的里亜《ヒステリア》のほかげのもと、

光景はあはれ一弾指微動のときめきも示さない。
今宵またかくて過ぎゆくのか、
愡外に大気は玄《くろ》く冷く
星は蒼白めておちた……

虚無の壁間にうちふるふ沈々たる孤影、
いたづらなる痛恨の朝明《あさけ》おそるる
憔燥の歎悼の通夜僧であるのか。

（『棕櫚の葉』大正十三年一月創刊号）

エラン・ヴイタアル

いましがた見たわが夢の
あやしさ、なつかしさ、
惝怳と心ときめくやうに、

いましがたまでの我が生を
よごれた沼に咲いた
虚妄なる青い花と知れど、
ふつつと切つて立ち去りがての
此のうつつ、
エラン・ヴイタアルを遠雷のやうに聴く時。

（『棕櫚の葉』大正十三年一月創刊号）

一九二三年九月中旬に

おれもその焼け出された一人だ。
毎日の秋雨――袷の欲しい寒肌に
着けてゐるのは、よれよれの單衣だ。

厭な雨のおかげで夕暮が早く来る、
それなのに燈《ともしび》はまだつかぬのか。
火をもらつて麵麭をやいて、
あやしげな葡萄の酒をのむのだが、

ゆうべの夜勤で今まで寝てゐた郵便局員、
隣室でばたばた掃除しだした、
それがいかにも獨身者の侘しさがあって……

街の上の屋根の上のおせっかいな秋雨のやつ、
いらぬ哀切をおれの心に澆ぎこんでは、
みづからを酔はしめんとする

この葡萄の酒の香を喪に服させるので……
ペシミズムの熱は従ってまた一度あがるのだ。
（『棕櫚の葉』大正十三年一月創刊号）

無題

鬱陶しい五月雨が霽れ上って愉快な初夏になりました。白鞣の靴先に冷たい銀座のペーブメントを踏むよさは何といふ吃びでせう。
燕は飛ぶし、藁の管にソーダは溢れるし海辺には紅白のダンダラ幕にタオルのマントが飜つている。

（大正十三年七月）

涼風のヴィラ

海の紺碧と、木の緑と赤屋根炎熱の皇帝は眞晝を君臨している。だが松ある國の芸術家が作つたこの家は、その著しく新らしい様式にも拘らず、何と故国の生活と好尚と風物に即してゐることか、見よ、その屋根の勾配を、さてはそのうち広がれる様のあたかもここの岩角の一部とも見ゆる姿を。近代の生活と芸術との一致はかゝる建築に於いてはじめて見ることが出来る。

（大正十三年八月）

水中の亭

お庭のおくの
かくれ沼《ぬ》に
きのふひらいた
睡蓮の花

あのうす紅は
君が頬
あのむらさきは
君が眉

かはたれどきの
ひとときを
月と水との
ゆめもどき

（大正十三年八月）

初秋の夜

ファイアプレースは未だ燃えない。

夜は段々長くなつてゆく。

獨乙風な彫刻のついているマントルピースの蔭で松蟲がしみ入る様に秋を呼んでゐる。

船載の佳品と覚ゆる猛虎の皮が、生ける日の如く室一ぱいに占領してゐる、人が居なくも何となく人の気はひのする室、外は多分星の多い夜だろう。


（大正十三年九月）

無題

底深き鏡と
池は光を乱し
黒き
柳の影
風は嘆く

夢みんいざや
ひろく優しき
やわらぎの
虹と乱るる
星の空より
くだりくる

（大正十三年九月）

無題

新涼来！　日向は未だ残の暑さが盛だが蔭に這入ると流石に争れぬ冷気だ。玉蜀黍の葉末がカサコソと音を立てゝゐる。赤瓦の屋根が紺碧に晴れ上った空をうしろにクッキリ浮び上ってゐる街々の少女の衣も更った。それにしても何とまあプラタアスの秋を感じ易いことか。本郷辺の街路樹はもうチラホラ散り初めて居る。

（大正十三年九月）

秋深し

床の円い絨氈の文様はメルヘンの泉を思はせる。白エナメルの家具は少しお済し屋だが、東洋風な曲線で巧みに変化をつけてゐる、眼をつぶつている天井のシヤンデリアは藤の花のやうだ。開いた窓の向うには爽かな十月の獨乙の大気が流れて、遙かに中世の古城をさえ見ることが出来る。

（大正十三年十月）

無題

皮膚の面が海のやうに平らになつて
静かな曇り日を呼吸する。
玻璃戸の向ふには秋が落ちてゐる。
カーテンの蔭のみそかごと。
劇場は未だ始まらない
眞白な短艇クラブの蔭に落ちてゐた
セルロイドのバクダン
ぼくはこんな秋が好きだ

（大正十三年十月）

夜の電気ホーム

深々とした眞闇の秋の夜空を背に
輝かしい照明を受けてクッキリと
浮び上つてゐる。
並行した直線が眼につくところは、
如何にも電気ホームらしい明快な理智と、
清新な感情とを現してゐる。

（大正十三年十一月）

無題

燕は去り
雁り、
厨の水甕の蔭には
蟋蟀煌々たり。
燈火まさに親しむべし。
（大正十三年十一月）

食後の休息

食後に気をかへるために別室で
お茶を戴くことはよいことでせう。
其處には稍々自由な、だが乱れない程度の
放恣がなければならない。
床に投げ出されたクッションの上の
ピエロオの嘆き
チヨコナンとテイテーブルの柵に
腰かけた音樂師も思ふは、
来し方か行末か
さて一番高いところのマノン様、
懐かしい巴里の街は遠けれど――
お気附け遊ばせ、
姫御前の膨らみ切ったお袴が
薄い紅茶によごれますわい。

（大正十三年十二月）

無題

冬の日の暮方、こみあつた電車の隅で
ちぢこまつてゐる小さい女、灰色の娘、
お勤めのかへりですね。
肩掛もない手袋もない、よごれのみえた着物の中に
艶もない紅みもない皮膚がさむがつてゐる。
若さは——でもある。
そつと上げると、おどおどした眼の奥に。
あなたの住居はどんなだろう、
いや私には分かってゐる、家の中もよく見える、
勝手で夕餐の支度をするあなたが、
破れた障子の穴からのぞかれる。——
指環を一つ、だまつて贈つてあげやう、
石はつつましい幽《ゆか》しい色のムウンストオン。
誰も知らぬ私がはじめてする樂しい善事だ。
あの女、あの女、あの女、
若くつて美しくつて素晴しいからだ、

だがだらしのないヴァアムパイァ、あの女……
ね、私はあなたが好きになれさうだ、
小さい灰色の娘さん、むすめさん。

（『住宅』大正十四年一月号）

偶想

柳絲すでに乱れて温める水脈に映り、薄色のマントは銀街にひるがへり、黄金の踊り靴は乾きたるペーブメントを踏めり、春來れり、春來れり、やはらかに柳青める北上の岸辺眼に見ゆ
泣けとごとくに
啄木の詠い、蓋し年毎の早春の神経衰弱を歌ふ。

（制作年不明）

たはごと

七杯のアブサント！
三十本のドン・ダラゴン！
大脳のカオスの中を
電光形にはしやぎまはる舞踏病の靈感！
ヂャヅもどきで度外れな伴奏する
不眠症の夜の不階音！
酒精中毒の吉兆ある右の手に
九十日ぶりで畫筆を執りあげろ！
チユウブは孕み
燦たるとぐろを放射する！
パレットに咲く奇怪なる花苑！
カンヴァスにたたきつけた
女の幻影交錯《アントルヴィジョン》！
必然にこれ未來派の chef - de - auvre！
お馴染の十字街頭の
交通巡査の夜の夢！

（『住宅』大正十四年四月号）

銀座青年の歌

春が、春が、春が來る。
どこかに戀はないものか。
さてもオウバの汚れめよ、
靴には泥が、をととひの、
はねが今でもついてゐる。
さあさ、これらは脱いだり捨てたり、
思はせぶりな急性の孤獨《こどく》の病も
ついさつぱりと吐きだした。

なにしろ冬が逝つたのさ、
あの化粧品屋の賣つ子め、
たうと女優になりやがつた。
――しかも活動の。
大雪の夜に濠端《ほりばた》を
一緒にタクシではしつた事を
忘れたいのに覚えてゐるが、

くそ、まあせいぜい俗衆の前で
下手なキスでもして暮し給へ。
そんな愚痴はどうでもよしだ。
このステッキは少々厭きたね、
春は細身のケエンにかぎる。
やはらかな色のボルサリノ、
英吉利《イギリス》型のオリイブの春の上衣の出立《いでたち》で、
ケエン振りふり街を歩いたら、
さぞや好からう、戀もあろ。

ごつた返しのバラック街に
浮気《うわき》な春が、春が來る。
ほこり、砂嵐、なんのその、
空はうつとり、菫いろ、
稽古律塗《チヨコレト》の飛行機よ、
ひとつ陽気にキリキリ舞して落つこちろ。
ラアラララアラ、ランラララ……

黒い帽子の築地芝居、
あそこぢや何があつたつけ、
ヴオドビルでもやればいゝ。
帝劇では上海《シャンハイ》製の（違つたらご免）伊太利オペラ、
でつかい豆腐づくりのお宮のやうな
木挽《こびき》町のテアトルには
トガを着た髙島屋の大演説がありやす。
だがやつぱりシネマの方がずつと贔屓さ、
ムツシユ・ボオケル、ボウ・ブラムメル、
キイン、シラノに巴里の女、
暗いところで罪と罰、
モンナ・ヴンナにスカラムウシユ、
傑作映画を褒めるなら、
街の手品師も入れずばなるまい。
それもよけれど、
から輕い愉快なやつはないかしら、
ベエブかピナかニタさんの
おつな喜劇よ、春だもの、
フロラのやうにやつといで。
霜枯れの二月はとつくに過ぎた。

角のカッフェの景気よさ、
夜ごと夜ごとにトリオが浮立つ、
あれはカラヴン、オリエンタルか、
タンゴの曲のエンタイスメント。

空椅子はないか、空椅子は、
人ごみを泳ぎまはる女給さん、
忙がしくとも稼業《しやうばい》がら
秋波のラジオは忘れるものか。
おつとチイズの皿が滑ります、
けふは早番？　お送りしやうか、
え、お友達といつしよだつて？
はて残念な——（実はこつちが助かる。）

春のさきがけ、洋品店の飾窓。
一年前の佛蘭西の巴里で流行致したる
品は大抵ございます。
げに誘惑の花園で、
小娘みたいにわくわくすることもある。
十軒よつてネクタイ一本、
明日は靴下、あさつては——
ふところ穿鑿すべからず。
なにしろ春が、春が、くる。
新しい時花歌《はやりうた》はまだ出ないか——
なに、もう直きだとも。

（『銀座』大正十四年五月創刊号）

春の日のフランス人形

（銀座不二屋洋品店にて之を求む、當店飾窓を御覧の方は御存知なるべし）

ドガの舞臺で疲れたといふのか
歌麿の家へ來た巴里の踊子、
すらりと立つたまま
うつとりと微睡《まどろ》みさうだ。
東方の花の香におもい空のもと
見る夢はただ
白い蝶、絹の扇のかげ？

草色の薄い舞衣を脱がしてやる
おれの手のふるふことよ、
匂ふやうな杏の實の肌、
噛んでやりたい小さい足、
栗毛の髪の毛、
碧い目、茶いろの目……。
戸外《そと》は陽氣な春の午後だ、

流行の日傘をさした貴婦人と
洒落た若者が歩いてゆく——、
結構なロココぶり
だが羨むにはあたらない、
慢性孤獨症のおれにだつて
これこのとほり情人《いろ》がある。

——お前もうねるのか、
ムウランルウジユや
バルタバランの話でもしておくれ、
昔の好い人のことを
つひしやべつたところで
ちつとならなに、構やしないさ。

（『銀座』大正十四年六月号№二）

みどり

緑、緑、緑、
五月の緑、緑の季節、
街の緑、緑の空、微風の、雨の……
ゆたかに、揺れ、さざめき
笑ひ、歌ひ、をどる。
緑、緑、緑、
若葉の緑、緑の女

窓の緑、緑の夢、眉の、胸の……
しづかに、眠り、めざめ、
うるほひ、悦び、戦く。
そして緑、さらに緑、
光、さらに光、
戀、さらに、さらに……緑！

（『住宅』大正十四年六月号）

小曲

わたしの心臓のちつちやな娘さん、
ほんのも姑くわたしを可愛がつて、
お呉れ。
それでおさらばにしようよ
この恋が烈しくならぬ間に。

おまへの巻毛が黒くなつていく。
手をとりあふのもも姑く。
やさしい愛撫もも姑く。

わたしの心臓のちつちやな娘さん、
ほんのも姑く嬰児ちやんでおいで。
偖それからおさらばだ、
この恋の烈しくならぬ間に。

（大正十四年六月）

花

——これは、これは、
バリモア扮すハムレット殿下そちのけの物思ひ、
オフエリヤ姫は尼寺の寄宿舎で
ハバネラでも唄つてゐますかな。
垂れこめて暮すのも心柄でせうが
見たまへ、五月だ、
瑪里亞さまさへ浮気しさうな五月だ。
前の年から持越の憂欝症にはどうやら厭なにほひがする、
當節メランコリケルはもてませぬて、
いつそ燥狂症の方が氣がきいてゐる。
おれが差上げるのも異なものだが
好い香りだ、じつに冷い、じつに爽かだ、
ささ、初咲きのはなさうび……

——薔薇?……薔薇?
ばらの花とは、とつくに縁を切つてゐる。

——ふふん、そんなせりふは
ボナアル博士にでもまかしておくさ、
人生の路半ばにもならんくせに——

——人生は僕にとつてあまりに美し過ぎる、
それがおそろしい——
なまじひに花なんぞ見たくない。
しよせん僕は北狄のするゐだ、
やさしい花を樂むすべは知らぬ男だ……

——それが假りにも
メフィストの友の言葉とは！

——ああかなしい思出……
あらしの晩に死ぬ花がある……

——そこで鸚鵡返しに、
あらしの晩に咲く花もある——

いやはや、拗ねたものだ、
むかしロオマへのぼる坊さんが
自然の風色に惑はされまいとて
頭巾まぶかに、驢馬の背をみつめて
とことこ旅をしたげな――
そいつの眞似でもする氣かえ、
もし、先生――
こは珍しきイミチシオ、クリスチ、
いつ開かれたのか、尊い頁の上には
黄いろい埃が眠つてござる。

（『新小説』大正十四年六月号）

シャルル・ボドレエルの肖像に題す

人の戀路の邪魔する奴は
犬に食はれて死んじまへ
人の夢路の邪魔する奴は
月に打たれて死んじまへ

（『銀座』大正十四年八月第三号）

白イ馬

白イ馬ガポカポカト
ヒトリデ歩イテユク、
大キナ白イ馬ガ……
人影ノナイ死ンダヤウナ
ヒロイ石造リノ街ヲ。
灰イロノ霧ガコメテヰル
白イ素裸ノ伯爵夫人ガ
馬ニノツテル筈ダガ――
気ガカリダネ
屋上庭園ノ胸壁デ
オレハムチヤニ
噛烟草ノツバヲ吐イテヰル

(『住宅』大正十四年八月号)

市松の室

婦人がチユリツプの籠を手にしているところの美しい肖像は、この室に一番豊かな色を添えてゐる。壁は一面に薄紫の無地で塗りつぶしてある。壁際には古風なソファがあつて、青地に紫とピンクのデザイン。このソファと円い卓子と前の椅子とが、デザインの上にも又その置き方に就いても抜き差しのならないトリオを型つてゐる。そうして更にこの室全体を眺め渡すときは緩い窓帷も床の市松も一緒になつて、それはもう大きな交響楽だ。

（制作年不明）

人に

心

余の心身は疲れはてた。
輕き散策の氣力さえ失はれた。
要するに、その――
少女らは薄情で
若者はいやらしきなり。
歡樂は俗惡で
青春は味好からざるなり。

Boulevard de Ginza
そのかげの小さき旗亭に
友よ　我を待ちて
晝の酒によひつゝあるといふか。

だが、けふ一日は宥せ
静かなる冬の午さがり

余は臥床して旅行記を嗜讀しつゝ
想ひは幽渺だ。

ねえ、願はくば君獨りして飲め、
もはやかの
あえかなるお咲さんも在らざらむ。
干闌、燉煌。
古き代の Phantasmagoria ——
ホトケさまの首をいぢって
邪心なき病人の夢にふけらしめよ。

（『住宅』大正十五年四月号）

詩

人よ、この私を
そつとしといておくれ
私は桶のなかの灰水だ。
かうしてゐれば
あらゆる好ましいものが
うは澄みのおもてに
しづかに映つてゐる、
花や木の葉や小鳥や雲や……
しかし一旦搖り動かされたら
事だ！　忽ちに底の灰が
おそろしく湧く、濁る、渦巻く、
それは眠らせてある、
思出だ、悔ひだ、悲みだ、怒りだ。
人よ、できるだけ、
この見窄らしい灰水桶を
そつとしといておくれ。

（『住宅』大正十五年六月号）

北への抒情詩

冬の海をこえて
女が去つた、北の方へ……
己は別れてきて
南の春にゐて思ひ出す、
暗い海にかくれて行つた
寂しい船のうしろ姿を。
氷の國に殘してゆく
女の足跡を、小さく儚い。
北へ、なほも北の方へ……
南の春にゐても
己の心臟はかじかんでくる。
女をおもへば――
あゝ雪が降る。雪が降る。

（『住宅』大正十五年五月号）

失戀断章

くるしきこひをするゆへに
いよよこころは冷えさまさり
なみだにあつきわがうたぞ
いのちの果てをきわむらむ
こころのおくの古るでらの
ともしはひとにうばはれぬ
吾がいしぶみはたけ高く
傷心の子ときざめかし

（大正十五年十月）

海のまぼろし

冬の海こえて
女が去った、

枯れた花の匂をのこして。

白い霧の中へ
船はかくれて行った、
さびしい小鳥のやうに。
仄暗い沖のかなた、
とほい北の冷たい夢の
なんて目に沁みることだ、

涙もなくて一人ゆく
小さいうしろ姿よ、
はかない雪の上の足跡よ、

それもやがて消えうせる。
死んだより哀しい女、
思へば海の上に己の心に

あゝ雪が降る　雪がふる。

（『クラク』昭和二年八月号）

絶筆

「海上消息」

潮かぜに
散つたりな
わがみれん

おぞや
水にすてつる
あだし文
阿房鳥の
めこぼしぞ
えい�

サンタ・マリア

(『住宅』一九二八(昭和三)年四月号)

「水死美人」

アフロヂットは海のあわ
泡よりいでて泡にかへる

（『住宅』一九二八（昭和三）年四月号）

V. 沙良峰夫・評論・エッセイなど

『銀座』

銀座随筆（一）

いまの銀座。――私には大博覧會のなかを歩いてゐるのぢやないかと思はれる時がある。派手で賑やかで目新らしくてごちごちやくして、それになんとなく安つぽい……

個性のなさかげん。でも、悪口ばかりは言はれません。随分樂みを引出すことも知つてゐる。

一九二三年九月の銀座の記憶。

尾張町の角のちつぽけな平家の洋食店、女給の四五人、――いまのカフエエ・ライオン。

荒涼たる空の下に、こざつぱりした服装の淑やかな娘さんが一人、しよんぼりとパンを賣つてゐた、――木村屋の露店。

銀座の公孫樹。營養不良のいちやう。お前をおつぱらへといふ若い人々がゐる。かはいさうに、お前だつてすきで此處へ来たわけではないのに、――みんな此都會を管理するおぢさん達がわるいのだ。誰もかへり見ずに、埃まみれになつてひよろひよろしてゐるのをみると、かう云つてはなんだけれど、お前はこゝに居ない方がいゝと、この私だつて、まあ考へるのさ。それもお前の身に同情すればこそで。

私はこれでも詩人、但し一時代おくれの銀座の雨をうたひたい、――洒落た小唄の形でね。ところで筆をとつてみる、どうしてもあのガスの光を入れたい、あの柳を入れたい……。いまの銀座の雨を歌ふには、ぜひとも此の、明治四十年来の詩的傳統中にある、二つの幻をふりきらなければならないのだ、現在の女のためには、なるべく死んだ情人の事は思はぬこと。

私は麻布の隅に住んでゐる。銀座には三月も足を入れない時もあるが、氣が向けば一月ぶつ續けに通ふことがある——。電車で降りるところは櫻田本郷町か日比谷か京橋。たいてい京橋でおりる事にしてゐる。あそこから銀座を望んだ気持はちよつと好い。殊に秋から冬にかけての靜かなおだやかな日の夕方、——日がまだ沈みきらないで西空は明るいのに、街にはもう灯がついて夕靄が模糊とたちこめた美しい風景は、ホイツスラア、でなけれやシスレイにでもありさうである。そこから軽い足どりでなるべく一人で尾張町の方にむかつてゆく——それガギンブラ。

ギンブラ。あまり感心できな言葉。萬事簡便を趣味とする當世人の造語。が、いつかはやつた「丸ブラ」よりは増しだ。丸の内ビルヂングの中を見物かたがたぶらつく事を稱して、短縮して即ち「マルブラ」！

背景の主たるものはカフエエ、に洋品店
登場人物の主たるものはモダアンガアルに銀座青年。

（次号は銀座青年に就いての小論を以てこの稿を續く）

（『銀座』大正十四年五月号No.一）

銀座随筆（二）

流星の作者、富澤鱗太郎はバットを何十箇とやら吸つた爲に死んで仕舞つたといふ。私は此の傳説を正直に信じたい。愛するもののためにに死ぬのは本望である。あゝいふ小説は書けないかも知れんが、煙草自殺なら私にだつて出來さうである。——と、まあ威張つてみたいほど私は煙草好きで、いやしい事を申すやうだが、先月の御小遣ひの半分はロオド・バイロン一罐に化してしまつた。現在欲しいと思ふのは、佛蘭西わたりの踊子人形と、それから贅澤なパイプ・ケエス一組。それさへ手に入つたら、もう當分は酒も飲むまい、いやな爲事もすまい。夜、明るい街から暗い場末へと、罪ある人の如く或は夢遊病者の如くさまよひ歩くこともすまい、——此世でたつた一間の自分の部屋で、誰にも邪魔されずに樂しい空想の一日——良い煙草と可哀い人形と、それにポオの小形の全集。

煙草の好きな私は煙草のすきな女が好きである、——勿論うつくしい人にかぎるが。わが女房はいづれ育ちのあまり惡くない娘さんだとして、當世には必ずしも稀有でないところの、社交ダンスも出來れば亦藤間何女のお弟子でもあり、モオランの小説は膝の上、長椅子の背にもたれて細巻のシガレットを吸つて輪をつくつたり、或は銀杏返しに半纏を引掛け、やさしい御意見とあつて幾世流で長火鉢のふちをぽんと敲かれるくらゐの變幻自在ではあつても、一向苦しからずと願つてゐる。もつとも引込み思案の私だから、かういふ「夢の女」に出會ふかどうかは頗る疑問である。

事はなはだ矢禮にわたり御叱りを蒙るかも知れないが、銀座界隈の酒肆や珈琲店でちよいちよいお目にかゝる某伯爵夫人がをられる、せの君は自覺せるプロレタリアの味方として、最急進的な演劇運動の指導者である、と云へば讀者各位も合點なさらうが、この令夫人、おんとしは二十四、五、常に質素なる洋装で下々の女性が持つコケットリは微塵も拜見されない。脂粉の香著しからず稍淺黒き端麗なるおん顔立はむしろ美青年に近い。が、私の最も氣に入つたのは、夫人のシガレットを口にして自由に談笑される時の姿態である。細叙は避けるが、私はその巧みなる美しき喫烟振りのひそかなる讃嘆者である。

次に活動寫眞で見たのだが、巴里の女性の中でエドナ・バアビエンスが烟草をくゆらす場面があつた。たまらなくいゝ容子を見せられて、ぞつとしました。野口米次郎氏が二十代に米國から英國へ行つた時、東海の新詩人としてキャンベル夫人といふ美人に請待された。おそろしくシャルマントな恰好でソファに横たはり、高價な埃及紙巻を一口二口で吸ひ捨て、然しですねえ……と話し續けては、此の若い詩人を艶殺したマダムの事を、氏の何とかいふ本の中で讀んで、今だに忘れ難いものに思つてゐる。

(「銀座」大正一四年六月号No.二)

銀座随筆（三）

大きい毛唐、ちつちやい毛唐……と築地の邦さんが本誌の初號で紹介したチエクスロバクの二人は、相變らず歩いてゐる。「女性」を見たら、川端康成も此両人の事を書いてゐる。最早名物たるの資格は十分あるね。當人達は、日本の銀座青年間に有名になったとも知らずに、高く低く悠々と規則正しく銀ブラをしてゐる。一頃両人は一人の日本娘を連れて歩いてゐたが、二三度見たばかりで、女の方は姿をかくしてしまった。あれはどうも小さい方の毛唐のものだったらしい。大きい方が何となく遠慮氣で、いはゞ伴奏者の格にみえたからね。小さい方はちよいとスマアトで女好きらしい所がある。彼の後姿をうしろから眺めた僕の友人は、あゝ潤一郎が行くと言つて馳出した事があった。一笑。

＊

ライオンの常連で横綱格のはの字さんがゐなくなつたので、青服のあの字さんなどはちよいと淋しがつてゐる。さの字子さんは別な意味で淋しがつてゐるだろ。はの字さんといふのは他殺された有名な政治家の御令嗣で、新進文士である。毎晩ライオン通ひをした頃は、入口まで來ると、もうはの字さんは御出勤だらうなと思つて、はいつてみれば果して隅の方で悠然と美女給にかしづかれて煙草を吹かしてをられる。大いに心強くなる。膽汁質で神經質な、應揚なやうで細心らしい、どこか統領の感じがある、このはの字子さんが此頃はぱつたり來なくなつた。結婚したのださうである。花嫁さまはシヤム國王族のおん姫君、――さの字子さん曰く、ぢやあ、外國の方と御一緒になられるんですの、――いゝえ、さうぢやない、立派な日本の孃さんなんだよ。

H商会の三階のラジオから、女の獨唱のこゑが、六月の夜のにぎやかな街に流れてくる。上の方を仰いで聴いてゐる男女の群のそばを通りながら僕のつれの友人が、あ、やつてゐやがる、K子の奴だよ、……ストラウス。……さつき喧嘩して別れたんだ。図々しいお前の歌が今晩東京中にのさばるんだね、胸くそが悪いやつて、云つてやつた。なんでえ、あの雑音は、きいちやゐられねえ、當人は精一杯表情作つてやつてゐるんだ、さつきのけんくわなんか忘れてね。……あ、少しよく聞こえてきた……と、特に己も聴いてゐると顔付。

　松屋の前に獨樂賣りのおやぢがゐる。銀ブラの連中であれを知らん者はあるまい。慣れない人は乞食だと思ふやうな、見窄らしい風體をしてゐる。一つ五銭のコマをボオル紙の函の中にこちやこちやと積んだのを前にして、横坐りに懐手して、時折通行人をちらと見上げる。白め勝の小さい眼でね、いぢめちやいけませんぜ。おら乞食ぢやねえんで、れつきとした獨樂賣で。——買つてくれないんですかい、買はなけれやいくらか投げてやつてお呉れ……いや、そんな事はいひません、おらあ、やつぱり商人だよ……とでも云つてさうだ。銀座地廻りの元締めのドクトル板橋にきいたら、昔はちやんとした露店商人だつたさうである、こちら側に来る前はあちら側に居たんださうである。落魄せるマアチヤントさ。いつか夜遅く新橋近くを歩いてゐたら、このおやぢが、後方からやつてきた。脊中に例の商品を入れた風呂敷包をのせて、首をぬつと前方に突き出し、案外な足早やでスタコラスタコラと通り過ぎて行つたつけ。我々の仲間で、此老人からコマを買つたのは、かく云ふ小生ばかり。五十銭だまでいくらか買つて、お釣りでございますと、直ぐに白銅幾枚をよこした。嬉しかつたね、恐縮したね。その獨樂たるや、軽快にして堅牢、実によく廻る、まはる。篤志の方はお買上げの榮を賜らん事を。

（『銀座』大正一四年八月）

『住宅』

屋臺店の調べ

北洋生

—序—

△或る晩、暇を得て吉田謙吉氏をたづね例の一銭の駄菓子のコレクションをみせて貰つたその際私は某氏より受けた今氏の婦人公論の例の調べに就いての質問と同じ様な事を吉田氏にはなつてみた。氏は丁度その時、筑地小劇場のロマン・ロオラン作「愛と死との戯れ」の舞臺装置考案に多忙でおられたが靜かに「目的・統一、なに一つとしてまとまった考へもありません、恁ふしていろんなものを集めてゐる内に何かそれ等に依つて教へられるものゝある様な氣がする」と申された。吉田氏が申された事と私が常に抱いてゐた考へと似てゐる事を心ひそかに嬉しく思つた。

△富士颪の寒風身に沁みる此頃「オデン」「牛めし」「支那そば」等を賣る屋臺店が夜毎々々街の辻を賑はしてゐる。出入に一寸便利で喰物は又となく温かく甘しく且つ安いと言ふ三徳がプロ連中をいつも吸収してゐる。私はあつちの屋臺店、こつちの小店へと入り外食に親んでゐる内に、一家の主婦達が臺所に對していろいろの「のぞみ」を持つ様に屋臺店に對して知らず知らずいろんな面白味と「のぞみ」を抱く様になつた。屋臺店を一つ調べてみやうと云ふのもその一つだ。機をみては浅草邊、早稲田、巣鴨へと出かけた。私は恁ふした屋臺店のみならず逐つて神樂坂、道玄坂、銀座等の夜店の一つ一つの架構物をも調べてみようと思つてゐる。茲にはその屋臺店のほんの一部の調べを出すことゝする。

—壹—

屋臺店を發生的立場から調べようとすれば之と關連した奈良茶屋と言ふものに就いて一応調べなければならぬ。奈良茶屋に就いて江戸風俗史の中に「明暦の大火後淺草金龍山の門前に始めて茶屋開き茶飯、豆腐しる、煮染豆等をとり換へ奈良茶と名づけて出せしを……」（寶暦・明和の頃名畫工重長の筆になつた江戸土産圖會の中にもその頃の繪がのつてある、第六圖）とある所からみれば今から約二百七十年それ以前すでに惡ふした喰物を賣る店があつたらしい。去る大正十二年の大震災直後茶飯、おでん、そば等を賣る小店が街の辻に一時に増加した事からみても明暦の大火後それがあらわれたことが推測が出來る。即ち私の茲で言ひたい事は喰物を賣る小店があり、それが何かの機會でそれを需要者達に便利に供給せんとする方法として茲に屋臺店なるものが出たことを「屋臺」そのもの丶名稱は元来「能」「祭」に関する山車等に附されたもの丶様であるが、日本百科全書の中にも「祭禮に用ふる「ネリモノ」ヤダイと云ふもの正德年中まであり其始は寛永頃より有けるにや大に興あることになりしは元祿の頃より始めたり、享保年中御停止あり、屋臺と云ふは一問に九尺ほどに床を作り手摺高欄を付けてその内に人形二つ三つ据え後に幕を張り其内にて鳴物をはやす後には三間ほどの大屋臺をしつらひ我勝に大形になりたり」とあり又嬉遊笑覧に「屋臺とて夥しき高欄臺の上に人形あまた据え立花、樹、岩石等の形をつくり牛二匹三匹をもつてひかしむるものは極めて後來の所爲たり」と

さぞかし立派でもあつたらし昔の屋臺と今の屋臺店とが粗末で、みるかげもなく小さいがどことなく似た所があつたので誰が言ふともなくそれ等の辻小店を「屋臺」と言つたか、それとも屋臺そのもの丶構造からして當然さうなづけたか、即ち家屋雜考にも「……「や」とのみ言って伊閉といはず「や」はもと屋根のことなれば……」屋根あり臺板がある構造、それは今も昔も屋臺そのものであるから。

—二—

屋臺店の種類と言つた所で車の大小、有無數車の上にのつかる所謂屋臺そのもの格好、その他に依つて随分細かく分け得られるであらうと思ふ。茲では單に屋臺が持つ車の數だけに依つて調べたものを示すことにする。

屋臺店調べ九十一軒の内

四輪車　　七十七

二輪車　十一
自轉車　二
車なし　一

之等屋臺店を調査地に依つて分けてみると浅草田原町停留所より雷門間の四輪車六十一軒、次に兩國の四輪車六軒、浅草公園内池の端の四輪車八軒等その他は戸塚、江戸川等随所で調べたものであるが之等屋臺店が年々場末にひつこみそれも果ては消えやうとしてゐる有様である。しかし浅草ではなんと言つても本場だけにまたまだたいした勢力を張つてゐる。

浅草の四輪車は「ワンタン屋」にしても「牛めし屋」にしても同じ様な格好で第四圖はその代表的のものを示した……が之は兩國での調べのもので客席に腰掛をとつてあつたり覆屍根が天幕式になつてゐる見合だけは浅草のものと相違してゐた。二輪車型は第五圖の様なもので之また各さまざまな様式を持つてゐる、是は浅草でのスケッチで「ノレン」もなく屋根の形式も他の例と相違してゐたし、それに此屋根に就いてだけでも、妻に「起り破風」が附されてあるとか少しこつたものになると入母屋、千鳥破風と言つた風のものさへ見受けた。之等「ノレン」なしの屋臺は大抵小規模に限つてゐて「オ好ミ焼キ」とか「やき豆」等を賣る店となつてゐた。第三圖は二輪車の代表的のもので客の三人位を収容する位の間口をもつてゐた。第二圖は自轉車應用と言つた近代式の變つた型である。あまり見受けないが戸塚邊の場末ではたまに見受ける。さて次にすこしく屋臺店の構造に就いての詳細を述べ様。

屋臺店は運搬に便に構造されてある事は勿論である、營業する際は店の雨戸（ＣＤ）（トタン板張り）を（ＣＤ）の位置に「モコシ」風にとりつけそれに「茶めし」とか「おでん」等と書いた「ノレン」を垂れ下げる。屋臺店を營業主人側の雨戸をば圖の様鉄棒を方杖として屋根とする。屋臺店の大抵の屋根は圖の様に「片流れ」に構造されてある。營業主人側の屋根にもいろいろあつて圖の様につくりつけたものや又臨時につけるもの等ある。その他は圖で見て貰ふことゝして最後に屋臺店の値段を少し調べた範囲でのべ様。最低百拾圓（尤も五拾圓内外のものもあつたが）前高四百圓。尚「おでん屋」だけに就いて變つた調べをとつてあるが今は是で略さして貰ふ。大正十五年正月號婦女界記事中から原氏の屋臺おでん屋開業物語は「おでん屋」営業上參考にすべき好資料と思ふ。

『住宅』(大正十五年五月号)

安藤更生と沙良峰夫の『住宅』編集後記

安藤更生「住宅」編集後記　(大正十四年二月號)

■一月の四日、獨逸のSLUTTGARTの讀者から通信が届きました。それには次のやうな意味のことが認めてありました。

「住宅」は家庭を歌った詩である。
室内裝飾は其の一節である。
一節々々が正しい韻で調ふと共に集って一貫した美しい詩を構成せねばならぬ。
詩には自ら定まった規則がある。
其れを離れて而も無理の無い處に名詩の味があるのだ(一九二四、十二、一)
　獨逸にて、サン・スウ・シイ

海の彼方の中欧の古い街にこんなに熱心な「住宅」の讀者が居て下さることは、ほんたうに力附けられるやうな気がします。

■毎號々々調子を更へて少しでもよりよくならうと

努力してゐます。毎月御覧の方はきつとこの努力の跡を認めて下さることゝ思ひます。また数號間を置いて御覧の方は以前のものと格段の相違のあることにお驚きになることと思ひます。かうした努力の力になるのは何としても讀者の方々の御声援や御注意の御言葉です。是非色々なことに就いて御投書を願ひます。但し匿名で無責任な漫罵をしたりなにかする人は勿論取り合ひません。

■今月の記事の盛な有様を御覧下さい。中村鎮氏の記事や、今井兼次氏の御話などは実際に即して而も高い趣味を教へられる記事です。板橋敏行氏のお話も我々の日常生活の一番重な部分を採り上げてのお話で有益なことだと思ひます。その他橋口信助さん、山本拙郎さん、吉田賢氏などは讀者諸君に御馴染深いことゝ思はれます。今先生は久しく御休みですが之も来月號あたりに例の面白い御研究をお寄せ下さることでせう。

■井上美代子さん、井上三保子さん、石川雛子さんなど、久しぶりで華やかな御婦人方の御意見が載りました。御多忙の中を割いて御執筆下さった皆様に厚く御礼申上ます。

■来月號には田村林学博士、長根工学士、岩井健氏などの記事が戴けることになつてゐます。

(おうるう、おある)

安藤更生　『住宅』「編集後記」（大正十五年六月號）

□車は何時の間にか廻轉してゐた。六百日と流星は秤にもかゝらない。アルカリ性の泡沫が次第に濃厚になつて来た。青年は編輯室を出て、赤インキの脅威から逃れて、もう一度堆書の塵埃を拂ひに歸るのだ。逃れてとはいふが、それは文学だ。青年は何時でも勇敢に穿嵓錐のやうに邁進する。左様なら。いつまでも。手だ。ムウショアルた。後任の沙良峰夫は友人です。

□どうぞよろしく(沙良峰夫)

沙良峰夫　『住宅』編集後記（大正十五年七月號）

○どうやら、まあかくの如き七月號をこしらへました。時節が時節ですから、できるだけ新鮮に爽快にと心がけたのですが、——いかがなものでせう。とにかく寄稿家諸氏に厚く御禮申上げます。
○書物の序文なんぞもあまり気にしない小生は編輯後記もごくあつさりと片付けておきます。黙々と一つ、やつて行きませう。（峰）

沙良峰夫『住宅』編集後記（大正十五年九月號）

□八月一日に急に書齋號を思ひ立つて、炎天の下を方々馳けずりまわって、やつと出来たのが斯の如き本誌です。豫定とは大分違ひましたが、新秋燈下の御伴侶にはなりませう。「諸家の書齋號」は大正十二年に前々編輯者が集め、紛失したはずなのが、又幸に発見されたものです。御回答下すつた方の中には既に故人も居られます。謹んで感謝の意を表します。

（「住宅」第11巻第10号　大正15年10號）

◇今日などは交通巡査以外白服の姿も見えぬやうになりました。助かるのは雑誌記者のみならんやの氣候です。
◇先日の書齋號は少々雑文が多すぎたなど丶冷かされましたが、あれでも悉く小生から見れば金玉の文字でした。負惜みですかな。
◇本號の記事はなかなか豊富でせう。就中、設計圖や寫眞をお貸し下すつた同潤會、御多忙中實のある玉稿を賜はつた高尾氏や西村氏やその他諸氏に厚く御禮いたします。
◇日本にもHouse and Gardenの如き立派な雑誌が出來てもよささうです。「住宅」も事情が許せばあの位のものにはなれる可能性があるのです。とか《マ》に《マ》く一流の趣味を持續した特殊雑誌であることは、既に認められてゐることと存じます。
◇これからは所謂學術的な記事と、直ちに適用され得る住宅プランを數多く載せてゆくつもりです。
◇十月は一年中最も好ましい時です。山の手や郊外を一人でぶらぶら歩きながら、美しい住宅を見つけては自分の夢に色彩を點ずるのが小生の樂みです。來月號あたりには「夢を築く人々」の作者、佐藤春夫氏の新居を御覧に入れます。塔と柱廊のある南歐風の建築ださうです。Au revoir。
——さらみねを。——

安藤更生　『住宅』「編集後記」（昭和三年六月號）

中畧□なほこゝにつけ加へなければならぬことはかつて本誌の編輯長として又多年寄稿家として麗腕を揮はれた沙良峰夫氏は去る五月十二日膵臟炎の爲めに逝去されました。讀者諸君にお知らせすると共に本誌は謹んで哀悼の意を表する次第であります。

『新小説』──文学余話

MEMORANDAM（随筆）

数年前北の方のある都會で、異鄕の一青年と知合ひになつた。父は博言學者で、獨逸系の阿米利加人である。綿密な思辨癖と奇異な空想癖とを持つた藝術家肌の此青年は、我々の國の言葉にも相當通じてゐた爲めに、彼と私との間には、こまやかな共感が成立してゐた。正直なところをいへば、私としては何物をも彼に與へることが出來なかつたが、私は彼より少なからぬものを得たのであつた。私の現在もつてゐる美的嗜好の方向は、彼によつて決定されたと言つてもいゝくらゐである彼──T・Nは私々の交りの六月目に、忽然父といつしよにボストンへ歸つて行つた。筆不精なばかりでなく、轉々たる流寓のうちに落付といふものをすつかり失つた私は、殆ど彼に消息することを忘れてゐた。―ドイツ・ロマンチケルの生きた標本の如き彼の、好ましい記念だけは忘れずにゐたのだが。それが此の春のことである。彼の父と同僚だつた或るドクトルの家で、一英文雑誌に彼の短編小説が掲載されてゐるのを發見した。そのうちの「アムステルダムの花火師」といふのは、既に一度彼の口からその梗概を聞かせられて知つてゐた。それはエツセイ風の小説で、東西の花火の歴史と各種のそれの特性を、殊更に科學的簡潔さを以て叙述し、第二章は作者の架空的一友人の警抜斬新なる花火美學を精緻《せいち》に紹介し、第三章はその男が或る夏の夜アムステルダム市の上空に於て、地上のあらゆる男女を恍惚とさらに狂乱にまで昂奮させた前代未聞の、物凄いばかりに壮麗な、恐るべき花火の大魔術の眩惑的描寫で終つてゐる。稲垣足穂君のやうな詩人のよろこばれている此國であるから、花火を愛する人々のために遠からず忠實に譯して、お目にかけたいと思ふ。次ぎに私は今一つの作「ロツテルダムの囚人」を讀んだ。なんの係累もない善良な夢想家であるロツテルダムの一市民の不幸なる物語。おさだまりのアンニュイの生活につきものの好奇心から、此男は二十二の時はじめて他國への旅行を企てる。見知らぬ町々や海や山や、ボドレエルが歌いゴォガンが描いた遠い南方にさへも行かうとする。それなのに彼は一歩もこのロッテルダムの外へ出ることを許されない。出立しようとする度ごとに何か知ら故障が起きて失敗するのである。それがたび重つて、彼のデスペレエトな企てそれ自身が過去の経験の意識によつて、うちなる實現力を喪失してゆくように見える。が、たうとう二十三の時、汽車に乗つて彼の牢獄である市街を離れることが出来た。出来たのは然し離れることだけであつた。彼は一時間もたゝぬうちに、列車の顚覆で即死してしまふのである。大たいこんな筋であるが、單に珍らしい事實譚を報告するといふふうに客観的手法で書かゝれてゐる。この小説を讀み終へた時、私の口邊には所謂微苦笑の溢いやつが浮かびあがるのを覺えた。まさしくT・Nその人の或性質を十二分にロッテルダムの一市民の中に封じこんで、哀しい戯畫を作成したのに違ひないと思つたからである。透徹した頭脳と溌剌たる才氣を持つてゐるのにも拘らず、彼は實生活の上では、意志力の蹌踉たる人物であることが、異國人の私にも容易にみとめられた。何かの行爲をなすにあたつて、すでにその願はしい結果とは正反對なものを豫想してその脅迫觀念の俘虜になつてしまふ――そんな性質の桎梏がある彼であつた。どうかすると願はしからざる事を、恐怖と捨鉢の氣持で待つやうになるほど意志がねぢけてゐるのである。T・Nの強い自意識を以てしても、こいつは到底手にをへなかつた。精一杯反抗してこいつを愚弄しようとする時もあるが、それも結局無駄なのである。そのミゼラブルな絶望感が此作から迫つてくる。不幸なる主人公の心理の微細な分析が廻轉されてゐるのは、もとより藝術的効果を思量したに違ひないのだが、作者たる私の友にとつて、かかる性質の現象は薄弱な意志の變態とばかり、はつきり定めてしまへない所があつたらしい。煩いかぎりのものだから、何かしら彼の認識の對象以外のものに片付けて置きたがつたのだろう。「ロツテルダムの囚人」は一見あり得べからざる事を物語つてゐる。然しこの藝術的誇張によつて人間性の不幸の強く表現されてゐるのが看取されよう。此主人公の彼の町よりの脱出を妨げるのは單なる遇然だとは云はれなくなる。運命よりも遇然よりも又人間自身よりも、さらに強い意地惡き説明すべからざる一の力がそれである。我々の内にあつて、我々に對して極度に不合理な暴力を振ふもの、我々に最小限度の抵抗をもあきらめさせ、それればかりか却つてこの辛辣な快感に近い感情さへも伴はせて、我々自身にとつて邪曲なる行爲にまでひきづつてゆくもの。形而上的なる魔の中の魔。この魔の犠牲者であることを自ら意識したT・Nは、彼の上にあり得べき悲劇を、ロツテルダムの不幸なる囚人の上に實現させたのである。ここに於ても脅迫觀念の支配のもとで。――私は暇があつたら此作をも、我々の言葉に移殖してみたいと思つてゐる。――備忘録とはいひながら余りに獨り合點なこと記してしまつた。看官諒焉。

(『新小説』春陽堂書店・大正一四年九月号)

煙草の灰

沙翁の著作には煙草に関する一言半句もないさうだ。當時の伊達な若者たちは舞台の上に席をとって、俳優の鼻先で絶えずぽかぽかと烟を吐いてゐたのだし、れいのサァ・ラレイやベエコンやジョンソンなどゝいふ連中は、沙翁とおなじく酒肆「人魚」の常客だったのだから、この點はどうも文芸好きの愛烟家にとつて一個の謎である。沙翁のやうな男が多葉粉をきらふといふわけはないと思ふ。そのころ新世界から舶來されたばかりの魔力ある珍草が彼のロマンチシズムを刺戟しなかつたといふ筈がない。してみるとそこには何か匿れたる理由があるに違ひない。沙翁がジエムス一世の寵遇を蒙つた狂言作者だった事、ジエムス王が大の煙草きらひだった事、——これらがその謎を解く方法の一つにならぬとも限らない。

×

桂冠詩人テニスンが或宴會に招かれて行くと、一人の貴族に逢った。

「やあテニスンさん。お久振りですな。先日旅からお歸りなすったと聞きましたが、——如何でした、ヴエニスは？——立派なものばかりがありますね、あそこには。嘆きの橋にはおいでになりましたか？」

「ええ。」

「それからあの多くの藝術品はみんな御覧になったでせうな。」

「つまらんですよ、ヴエニスは。」

「へえ、それはまたどうしてです？」

「あそこには碌なシガアが無いのです。で、不快になって引上げました。」

これは實話ださうだが、とにかく彼も非常な愛烟家だったらしい。葉巻よりはパイプの方が好きで、いつも足下に白い粘土のパイプを一杯入れた箱を置いて、一と詰めのパイプを吸ひ終れば、それを二つに折って、ほかの箱に投げ捨てる癖があった。安いものにしろつもれば随分贅澤なはなしである。

×

ひとりの英國人とひとりの佛蘭西人とが同じ馬車

で旅行した。ふたりとも煙草をふかしてゐた。佛蘭西人の方では一生懸命に彼の冷淡なる道連れを會話の相手にしようとした。が、一向に利き目がない。たうとう恐るべき慇懃さを以て、彼のシガアの灰がその英國人の胴着に落ちて穴をあけたといふ事實を指してまで、その注意を積極的に喚起しようとした。英國人も、我慢出來なくなった。ぬっくと立上がって怒鳴った。

「僕だけのことかい！君の上衣の裾が十分も前から火事を起こしてゐるぢゃないか。たゞ君を騒がしたくないから黙ってゐたんだ！」

×

Aといふ耶蘇坊主がBといふ耶蘇坊主に向って云った。

「どうして煙草なんかを喫《の》むのだい。そんな見つともない事は止してくれ。神の御弟子の恥だ、煙草なんか！豚だってそんな汚い菜っぱは吸ひやしない。」

Bはやはらかな莨の烟をくゆらして、静かに答へた。

「Aさん、あなたは煙草を吸ったことがないとみえる。」

「勿論のことだ。」Aは忌はしげに云った。

さらに輪を一と吹き二た吹き、ソクラテス式詭辨を嗜んだところのBは曰く、

「それならば、親愛なる兄弟よ、どちらが豚に似てゐるかね、―あなたか、私か？」

×

阿拉比亞傳説

一人の豫言者が田舎路を歩いてゐたら一匹の蛇が寒さにこごえて地面にへたばってゐるのを見付た。豫言者は情深くそいつを取りあげて胸に温めてやった。蛇は恢復するとかう云った。

「豫言者よ、お聴きなさい。私は今あなたを噛まうと思ひます。」

「何故ぢや。」

「なぜと仰有い、あなた方の種族は我々を追ひかけては蹂躙るではありませんか。」

「然しお前らも亦、我々にいつも害を加へてゐるではないか。それにしてもわしがお前の命を助けた

事は、早くも忘れたのか。」

「この地上には恩などゝいふものはありません。いま若し先生に噛付かなければ、おそかれ早かれ、あなたの種族の誰かゞ私を殺すに違ひない。アラアにかけて、私はあなたに噛付きます。」

「アラアにかけてといふならば、わしはお前の誓を破りはすまい。」

豫言者はかう云ってその手を蛇の口にさしだした。蛇はかみついた。が、豫言者はその傷を唇で吸って、毒を地面に吐いた。その吐いたところから一本の植物が生じたが、そのうちには蛇の毒と豫言者のなさけとが含まれてゐた。人々はこの草をタバコと呼んだ。

×

喫烟家の最大の快感は?これを天が下の色好み威尼知亞人のカサノヴに聞く。——けむりが口から漂ひにげるのを眺める時だね。

×

天才とか偉人とかいはれる男はたいてい煙草をのんでゐる。喫まない奴は、いくら偉くたって、より少く幸福だったにちがひなし。樂しい回想とか自由なる物おもひとかが、どんなに多く失はれたかも知れない。ナポレオンだってもし愛烟家だったら、晩年のセント・ヘレナの生活は、孤獨でも平和なゆたかなものだったらうと思ふ。そして價値ある著述でも殘して、今では古典になつてゐたかも知れないのである。

×

希蠟時代に煙草があったら、疑ひもなく誰よりも愛用したであらう人は、あのエピロスだったと思ふ。そこで、「我にパンと水だにあらば、幸福をツオイスの神と競はふ」と云つた言葉に、必ずやタバコといふ文句が附加されてゐたであらう。

×

近世に於ける煙草の発見は、同時に新しき歡樂を創造した。ヘレニストのピエエル・ルウイに小品がある。現代の巴里の夜半に一人の青年の書齋を訪れる怪しい女性がゐた。よく見れば遠き代の希臘の女だ。夢見心地の若者を前にして、裸形の麗人が話をはじめる。そして散々今の代の生活を輕蔑する。思想も風俗も、なにかも希臘時代を一歩も出てゐない。單なる模倣ぢやないかと盛んに気焰をあげる。――青年も閉口して返事に窮する。やむを得ず、かゝる場合によく人がするやうに、まあ一服とおそるおそる金口の紙巻をすゝめた。希臘の女人はそこで一本吸った、甘さうに吸った。それから又一本――彼女は恍惚として駄辨を忘れてしまった。……新しき歡楽を見付けたといふのである。

×

葡國大使の佛人ジャン・ニコットが煙草を公に廣めるに就いて、多大なる貢献としてはゐるが、事実それを歐羅巴に齎したのは、西班牙王フイリップ二世の命で墨其西古の産物を視察に行ったフランシスコ・フエルナンデスといふ医者であった。ニコットは一五六〇年に歸國すると、それから貴族階級に煙草が評判となり、一般にも亦喫烟の風習が始まるやうになった。佛國政府はサア・フランシス・ドレイクをして英國に齎らしめた。英國に於ける喫烟を流行させたのは此男やウオタア・ラレイなどの功績である。――と何とかいふ本に出てゐた。

×

わたしが死んだら、墓場には煙草を植ゑて下さい。そしてわたしの愛した人達は、土となってわたしが育てるその煙草を吸って下さいと、ある若い女の遺言にあったさうだ。まことに床しいかぎりではないか。

×

シャルル・ボオドレエルにパイプの詩があつた。ざつとこんな意味だ。

あたしは或詩人の煙管です。
あたしの阿比西尼亞色を愛して
詩人はほとんど
手から放した事がありません。
かれが苦惱に壓付けられてゐる時、
疲れて仕事から歸る人の爲め
夕餉の支度をしてゐる小舎のやうに
あたしは烟を立ち昇らせるのです。
あしたの煖かな口から立ち昇る
むらさき色の烟のなかに

あたしはかれの心を搖すぶつて
あやして上げるの。
かれの靈を快くやはらげ
かれの困憊を醫やす力が
あたしの雁首の中にあるのです。

（『新小説』春陽堂書店・大正一五年三月号）

★編者補注

少し補っておきたい。「阿拉比亞傳説」の文中、阿拉比亞はアラビアのこと。葡国は、ポルトガル、墨基西古は、メキシコのこと。フランシスコ・フェルナンデスは、一六世紀のスペインの医師ニコラス・モカデス（ニコラ・モナンデス）か。大陸の植物誌を書き、そこで煙草の効用などに触れている。上田敏の訳詩『牧羊神』には、ジャン・ニコットは、ポルトガル大使だったジャン・ニコのこととある。フランスでは煙草のことを〈nicotine〉というが、これはジャン・ニコに由来するという。レミ・グウルモンは『薔薇連祷』で「偽善の花よ、無言の花よ。銅色の薔薇の花、人間の歓《よろこび》よりもなおも、頼み頼み難し、銅色の花」と謳っている。この薔薇づくしの連詩、そこに大理石色《なめいしいろ》の薔薇の花とある。

余話断片

○

ヰクトリアン、サルドウが好んで談した失話―或時トロマンと言ふ奴を死刑に處すのを見に行った事がある。わしは絞首台のすぐ脇にゐた。そこへ死骸運搬車が着いた。驚いた事には、何分か經つと刑死人の死骸を運んで行く筈の車から女が一人出た。

愕いたわしを見て刑吏がわしの傍に来て、

―サルドウ先生、何でもありやしません。ありや手前のかゝあです。是非見たいといふんで一策を案じた譯なんです。

それから少し經つとひどく叮嚀にわしに挨拶する男がゐる。刑吏の下働きだ。

―サルドウ先生、あつしを御存知ございませんか……。

―さあ……どうも……

―あつしや、先生んとこの大道具ですよ、昨晩も先生の芝居に出てゐましたので

―で、今朝は？

そいつは笑ひながらかういつた。

――今日ですか、時々、かういふ手伝もやりますんで。（蛇《ママ》）

（『新小説』春陽堂書店・大正一四年九月号）

○

Cragenputock に於いて結ばれたカアライルとエマアスンとの友情は終生續いた。二人が始めて會った時カアライルはエマアスンにパイプを一管すゝめた。自身も一ツ口に啣えた。さうして彼等は眞夜中まで何にも言はずに烟を吸って吐いて坐ってゐた。それから彼等は握手して別れた、その晩の愉快なる會合を祝って。（峰）

○

シヨペンハウエル情婦を連れてヴェニスの街を散歩してゐたら、馬上颯爽として素晴しく立派な貴公子が通り過ぎた。

情婦おもはずシヨペンハウエルから手を放して、あら好いわねえ！の表情で見送った。その貴公子は誰あらう、ロオド・バイロンだった。シヨペンハウエルはそのバイロンなることを知ってゐたが、そして兼々會談したいと思ってゐたが、情婦の態度に嫉妬癇癪をおこして、惜しい哉、この十九世紀の二大厭世家はお友達になり損ねてしまった。（峰）

○

夕方、イナガキの青い部屋にはひつてみたら当人が見えない。W・Cへでも行ったかとおもって胡座をかいて、小卓の植えにあったクロースを一本失敬してスパスパやってゐると、どこかで――部屋のなかで、オイオイと呼ぶ声がする。オヤ？と顔をあげたら、タルホ天井に寝ころんで烟草の輪をポカポカ落してゐた。（え！と呆気にとられた瞬間、己は天井のリノニュム板にドダン！とおっこった。

（一千二秒物語より）

跳上る

音樂家ヘンデルの話。彼ある時、一人の声樂に忠實なピアノの伴奏をつとめてゐると、その弾き方が拙いといふので、ピアノの上にとびあがって、もっと巧くやらなきゃ壊してしまふぜと其声樂家脅かした。ヘンデル曰く、「宜しうございます。たゞ前以てさうなさる時にお話があれば、わたくし吹喋して置きます、さう致しますと貴方の歌をきくよりも、貴方の跳び上がるところを見物に、聴衆のやってくる事は請合でございますからな。」（峰）

○

耳

父親を殺すといって追掛けたり、無知淫蕩の黒坊女に惚れ抜いて、せっかくプラトニックラブをしたマダム・サバチエが身をまかせようとしたら、そいつが嫌になったり、頭髪を緑色に染めたり、五階から花瓶を落して下にゐるガラス売の品を滅茶々々にしたり、老いぼれ乞食を擲りつけて、その怒って摑みかかってくるのにすっかり嬉しくなって組敷かれたり――要するにヘンな事ばかりして暮したボオドレエル先生の御宅に、或日二人の畫家が遊びに来た。そのうちに彼等は主人公そちのけにして畫論をおっぱじめた。果しのない愚論に退屈しきったボオドレエルは、突然大きな欠伸をした。と、そのとたん眞ぐ傍にゐた方の畫家がキアッ！と云って跳び上がった。――欠伸をした大口でそいつの耳にガブッと咬みついたのだ、ボオドレエル先生が。（峰）

○

ラスト・シガレット

鉄血宰相ビスマルクは名だたる愛烟家であった。彼はよく人にこんな話をした。

「良いシガアの價値といふものはそれが最後の一本になって、もうちょいと手には入らない時に一番よく分るのだ。ケエニグラッツでわしのポケットにたった一本のシガアが残った。あの戦争中わしはそれを虎の子のやうに大切にしまっておいたのだ。戦に勝ったあとでゆっくりと吸ふ時の幸福をたのしみにしてゐたのだ、がそれがフイになった。といふのは傍に一人の龍騎兵が兩腕をひどくやられてゐて呻りながら、何か――水でもあったら下さいと微かに云ふのだ。わしはお金より持合せがなかった――いや待て、シガアがある、大切なシガアがある！わしは躊躇せずに火をつけて、それを龍騎兵の口に挿んでやった。感謝の微笑を浮べて彼は吸った！

わしはとって、自分の吸はなかった其のシガアほど甘かった奴はこれまでになかったのだね。」（峰）

○

金のペン

ヴエルレエンは子供のやうな人だった。死ぬ前、ペン軸を金紙で貼ってよろこんでゐた。手に觸れる物悉く金に化すといふお噺話を思ひ出したのであらう。死後ヴエルレエンの使用したもの、――その金紙ばりのペン軸などを相当の値段で求める好事家が続々やってくるやうになったら、ヴエルレエンの悪妻は早速金紙張りのペン軸を贋造して、夫愛用の品ですと売付けた。（峰）

○

埋草の筆者はこないだまで北海道を流浪してゐたが、小樽の酒場で妙な老人と知合ひになった。辻占賣だ。あの町の繪かきのモデルなどにも雇はれたりしてゐる。明治三十年代に紅葉の門をくぐったりした事もある男で、かく落魄する抑々の原因は出版屋で大損をしたのだといふ。この辻占老人未だに紅葉の青葡萄（！）の原稿を持ってゐるさうだ。絶對に手離したくはないと云ふが、北海道の好事家で、志のある方はかけあってみたら好い。（峰）

○

ホフマンはロマンチケルにありがちな奇癖に富んだ男だったが、或晩宴會を催した。一同席に着いたけれども、主人役のホフマンはナイフの尻で食卓をコツコツ敲きながら、何やら呟いてゐる。みんな變な顔をして見てゐると、その聲がだんだん高く聞えてきた。「右側の三番目に居る奴は氣に食はん、あいつが居ちや……」と云ってゐるのだ。そのホフマンに嫌はれた男も文士だったが、とうとう耐らなくなって席から逃げ出した、すると忽ち主人は上氣嫌になって、來客に愛嬌を振り播きはじめたさうだ。（峰）

（『新小説』春陽堂書店・大正一五年五月）

＊編者補注

このエッセイも、煙草にまつわる随想が収められている。無題のもの、タイトルのあるもの様々だ。文中のカーライルは、英国の思想家トーマス・カーライルのこと。主著『衣装哲学』（一八三四年）がある。そこには宇宙を「永遠の精神」をまとう「衣装」と見立てた。エマソンは、アメリカの詩人・思想家ラルフ・ワイルド・エマーソンのこと。エマーソンは、英国でワーズワース、カーライルとも交遊した。エマーソンは強く「個人の無限性」を説いた。「耳」のマダム・サバチエは、詩人ボードレールが交遊した女性名。サロンの「女議長」と呼ばれていた。『悪の華』に登場する。

紅葉は、明治の文豪尾崎紅葉のこと。紅葉は『青葡萄』（一八九五年）を読売新聞に連載した。青葡萄を喰べてコレラに罹ったと書いた。それを踏まえている。それにしても、この小樽の酒場で出会った辻占老人のことが気になるのだが……。

ホフマンは、ドイツ後期ロマン派を代表する作家。多彩な人であった。本名は、エルンスト・レオドール・ヴィルヘルム・ホフマン。日本では『砂男』の作者として有名。学生ナタナエルが幼年期に砂男の影を怖れて、理性を失うという。

『婦人公論』

顔の色

言《い》ふまでもなく「女《をんな》」の。

東《ひがし》のはての碧《あお》い海の島國《しまぐに》でめぐり逢《あ》った、エバの子《こ》たちのさまざまな顔《かお》の色《いろ》とそれらの思《おも》ひ出《で》とですね。

六月《ぐわつ》の午後《ごご》。電車《でんしや》の中《なか》。海水浴場《かいすゐよくぢやう》のポスタアが二《ふた》つ。私《わたし》の席《せき》のまへには一人《ひとり》の断髪少女《だんぱつせうじよ》が、しきりに連《つ》れの青年《せいねん》と舌をそよがしてゐる。父親《ちちおや》は馬來《まらい》だねぢやないかな。——この色《いろ》の趣《おもむき》は。まさにチョコレエート色《いろ》だ、——顔《かお》も手《て》も。が、色《いろ》を白《しろ》くして手《て》をあかくしてゐるのよりはずっと増《ま》しだった、肉附《にくづ》きがつしりして大柄《おほがら》。この女《をんな》のキモノ姿《すがた》はどんなだらうと氣紛《きまぐ》れな切願《せつぐわん》がちよいと湧《わ》いた。——話《はなし》が中々《なかなか》うまい。聴《き》いてゐると洋服《ようふく》はみんな御自身《ごじしん》でお作《つく》りになるらしい。もう直《す》ぐカマクラへ行《ゆ》くが、どんな水浴着《すゐよくぎ》がよからうとお友達《ともだち》の青年《せいねん》と相談《さうだん》してゐるのだ。はたちくらゐなのに、言《い》ふことが珍《めづ》らしく罪《つみ》がない。——あなた九月《ぐわつ》にお歸《かへ》りになったら、屹度《きつと》あきれるに違《ちが》ひないわ。ほんとにまつくろになつちやうんですもの……そら、この吊皮《つりかは》の色《いろ》みたいによッ——。ははは、チョコレエトのお孃《ぢやう》さん、それはあんまり謙遜《けんそん》といふものです。

　肉《にく》がしまって、おっとりした光澤《つや》がある琥珀色《こはくいろ》の顏《かほ》。お白粉《しろい》を無視《むし》してゐたのはいろけといふものに伴奏《ばんそう》するしやれつけがないのだ。活潑《くわつぱつ》のうちに落着《おちつ》きあり。おてんばぢやない。利口《りこう》なら洒落氣《しやれけ》が出《で》ても生地《きぢ》をいかすだらう。ラモン・ナヴロやバリモアをくちにするが、まだ女学校《ぢよがくこう》の三年生《ねんせい》だった。巴旦杏《はだんきやう》の實《み》を想《おも》はせる。

　水密桃《すいみつたう》の色《いろ》とその肌《はだ》さはりをした娘《むすめ》さん。その顏《かお》のうつくしいうぶ毛《げ》は、此國《このくに》ではめづらしい。——そのくせ流行《りうかう》の洋裝《やうさう》などは決《けつ》してなさらない。當節《たうせつ》ではむしろ積極的《せつきよくてき》とも評《ひやう》することの出來《でき》る黒繻子襟《くろじゆすえり》に匹田《ひつた》の帶《おび》といふ古風《こふう》な好《この》みさへ持合《もちあは》せてゐた。話《はなし》があるのか、ないのか、—やゝ伏目《ふしめ》に微笑《びせう》ともつかぬ微笑《びせう》を片頰《かたほほ》にのぞかせる。すゐみつ色《いろ》とその肌《はだ》さはり。夏《なつ》だったのに、ついたべなかった。——やはらかな、さわやかな味《あぢ》をいまさらに……が、あの時《とき》はほんとに歯《は》がわるかったのだ。

　あの夫人《ふじん》の顏《かほ》のあをじろさ。英語《えいご》の小説《せうせつ》によく出《で》てくる形容詞《けいようし》の"Pale"といふやつ。姿《すがた》はいふまでもなく、やせぎす。表情《へうじやう》がすくない、——、いや、表情《へうじやう》を惜《お》しんでゐる表情《へうじやう》だ。從《したが》って青白《あおじろ》さは殆《ほとん》ど變《かは》らなかった。おほきい眼《め》なのを、めったに大《おほ》きく見開《みひら》かない。手くびには靜脈《じやうみやく》が透《す》いてみえた。あの顏《かほ》には、然《しか》し何《なに》かたくらみに似《に》たものが匿《かく》されてゐたやうな氣《き》がする。あの青白《あをじろ》さに紅《くれなゐ》が點《てん》ぜられて燃《も》えるのを見《み》たいと願《ねが》った時《とき》は、もう遠《とほ》く離《はな》れてゐた。……

あかがね色《いろ》。漁夫《ぎよふ》のむすめの顏《かほ》のいろ。眞夏《まなつ》の海《うみ》べの、眞晝《まひる》の戀《こひ》の思出《おもひで》。彼女《かのじよ》はむろん腕《うで》も腰《こし》も私《わたし》よりはずっと逞《たく》ましい。櫂《かい》を操《あやつ》つてくれ、鮑《あはひ》を潜《くぐ》つて採《と》つてくれた。ロダンなら彫《ほ》り、ゴオガンなら描《えが》いたであらうが、私《わたし》はたゞ世《よ》にも密度《みつど》のこまやかな重々《おもおも》しいその體《からだ》を抱《いだ》いて、玫瑰花《はまなす》の咲《さ》く砂丘《さきう》のかげに、世《よ》にも稚拙《ちせつ》なる愛《あい》の言葉《ことば》をきいたばかり。――潮《いほ》の香《か》と女《をんな》の香《か》が化合《くわごう》した不思議《ふしぎ》な強《つよ》い匂《ひほ》ひ。恥《は》ぢと僞《いつわ》りと恐《おそ》れを知《し》らぬその銅色《あかがね》の顏《かほ》。

白《いろ》い陶器《たうき》。家附娘《いへつきむすめ》、うぬぼれの強《つよ》い親《おや》は柳咲子《やなぎさくこ》といふ女役者《をんなやくしや》に似《に》てゐるとの出入《でいり》の者《もの》の評判《ひやうばん》を大《おほ》いに信頼《しんらい》してゐらっしゃる。衣裳《いしやう》の金《かね》には糸目《いとめ》をつけずに、常《つね》に着飾《きかざ》らしておくけれども、どうもこちらは御世辞《おせじ》にも褒《ほ》められない。着物《きもの》も魄《たましひ》も親《おや》まかせ。月並《つきなみ》だが床《とこ》の間《ま》の置物《おきもの》は私《わたし》には用《よう》がない。高《たか》い聲《こゑ》でいはれた義理《ぎり》ぢゃないが、このひとを取持《とりも》たうといふ深切《しんせつ》な老人《らうじん》がゐた。こちらの返答《へんたふ》は無期延期《むきえんき》。

鉛《なまり》いろの顏《かお》。それは紡績工場《ぼうせきこうば》の糸屑《いとくづ》を浴《あ》び、村人《むらびと》の惡口《あくこう》を浴《あ》び、珈琲店《コーヒーてん》の客《きやく》の視線《しせん》を浴《あ》び、安《やす》オペレットの脚光《きやくくわう》を浴《あ》び、いまは賤《いや》しい男等《おとこら》の罪《つみ》と毒《どく》とを浴《あ》びてゐる。――人生《じんせい》の梅雨期《ばいうき》に凋《しぼ》み朽《く》ちた紫陽花《あぢさい》のむくろ。無殘《むざん》な明《あ》け方《かた》の光《ひかり》に晒《さら》された、鉛色《なまりいろ》の顏《かほ》のいろ。かはいさうに、わづかの火《ひ》にも溶《と》けた。

澁紙色《しぶがみいろ》の顏《かお》なるものは、後街《うらまち》の、その岸《きし》には花《はや》柳《やなぎ》を植《う》ゑた濁《にご》り川《がは》に、破瓜期以前《はくわきいぜん》から臙脂《えんじ》おしろいを洗《あら》ひ落《おと》して暮《く》らしてきた女《をんな》たちの特徴《とくちよう》ださうな。この國《くに》の傳統的頽唐趣味《でんとうてきたいたうしゆみ》と私《わたし》の自然的衝迫《しぜんてきしようはく》とは、かゝる顏《かほ》の色《いろ》の上《うえ》に屢々相會《しばしばあひくわい》し混交《こんかう》し得《え》ずして常《つね》にわかれた。この顏《かお》の色《いろ》をよろこぶ私《わたし》の友《とも》は、同《おな》じ色《いろ》の海鼠腸《このわた》なるものを、極度《きよくど》に洗練《せんれん》されたる味覺《みかく》の對象《たいしやう》となしてゐた。

マシマロいろの顏《かほ》。肌《はだ》の匂《にほ》ひもこの御菓子《おくわし》そつくり。和服《わふく》をたまに着《き》こむと、異邦《いほう》の女優《ぢよいう》が扮《ふん》するマダム・バタフライよろしくの恰好《かつかう》。とにかく洋裝《やうさう》に自信《じしん》たつぷり。シネマに行《ゆ》けば、筋《すぢ》は忘《わす》れてもヒロインの服裝《ふくさう》は微細《びさい》に腦裏《なうり》に映《うつ》して置《お》く。ダンス・ホオルのシヤンデリアの下《もと》にぽつと薄《うす》あからむ顏《かほ》の色。——カツフエの姿見《すがたみ》にふさはしい顔《かほ》の色。——それなのにこの女《おんな》、戀《こひ》の口説《くぜつ》はあんまり御上手《ごじやうず》とは申《まを》されなんだ。

林檎園《りんごゑん》の林檎《りんご》の色《いろ》をした田舎乙女《ゐなかをとめ》。私は彼女《かのぢよ》のために、林檎《りんご》のやうにさつくりした純《じゆん》一な味《あぢ》の抒情《リリツク》を書いて献《けん》じたら、この林檎色《りんごいろ》の田舎乙女《ゐなかをとめ》は至極無邪氣《しごくむじやき》に林檎《りんご》のツツみ紙《かみ》に使《つか》つてしまつた。

北《きた》の方《はう》に雪《ゆき》をんなといふ、冬《ふゆ》の夜《よ》の凄婉《せいゑん》な魔女《まぢよ》がゐるさうな。私《わたし》には私《わたし》の雪《ゆき》をんながあつた。雪《ゆき》をおもへば、きつとその女《をんな》の顔《かほ》をおもひだすのだ。雪《ゆき》のやうに白《しろ》く、雪《ゆき》のやうに冷《つめ》たく、雪《ゆき》のやうに温《あたた》かだつた。雪《ゆき》の日《ひ》に逢《あ》ひ、雪《ゆき》の消《き》える頃《ころ》に死《し》んでいった。——あれも雪《ゆき》がつくつた幻《まぼろし》なのかも知《し》れない。

——

けちなカザノヴもどきで、女《をんな》の顔《かほ》のメモアルを書《か》きつらね、とゞのつまりは愚痴《ぐち》に終《をは》りさうな、こんな文章《ぶんしやう》はさっさと切上《きあ》げることだ。そろそろ道徳的《だうとくてき》な讀者《どくしや》やきちやうめんな編輯者《へんしふしや》のお叱《しか》りを蒙《かうむ》るにきまつてゐる。剛情張《がうじやうは》れば、まだまだ書《か》けるのですがね。

(『婦人公論』中央公論社・大正十四年一月号)

＊編者補注

ラモン・ノヴァロ (Ramón Novarro) はメキシコ出身で、一九一七年のサイレント映画時代の俳優。その後はステージやTVで活躍した。ジョン・バリモア (John Barrymore) は、アメリカ、フィラデルフィア出身の俳優。サイレント期から活躍した映画スターの一人。

『文藝時代』――「特輯映畫號」アンケートへの返答

〝シナリオは文芸作品たり得るや〟として次の質問が以下の文芸家二十九氏〝氏名(掲載順)になされた。

中河與一、加宮貴一、宇野浩二、藤森淳三、高橋邦太郎、富澤有爲男、山田清三郎、藤森成吉、岡田三郎、赤松月船、沙良峰夫、小牧近江、新居　格、前田孤泉、尾崎士郎、村山知義、木村　毅、鈴木善太郎、狩野鐘太郎、近藤經一、川路柳虹、尾崎一雄、井東　憲、岩永　胖、橋爪　健、飯田豊二、鈴木彦次郎、片岡鉄兵、武野藤介、日活　伊藤大輔

一、シナリオは文芸作品として獨立の價値を有し得るや。

二、映畫に関した總てのことで、大いに助長したいこと。

三、映畫に関した總てのことで、至急廃止したいこと。

沙良峰夫の返答：

一、シナリオがノヴェル、コント、ドラマなどのやうに文藝形式として成熟するや否やは豫断する事が出来ません。――少く共小生としては、あまり氣にかけません。たゞ現在のシナリオ形式を利用して、「上映」を直接目的としない文章藝術を作るのは興味があります。それには今行はれてゐるやうな書方がもつと變化するでせう。然し映畫にする場合には又手加減をされるのでせう。文藝的傑作の映畫化同様に。

二・三、共に註文が理想的ですから御遠慮します。

(『文藝時代』金星堂・大正十五年十月号・Vol 3 No.10)

『文藝時代』

びゆるれすく

(藝術家トカ道化師トカニ就イテノ妄語)

聖アントワンニサタンガ囁イテ云ッタ、
モシ阿房ラシイコトガ眞實ダトシタラ。

僕オモフニ藝術ノ出現ハ生活ノ倦怠ヤ精力過剰ノ上ニソノ機因ヲ持ツ。美學者諸卿ノイフ崇高ナル或ハ美ナルモノモ、必竟ハコレラノ狀態カラ巧妙ニ案出サレタ、娯ミ道具ノ性質ニ獲ヘラレタ名稱ニホカナラヌノデアリマス。斯ノ如キ藝術概念ハ疾クノ昔ニ遊戯説トシテ、精嚴ナルプロフェサァ方ノ間ニ不評判ヲ　チ得テヰル事ハ先刻承知デスガ、遺憾ナガラ僕ノ性格ガソノ反省ニ風馬牛ナノデアリマス。

マタ過激ナル青年達ガイカニ「文學以外」ヲ叫ビ、藝術埒外ヲ宣シタトコロデ、藝術トイフ言葉ガ未ダニソノ傳統的意味ヲ多少ナリトモ保管シテヰル限リ、藝ハ依然トシテ藝デアル。彼等ノナシ得ル事ハ、セイセイ其ノ限界爭ヒニ押シヲ強クスルカ、畑ノアキ地ニ新ダネノ草花デモ植エルクラヰノモノデアッテ、ソシテ實ハソレデヨイノデアリマス。

僕ノ顰蹙スルノハ、ドウヤラ人間動物往古ヨリノ惡癖デアル特權崇拜性ガ、今日ニ於イテモ勢ヲ逞ウシテヰテ、藝術トイフ無邪氣至極ノ肉體ニ、過寛ノ紫衣ヲ纏ハセル傾向ガ、ナカナカ消滅シヨウトシナイ現象ナノデアリマス。人間ハズットズット依然カラ畏ロシイモノ、偉イモノヘノ憧憬追従心ヲ表白センガタメニ、神ヤ王サマナンゾヲ發明シテ、ソレヲcastle in Spain ノ中ニ祭リ上ゲタガ、ソノ惰性デ學ヤ藝マデモ、コノオ城ニ安置シタガルコトヲ止メナイ。嘆カワシキ次第デアル。無産階級美學成立ノタメニ苦心スル人々——人類ノ最モアタラシイ種族ノ選良達ノ凝ツタ工夫ニサヘ、此ノ癖ガ認メラレルガコレ果シテ僕ノヒガミ目デアリマセウカ。ブルヂョアノ有タリシ財、ブルヂョアノ有タリシ文化ヲ、羅馬ニ浸入シタ北狄ノ如キ豪健ナル新代ノ支配人ガモテアマシ氣味デアル。ソノ多忙ナル八時間ヲサイテマデ、特ニ前朝ノ遺物、―藝術ノ使用法ノ改良ヲ計ラフトスル。ソノ志ヤ嘉シデアリマス。然シナガラ、王ナラビニ宮臣タチヨ、藝術ノコトハアマリオ心ニカケラレスガ好イ。ソレハソノママニウッチヤッテ置カレルコトダ。ソレニモシ心惹カレルトコロガアルトスレバ、ヤガテ今ノ大仕事ガ片付イテオ暇ガ出來テ、氣晴シデモナサリタクナルト、自然ニアノ藝術ノヤウナモノヲ易々ト作レルヨウニナリマスカラ、コレヤ一番後廻シニナサルノデス。

　藝術ハ賣淫デ、藝術家ハ淫賣デ、神ハソノ性質カラシテ實ニ eveymans Lady デ……ナドト調子ニ乘ツテ口ヲ滑ラスト、正義派カラ痛棒ヲ喰ハサレルカラ、モット溫當ニ、藝術ハ藝デ藝術家ハ道化者デ、ト云ハセテ貰ヒマス。アラタメテ歴史ヲ點検シナクトモ、藝術ノ榮エタ時ハ、天下泰平ダツタリ國力旺盛ダツタリシテヰル。人心ノ倦怠ト精力過剰、（前者ハ任事ヲシタイガ氣ニ入ツタノガ無イ、後者ハ任事ヲシタガタダ何カ物足ラントイフ、ドツチニシテモ贅澤心理ダ。）スナハチ生活差ハ少數ノ者ニ、享樂ノ對稱タランコトヲ要求スル。エラバレタル光榮ノ藝術家、時代ノ宮廷ニカカヘラレタル道化者ハ、相當（？）ノ報酬ヲ頂クコトニヨッテ、出來ルダケ御機嫌ヲ取結バナケレバナリマセン。

　道化者ハ絶エ間ナク、愉快ナル或ハ驚嘆スベキ、或ハ賞讃サルベキ辛辣ナル毒舌的諧謔等ヲ、殆ド自然ト擬《ママ》フホドニ維持シテユク。コノ並々ナラヌ苦心カラ形ツクラレタ、最高度ニ巧妙ナ藝當ヲモツタ道化者ハ、カノ天才トイフ名デオダテラレルノデス。藝術家トイフ道化者ハ笑ツタリ哀シンダリ怒ツタリ惡口ツイタリスル。然シソレハ悉クポオズデアル。エフェクトニ於イテ見物衆ニ氣晴シヲ與ヘルポオズデアル。道化者ヲ雇ツテヰルトコロノ、卽チ所有シテヰルトコロノ見物人ハ、彼カラ自分ノ欲スル快感ヲ搾取シヨウトシマス。藝術家ヲ檸檬トスレバ、ソノ呈示美ハ檸檬ノ汁ダ。輪切リニシタ檸檬ノ汁ハチヨイトシボツテ紅茶ノ中ニ入レル。人間ハ美ニ對シテ決シテ吝デナイ、サラニ云ヘハ浮氣デアル。コノ浮氣ニ隨應シテユクニハ、美ノ方デモ不斷ニ變化シテミセナケレバナラナイ。手ヲカヘ品ヲカヘテ、ヒタスラニ人ノ意ヲ迎ヘントスル所以デアリマス。

藝術家ト美。――道化者ト仕草。諸君。

　サテ然シ、道化者ハ一ノアイロニイデアリマス。

　アイロニイハ眞面目ニ對スル不眞面目。神ニ對スル惡魔。生活ニ對スル藝術。是認ニ對スル否認。意志ニ對スル叡智。固定ニ對スル流動。信ニ對スル不信。形成ニ對スル破壊。端正ニ對スル無頓着。現實ニ對スル空想。健全ニ對スル頽廢。在ルモノニ對スル在ラザルモノ。人ニ對スル道化者。ソシテ自分ニ對スル自分デアル。イロニカル存在トシテノ道化者ハ、他ニ對シテト共ニ自ラニ對シテヨリ直接ニイロニカルダ。ココニオイテ道化者ハ悲劇役者トナルノデス。悲劇役者以上ニノツピキナラヌ悲劇役者。何故トイフニソレハ大方ノ見物人諸君ノ觀ナイモノ、賞玩ヲ蒙ラナイモノ、彼等ノ要求以外ノモノダカラダ。

　道化者ノ笑ツタ顔ノ、泣出シサウナ顔ノ、怒ツテミセタ顔ノ、嘲ケツタ顔ノ、ソノ背後ニハ何ガアルカ？――悉クソレラノ反對ナモノガ、――イヤイヤ、アルノハ唯一ツ虚無バカリデアリマス。ソシテソレニ又別ノ名ヲ強ヒテ附ケレバ、神ノ概念ト同樣ニアヤフヤデスガ、彼自身デアル。コノ虚無ヲ意識シテヰルガ故ニ、コノ彼自身ヲ自覺シテヰルガ故ニ、道化者ハ（讀者各位、クドイヤウダガ僕ハ人間ノ或ルタイプヲ藝術家ヤ道化者ノ名デ呼ンデヰルノデスヨ。）ペシミスチックデス、否定的デス。シカモソレハオプチミスチック、肯定的ニ對シテ、ソノ先端ニ於イテ孰レハ相交ハル事サヘモナイトコロノ平行線。孤獨ナル線デアリマス。

　人ハ道化者トシテ取扱フ、社會ハ藝術家トシテ取扱フ。彼ガアルトコロノモノ以外ハマツタク餘計デアル。サテ然シソノ餘計ナモノヲ道化者ガ藝術家ガ所有シテヰルノデス。ソノ餘計ナ彼自身ヲ識ルノハ彼ダケデアル。デ、彼ノ究極ノ諦念的信條ハカウナル。――彼ノ美ガ、彼ノ仕草ガ、彼トシテ最大ノ力ヲ盡シタ結果デアルニモセヨ、ソレハ瞬間的ニ、乃至ハ一定ノ時間的持續ヲ得タダケデ、虚無トイフ彼自身ノ或ハ宇宙ノ暗黒ニ埋没スベク定メラレテヰル。ソシテ實ニコノ悲シキ虚無ニヨツテノミ、彼ハ彼ノ存在ノ閃光ヲ見ル。コノ閃光ガ彼ノ一切ダ。卽

チ彼ノ眞ノ生活ガ……オット、僕モトウトウ皆サンノヤウニ眞面目ニナリカケタカラ、モウ止シチマヒマセウ。(終り)

(『文藝時代』大正十五年七月号・Vol3 No.7)

『文藝春秋』OLLA《おるら》 PODRIDA《ぽどりだ》(1)

小兒十字軍

上田さんが譯したマルセル・シュヲブの「小兒十字軍」は、まさしく本朝文壇への珍羞であつた。吉利支丹文献學者の新村さんなどと、その好尚を共にする所のあつた人だけに慶長頃の口語脈を巧みに採り入れた譯筆は、殊にも心にくい姿があつた。あれが始めて出たのは、十年ばかり前の三田文學ではなかつたか。譯されたかぎりの幾章かは上田敏詩集の中に蒐録された。自分も一冊持つてゐたが、昨年の秋他の乏しい藏書といつしょに灰になつてしまつた。それから間もなくである。自分は夏黄眠さんの書齋で、「小兒十字軍」の英譯を發見した。限定版として紐育市で上梓された瀟洒たる小型の美本である。普通我々の手にはひるメルキユウル版の黄ろい装幀のものよりは、遙かになつかしく感じた――いや臆面もなく云へば、垂涎を禁じ能はざるものがあつた。それは必ずしも、自分の法朗西文を解せない爲ばかりではないのである。偖て白狀すれば自分はこれまでひそかに抒情詩を弄してゐた人間だつた。それで暫くはこの小兒十字軍の傳説はアトラクチブな詩作上の資材であつた。文學的好事性のはたらいてゐたのも事實だらう。が、白いおん主《あるじ》のゐます耶路撒冷を、前途三千里の難澁の旅路を、不可思議なる勇敢さをもつて辿る、此のわらべ達の夢の嚴肅さが、自分の生活の或部分を並々ならず策勵したからである、と云ひたい。但し表現様式にあまり多くの註文を負はせたせゐか、それとも内より必然に洶涌する詩想の薄弱だつたせゐか、自分の此意圖は遺憾ながら完成せずにゐる。しかるに會々今年になつて「小兒十字軍」と題した一篇の詩に接した。作者は若い獨逸の詩人でヨハンネス・ベッケルといふ男である。他人に抜駈けの巧名をされた者の、羨ましさと残念とはある。が、それは左に譯出するやうな作である――甚だ御苦労なわけだが。「おれの書かうと思つた詩はもつとすばらしいものだつたのに……」自分はかう獨語しておのれを慰めるのである。

峥嶸の山路に高らかに歌ふ
牧人もない怖れ知らぬ仔羊の群。

「我らは起された夜の野面の銀色の聲した小鳥たちに喚起された。」

童子らが薄い上衣は旋旗《はた》の搖れるやう、冠の如く草花の莖が編まれてゐる。

童子らが行列の前に鐘が聖歌を奏でた、「あゝ天日の映えある耶路撒冷へ！」

「暗い森では餓ゑた狼が其方達を啖はう。」

「なんの野獸ぢやとて我らには手はかけぬ、白いお救主が護つてをられまする。」

嵐のために聖なる船は碎け散つた。それ大鮫の火のやうな目が動く、童子らが墓穴の上なる永遠の燈明だ。

「譯　詩」

「夢の丘」の作者アアサ・マッケンに或自叙傳風の著書がある、それを見たら彼がまだ文學青年の頃、ラブレエの作つた「テレエム僧院正門上の詩銘」を飜譯した事が出てゐる原詩はかうである。

Or donne par don
Ordonne pardon
A cil gui le donne
Et bien guerd'onne
Jout mortel preudon
Or donne par don.

各行の最終のひびきが殆ど他の各行の最終のひびきと同じである。で、マッケン先生はどんな工合いに譯したか――

For given relief,
Forgiven and lief
The giver believe;
And all men that live
May given the pain leaf
For given relief.

中々うまいものである。しかるに彼は「困難なる些事に勞苦するは痴呆也」といふ尤もらしいマルシャルの文句を引いて、自らの所業の非を認めてゐる。自分も大いに贊成である。――殊に當今のやうな匇忙の身の上では。しかし以前のやうに、うだり過ぎるほどの間暇がある境遇だつたら、或は汗をたらしても、ランブレエの重譯を試みる底の勇猛なる阿房事をなしたとも限らぬ。但し世上には譃笑しつゝ自在にこれを邦語に移植なさる才筆の士がをられるかも知れぬ。すでに「困難なる些事」ではない。その人にとつては、マルシャルが「痴呆也」の言はあたらないのである。――どなたか御座いませんか。

（『文藝春秋』文藝春秋社・大正十三年四月号・Vol 2／4）

OLLA PODRIDA (2)

春波樓筆記

世界随筆大系の第一篇として春波樓筆記が上梓される由、甚だ結構である。司馬江漢が山田右衛門作と共に、我國西洋畫界の草分けである事は言ふもおろかである。江漢が學和漢蘭に通じ、其見識は尋常繪師の到底及ぶところではなかつた。交友に蜀山や橘州なんぞがゐて狂歌も能くした。いま春波樓筆記より漢詩體の夷曲歌二篇を抄録する。書肆随筆社がいらざる提灯持ちの如くに、見做さるること無くんば幸である。

一生忽衆動焦身八身推根尚
勝人入道修行差時事須臾老去革頭巾
元來有口更無言百億毛頭擁
丸痕一切衆生迷途所十方諸佛出身門

本朝古代天癸考二三

古事記—献大御食之時、美液受比賣其於意須比之襴着月經。
延喜式—有月經者、祭日之前退下於宿盧不得上殿。
和名抄—針灸經云、月水不通即灸氣穴。
風邪集神祇部—もとよりもちりにまじはるかみなればつきのさはりもなにかくるしき

織工

今秀才が何とか艸紙に織工に關する文章があつたと記憶する。記憶するのは尤も題名ばかりで、其内容は悉皆忘失した。僕も聊か同君の驥尾に附して猥薄のペダントリイをすれば、虞初新志に「王叔達奇人也、作八分舟刻日、天啓壬戌秋月虞山王毅叔達甫刻。」とある。茅原定先生の言によれば、稲穀一粒の内に神體を彫り、兩脇に狛犬を待せしめ、顯微鏡下に檢するに神の威容儼然たる細工物があつた。又、奥州會津在柳津の圓藏寺から京都へ贈つた物は、長さ一寸ほどの榧の實の中に、白檀の木で七福神を刻み、毎像一體の大さ二三分、各端嚴にして顔貌の造作皆瞭然と具はつて見えたさうである。

達摩の夢

紅葉山人の書いたものにこんなのがある。「二女彌生、一夜夢に魘はれ覺めて泣きやまず。次早之を問へば、張子の達摩の大いなるが鉢巻して手足おそろしく、蚊帳を繞りて内に入り來り、擽りて止まさりし也とぞ。」註して、「達摩のポンチを常に見故なり。」とある。里見弴さんか誰かに、「くすぐり達摩」といふ小説があつたと思ふ。これから構想を得たのではなからうか。僕にも達摩の夢があつた。幼年の頃であつた。我が家の手傳に來てゐた或る知合ひの女と一緒に寢たことがある。女は當時二十七八、大柄で肥つてゐた。その晩僕の枕許に、やつぱり鉢巻をした走い達摩がやつて來て、げらげら笑つては間斷なく火焰を吹きかけるのである。僕は閉口して、又怖ろしくなつて、わつと悶絶の聲をあげた。あげたら眼がさめた。女はどうしたのと訊いたが僕は返事をしなかつた。女は眠むたかつたとみえて、再び僕の小さいからだを抱き締めたまま、忽ち寢入つてしまつた。熱い旺んな氣息が、低からぬ鼾聲と呼應して、幼い僕を惱ますのである。按ずるに僕のこの夢は、その頃不思議でならなかつた火吹達摩と、それから添伏した女が熱いさかんな氣息の、こちらの面上をうつのに歸因したらしい。遮莫。夢としての品の好さは「くすぐり達摩」の方にある。僕の「火吹き達摩」の夢は、逸とが相伴つて面白い。鬼気と飄その由來にどうもセクズァルな匂が感じられて、品下れるを覺えるのである。

東西女筆消息往來

「早速ながら一筆示し參らせ候。扨とやかねがね御約束に御座候へば、祝言の晩の樣子何事も包みかくさず申上候筈には候へども、まことにまことに意氣地無しと、思召のほどもくやしく候へども、其晩の事は何が何やら唯々はづかしさに少しも辨へ不申、全く夢中にて過ぎ候間御物語申さうやうも無之、日頃の口ほどにも無きと被仰候かは不存候へども、御前樣もやがて御試し被遊候はば定めて御合點の參ることと存じ候。」――おなじく紅葉が「女筆消息往來」の全文である。

これを見たら、昔讀んだことのあるマルセルプレボオの小戲曲を想ひ出した。題はたしか「寄宿舍」だつた。場處は何とかいふ佛蘭西で名高い尼さんの學校である。嫁したばかりのお友達が、その蜜月の旅先からよこした手紙を、二人の女學生が開いてみる。銀燭の夜の事を詳細に報告すべき、固い約束があつたのである。未婚のお嬢さんたちは、期待に興奮し胸を轟かして讀んでゆく。讀んでゆくと、女學校流の美文調で、長々しく嶺南の空や水を描寫してある。が、終りになつても、肝心かなめのかの夜のミステリイは書いてない。唯一言、ジャックは――御亭主の名である――よい人に候とあるだけである、「貴女方もはやくお試しになつたらいいわ、屹度お分りになつてよ。」といふやうな文句があつたかどうか、巨細な點は忘れたから、ここに保證の限りではない。が、多分書いてあつた事だらうと愚考する。今更らしくて恐れ入るが、東西人情の眞趣はおんなじものと見える。前のニッポンの娘さんも、後のフランスのお嬢さんも、勿論其後間もなく、彼女達の性的先輩が遂に語らなかつた、かの神祕を闡明したに相違ない。そして又似たやうな報告文を、其性的後輩に送つてやらなかつたとも限らない。市井の小隱者の僕にとつて、女界の消息は文壇のそれよりも、不案内である。小説は人情を寫すものと教わつてゐる。僕は東西兩作家の筆のお蔭で、若い處女が結婚の夜に向けられた、熾烈なるクリオジテエを窺ふだけである。若い男三人寄れば猥談を始めることは僕も知つてゐる。若い女三人寄れば、果して猥談をするかどうかは、未だ知らない。只をとめの夜の寐床に、いかなる春夢や猥想が亂舞するかは、僕といへども推することが出來る。

新婚のお友達から、祝言當夜の赤裸々なる報告を聞きたがる未婚女のありがちな事は上掲二文士によつて明かである。しかし童貞の青年で、新人を貰ふこれもやはり童貞の友人に依頼するに、合衾の夜の情景の詳細なる教示を以てする奴は――いつたい有るかねえ。

(『文藝春秋』文藝春秋社・大正十三年六月号・Vol 2 №5)

OLLA PODRIDA (3)

葡萄畑の葡萄作り

飜譯文藝全盛時代である。なまけずきの僕も現代の流行には取り殘されたくはないので、最近邦譯された西人の著作を若干冊のぞいてみた。相變らず譯者諸君の文章は拙いね。但し「葡萄畑の葡萄作り」だけは例外にかぞへたいのだ。岸田國士氏の文章は中中灑洒として意氣である。ルナァルがすつかり手にいつてゐると思ふ。――僕は此本を歡迎する。いつか渡邊庫輔の前でルナァルを辨じた際に、ルナァルは屹度いまの文壇一部のこのみにも投ずるよと伝つておいた。投じたのは當人に一番だつたかも知れない。さうして僕自身はヱロアもどきの日記をつけたり、感想を綴つたりしたのである。六月の中央公論をあけてみた。「新綠の庭」といふ課題のもとにお歴々が名筆を競つてゐる。そのなかで芥龍先生のは

――やつてゐたね、「囁き」そつくりで。先鞭をつけられたやうな氣がして、頗る不平だつた。もつとも芥龍先生は以前にも「動物園」といふ小品を書いて、感心させられた事がある。雋敏なる觀察と奇警なる筆致と、――他に人を求めたら、佐藤春夫氏が、こんな書き方に成功しさうである。

ジユウル・ルナァルを日本文壇に始めて紹介したのは、例の上田博士ではなかつたか。大倉書店發行の「渦巻」の中に、ルナァルの「博物誌」が何かから引いた四五の短文がサムプルとして出てゐた筈。譯は、それや無論うまいのですとも、暇なお方は古事肆を探訪してさがしてごらんなさい。

或女の出納簿

文藝春秋六月號で岡田三郎氏の「或女の出納簿」を拜見した。氏は才人の評判がある。才人のレッテルは佛蘭西から歸朝後に附けられたのだらう。なるほどかういふ作品を見たら、おほかたの讀者はそれに同意せざるを得まい。僕も大いに同意したいのである。しかるに僕は不幸にして、フイッシエの「エステル」を昔讀んでゐる。そのために氏の才人振りを、ちょいとは無邪氣に嘆賞しかねるのが遺憾である。フイツシエのは、これまで細君と圓滿だつた男が、あらたに自分の店に女事務員を雇れる。名はエステルといふ。主人はその女に浮氣をする。が、それも束の間で女から遁げられてしまふ事になるのだが、該事件の消長がいかにもあざやかに主人の出納簿に現はれてゐて、甚だユモラスである。此作に執られた表現手段はあんまり獨特すぎて、眞似が誰にも出來やすいだけに、まねるのが氣はづかしい代物である。それに暗合だつたにしろ、少しでも後に出た方は、讀者の興味が半減してしまふといふ、厄介なへんてこなオリヂナリテエを持つてゐるのだ。

「或女の出納簿」と「エステル」は暗合であらう。たゞ運わるく前者が後者より遅れて僕の目にはひつたのである。いづれ月評子の言をどこかで聞けるだらうから、それを樂みにしてゐる。岡田氏は僕の同郷の先輩である。新愛知の懸賞小説以來たいていは氣をつけてゐる。新奇な工夫なんぞは第二にして、もつと地味な心がけで本道を歩かれたらどうでせう。落氏の此頃の作は、あらゆるよき藝術が持つてゐる落着いた味のないのが惜しいとおもふ。藝術に於ける「あたらしさ」は氏のもくろんでゐる事とは少々違つてはゐませんか。

附記。今月六日の時事文藝欄で或御仁が岡田氏の作をエステルのお古だときめつけてゐる。僕の文が當誌にでるのは七月初めである。事實は六月二日に書かれたのだが。どうやら岡田氏の二の舞を批評上で演じさうである。

たばこ

僕は烟草が好きである。淫すると云つた方がいゝくらゐである。淫するのは烟草ばかりではない。酒に淫する。書に淫する。夢に淫する。女に——いや「女は魔物ぢや。」その淫するくらゐの烟草は、貴公何を常用するかと問はれたら、憮然として金色蝙蝠と答へやう。時世時節でやむをえんのだ。憫むべし、江湖淪落の寒詩客、日に二個のバットを以て喫烟欲をみたすのが關の山である。僕はね、金があつて暇があつて結構な身分になられたら、烟草に關する文献でめぼしいやつは能ふかぎり蒐集してみたいと思つてゐる。そして珍無類な考證的著述をしてみたいと思つてゐる。それが剞劂に附され市に出て、一年もたゝぬうちに稀覯書となつて、あの薩南烟草錄みたいに四十二圓の市價がつきでもしたら、うれしいね。

烟草の詩や小説や随筆なんぞ、勿論僕はしらべてもみたくあり、書きたくもある。四月の當誌で引合ひにだしたマッケンに"Anatomy of Tabacco"といふのがある。二十一、二の頃の處女作である。今は絶版になつてゐる何磅もするさうだ。所詮僕なんかの手には這入るまい。一二年前に僕は「らぷそでいあ・にこちな」なるものをつくつた。尊崇する辻潤先生流の迷文であつて、ひそかに又ライオネル・ジョンソンやピエエル・ルウイ等が烟草の詩文のむかうを張つたつもりである。残念ながら轉々たる流寓のあひだに粉失してしまつた。

たばこ！たばこ！一九二三年夏の夜の銀座の甃石を、ふたりの美しい人と共に揚々と歩いてゐた僕の右手には、香りたかいロオド・バイロンの綢繆たるけむりが匂つてゐたつけが……。烟草には異名がどつさりある。烟葉、烟花、氣烟、烟酒、建烟、魂烟、蔫芸、酒草、仙草、蓋露、露酒、髮絲、返魂草、南靈草、綠南草、金絲草、金絲烟、金絲薫、淡肉果、淡巴菰、淡芭姑、淡把姑、相思草、餐香茹、佗波古、多葉粉、エトセトラ。

（『文藝春秋』文藝春秋社・大正十三年7月号・Vol 2 No.7）

辭書

宇宙の森羅萬象何一つ言葉をもつて表現できぬはないとロマンチツクな豪語を放つたテオフイル・ゴオチエヱが、恒々後進にむかつて、君辭書をよめ、辭書をよめと勸告したことは、かなり有名なはなしである。ウオタア・ペエタアもまた學生たちに辭書研究を奨勵したさうである。辭書を讀む――なんでもないやうだが、この癖のある人はたんとはあるまい。レミ・ド・グルモンが或小説の主人公に、他の書物よりも古典語の字書が病的に好きで、時の立つのも忘れてそれをいぢくつてゐる男がある。「深秘なる拉旬語」や「仏蘭西語美學」等の著者の面影を髣髴させてゐる。僕も辭書を讀むのがすきである。が、ヴオカブラリイを蓄藏しやうとか、單語のオルガニゼエシヨンを精□しやうとかいふ大それた意向はさらさらない。唯今處有する本ときたら僅々十五冊。それもみんな飽きるほど讀んでゐるものばかりだから、おのづと辭書も僕の眷顧を蒙るやうになるのである。それも康熙字典とか王篇とか、淵鑑類函とか圓機恬怯とか、或は和名抄とか雅言集覧とかいふのではない、小學生でも持つてゐる大槻さんの言海と、それから夜店で買つた井上英和大辭典なのである。僕の辭書愛には、こんな境遇的理由のほかに生理的原因も存してゐる。しかしそれは、「田園の憂鬱」の作者がとうに同書の六十一頁から六十二頁にわたつて、僕のかはりに委しく叙述してゐるから、僕は復讐せずとして引き下がる。

＊編者補注

「精□」は原本判読不可能のため欠字とした。

Ⅵ・沙良峰夫・訳詩・翻訳文

訳詩三篇

碑銘（オルタア・デイ・ラ・メェア）

いとも美しの女人ここにねむる
その歩み　その心はやさしかりき
おもふに西のくににありては
ならびなき　麗人なりしならむ

さあれいかに比なきものなりとも
かくてわれみまかりせば誰かまた
この西のくにの女人をおもひいでむ

（『かなりや』十二月号・大正十一年）

レイチェル（オルタア・デイ・ラ・メェア）

レイチェルはやさしく
唄ひます　ええ夜のこと
その白いかほを
蠟燭の光にさしむけ
しなやかな手を
響きこたへる鍵盤にふれ
さうして望みや
思い出をうたひます
かたはらで　この繊い
軽やかな巧みな手を
眺めてゐる幼い子に
うたって聴かせます
その子が覗いてみると
レイチェルの黒い眼は
美しい遠い夢で
仄ぐらく見えるのです
レイチェルはなほも
ピアノを弾いて静かに

のぞみや思い出を
吹いてきかせるのです
(『かなりや』十二月号・大正十一年)

流人

もし神神が私を愛されたら
どくむぎや野茨の生えたところ
侘しい村で夜もすがら夜鳥のなく處に
私は横はったであろう

けれども神神は私を愛されなかった
それで私は他方人《よそびと》でなければならぬ
過ぎ去ったその流竄の日が
いつれも記憶でいたんでゐるやうな
St François d'Assise
natura non facit saltum
(Linné)
(『かなりや』十二月号・大正十一年三月)

＊編者補注

訳詩三篇の作者はWalter De la Mare（一八七三～一九五六）。西條八十は、この詩人を「ツォータ・デイ・ラ・メーア」として表記し、この詩人の「銀貨」を、『白孔雀』（一九二二年五月一日・五月号）に訳出している。現在はウォルター・デ・ラ・メアと表記。イギリスの小説家、詩人、童話作家。妖精などを題材にした『妖精詩集』もある。沙良峰夫は〈チルタア〉と記したが〈オルタア〉とすべき。同じく「ラシェル」の原題は「Rache」なので、「レイチェル」とすべき。表記を訂正してある。なお「流人」の原題は「Exile」。日本語の「流人」と「Exile」とはニュアンスが異なっている。

沙良はこの「流人」の最後に原詩にはないラテン語文を置いた。「St FRANCOTS PASSIES / NATVRAN NON FACIT. SALTVA / Leibinz.」。この表記は「St François d'Assise natura non facit saltum」が正しい。『岩内ペン』に採録・掲載する際に誤植が起こったのかも知れない。「St François d'Assise」はアシジの聖フランシスのこと。「natura non facit saltum」は〈自然は飛躍（跳躍）せず〉の意。これは植物学者Linêt（リンネ）の言説。ライプニッツが『人間悟性新論』でこの言説を示し、のちに十八世紀のスウェーデンの植物学者リンネがラテン語に訳して用いた。

この様に原詩「Exile」とのつながりが不明のままラテン語文が併置されている。以上を踏まえてラテン語の部分を訂正してある。

詩

たゞひとりその臺座のみ残れるは
さても痛まし。胸ふだく想ひは切に
いと深き嘆きの夢を織りなして
行く末の暗さ悲しさはてしなし。

吾はしも涙ぐまるる悲さをいかに思へる
かくも無慘のありさまに眼を觸れて
よしきみがみだれし眼に落葉のうへを
紫金の翅に飛びうつる胡蝶に見るとも

（大正十三年一月）

睡蓮

落日はいやはての光りをふりそそぎ
風は蒼ざめた睡蓮の花を搖する
蘆間にひらく大輪のその花は
靜かな水の上に悲しく閃めいてゐる。

（大正十三年十月）

煖爐

煖爐と、燈火の狹き灯かげと
額に指つきて夢にも耽るものおもひ
恋人の瞳のうちに失はれゆくその瞳
熱き茶のとき閉ざせし書物
日の暮感ずる優しきこころ
快き疲れと入りくる影と、
優しき夜を待つこころ
あゝそれらのものあらゆる空しき
翅望のなかに

飽くなく覚めしわが夢ぞ
あゝ幾月の待ち焦れ、幾週日の狂ほしさ
（大正十三年十一月）

＊編者補注
沙良峰夫は「煖爐」とタイトルを付けたが正しくない。ヴェルレーヌの連詩「La Bonne chanson」（「良き歌」・一八七〇）の十四番目の詩であり、個別のタイトルはない。冒頭の語が「La faryer」（煖爐）となっている。沙良はそれを詩のタイトルにしたことになる。ガブリエル・フォーレはこの「La Bonne chanson」を歌曲として作曲している。

レミ・ド・グウルモン訳詩

嵐の薔薇

白薔薇は傷ついた、嵐のために。
けれども苦しめば苦しむほど
花の香は増した。

この薔薇を帯にお挾み、
この傷手を胸におまもり、
この薔薇の如くあなたもあれ、
この薔薇を手筥に秘めてお置き、
そして嵐に傷いた薔薇の不幸を思ひ出すのだ、
嵐はその秘密を守ったのです。
さあ、この傷手を胸にお護り。

（大正十五年十二月）

＊編者補注

この「嵐の薔薇」はレミ・ド・グウルモンの詩である。

レミ・ド・グウルモン（一八五八〜一九一五）はフランスの詩人・作家。ここではレミ・ド・グウルモンと表記する。象徴主義に関するすぐれた評論家でもある。堀口大學は訳詩集『月下の一群』で「あらしの薔薇」として訳している。それと比較すると、沙良の訳は部分訳であることが判る。堀口はこの『月下の一群』ではグウルモンの詩を二六篇程の詩を訳出している。またこんなグウルモンの本が入手できる。及川茂訳の『仮面の書』（国書刊行会・一九八四年）。これはフランス世紀末文学叢書の一冊。第一部で三十人、第二部で二三人の世紀末文学者を紹介。章毎にF・ヴァロトンの手による木版の〈マスク〉が載せてある。堀口大學はこの書を『面影の書』と訳した。及川茂は〈訳者後記〉でこうも紹介している。このグウルモンは「ただ一匹の黒猫を友として凡よ三十年間に詩、小説、評論を六十冊ほど残した。彼は一九一五年九月二十七日、パリ六区のサン・ペール街七十一番地で五十七歳の生涯を閉じた」と。

翻訳

エセル・デヴィス・シール「黒の歓び」

黒い色が暗くつて陰気だとおもはれる方に、私はこんな部屋をお目にかけたい。そこでは黒い燭台と戸棚とが唄でもうたふやう、黒い更紗木綿と椅子とが艶やかに光つてゐて、黒い卓上のつくばね朝顔や百日草の鉢には日光が嬉々としてゐます。まつたく！　この黒い小さい室には、さまざまな色彩があります。紫や黄や赤が底光りのする黒い面に反映して、色合ひは輝く黒にかこまれてゐるので、なほさら派手にひかつて見えるのです。此設計はちょつとした端緒から出てゐる。即ち若干尺のクレトンが用ひられてゐます。そしてその黒い快い地が、柑子色の翅と黄色い頭の紅紫色の小鳥、金や緑の葉の茂つた青葉などのセツテイングをしてゐるため、このクレトンの背景になつた同じ大きさの黒もまた、明るい花や皿などに対して此室の器具の快い背景をなすことは容易に分ります。

壁は色褪せたやうな殆ど消えかゝつたやうな紅紫をつかつてゐますから極くおだやかな暖い灰色の感じを与えます。家具は黒くエナメル塗、抽出しと戸棚の架と函とは光つた浅緑です。窓掛や黒い小椅子の蒲とんにはクレトン、磁器は淡泊な光のある——のそれで、黒とかレモン黄とか古びた金色とか、或は紅紫色、濃藍、黄線の入つた密柑の赤などがあちこちに光つてゐます。要せられるがまゝに集められた磁器、まるで色彩の骨董嚢です。黄色いやきもの燭台の黒いローソク、白鑞、孔雀花の鉢、それから灰色の絨毯が與越ある調子を加味してゐます。此部屋は私が今まで見た中で一番生々とこゝちよい部屋です。

装飾的な黒色の品物は、殊に黒の家具は決して死んだ黒ではありません。色がどんな種類にしても、家具は死んでゐるものではありません。それは光や影や色に溌溂とし、一日の時々刻々とともに諭り、再びまた朝の日かげに、この光沢ある窓掛や、あのきらきらする盆や書籍をばはつきりと反映させるのです。私達は普通家具の一般的線や部分的色彩、桃花心木の赤褐色か蔦色、アメリカ胡桃の冷い棕色、古檞の栗色、古象牙の厚い色、琺瑯黒の燦きかも知れない――ばかりを見がちです。

貴方がたの家具を十分にごらんになつて、どの角からマホガニイ卓が青の反射をうけるか、どうして胡桃の戸棚の正面にオレンジ色か、古い槲の机の上には緑がかつた光が、又象牙の調食擡の上には薔薇色の斑点があるかを見付けたらよろしい。さうすると貴方がたは黒色の家具の翫賞ができるやうになつて、黒が黒とは見られなくなり、貴方がたの美しい部屋の愉快な色彩化合の反映に対する、好適した面と見られます。

黒といふ色がつねに他の色を反映するところから、明るい色彩の中にその位地を保つのみならず、美術家や装飾には、背景として輪郭として強調として黒を添加することは、色のハーモニイを一層よくするものと知られてゐます。只今述べた小さい食堂のやうに室内に多量の黒を使用することは、非常に色彩を豊富にするものです。花やかな色の品の群れのなかに、僅かな黒い品を附加すれば、却て前者がめだつてまゐります。で、黒の地、意匠の中黒の一片、又は黒の輪郭は、クレトンや、枕、卓布、その他家を美しくするに用ひる品々のデザインを強くするに役立ちます。明色の毛糸で繡をした多くの枕は、私はいつも周縁や端や長い隅の流蘇を黒い糸に致しました。

黒地のクレトンは殊にも美しいが、その使ひばえのするのは、つねに飾のどつさりある部屋ばかりではありません。なぜなれば黒は立派な装飾的媒介物ですから、壁布や帷の黒い地はあまりにおとなしい華奢な部屋に必要なだけのつよさを与へるものです。よく田舎家の内部に見る白壁や薄鼠の塗料にはぜひとも、密柑色か紅紫色か薔薇色のはいつた明るい黒の垂布がいります。薔薇色の寝室の貧血性のこぎれいさは、黒か青か金かを加へるとずつと引立つものです。

私が黒色の装飾的効用を説明するために上げるところの、大へん良いエフクトのある部屋は、その風変りな設色に依存してゐます。

レモンクリイムの壁、黒い床、孔雀木細工はどんな室内にも向きます。そして他のよりプロザイクな部屋にまけずに居心地よい以上、この場合これより希むところはありません。

黒は紅や藍の繚乱たる花模様ある象牙地の窓掛に強い調子をつけてゐます。黒と金の漆塗の箪笥には、此室内の誇である支那皿があります。黒いランプと笠、笠には金や紅や青の絵模様がゑがかれてゐ、ソフアと二箇の椅子を覆うアンゴラ羊毛には黒い線が入つてゐます。骨組がレモンと金色に塗られて、あんごら毛は薔薇色と藍と黄と黒とに染めた注目すべき家具です。ソフアの片隅に置いたレモン黄の椅枕は、その中央に黒い葉をもつた深紅色の薔薇、他の枕は黒繻子です。臘燭の頭覆は黒地に黄と紅の飾がある。絨毯は黒と灰色炉の上の象牙の籠は紅と黒のガラス製の花が一杯――これは用方によつて中々装飾的価値があります。

ここに挙げる今一つの居間の灰色の壁と象牙細工は、初めのレモン色と孔雀色のそれはやや平凡なやうですが、橙色入りの、紅や褪紅色や青の毛糸で刺繍された黒繻子で覆つた家具を置いてあるので、それほど因襲的ではありません。家具は濃く重い青で塗られ、床は窓の紗帷に似合ふやうにばら絵の敷物を敷き、オヴアドレエプは亜麻布づくり、灰色地で、橙黄紅青の花や葉が巧みにさらされてゐます。この外に黒地のつやある更紗木綿の枕が足を置く台になつてゐます。鏡下の机上の花を入れた鉢も黒、箪笥は青と黒の二部分に塗られてゐます。鏡は色彩を調和します。小卓は単純な青、黒いソフアと椅子の脚は青です。

又儀式ばらぬ小さい食堂をお目にかけます。そこでも黒がこゝちよく彩られております。器具は支那風の赤で、卓の表面は黒いエナメル塗、更紗木綿は紅青黄の小花のついた光沢ある黒色で、内側のカアテンは赤青黄の小さい

緑のついたクリイム色の絹です。木細工のやうなクリイム色の壁、青黒くて殆ど黒と灰色の楕円形の毛氈でおほはれてゐる床。赤い椅子は鍍金した紐と流蘇にむすばれた更紗木綿のクツシヨンがついてゐる赤い椅子、給仕卓には鍍金した桃実形の把手がついてゐます。机上の鉢は真鍮でこれは効果がありますが、ちよつと考へものでした。磁器は背景として黒い色で、白い筋が入つてゐます。薔薇色や青や黄の様々なトオンは黒と配されると殊に引立ちます。が、もしこれら箇々の色にどのくらゐの調子があるかを思ふならば色のコムンビネエシヨンは無限に変化するでせう。緑は黒と協力するいま一つの色です。白い魅力ある寝室には黒の調子を巧くつかふとよろしい。

黒紅緑のカアテンは象牙色の壁や木細工や器具に照応して、いみじくも唄ふでありませう。紅色のラムプ笠、黒みがちな敷物はその設計をして力ある落着いた魅力あるものに致します。此頃の人はたいていごつい相伝の家具を軽蔑してゐます。今日嗤笑するのは、家具それ自身とそれを覆ふ旧弊な考案とであつて、その色ではないのです。相伝の家具を持つてゐて、その外にめぼしいものがないとしても、白い木細工や桑色の壁や白鑞鉢の生花や灰色のクレトンとゝもに装飾の目的を達しえぬといふことはないのです。何も購ふことができなければ、古い持物をお塗りなさい。いくたびも私は私の塗つた卓や椅子をめでゝそのためにそれらの場処をうごかすといふ考えさへも耐えられませんでした。それですから、私は私の黒エナメルをまるで萬能薬のやうに思ひます。家具の一つとどう塗つていゝか迷ふ時は、黒くお塗りなさい。太陽のあらゆる光線を捉え、あらゆる近接する色のとばつりをも捉える光が、黒いエナメル塗の家具の中にあるのです。それは他の色と錯綜します。そして其上の或は其近くの輝く光はたえまない悦びを証します。(大正十三年九月)

＊編者補注

この「黒い歓び」はアメリカのエセル・デヴィス・シール(Ethel Davis Seal)の作品。彼女には『Furnishing the little house』(一九二四年)などの作品がある。

タアケット・ミルンズ『ボオドレエル』—
「ボオドレエルの影響」第二章—

一八四八年になつて規則的な制作の習慣が頓挫した。社会から自らを隔離して冷然としてゐたボオドレエルが、忽ち政争の渦中に身を投じた。革命のことで夢中になつたのである。そして意外にも其の加担したのは共和党の方であつた。Fusées のうちで当時の行動に関してかう云つてゐる。「一八四八年の余の有頂天。其性質は何であつたか。曰く、復讐の嗜好、本能的快楽、文学上陶酔の破壊」。

一八五二年、Crépuscule du Matin（朝の薄明）と Crépuscule du Soir（夕の薄明）の二篇を「劇場週報」に寄稿した。此雑誌は間もなく廃刊したので、他に然るべき発表機関を探したが、うまく行かなかった。既にして彼の創作熱は減退してゐた。一八五三年から五年にかけて公けにしたのは Morale du Joujou（おもちゃの寓意）L'éssence du Rire（微笑の本体）だけに過ぎない。

一八五七年ボオドレエルはプウレ・マラツシイから Les Fleurs du Mal（悪の華）の第一版を上梓した。此詩集には以前に発表された分も収められてゐる。即ち一八四八年の「ラルチスト」誌上の「悔いざる者」「或る印度女に」それから一八五五年の「両世界評論」に掲載された十八章　Au Lecteur（読者に）Réversibilité（恩寵の恵み）Le Tonneau de la Haine（憎しみの樽）Confession（告白）l'Aube Spirituelle（こころの暁）La Volupté（逸楽）Un voyage à Cythère（シテエルへの旅）A la Belle aux cheveux d'or（金髪の美女に）L' invitation au Voyage（旅の誘ひ）Moesta et errabunda（悲シクテサマヨイノ）La Cloche fêlée（鐘）L' Ennemi（仇敵）La vie antériaure（前世）Spleen（悒悶）Remords Posthure（死後の悔）Le Guignon（悪運）La Béatrice L' Amour et Crâne（恋としゃれこうべ）等がそれである。

一八五五年はボオドレエルにとつて多産的な年であつた。これらの詩の外に、「ル・ペイイ」紙に芸術評論の続物、批評の方法、芸術に応用されたる近代的進化の観念、活力の転換などを書いてゐる。

「悪の華」は直ちに大いなる人気を沸騰させた。それと同時に非難譏誚の声もおこつた。ボオドレエルは公徳を毀損したとの理由のもとに告発され、出版者は科料に処せられた。

マダム・サバチェがボオドレエルと親交を結ぶやうになつたのも此頃である。此挿話は実に彼らしい特徴がある。一人の女がゐた。才色兼備でおもひやりがある。それが肉体をも捧げてきた。これは偶像の顚落である。ボオドレエルは解剖し疑惑せざるを得ない。其手紙に曰く。

「それから又私は昨日から云つた。彼女は私を忘れるだらう。裏切るだらう。現在貴女を悦ばせてゐる私が、貴女を退屈させるに違いないと。今日は次の詞を附加したい。霊魂の問題をまじめに取扱ふ程の莫迦者をのみ、私は恕するのだ、と。ねえ、私の美しい愛人よ、私は女性に対して恐るべき偏見を持つてゐるのです。早くいへば、私には信仰がないのです。貴女には美しい魂がある。が要するに婦人魂に過ぎない。それだから、それだから、二三日まへの貴女は神のやうであつた。その貴女が今は一個の女だ。私が嫉妬する権利をえやうとおもへば、出来ぬ事はなかつた。それを考へるとおそろしい。併し貴女のやうな眼に微笑を湛へて、あらゆる人に優しくする女の方にとつて、それは殉難でなければならない。」

ボオドレエルは自らいるが如く、彼は信心を有せなかつた。が、女の要求する第一のものは信頼である。マダム・サバチェは答へた。「わたしの考へた事を申しましようか、わたしの心をひどく傷けた無残な考を。それは、――貴方はわたしを愛してゐらつしやらないという事です」それから後の書翰では、夫人の方で猜疑している。ジャンヌ・デユバアルに関してである。が、其手紙の終りになるとかう書いてゐる。

「シャルルさん、一つの心があなたに残してゐるものは如何なさいました。わたしの心は静かですの。わたしもう弱々しい詞をだして、貴方を厭がらせはしないと固く定めました。

見ていらつしやいませ。貴方が望まれる温度まで、私の心を下らせる事が出来ますから。屹度わたしは苦しいに違ひありません。けれど貴方の為にはどんな苦労だつて身に受ける覚悟でございます」が、不思議なのは、この二人の交際が穏かに永続した事である。ボオドレエルはブリユツセルに赴くまでマダム・サバチェを訪れてゐた。それから夫人の方でも、彼の悲劇的な最後の数ケ月間には、絶へず傍につき添つてゐた。

　ボオドレエルが起訴されて数日後、「ル・プレザン」誌上に散文をいくつか出した。「かはたれ時」「孤独」「草案」「時圭」「旅の誘ひ」等がそれである。同年中に「ル・プレザン」へQuelques caricaturistes français と Quelques caricaturistes étrangers を「ラルチスト」へ、グユスタアヴ・フロベエル論を寄せてゐる。一八五八年には「アルチユウル・ゴルドン・ピム冒険記」の翻訳、及 Les paradis artificiels（人工楽園）の第1章、翌八六年には「テオフイル・ゴオテェ論」があらはれた。

　之より先、ボオドレエルは財政困難に陥つて、友人プウレ・マラシイから借金すべく余儀なくされてゐた。ところが此頃になつてプウレ・マラツシイ自身も怪しくなつて、まさに破産状態に瀕してきた。ボオドレエルは新たに金策を講じなければならない。それで脚本を書かうと企てたのである。彼は種々の集会で自作の詩を朗読するくせがあつたが、その中でも得意だつたのは Le Vin de l'assassin（人殺の酒）である。優人テイツスランがこれを聴いて、戯曲になるかもしれないと云つた。ボオドレエルがデイツスランに与へた書簡にこんな計画を述べてゐる。

「私がこのテエマを思案して、まづ念頭にのぼつたのは、どんな階級に、どんな職業に此脚本の主役が属すべきかといふことであつた。私は断乎として、骨の折れる卑しい荒つぽい職業、即ち木挽きを採用した。どうもさうせるを得なかつたのである。私には非常にメランコリツクな調子のある小唄がある。それを劇中に挿入したら、いゝ効果があがるだらうと思ふ。次の如く始まる単純素朴なものである。」

「どこの誰とてこれほどまでに親切者ではござる

まい。

ファルフオル―クランクル―ソウ―ラ―ライラ。

どこの誰とてこれほどまでに親切者ではござるまい。

木挽きさまよりや。ねえ」

この主役は怠惰なる夢想家である。自分の単調な稼業に最高の希望をもつてゐて、凡ゆる怠け勝な夢想家の如く酔生夢死的なのである。はじめの二幕は貧乏、休業、喧嘩、酔態、痴情等の場面で一杯。君は此新らしい要素の有用なるを見るだらう。三幕目――彼の別れた女房が夫の身の上を心配して探しにくる。こゝで木挽はあすの日曜の逢曳の提議からうまく逃げる。四幕目――十分に考慮をめぐらした犯罪が実行される。それに就いては改めてよく君に語りたい。五幕目――(他国の街に於いて)解決である。即ち苦悩に圧倒されて自ら罪に伏するに至る。

これは如何。あんまり簡単だとおもふだらう。仕組もない。驚異もない。ただ悪業とシテユアションの連続して進行するばかりだ」

後年エミイル・ゾラが同じ観念を長編小説L'Assommoir(居酒屋)に現はした。これの戯曲化が、ボオドレエルの草案よりも成功してゐないのは、一寸注目に値する。ボオドレエルは更に主人公が罪悪を犯すに至る経路を詳細に尺牘中に述べてゐるが、それは殆んどペトルス・ボレルがPassereau, l'écolier(学生パスロ)と同巧異曲である。だから精しい点はこゝで除いて、ボレル研究の章に於いて云うことにする。

一八六一年「悪の華」の第二版が刊行され「リシアルド・ワグネルとタンホイゼル」が出た。ワグネル音楽が未だ欧羅巴中の笑柄であつた時代に、ボオドレエルが此独逸の巨匠を鑑賞したのは、彼が明敏なる洞察力を証している。それから仏蘭西翰林院の立候補を宣したのも此年である。併し猛烈な反対を受けて、とうとう避くべからざる失敗を見込して退却するにいたつた。それに又ボオドレエルがあれほど熱心に観察した巴里の都府が退屈になる。不愉快になる。且つ経済状態は次第に惨めになるというわけで、遂に一八六四年にブリユツセルに定住のつもりで巴里を去つた。

ボオドレエルは白耳義で金をつくれると信じてゐた。第一に著作で、第二には講演で。——が、それは実現不可能の夢であつた。其処から送つた彼の手紙には物哀れな響がある。白耳義人を散々に攻撃して、自分の窮迫を愁訴するのみであつた。ボオドレエルは金儲けが下手で、二十七年間の総収入僅か一萬六千法を出てゐない。白国人は全然彼の性に合はない。間もなく激しい憎悪を抱くやうになつた。一八六四年のマネエ宛の消息に曰く。「ベルギイの人間は痴呆で嘘つきで泥棒である。僕は厚顔無恥なる詐欺の犠牲となつた。当国では偽りが法律で不名誉なるものは存在しない。……ベルギイ人がお人好しだと聞いても、君は信じてはいかん。狡猾で二枚舌で猫冠りで、それに野卑で腹黒いときてゐる」

ボオドレエルの見解がかうである以上、そこでの生活がいかに寂寥であつたか想像にかたくない。

「有識者が最大にして唯一の快楽である会話を例にとつてみてもわかる。ベルギイ中何処を捜し歩いても、一人として話せる奴がない。有象無象の輩が愚劣な好奇心を以て、此「悪の華」の著者を取り巻いてゐる。問題の「悪の華」の詩人は所詮風変りの化物たるに過ぎぬこの連中は僕を目するに怪物をもつてし、而かも僕の冷静で慇懃で礼節を守り、又自由思想家や進化論や近代的狂態を厭忌するのを見ると、僕は「僕の書物」の作者でないと定めてゐるらしい。滑稽極まる勘違ひである。この不幸なる本（僕のおほいに誇りとする）は、そんなら正体不明の解し難きものである。そこばくの才能を使役して敢えて悪を描いた事に課せられる刑罰を、僕はこれからも長く我慢してゆくであらう」

ボオドレエルは心情が激越してくると、好んで自己韜晦的な姿をとるのである。

「併しながら僕は告白する。この二、三ケ月間は強ひてわざと傲慢な容子を示して、他人の感情を害する事に、特殊の興味を味つてきた。これは欲すればいつでも出来る。が、当地ではそれが通用しない。理解されるには凡庸でなければならぬ。何というくだらない奴等の集りだらう。フランスを最も野蛮な国だと思つていた僕も、今ではフランス以上に野蛮な国の存在を、認容せざるを得ないのである。」

其後、ポオル・モオリス夫人宛の手紙には、かう告げてゐる。

「小生当地では警視（これはいゝ）にかんちがひされました。沙翁祭にものしたかの名文のお陰で。次ぎには猥褻なる著作を訂正する為に、巴里から派せられた校正掛りに見立てられました。小生あまりの莫迦々々しさに憤慨して、自分は親を殺した、そして其親を食つた。母国から逃亡できたのは、自分が一に仏蘭西警察に職を奉じてゐたからだ、と云つたら、それが本気に信じられてゐるのです。小生いまや水中の魚の如く悪名のうちに安住してをるのです。」

仕舞にボオドレエルの癇癪は悲痛にかはつて、只管孤独を求めるやうになつた。

「小生は困惑しました。此悩みには耐へられない。社交といふ社交から手をひきました。粗野で愚鈍な附合ひよりは完全な孤独が欲しいのです。」

ボオドレエルが白耳義の生活で唯一の償としたのは、フェリシアン・ロツプとの友誼である。「余がベルギイに於いて発見した、たつた一人の芸術家。余が、そして多分余ばかりが理解する意味での芸術家」。と褒めてゐる。

彼はまたメヘレン（Mechelen）の市街を賞して、メヘレンがフラマン人の住む白耳義の都市でなかつたら、自分はこゝで暮らしたい、いやそれよりも此処で死にたい、と言つた位である。ロダンバツクが廃都ブルウヂユを愛したやうに、ボオドレエルはムシユラン市を愛したのである。次ぎの詞はロダンバツクを想はせる。「あまたの鐘楼、あまたの尖塔、街には草が茂り、おほぜいの尼達がそゞろ歩いてゐる。余は参詣するものとてない荘厳なジエスイト派の寺院をみつけた。一言にして云へば、余は幸福のあまり現在を忘却した。そして余はそこで古いデルフト焼の幾個を買ひもとめた。」

このデルフト焼は勿論随分な掛値をされたと、ボオドレエルは特に附加して、再び憤慨してゐる。「国を挙げて野卑になつてきた。過去のみである。余の心を惹くのは。」

白国滞留中に彼のエドガア・ポオの飜訳が完了した。又白耳義国に関する著述をもくろんだが、これは計画だけであつた。怠惰のためではなく、詩人の健康が害されたからである。一八六五年後半期の尺牘には病気の事、刺戟物を遠ざけろ、煩悶と心的疲労を避けろといふ医者の勧告の事、それから必要な薬剤が買へない事、などが屢々繰返へされてゐる。

一八六六年巴里に帰還しやうと準備し始めたが、いつも中止されてゐた。危期が至つたのは同年五月である。フェリシアン・ロップの義父がボオドレエルをナミユウルに請待した。サン・ルウの古い寺院を再訪する機会を悦んで、ボオドレエルは右の請待を快諾した。そして此寺院に赴く途中で、突然眩暈がして卒倒したのである。意識は直ちに回復したが、翌日になつて、或肉体上疾病、即ち失語症と中風を患つてゐた事が判明した。で、ブリユツセルに送られて療養院にはひつたが、時すでに全快の望みはなかつたのである。詩人の母が看護の為にブリユツセル市へ来た。来てみると母はまつたく子供同様に世話しなければならない息子を見たのである。一八六六年に母親とアルフレツド・ステヴアンとが、昔日の面影もない哀れなるボオドレエルを巴里に連れ戻つた。ボオドレエルの末期は、古今の文学史上に於いても、最も悲劇的なものである。

記憶は奪はれ、鏡中の我姿さへ認め得ないまでに憔悴し変容したボオドレエル、表現のできないものは存在せぬと誇号し、実際また「言葉の王」であつたボオドレエルも、今はきはめて単純な思想の発表さへ不可能になつた。ただ「死」のみが、苦痛より此詩人を救つて、慰藉を齎らすことができた。時に一八六七年秋九月である。(末完)

◇編者補注

この訳『ボオドレエル(タアケツト・ミルンズ)――「ボオドレエルの影響」第二章』は、第二章とあるが、沙良峰夫による第一章の訳出の有無はわからない。

まず先にいっておくことがある。西條八十は、詩誌『白孔雀』創刊号に、「Turqet Milnes」の長編エッセイ「ボードレール精神の発達」を書いた。その後も西條八十は『白孔雀』でこの翻訳を続けた。沙良峰夫はそれを受けて、この「ボオドレエルの影響」の第二章の翻訳を行ったようだ。再録に当たって、明らかに誤記と思われる作品名などについては訂正してある。(ただこれも『岩内ペン』の再録時の編集者の見落としによるものか、活字そのものを組む時においてのミスなのかも判別できない。あるいは単純にフランス語の表記ができなかったためかもしれない。)

人名や地名などは、当時の翻訳による旧表示が多い。フェリシアン・ロップは、フェリシアン・ロップス(Félicien Rops)。ロップスはボードレールの『漂着物』の口絵を描いた。この本は、フランスで検閲削除された『悪の華』の詩を集めたもの。ペトルス・ボレルは、フランスの作家ペトリュス・ボレルのことであろうか。

またこの訳文を理解してもらうため、ボードレールの紹介を含めて、少々説明を加えておきたい。

一八八四年にこの詩人は負債を抱えパリからベルギーのブリュッセルへ。そこで論陣を張った。また詩を編んでいる。一八六六年にベルギーの南にあるナミュールへ。そこでフェリシアン・ロップスと親交を深めるが、この地で脳に異常をきたし、言葉を失う。母カロリーヌと共にパリの病院へ、翌年パリで亡くなる。

文中の白耳義はベルギー、ブルウヂユはブリュージュ、ナミユウルはナミュール。ロダンバツクは、『廃都(死都)ブリュージュ』を書いた。出版社プウレ・マラツシイは、プーレ・マラシ社、マダム・ザバチェは、文学サロンを主宰したサバティエ夫人。ジャンヌ・デュバアルは、黒人女性ジャンヌ・デュヴァルのこと。リシアルド・ワグネルとタンホイゼルは、リヒャルト・ワグナーとタンホイザー。グユスタアヴ・フロベエルは、グスターブ・フローベール。

Ⅶ・沙良峰夫年譜（編・平善雄＋柴橋伴夫）

1901（明治34）年　0歳

３月11日、北海道岩内郡岩内町大字橘町字清住五番地ノ壱（現・岩内町字清住81番地）に医師石川進の長男として生まれる。母は梅澤市太郎の長女イシ。孝一と命名する。妹にカツ、冨士、春がいる。祖父市太郎は初代岩内町長として知られ、家業は、鰊漁業、味噌醤油の醸造業呉販商など営んだ。

1906（明治39）年　6歳

９月14日、父進逝く。

1907（明治40）年　7歳

４月、岩内尋常小学校に入学。

1908（明治41）年　8歳

２月、岩内町橘尋常小学校新設により、通学区域変更のため転入学する。

1912（大正元）年　12歳

５月27日、母イシ逝く。10月８日、家督相続、後見人として岩内町大字稲穂崎町字清住壱番地、梅澤昇太郎就職、同月12日届出をする。

1913（大正２）年　13歳

１月、札幌中央創成尋常小学校（現・札幌資生館小学校）に転入学する。４月８日、北海道庁立札幌第一中学校（現・北海道立札幌南高等学校）に入学する。札幌区大通り西８丁目１番地、菅野柊一郎方に下宿する。のち札幌区山鼻村118、安藤条之進方にかわる。

1914（大正３）年　14歳

12月21日、本籍地を岩内郡岩内町大字橘町壱番地の五へ変更する。

1915（大正４）年　15歳

この頃、文学書に親しみ、森鷗外、上田敏らを畏敬する。この頃、雑誌『雄辨』の懸賞論文に投稿し、上位当選する。４月12日、下宿を札幌区北１条西８丁目、加藤とも方にかわる。

1916（大正５）年　16歳

９月18日、庁立札幌第一中学校を中退し、上京する。

正則英語学校、アテネ・フランセに学ぶ。かたわら図書館に通う。この頃永井荷風訳『珊瑚集』、上田敏訳『海潮音』を愛誦する。

1917（大正６）年　17歳

この頃、川路柳虹に師事する。下宿先、上野八重垣館になる。この頃、上田敏の令嬢瑠璃子の寫眞をみて恋心を抱き、その才色兼備をほめ称えた。ほどなく瑠璃子は嘉治隆一（一高、帝大出の秀才。のち朝日新聞論説委員となる）夫人となったので、片思いに終わった。

1918（大正７）年　18歳

川路柳虹主宰の『現代詩歌』（11月号）に「涙」「薔薇色の月」、『現代詩歌』（12月号）に「秋のスケッチより」が掲載される。

親友杉本実の水風呂事件あり。上野谷中町に下宿する。

1919（大正８）年　19歳

『現代詩歌』（１月号）に「幻想の女」、２月号に「冬のおもひ」、４月号に「たそがれに」、６月号に「小唄」「まひるに」、９月号に「ためいき」を発表する。

川路柳虹より「小唄」に対しての批評あり。

安藤更生、石川淳、島田謹二等との親交あり。この頃、西條八十に師事する。

一方、絵心を抱き太平洋画会研究所（谷中）に学ぶ。今東光、東郷青児、サトウ・ハチロー、萩原恭次郎らとの交流あり。同郷の親友、池田雄次郎、東京

薬学校に入学し、さかんに彼の下宿を訪れる。共に浅草オペラに耽溺する。

1920（大正９）年　20歳

『現代詩歌』（１月号）に長編詩「『アナトール』をよみて」を発表する。

1921（大正10）年　21歳

２月10日、被後見人、成年に達し、後見終了届出が同年６月１日受付される。この頃『婦人公論』に「青函連絡船にて」の散文を発表。女子美術学校生（裁縫撰科高等科）倉持絹枝を知る。深刻な恋愛問題に悩む。

1922（大正11）年　22歳

３月、西條八十編輯「白孔雀』同人となる。

夏、帰省中、昆布（紅葉谷）温泉に、梅澤保雄、八重樫孝三、山本村治、高畑伝らと遊ぶ。詩誌「白孔雀」は６月に廃刊する。10月に「白孔雀講演会」を東京・明治会館で開催し出席する。

1923（大正12）年　23歳

３月妹カツの嫁先角野龍之介の友人水野某と雑誌発行の計画あり。下宿先を本郷区駒込林町豊秀館方より３月20日に、本郷菊坂台にあった高級下宿たる本郷菊冨士ホテルに移る。この年の前半期に、『黄表紙』に小品を発表する。同人、芳賀檀、稲垣足穂、酒井真人らと交友する。『新女苑』『婦人公論』に作品を発表する。９月、関東大震災が関東一帯を襲った。たまたま雑誌取材のため旅行中だった。すぐに帰京するが、憲兵に不審尋問をうける。外国人と見間違われ、50音を数十回復誦した。吉田謙吉ほか、演劇人と交友する。

1924（大正13）年　24歳

１月『棕櫚の葉』創刊号に「通夜」「エラン・ヴィタアル」「1923年９月中旬に」を発表する。『棕櫚の葉』同人と文壇・詩壇有志が発起人として開催した「西

條八十渡欧送別会」(東京・上野精養軒)に出席する。雑誌『住宅』(4月号)に「たわごと」、『新小説』(6月号)に「花」を発表する。雑誌『文藝春秋』(4月、6月、7月号)に「OLLA POĐRIDA(おるら ぽどりだ)」を発表する。

6月13日築地小劇場開場する。沙良も出入りする。土方与志・梅子夫妻に愛される。吉田謙吉、安藤更生、築地の土井印刷所の2階に間借りする。文人・演劇関係者が出入りする。沙良は頻繁に訪れる。

1925(大正14)年　25歳

倉持絹枝逝く。『住宅』(4月号)に「たわごと」、『新小説』(6月号)、「花」、『新小説』(9月号)に「MEMORANDAM」を発表する。『住宅』(10月号)に青吉學人「築地襍記」に沙良峰夫に関しての記述あり。春、雑誌『銀座』同人となる。同人は山本拙郎、岡康雄、梅澤孝一、板橋敏行、板橋倫行、村松正俊、長岡義雄、村井英夫、安藤更生、その他。『銀座』(創刊号・5月号に「銀座青年の歌」「銀座随筆」を発表する。『銀座』(第2号)に「春の日のフランス人形」「シャルル・ボドレエルの肖像に題す」を発表する。『銀座』(第3号)に「カフェライオン鼻つまみ番付」において沙良は関脇に位置づけられる。

1926(昭和元)年　26歳

『新小説』(3月号)に「煙草の灰」、『新小説』(5月号)に煙草の記事載る。『住宅』(6月号)に「屋台店の調べ」を発表する。この号から沙良は、安藤更生のあとをうけて『住宅』編集長となる。『文藝時代』(7月号)に「びゆるれすく」(芸術家トカ道化トカニ就イテノ妄語)を発表する。『住宅』(5月号)に「海のまぼろし」の原詩、「北への抒情詩」を発表する。

1927(昭和2)年　27歳

雑誌『クラク』(旧題『苦楽』)(八月号)に「海のまぼろし」発表する。詩・沙良峰夫、絵・山名文夫(グラフィック・デザイナー)。7月30日「海のまぼろし」に箕作秋吉が作曲し、題名を「悲歌」とする。盛夏、病気静養のため帰郷する。

1928年（昭和３）年　28歳

２月、再び上京するが、３月27日発病する。古川橋病院にて膵臓壊疸病と診断され、３月29日第１回手術を受ける。第２回、第３回と手術する。その甲斐なく５月12日、午後８時30分、古川橋病院において長逝する。18日梅澤新宅で告別式がいとなまれる。法名、「闡《せん》昭《しょう》庵《あん》孝《こう》龍《りゅう》道《どう》一《いつ》居《こ》士《じ》」。岩内町東山にある墓に埋骨される。絶筆「海上消息」が『住宅』（４月号）に発表される。５月に銀座横町にあった「ロシア」２階で沙良峰夫の追悼会。石川淳、稲垣足穂らが参加。９月15日『週間朝日』誌上に、師、西條八十の追悼詩「遺稿を懐に」発表される。この頃、親友、春陽会会員・山崎省三画伯の手により遺稿集編纂の計画あり。遺稿蒐集するも実現ができず挫折する。

1943（昭和18）年

５月10日、「悲歌」（海のまぼろし）が箕作秋吉作曲・組曲『亡き子に』の中にとり入られ、「讃歌」「子守唄」「悲歌」の三部作として、発表会が行なわれる。

1948（昭和23）年

稲垣足穂短篇集『キタ・マキニカリス』（ユリイカ社刊）に沙良のモデル小説というべき「北極光」「お化けに近づく人」の小篇が収められる。

1966（昭和41）年６月22日

岩内町雷電に沙良峰夫詩碑が建立される。揮毫・書家桑原翠邦による。

1967（昭和42）年６月22日

『華やかなる憂鬱　沙良峰夫詩集』（発行・沙良峰夫を偲ぶ会　限定200部）が刊行される。編者は平善雄（沙良峰夫研究家）。

1975（昭和50）年

札幌・三菱ショールーム（北海道ビル）で「詩人 沙良峰夫の生涯」展（5月12日〜16日）が開催される。

1977（昭和52）年

『岩内ペン』(岩内ペンクラブ・編集人・平善雄　創刊10周年記念特別号　9・10号合併号）において「沙良峰夫特集（1）」を組む。

1981（昭和56）年

『北海道文学全集』(第22巻・立風書房）に沙良峰夫の詩「海のまぼろし」「春」が載る。

1987（昭和62）年

『北海道文学百景』(北海道文学館編・共同文化社）に沙良峰夫の詩が紹介される。

1990（平成２）年

『岩内ペン』(岩内ペンクラブ・編集人平善雄・11号）において「沙良峰夫特集（2）」を組む。この『岩内ペン』11号に次号12号に「沙良峰夫特集（3）」を組むとある。そこに晩年の詩、随筆、年譜を掲載するとある。しかし12号は発刊されなかった。また次号予告には沙良峰夫資料館、沙良峰夫文学賞の計画などありとあるが、実現されていない。

2015（平成27）年

岩内町郷土館で岩内町政施行115年記念特別企画展『初代町長　梅澤市太郎』(９月～11月）を開催する。

2021（令和３）年

沙良峰夫生誕120年を迎える。

秋に市立小樽文学館で絢爛たる詩魂「詩人・沙良峰夫」展（監修・柴橋伴夫）が開催される。

あとがき

沙良峰夫の詩魂を辿る旅をした。この旅を通じて、私の内部で沙良峰夫のイメージが大きく変わった。繊細でダンディな高等遊民の詩人、そして抒情的な高踏詩人としてみていた。が、それはかなり狭い見方であると感じた。短かった人生の終末期では、かなりの孤独の闇を抱えていた。特に関東大震災後には、死に至る病魔に襲われて、未来への扉はピタリと閉じられてしまう。多くの夢やこれから為すべき計画があった。全てが灰箱の底に落ちていった。病や苦を隣人とすることで、精神だけでなく詩魂にも亀裂が入り、これまでのヴェルレーヌ的サンボリズムから脱していくことになる。抒情性に富んだ甘美な詩句は灰汁を含んだものに変成する。

私の言葉でいえば、苦を孕んだサンボリズム、愛や恋よりも悔恨や哀切や慟哭を含んだサンボリズムに変貌した。それは本書に集録した詩句の前半部と後半部や詩文・エッセイを比較してみるといい。だからこうもいえる。孤独の闇や苦を孕んだサンボリズムにより、彼の文学性が深い内面性と不滅性をえることになったと。その苦汁が滲みた言葉や詩論。ある時は道化を装いながら、ある時は妄語を語るといいながら、鋭利な棘を軽薄な世相に突き付けている。死により、孤独の闇や苦を孕んだサンボリズムが生育することはなかった。が、これは私の勝手な予感であるが、批評的評論やエッセイ（掌篇的な文学夜話も含んで）、さらには翻訳などで新境地を築いていったのではないかとみている。日夏耿之介や稲垣足穂に近い異星になったかもしれない。

今回訳詩としてフランスのサンボリズム詩人レミ・ド・グウルモン（Rémy de Gourmont 1858〜1915）の「嵐の薔薇」を集録した。平善雄は、この詩を沙良のオリジナルな詩として整理していた。詩の最後に、ただグウルモンとあった。私もこの詩人への献辞とみていた。が、ちがった。沙良の翻訳（全訳ではない）だった。私は、堀口大學の訳詩集『月下の一群』を調べていて、その間違いに気づいた。堀口は、レミ・ド・グウルモンのこの詩を「あらしの薔薇」として訳出していた。あぶなく沙良作品として採録するところだった。調べてみると、沙良峰夫は「嵐の薔薇」を『住宅』（一九二六（大正一五）年十二月）に発表していた。

ここにレミ・ド・グウルモンに言及したのには、もう1つ別なことが絡んでいるからだ。沙良はグウルモンのようでもあるからだ。

それで少し調べてみた。堀口大學は、この詩人をルミ・ド・グウルモンと訳していた。現在は、レミ・ド・グウルモン（グールモンとも）と表記する。ではなぜ沙良はグウルモンと比することができるのか。グウルモンは、ノルマンディーの伯爵家という高貴な身分の家に生まれている。ただ人生は波乱に満ちていた。象徴主義の詩人や象徴派を代表する批評家として名をなした。

グウルモンは先見の人であった。当時まだ文学史や詩界において知られていなかった詩人達の作品に注目した。それを示すのが世紀末フランス文人列伝『仮面の書』だ。その中にはR・M・リルケ、ポール・クローデル、ロートレアモン、ポール・フォールらがいる。ロートレアモンを世に出したのはグウルモンが最初という。のちに彼等はまさに不動の〈詩王〉となってゆく。グウルモンは〈天才的な眼〉をもった人だった。ただ著作をめぐってバッシングが起こり仕事から退いた。その後は女性と書物を愛し、自宅を図書館のように設えた。家は、本で埋まったという。ただ重い病、結核性の潰瘍に冒された。そのため次第に相貌が変化し、それに苦しんだという。

たしかに出自たる家、象徴派の詩作、さらに病との熾烈な闘い。それらは沙良と近似する。沙良もまた脺臟病の病魔に襲われて、美しい相貌に重い影が立ち込めていた。

沙良は、「嵐の薔薇」を訳していることからも察せられるように、他のグウルモン作品を原詩で読んでいたにちがいない。ほかに訳を試行していたかもしれない。グウルモンは、「毛」のような隠喩をこめた猥褻な詩も書いているように、現代性も帯びた文学者だ。

沙良は、グウルモンだけでなくアラン・ポーの文学やボードレールの悪魔主義的なサンボリズムにも共観していた。短い詩を捧げてもいる。煙草愛や人形愛もあった。アーサー・マッケンにも関心を抱いていた。江戸期の文人画家にも関心があったようだ。この辺のことは、機会があれば調べてみたい。

最後に沙良の訳詩・翻訳文の採録に際して、高橋純(フランス文学、小樽商科大学名誉教授)から丁寧な教示をうけた。原詩や原文をあたって、『岩内ペン』での誤謬(不正確)などを正してくれた。その労に篤く感謝したい。

本書は、釧路の藤田印刷エクセレントブックスの一冊として上梓できた。それにも感謝したい。

沙良峰夫は、２０２１年に生誕１２０年を迎えた。この一冊が、少しでもこの詩人の文学世界への関心が広がる一助になればと切願している。

主たる協力者(敬称略　順不同)
梅澤シゲ　梅澤純子　平善雄　『岩内ペン』　岩内町郷土館　枝元るみ　全修寺(岩内)　市立小樽

文学館　亀井志乃　玉川薫　北海道立図書館　北翔大学図書館　國學院大學短期大学部図書館（滝川）
共同文化社　東京藝術大学　女子美術大学　正則学園　岩波書店　筑摩書房　未來社　草思社　中央
公論新社　ＬＩＸＩＬ出版　早川書房　国書刊行会　河出書房新社　八重岳書房　工作舎　東邦出版
東京美術　塩澤珠江（ギャラリー「季《とき》の風」主宰）　佐治康生（写真家）　高山雅信　高橋純　嵩文彦
坂井弘治

Aphrodite, écume de la mer incarnée,
Elle en sort et elle s'y en va.

アフロヂットは海のあわ
泡よりいでて泡へかへる

裏表紙：「水死美人」（沙良峰夫の遺作）フランス語訳 高橋純（フランス文学）

柴橋　伴夫（しばはし・ともお）

1947年岩内生まれ。札幌在住。詩人・美術評論家。北海道美術ペンクラブ同人、荒井記念美術館理事、ギャラリー杣人館長、美術批評誌「美術ペン」編集人、文化塾サッポロ・アートラボ代表。[北の聲アート賞] 選考委員・事務局長。主たる著作として詩集『冬の透視図』(NU工房) / 詩集『狼火　北海道新鋭詩人作品集』(共著　北海道編集センター) / 美術論集『ピエールの沈黙』(白馬書房) /『北海道の現代芸術』(共著　札幌学院大学公開講座) / 美術論集『風の彫刻』・評伝『風の王－砂澤ビッキの世界』・評伝『青のフーガ　難波田龍起』・美術論集『北のコンチェルトＩII』・シリーズ小画集『北のアーティスト　ドキュメント』(以上　響文社) / 旅行記『イタリア、プロヴァンスへの旅』(北海道出版企画センター) / 評伝『聖なるルネサンス　安田侃』・評伝『夢見る少年　イサム・ノグチ』・評伝『海のアリア　中野北溟』・シリーズ小画集『北の聲』監修・『迷宮の人　砂澤ビッキ』(以上　共同文化社) / 評伝『太陽を掴んだ男　岡本太郎』・『雑文の巨人《マエストロ》　草森紳一』美術評論集成『アウラの方へ』(以上　未知谷) /『生の岸辺　伊福部昭の風景』・『前衛のランナー　勅使河原蒼風と勅使河原宏』・詩の葉『荒野へ』(以上　藤田印刷エクセレントブックス) / 佐藤庫之介書論集『書の宙（そら）へ』(中西出版) 編集委員。

絢爛たる詩魂　沙良峰夫

2021年10月2日　第１刷発行

著　者　柴橋 伴夫　SHIBAHASHI Tomoo
装　幀　NU 工房
発行人　藤田 卓也　Fujita Takuya
発行所　藤田印刷エクセレントブックス
〒085-0042　北海道釧路市若草町３－１
TEL　0154-22-4165
FAX　0154-22-2546
印　刷　藤田印刷株式会社
製　本　石田製本株式会社

ISBN 978-4-86538-124-5 C0070